U0506734

弃逐与回归

上古弃逐文学的文化学考察

尚永亮　著

上海古籍出版社

图书在版编目(CIP)数据

弃逐与回归：上古弃逐文学的文化学考察 / 尚永亮著.
—上海：上海古籍出版社，2017.10
ISBN 978-7-5325-8586-1

Ⅰ.①弃… Ⅱ.①尚… Ⅲ.①古典文学研究-中国
Ⅳ.①I206.2

中国版本图书馆 CIP 数据核字(2017)第 203723 号

弃逐与回归：上古弃逐文学的文化学考察

尚永亮　著

出版发行｜上海古籍出版社　出版、发行
　　　　　　（上海瑞金二路 272 号　邮政编码 200020）
　　　　　　（1）网址：www.guji.com.cn
　　　　　　（2）E-mail：gujil@guji.com.cn
　　　　　　（3）易文网网址：www.ewen.co
印　　刷｜常熟人民印刷有限公司印刷
　　　　　　（如发现印装质量问题,请与印刷厂联系调换）
开　　本｜890mm×1240mm　1/32
印　　张｜11.5　插页 5
字　　数｜288 千字
版　　次｜2017 年 10 月第 1 版　2017 年 10 月第 1 次印刷
书　　号｜ISBN 978-7-5325-8586-1/I·3207

定　　价｜48.00 元

目　录

导　论 ·· 1

　一、基于神话学视角的英雄型弃子考察 ················· 1

　二、基于伦理学视角的忠孝型弃子考察 ················· 4

　三、基于文献学视角的《诗经》弃逐诗考释 ··········· 7

　四、基于文化学视角的弃逐诗之关联考察 ············· 8

　五、基于政治学视角的孤臣被逐与弃逐主题考察 ·········· 13

　六、基于历史学视角的弃子故事流变考察 ············· 15

第一章　英雄型弃子——神话学视角的考察 ··········· 21

　第一节　后稷之弃与弃逐文化的母题构成 ············· 21

　　一、"履帝武敏"与无夫被弃 ··························· 22

　　二、"先生如达"与因怪遭弃 ··························· 26

　　三、三弃三收与弃逐母题 ······························· 30

　第二节　东西方早期弃逐故事的基本形态及其文化意蕴 ······ 35

　　一、中国早期的英雄型弃子传说 ······················· 35

　　二、亚、欧诸国的英雄弃子传说 ······················· 40

三、东西方弃子故事的共通内容与深层意蕴 …………… 44

第二章 忠孝型弃子——伦理学视角的考察 ………… 51

第一节 英雄·孝子·准弃子
　　　　——以舜的被害故事及其结构形态为中心 ……… 51
一、英雄与孝子：虞舜故事的演变及其双重品性……… 51
二、准弃子身份与虞舜故事的结构形态 …………… 56
三、虞舜故事的文化解读与"孝"之内涵 ………… 61

第二节 上古弃子废后的经典案例与经典文本
　　　　——对宜臼、申后之弃废及《诗经》相关作品的
　　　　　文化阐释 …………………………………… 68
一、宜臼、申后之弃废及其历史原因 …………… 68
二、弃废故事的基本结构与人物特征 …………… 75
三、《白华》《小弁》的作者及文本解析 ………… 79
四、弃逐文本的伦理内蕴与刺谗指向 …………… 87
五、由宜臼弃逐引发的相关思考 ………………… 92

第三节 弃逐视野下的骊姬之难及其文化意义
　　　　——以申生之死、重耳出亡为中心 ………… 96
一、骊姬之谗与申生之死 ………………………… 96
二、献公态度及其对申生之死应负的责任 ……… 100
三、申生之孝及其品格的文化内蕴 ……………… 105
四、重耳出亡在弃逐文化史上的意义 …………… 112
五、几点规律性的认识 …………………………… 120

第三章 《诗经》弃逐诗考释 ………………………… 125

第一节 《小弁》作者及本事平议 ……………………… 125
一、"伯奇"说及其存在的若干问题 …………… 125

二、宜臼本事说辩证 129

三、"太子之傅"说与"太子"说之优劣 133

四、今人解说《小弁》之检讨 140

第二节　《小雅・四月》本义考述 148

一、诸家诗说之是非 148

二、《四月》文本索解 154

第三节　《诗经》弃妇诗分类辨析 158

一、古今相关评说之基本检讨 159

二、可以认定的弃妇之作 164

三、不应列入弃妇诗的疑似之作 167

四、"是非得失未易决"的多义之作 174

第四章　弃逐诗的内在关联及其发展演进 181

第一节　《诗经》弃妇诗的特征及其与逐臣诗的文化关联

　　　　　　　　　　　　　　　　　　　　　　　 181

一、弃妇诗的基本形态与几个关键点 182

二、弃妇诗的主要特征及其与逐臣诗的异体同构 187

三、弃妇诗的多元解读及其意义凝定 193

第二节　《离骚》与早期弃逐诗的关联承接 200

一、基本形态与悲情抒发 200

二、怨慕心态与刺谏特点 205

三、心性志节与多元义项 210

第三节　《离骚》的象喻范式与文化内蕴 217

一、缘于性别变换的香草之恋和美人情结 218

二、男女君臣之喻的文化因子及其后先传承 222

三、"求女"内蕴及其象喻特点 229

第五章　楚汉弃逐文学之特点与主题嬗变················ 235

第一节　《哀郢》创作与屈原放逐考论·············· 235

一、《哀郢》创作之缘起 ················· 235

二、《哀郢》创作之时间 ················· 241

三、从《抽思》看《哀郢》 ··············· 244

四、屈原放流的年代和地点 ··············· 248

五、"陵阳"说和屈原的归宿 ·············· 256

第二节　回归：流亡者的心理情结与逻辑展演

　　　　——以屈原骚体弃逐诗为中心 ············· 261

一、鸟、狐之喻：回归故乡的永恒渴望 ·········· 263

二、追忆与"求女"：政治回归的曲折表达 ········· 269

三、问卜与对话：从认同危机到自我回归 ········· 273

四、"不去""死直"与彭咸：多重意义的终极回归 ······ 280

五、逻辑层次与关注焦点 ················· 289

第三节　从忠奸之争到感怀不遇

　　　　——屈原、贾谊的意识倾向及其在弃逐文化史上的

　　　　　典范意义 ··················· 293

一、弃逐诗人的执著意识 ················· 294

二、忠奸之争与屈原模式 ················· 296

三、贾谊置身逆境的有限超越 ·············· 302

四、感怀不遇与文人心性 ················· 305

第六章　弃逐故事在历史与传说间的文学变奏············ 311

第一节　伯奇本事之文献阙失及其在西汉的衍变 ········ 311

一、先秦文献阙失带来的疑惑 ·············· 312

二、西汉相关载记与诸异说之涌现 ············ 318

第二节　汉晋新变与文本整合 ··············· 325

一、伯奇故事在东汉的历史化倾向与诗学阐释 …………… 325

二、汉晋间伯奇故事的嬗变与定型 ………………………… 331

三、"观念历史"与文学变奏 ……………………………… 340

参考文献 ………………………………………………… 345

后　记 …………………………………………………… 355

导　论

　　弃子、弃妇与逐臣是中国早期历史中广泛存在的文化现象，三者既各自独立，分别反映了父子、夫妇、君臣三种基本关系，又紧相关合，由家庭层面扩展到国家层面，构成了独特的家国一体的弃逐文化，并形成从弃逐到回归的具有原型意义的文学母题。这是一个尚未引起研究者充分关注的领域，也是一个集神话学、文化人类学、文艺学、社会政治学等于一炉而蕴藏极为丰厚的富矿。面对这样一个研究对象，广泛搜集相关史料，系统考察弃子、弃妇、逐臣的实存样态、关联转换及其文学表现和发展嬗变，通过个案考索和类型分析，揭示上古弃逐文化的深层意蕴及其与后世贬谪文学的内在关联，开拓新的研究路向，不仅是有意义的，也是有必要的。

　　下面，试择其要者，以弃子、弃妇、逐臣及其基本母题为主轴，从六个层面作一概要陈述。

　　一、基于神话学视角的英雄型弃子考察

　　作为人类早期的文化现象，不同的"弃子"传说中蕴含着一个共通的具有原型意义的文学母题。发现这一母题并用以解读相关的历史事件和文学文本，是弃逐文学研究中的一项重要任务。

对于"弃子"现象，早在十九世纪即有学者涉足研究，其代表性著作便是初版于 1871 年的英国学者爱德华·泰勒的《原始文化》。此后，诸如詹姆斯·G·弗雷泽《〈旧约〉中的民俗》，法国学者列维—布留尔《原始思维》，中国学者萧兵《中国文化的精英——太阳英雄神话比较研究》、陈建宪《神话解读》等著作，或提供了大量有关弃婴、弃子的民俗学资料，或据以展开相关的个案解析，其中特别是萧兵、陈建宪诸作，对在东西方各国弃子传说基础上归纳而成的"磨炼与考验"主题，以及对弃子现象所作的文化阐释，均具灼见。至于对中国古代弃子传说的研究，则多集中在《诗经·生民》所述后稷生而见弃之事上。如涂元济《从母系制过渡到父系制的一场夺子之争——对〈诗经·生民〉神话的一种解释》、许善述《姜嫄弃子考辨》、高扬《〈诗经·大雅·生民〉的文化人类学破译——关于"弃子说"质疑的重新界说》、宋小克《从殷周关系看姜嫄弃子神话》、纪晓建《后稷生而见弃神话的文化探析》等。这些文章，虽考察角度有异，所得结论不同，但从整体上看，其共同点在于多侧重于民俗学、文化人类学的研究，而对英雄型弃子的基本母题，对中国上古时期历史载记中频频出现的与伦理、政治更多关联的忠孝型弃子，对与之紧相关联的弃妇、逐臣现象及其所包含的文化意义、文学价值等，却少有涉及，由此留下了若干学术空白。

经过初步考察，笔者发现：从东西方早期弃逐神话和传说中的弃子之身份、心性、经历看，大致可将之分为英雄型和忠孝型两类弃子。其中英雄型弃子多源于神话，忠孝型弃子更接近历史，前者以西方居多，后者以中国为胜。深入分析这两类弃逐故事，去除其繁复多变的枝节，提取其不变的主干，按弃子之缘起、抛弃之地点、救助之过程、最终之结果加以展示，可以认为：施动者、受动者、救助者构成弃子故事的三大基本要素和重要支撑，而抛弃—救助—回归，则是其所呈现的连续性很强的三个阶段。在其浓郁的神谕性质、怪诞特征或宿命色彩背后，深隐着某种历史的必然性。

　　作为周民族的始祖和中国历史上的早期弃子，被命名为"弃"的后稷在弃逐文化中极具代表性。《生民》篇提供的"履帝武敏"之有感而孕、"先生如达"之初生形状等关键细节，当为后稷被弃之基本原因。而在后稷之三弃三收故事中，则存在着一种颇有意味的规律：即抛弃与保护并行，抛弃之地越远恶，所受保护越充分。由此呈现出两个要旨，即磨难和考验的必然性，借助磨难而显示的生命的神异性。同时，在抛弃行为的施动者、受动者、救助者三方外，还隐藏着一个具有更大法力的上帝的身影，后稷的被弃和获救，都与上帝有着潜在的关联，某种意义上，后稷就是上帝的一件作品，由此见出最高权威在弃逐文化中举足轻重的作用。进一步分析，此一充满神秘色彩的远古传说实质上是围绕一种关系或契约的破裂和修复展开的。后稷的一弃再弃直至三弃，揭示了一种亲子关系的破裂；后稷的最终获救并被母亲抱归，则预示了亲子关系的修复，一种正常契约的重新达成。由此展示的从抛弃、救助到回归的主线，作为其基本情节模式，便清晰地呈现出来。①

　　如果说，后稷之弃是中国历史早期弃逐故事的代表，那么，与此相关的卵生遭弃而获救者如徐偃王、东明、朱蒙的故事，以及非婚生遭弃或其他原因遭弃而获救者，如楚国大臣子文、著名神射手后羿、西域匈奴昆莫被弃而获救的故事，便形成其有力的辅翼；如果说，中国上古时期存在的弃逐故事多具卵生特点，被抛弃的地点多在街巷山林，出现的救助者多为鸟兽，最终结局多获得认同并回到父母身边，那么，两河流域及欧洲诸国大量存在的弃子传说，则多具神谕特点，被抛弃的地点多为河流大海，出现的救助者多为下

① 参见尚永亮《后稷之弃与弃逐文化的母题构成》，《华中师范大学学报》2011年第4期。

层民众，最后的结果多通过战斗取得权力。通过这些差异，可以见出东西方民俗、信仰、文化、地理之差别，而通过其故事结构形态、情节展开顺序、事件因果关系等方面之趋同，则可见出东西方弃子故事共有的某些规律。更重要的是，这些弃子大都成为日后的英雄，具有人、神并包的特点，由此形成影响后世至为深远的英雄弃子型神话或传说。①

神话的本质在于对人类生存结构的模拟，东西方弃逐神话或传说的本质亦在于对人与人、与社会、与命运之对立的反映。弃子故事的核心是关于人类命运的特殊展演，而作为故事的中心人物，弃子从始被抛弃，到他者救助和自救，再到最后的回归或对回归的强烈渴盼，则以具体个案凸显了弃逐文化的核心内涵。由此内涵构成的编码信息，不仅在不同民族、不同地域的同类作品中反复出现，而且也在后世无数流放、贬谪作品中反复出现，从而极大地强化了它的集中度和深刻度，赋予它作为原型所具有的超越时空的穿透力和感发力。

二、基于伦理学视角的忠孝型弃子考察

中国古代历史意识成熟甚早。作为其结果，一方面上古神话、传说等被过早地纳入历史化、社会化的进程，另一方面，此后研究者习惯性地从政治、历史角度考察，而相对忽略了上古人事的民俗学、神话学特点，同时，也忽略了政治事件中所包含的家庭伦理要素和文化内蕴。诸如虞舜的三次被害及其孝行，西周末年的申后被废、宜臼被逐，以及春秋时期发生在晋国的骊姬之乱，都留下了从弃逐文化角度可供考察、思索的广阔空间。

世代荒远，古史渺茫，在零散见诸载记的历史人物中，虞舜、孝己、伯奇、宜臼、申生可谓较为著名的孝而被害、仁而见弃者。

---

① 参见尚永亮《东西方早期弃逐故事的基本形态及其文化内涵》，《陕西师范大学学报》2011年第6期。

在诸人中，舜只能视为准弃子，但作为古之圣君，他历经迫害并兼具英雄和孝子的双重身份；至于宜臼和申生（包括重耳），则既是家之层面的孝子，又是国之层面的太子，一身而二任，在弃子中颇具代表性。

舜的三次被害故事贯穿着两条基线，其一是借助一连串迫害行为，在对人物的考验中彰显其英雄本色；其二是通过人物对父母兄弟始终如一的情感和日常性描写，极力突出其孝行。考验是上古英雄型弃子得以成为英雄的必备环节，孝行则被融入了更多家庭伦理的因子，并将人性由高度向深度掘进，由外在行为向内在心理拓展，从而展示出相关传说由不乏神话色彩之英雄向极具平民特点之孝子转化的过程。进一步看，舜之不见容于父母和兄弟、屡屡受到迫害的遭遇，与广义的弃子故事具有深刻的类同性，而由施动者、受动者和救助者三种角色凝定的故事结构形态，与一般的弃逐故事结构如出一辙，形成了一个从被迫害、救助到回归的逻辑链条，由此赋予舜以准弃子的身份特征。至于故事中后母和异母弟角色的定位及其发挥的离间作用，由三次迫害定格的仪式化环节及其考验性质，虞舜所持孝道所兼具的顺事父母、善于权变、合理逃避、敢于哀怨等独特内涵，则从文化层面构成虞舜故事之特殊性和典范性。[①]

历史发展到西周末年，影响深远的褒姒之乱及其导致的申后被废、宜臼被逐，是中国早期弃逐文化中的典型案例。这既是一个发生在国家层面的政治事件，也是一个发生在家庭层面的宗亲伦理事件。从其结构形态、主要人物关系和发展线索看，呈现出一身二任、家国通一、母子同弃、双线展开等特点。此一事件的核心在于以庶间嫡、以幼代长，在于围绕最大利益展开的不正当争夺和权力持有者对此争夺的纵容和支持，由此创下有悖宗亲伦理和政治道德

---

① 参见尚永亮《英雄、孝子、准弃子——虞舜被害故事的文化解读》，《文学遗产》2014年第3期。

的恶例，并成为中国古代社会一再上演的后妻得宠、嫉恨前妻、谋立己子、陷害嫡长子之类纷争的代表。而《诗经》中《白华》《小弁》二诗则是与此事件紧相关联的两个经典文本，其中深寓着"天理民彝之不容泯"的内在意蕴。其展示的讽刺旨意，则与《瞻卬》《巧言》《何人斯》《巷伯》《青蝇》诸诗一起，交织成一集中而细密的刺谗大网，不仅深刻地再现了那段黄钟毁弃、瓦釜雷鸣的历史，而且以当事者的忧愤情怀和讽刺精神，奠定了中国弃逐文学的主要内容和基本格调。①

发生在公元前七世纪晋国的骊姬之难是另一个典型案例。该案例以骊姬进谗、晋献公信谗为表现形式，以得宠忘旧、废嫡立庶为实质内容，导致了太子申生的被废自杀，申生之弟重耳等人的被逐出亡。从事件的基本性质看，一方面，申生"敬顺事上"却屡被谗毁，"将以悦亲"反受辱身亡，这一事实本身即说明了"家天下"政治之复杂和残酷，说明了"愚孝""愚忠"之不可取、不可为；另一方面，重耳历经十九年的政治流亡以及终成霸主的经历，既展示了异于申生的别种选择及其谋求自救和他者援助的艰辛努力，也再现了"弃逐—救助—回归"这一弃逐母题的异代延续。如果与此前西周末年发生的褒姒之乱相比，可以发现，从美女受宠到庶母进谗再到驱逐异己，已形成上古时期嫡庶争斗、子臣遭逐的恒定模式，在此一模式的背后，呈现的乃是为获取利益最大值所进行的阴谋和搏杀，是人性的弱点和由此导致的道德堕落。至于同为太子而被废弃的申生与幽王之子宜臼，则既是宗法继承制的受益者，又在弃逐文化层面成为此一制度的牺牲品。②

---

① 参见尚永亮《上古弃子废后的经典案例与经典文本——对宜臼、申后之弃废及〈诗经〉相关作品的文化阐释》，《学术研究》2012年第4期。
② 参见尚永亮《弃逐视野下的骊姬之乱及其文化意义——以申生之死、重耳出亡为中心》，《江汉论坛》2013年第7期。

综而观之，中国早期弃逐文化在弃逐之动因、弃逐之过程和弃逐之终结诸方面，已自形成了一套恒定的规律，并对后来的贬谪文化发挥着深远的影响和规范作用。

三、基于文献学视角的《诗经》弃逐诗考释

《诗经》是中国历史上第一部诗歌总集，也是将中国上古文化予以形象展示的文学宝藏。在其所存留的 305 篇作品中，即有若干是表现弃子、逐臣和弃妇的篇什，故其史料价值弥足珍贵。然而，在这些篇什性质、内容及作者等相关问题上，长期以来聚讼纷纭，错杂多端，形成了一个个舍之不忍、取之无径的学术难题。同时，研究者长期以来多围绕《诗经》弃妇诗作文章，而相对忽视了对其中弃子诗、逐臣诗的考察，诸如《小雅》中《小弁》《四月》诸诗，少有专文论及；而在对弃妇诗的考察中，虽然相关论文达百余篇，但多从前人给定的弃妇"事实"出发，进行思想内容方面的分析、鉴赏或比较考察，而较少就弃妇诗之准确界定，弃妇诗之类型、性质、篇数、真伪等展开细致辨析。有鉴于此，有必要广泛搜集文史资料，细读文本，对《小弁》《四月》之本义以及弃妇诗之三种类型进行新的探索，以为上古弃逐文学的整体考察奠定基础。

《小弁》是《小雅》中的一篇名作，考察关于其作者及本事的几种观点，"伯奇"说存在着文献上的重大不足和难以自圆其说的若干问题，"太子之傅"说因缺乏文献支撑及非亲历其事的代言特点而难获认可，至于新出的"弃妇"说，也因举证不力、忽视重要文献及《小弁》中一些关键话语和情节，而形成解读上的若干盲点。从文献、文本、事理、训诂诸层面看，"太子宜臼"说最具说服力，而《小弁》也应是中国历史上最早的一篇具有本事支撑的弃子逐臣作品。①

---

①　参见尚永亮《中国文学史上最早的弃子逐臣之作——〈小弁〉作者及本事平议》，《安徽大学学报》2012 年第 1 期。

《四月》也是《小雅》中的一篇重要作品。自汉至明，占主流地位的观点是缘于《毛诗序》的大夫遭乱刺幽王说，缘于据称是《鲁诗》说的孝子行役思祭说。到了明清之际，才有学者将该诗与逐臣挂起钩来。考察传统诸说并辨析文本，可确定该诗当属逐臣南迁之作，前人所谓孝子行役思祭说在诗中缺乏足够的内证。退一步讲，倘若一定要说这位诗作者是行役者，则此行役者也是因遭他人构陷而被从重发落的行役者，其身份已与逐臣没了本质的区别。至于《毛序》揭示的"大夫刺幽王"的义旨，虽然在诗句中时有显现，但就整体而言，却丝毫不能改变全诗因身遭弃逐而"惟以告哀"的主导倾向。①

至于《诗经》中11首疑似弃妇诗，依据古今论者的意见及相关史料，可将其大致分为三种类型：一是《氓》《邶风·谷风》《中谷有蓷》《白华》以及《江有汜》，这五首作品都或详或简地反映了夫妻关系，都有妇人被弃的描写，应属可以确定的弃妇之作。二是《遵大路》《日月》《终风》《我行其野》《小雅·谷风》诸诗，从文本、后世评论和相关史实诸方面看，都不尽符合已婚或离开夫家这两个构成弃妇的基本条件，甚至所写本非弃妇事件，故均不宜列入弃妇诗之列。三是《邶风·柏舟》，因主"不得于其夫"和"仁而不遇"之两种观点均来源甚早，且从史实和文本上较难寻觅支持其中任何一方的确证，故权且将之视为"是非得失未易决"的多义之作。②

四、基于文化学视角的弃逐诗之关联考察

弃子、弃妇、逐臣诗"事异而情同"，"切悼沉忧，古今一体"，③具有人物角色、事件性质可通约、转换的显著特点；在弃子、弃

① 参见尚永亮《逐臣南迁与"惟以告哀"》，《社会科学》2013年第11期。
② 参见尚永亮《〈诗经〉弃妇诗分类考述》，《学术论坛》2012年第8期。
③ 徐光启《诗经六帖》，《〈诗经〉百家别解考（国风上）》，山西古籍出版社2001年版，第301页。

妇、逐臣现象的背后，则深隐着以阴阳观念为内核的民族文化意
识；至于弃逐文学自身的发展，又使其同一体类或不同体类间相互
影响、后先承接，展示了一个动态演进的发展脉络。

　　然而，对这种三位一体、紧相关联的弃逐文化现象，古今论者
均乏深入、系统的论述。相较而言，古代学者虽偶有真知灼见，但
所论多为言简意赅的印象式批评；当代学者在论述方式上虽更具学
理深度，却因缺乏系统观照而见木不见林，不少文章流于单一、片
面。举例来说，近今学者的相关论著分别集中在对《诗经》弃妇诗
和《离骚》《九章》等逐臣诗的考察方面，却少有关注《楚辞》与
《诗经》、逐臣与弃妇间之后先承接、文化关联的。换言之，弃妇是
弃妇，逐臣是逐臣，在《诗》《骚》两大文学体式之间，本应具有
的以弃逐为纽带的文化关联似乎被人为地切断了。当然，也偶有明
眼者看出了二者间的某种关系，提出了一些发人深省的意见，如李
金坤《〈风〉〈骚〉"弃妇情结"探论——以〈氓〉〈谷风〉〈柏舟〉
与〈离骚〉为中心》一文，[1] 即围绕"弃妇情结"，考察了存在于
《诗经》之《氓》《谷风》《柏舟》与《离骚》等作品中"以男女喻
君臣"的文学表现及其异同，论述了屈原发扬《诗经》比兴传统，
为后世悲士不遇文学主题开启新径所作的贡献。然惜乎此类文章太
少，而且即就此文言，由于作者更重《诗》《骚》异同之比较，相
对忽略了对《诗经》诸作特别是《柏舟》的文本分析，忽略了相关
史料的仔细甄别与合理使用，致使论证过程稍嫌粗略，所得结论也
缺乏更有力的学理支撑。与此稍有不同，对《离骚》君臣男女之喻
的研究论著，可谓彬彬大盛，其中近今论著较具代表性者，有游国
恩《楚辞女性中心说》，潘啸龙《论〈离骚〉的"男女君臣之喻"》
《〈离骚〉的抒情结构及意象表现》，赵逵夫《〈离骚〉的比喻和抒情

---

[1] 该文先后刊载于《成大中文学报》2002 年第 10 期，《北方论丛》2004 年第 1 期，《中国楚辞学》2007 年第 2 辑，《中华女子学院学报》2008 年第 1 期。

主人公的形貌问题》诸文。虽然这些文章的观点并不一致，在论据的撷取和论证的方式上也不无可议之处，但其致思方向和部分结论却颇具启发性，适可成为我们考察逐臣诗与弃妇诗之关联及《离骚》象喻范式的基础。

事实上，从《诗经》到《楚辞》，弃逐文化的表现是多方面的，不仅是弃妇诗对以屈原为代表的骚体逐臣诗有影响，而且《诗经》中的弃子诗、逐臣诗都对《离骚》有影响。更为重要的是，弃子向逐臣的过渡，弃妇与逐臣的互涵，弃子、弃妇与逐臣文化形态的关合，都在此一过程中日趋明朗地呈现出来。因而，在前人基础上更为深细地解读文本，辨析弃妇诗的具体情态和共性特征，寻找弃妇与弃子、逐臣间的异体同构和文化关联，进而考察其对《离骚》之影响及二者间的承接转换，便是一件足以引人兴趣且极具意义的事情了。

通过考察可知，《诗经》中以《邶风·谷风》《卫风·氓》《小雅·白华》为代表的弃妇诗虽然在婚姻形态、人物特点以及所反映的被弃过程等方面不无差异，但在表现婚姻生活中妇人受制于其夫、难以把握自我命运、最终因色衰被弃一点上，却是相同相通的；而男性占有绝对的主导地位，因好色而喜新厌旧，第三者为争夺一己利益而进谗蛊惑，则构成弃妇诗的三个主要特点。就结构形态言，这些特点也同时表现在与弃妇诗类同的弃子、逐臣诗中，也就是说，夫、父、君和妇、子、臣虽身份各异，但在其所组成的夫妻、父子、君臣这三对关系中，却存在着一种极其相似的结构形态，一定情况下，妻的身份可以置换为臣、子，夫的身份也可以略同于君、父；由此形成夫妻、父子、君臣间角色的互通互换，亦即异体同构，并作为理论形态，凝定为汉儒倡言的"君为臣纲，父为子纲，夫为妻纲"。①

———————

① 《白虎通义》卷下，文渊阁《四库全书》本。

　　当然，如果细细分辨，夫妻、父子、君臣三种关系又是有所不同的。其中父子关系是前定的，不可改易的；而夫妻、君臣关系则是后定的，是可以更改的。由于前者具有血缘关系的紧密联结，因而，即使子被父弃，相互间仍然心存斩不断的系念，被弃者也存在明确的回归希望；而后者由于缺乏血缘纽带，故导致被弃事件更容易发生，发生后回归的希望也较为渺茫。换一个角度看，子的地位和属性是可以变化的，其由子而夫、父甚或君，由早期属性之"阴"而至后期属性之"阳"，存在一个动态发展的过程；而妻、臣的地位和属性是不会变化的，即使夫、君亡故，他们仍改不了属"阴"的、依附于人的身份。就此而言，夫妻与君臣、弃妇与逐臣间更多相似性，其异体同构的特征也更为明显。进一步考察可以发现，早在春秋时代对弃妇诗的解读中，即已存在借夫妻以喻君臣，由本义向象征义作多元引申的阐释方式，其中以对《谷风》《氓》二诗的解说最为典型。循此以往，逐渐形成男女君臣之喻的传统，并对骚体逐臣诗《离骚》发生了显著的影响。①

　　作为骚体逐臣诗的代表作，《离骚》不仅受到此前弃妇诗的影响，而且与《诗经》中的逐臣诗也存在思想内容和表现形式上的内在关联。具体来说，围绕"信而见疑，忠而被谤"这一核心环节，在被逐原因、被逐过程、抒悲写怨等基本形态上，《离骚》与《四月》更为接近；在怨慕心态与刺谗特点上，与《小弁》具有较多的内在关联；在心性志节与作品内含的多元义项上，与《柏舟》存在明显的承接关系。如果收拢视线，仅从《柏舟》兼具夫妇、逐臣之多元义项一点来看，则其创作既有可能出自妇人之手，写其为夫所弃的遭遇；也可能是孤臣之作，述其见嫉于群小的境况。而无论哪种情形，都大大扩展、提升了诗的意义空间，并与春秋时代流行的

————————

① 参见尚永亮《〈诗经〉弃妇诗与逐臣诗的文化关联》，《北京大学学报》2013年第3期。

对弃妇诗的政治性解读一起，强化了男女君臣间的文化关联，为《离骚》象喻范式的构成导夫先路。[①]

《离骚》"依《诗》取兴，引类譬喻"，既以香草美人作比，借特定物象喻意，又将若干个别的、分散的比兴联缀起来，整体思考，强化关联，通过对这些物象和语汇的反复使用，极度凸显其功用和地位，形成表征主体情意的特殊符号或固定载体，由此营构出一条借弃妇喻逐臣、借男女喻君臣的庞大整一的象喻系统，最终达成物象世界与观念世界的深层契合。这是一种极具典范性的创作方法，也是一种以象喻为核心的思维方式，而在其内里，则潜隐着中国文化中阴阳、男女、夫妇、君臣相对应、相关合的基本元素。《易·坤卦·文言》释"坤"曰："地道也，妻道也，臣道也。"即是将妻道与臣道相提并论，而统归之于"坤"。孔颖达《正义》申言："欲明坤道处卑，待唱乃和。故历言此三事，皆卑应于尊，下顺于上也。"王夫之《诗广传》更进一解："臣之于君委身焉，妇之于夫委身焉，一委而勿容已，荣辱自彼而生死与俱。"细审这里对妇与臣"应于尊"、"委身"特点的一再强调，说明二者间的关联及其要因已被古人清晰认知。而这样一种认知，在身遭弃逐如同弃妇的屈原这里则得到了文学创作层面的形象落实。在《离骚》中，诗人径直以夫妇关系象喻君臣关系，将君王对其信任喻为夫妇好合之初的"成言"，将君臣间的聚合离弃喻为"曰黄昏以为期兮，羌中道而改路"，正体现了朱熹《楚辞集注》所谓"女将行而见弃，正君臣之契已合而复离之比也"的情形。由是言之，自《离骚》始，"家之弃妇"与"国之逐臣"间的结合由隐微转向了明朗，由浮泛转向了真切，由局部转向了整体，由随意转向了自觉，从而具

[①] 参见尚永亮《〈离骚〉与早期弃逐诗之关联及承接转换》，《社会科学辑刊》2013 年第 2 期。

有了典型的范式意义。①

可以认为，《离骚》所展示的这种象喻特点及由此构成的创作范式一经出现，便与其深厚广博的思想内容相结合，具有了极大的吸附力和典范性，不仅对后世产生了深远的昭示作用，而且也在承接前人的基础上，将弃逐文学及其艺术表现提升到了一个空前的高度。

五、基于政治学视角的孤臣被逐与弃逐主题考察

屈原是上古逐臣的典型代表，《楚辞》中的多数作品既是上古弃逐文学的逻辑承接，又是弃逐文化的集大成者。深入研读屈原辞赋，考察屈原被逐的时间、地点及路线，分析其作品所展现之心路历程和终极关怀，总结弃逐文学从屈原到贾谊的发展、嬗变及其意识倾向的异同，是我们应该关注的另一个重要方面。

围绕屈原被逐的次数、时间、地点，古今治骚者争论甚夥，意见纷纭。联系《九章》之《哀郢》《抽思》诸篇"皇天之不纯命兮""方仲春而东迁""至今九年而不复""眹独处此异域""狂顾南行"等关键语句，以及《渔父》《卜居》和史书的相关记载，可以认为：屈原一生两次被逐，一次在江南，历时三年；一次在汉北，并由汉北转赴湖湘，历时九年。至于《哀郢》之创作，当与公元前278年白起破郢事件直接相关。屈原自顷襄王二十年九月离开汉北，二十一年二月离开郢都后，历经夏浦、辰阳、溆浦等地，并于是年五月五日向长沙进发途中投江自尽。②

屈原的后半生都处于流亡途中。流亡是强权政治将个体从原有群体强行剥离、驱逐的一种状态，在时空的双重逼迫和巨大的精神压力下，要求回归便成为流亡者的永恒渴望。屈原的骚体弃逐诗即

---

① 参见尚永亮《〈离骚〉的象喻范式与文化内蕴》，《文学评论》2014年第2期。
② 参见尚永亮《论〈哀郢〉的创作和屈原的放逐年代》，《陕西师范大学学报》1980年第4期。

真切地表现了故乡回归、政治回归、自我回归和终极回归四个层面的丰富内涵，并通过鸟狐之喻、追忆和"求女"、问卜和对话、"不去""死直"和"依彭咸之遗则"等不同方式与关键词，由外而内，由显而隐，由一般而特殊，对其回归目标、回归途径、回归不成的内心矛盾及其终极关怀等予以逻辑展演，由此循环往复，层深层进，刚肠绕指，哀感顽艳，既真切地展示了放与归、怨与慕、自疏与不舍、远逝与不去等对立范畴，由此大大深化了其自身的文化意蕴，也以其内含的观念与生命、理性与感性、超我与本我之两种力量的冲突纠葛和走向"大归"的举动，极度凸显了弃逐文学的回归主题。

作品的伟大建基于作者生命力的顽强和精神的超卓。屈原被逐后身处逆境，不屈不挠，坚持固有信念，高扬峻直人格，执著追求理想，愤怒揭露、抨击黑暗现实和无耻党人，深深眷恋邦国，终至以死殉志，由此凝聚成一种深沉博大的执著意识。用清人吴世尚《楚辞疏》的话说："《离骚》反复二千余言，原不过止自明其本心之所在耳。原之心乎楚，存殁以之，所谓天不变此心不变也，天变此心亦不变也。故余于《离骚》止概以三言，曰不去，曰死，曰自信。"这里的"不去""死""自信"，便是对其执著意识的最好揭示。当然，就屈原政治悲剧的实质看，无疑缘于他刚直不阿之性格、执著追求理想之精神与昏昧专制之君主间的必然矛盾，但在表现形式上，却直接导源于郑袖、子兰、上官大夫等一批党人的挑拨离间、造谣诽谤。也就是说，本是因了以摧残人才为特征的专制制度和作为此一制度之核心、握有生杀予夺之大权的君主，群小党人才有了夤缘附势、打击直士的可能，屈原才会被放逐荒远；可是，由于群小党人作为君主与屈原之间的中介，一跃而成为矛盾在表现形式上的主要方面，遂使得君主专制这一实质上的主要矛盾被遮掩起来，屈原的被疏被放也就自然成了党人群小从中作祟的结果。唐人李德裕《汨罗》诗所谓"都缘靳尚图专国，岂是怀王厌直臣"，便成了屈原遭贬后的主要心态以至后世众多文人士大夫的一种共识，而屈赋所表现的主题，也就成为中国历史上一再重复出现的忠奸之争。

与屈原九死未悔、体解不变的信念持守和顽强抗争、执著追求的精神相比，贾谊的执著意识明显要弱一些、浅一些，他在执著的同时，意识中已含有浓郁的超越情调。若仅就悲剧的形式原因加以考察，则贾谊的长沙之谪无疑与根深柢固的嫉妒才士的习惯性势力直接相关，而周勃、灌婴等人便是这种势力的突出代表。究其本心，亦不过发泄不满和私愤，而非有意干乱国政。准此，贾谊与他们之间的矛盾性质便更多地表现为新旧之争，而非忠奸之争。贾谊与屈原的显著不同处，则在于他将人生关怀的主要目标由社会政治转向了自我生命，将外向的社会批判转向了内向的悲情聚敛，将忠奸斗争的悲壮主题转向了一己的、文人普遍具有的怀才不遇。①

从屈原到贾谊，虽不剧烈但却清晰地显示了弃逐主题在执著与超越间游移演进的轨迹，而屈原和贾谊，则有如弃逐文化史上的两座峰头，既标志着放子逐臣在生命沉沦过程中不尽相同的人生道路的选择，也代表了忠奸斗争和感怀不遇这样两种不无区别的主题及其价值意义。而从最终归趋言，他们身遭放逐后要求回归的强烈意绪，却是别无二致的。

六、基于历史学视角的弃子故事流变考察

作为后世广为传诵的孝而被弃的典范，伯奇及其本事呈现出令人注目的时段性特点：先秦文献记载阙失，启人疑窦；西汉诸说蜂起，莫衷一是；东汉至晋，既展示出显著的历史化、经学化倾向，又涌动着夹杂想象、虚构的传说暗潮。其间相激相荡，相克相生，

---

① 参见尚永亮《忠奸之争与感士不遇——论屈原贾谊的意识倾向及其在贬谪文化史上的意义》，《社会科学战线》1997 年第 4 期。

几经转化，最后构成以《履霜操》及相关叙述为载体的定型文本。总而观之，汉代以来围绕伯奇故事所出现的种种记载、议论和创作，与其说在于慎终追远，还原历史，不如说是徘徊在历史与传说之间，遵循有序与无序的发展规则，进行着一种文学的变奏。换言之，伯奇故事在汉晋历史上的每一次大的变动，既受制于历史与传说间的张力，不至于过度远离历史或"观念历史"，也追求着精神的自由和心灵的秩序，使其在不断的情节完善中一步步逼近文学的真实。顾颉刚先生提出的"我们要辨明古史，看史迹的整理还轻，而看传说的经历却重"这一观点，[①] 无疑适用于伯奇故事，并对我们重新认识此一故事的"传说经历"提供有益的启示。[②]

通过对上古弃逐现象的匆匆巡礼，可以看出，弃妇、弃子和逐臣是构成中国弃逐文化的关键要素，其中融贯着家与国、宗亲伦理与政治道德的全部内涵。同时，从弃子、弃妇到逐臣，展示了从家到国，从宗亲伦理到政治道德的发展、转换线索，而妇、子、臣与夫、父、君的异体同构，则是此一发展、转换的逻辑原因和文化内核。

从夏代起，中国就开始了"家天下"的历史。在此后的历史进程中，始终伴随着家、国关系的相互依存、相互转化。一方面，皇亲宗室须以持家之责任来治理其国，由家齐而国治；另一方面，家族长老每以治国平天下的目标教育子弟，规范言行。这里既有主流意识形态的家庭化，亦有传统家庭成员行为规范的社会化，二者交相渗透、映射，使得"父父子子"的家庭伦理和"君君臣臣"的政治道德一脉相承，而作为血缘亲情凝聚文化场的家，很大程度上已

---

① 《古史辨》第一册，上海古籍出版社 1982 年版，第 59—60 页。
② 参见尚永亮《历史与传说间的文学变奏——伯奇本事及其历史演变考论》，《文史哲》2014 年第 4 期。

成为君国意志社会化的一个缩影。具体而言，弃子和弃妇，原本只是属于个体家庭的私人行为，但在中国独特的政治体制下，它已经超越了家庭的范畴，而获得了与君国政治具有某种内在联系的事件，家国一体，夫、父、君同构，妇、子、臣共命，形成弃子、弃妇与逐臣紧相关联的文化统系。而作为支撑此一统系的文化基础，起源甚早的"阴阳"观念发挥着巨大的理论支撑作用。如果说，汉儒倡言的"君为臣纲，父为子纲，夫为妻纲"，作为凝定的道德律令曾经深远地影响了此后两千年的文化进程，那么，早在汉代之前的漫长历史中，这一道德律令便已或隐或显、或松散或严密地存在着，发展着，并在大量弃子、弃妇、逐臣事件中一再顽强地表现出来。换言之，正因为被定位为"阳"的夫、父、君占据着无可撼动的主导地位，隶属于"阴"的妇、子、臣才必须俯首帖耳地"以卑事尊"，而且稍有不慎，即遭受被弃被逐的命运；正因为社会地位的趋同和家国一体的政治形态，才导致了弃妇、弃子与逐臣的异体同构，及其在不同弃逐事件中的相互涵容和逻辑转换。

　　由于夫、父、君在家庭和国家占据着绝对的优势地位，掌握着不可僭越的话语权，所以形成一种稳固而恒定的专制态势，予取予夺，不受制约，顺生逆亡，全凭己意；又由于权力所在即利益所在，而利益又是众所同趋的目标，所以在夫、父特别是君的身边，势必会围绕一批邀宠固宠之人，以讨得其欢心满意，并对那些妨碍自己利益者进谗诋毁，必欲置之死地而后快。于是，作为弃逐事件的制导因，家之后母、庶子与国之佞臣群小便理所当然地成为一股能量颇大的邪恶力量，发挥着对夫、父、君极其重要的影响作用。这是另一种形态的异体同构，从后母、庶子到佞臣群小，虽角色变换，地位有别，但在谗毁贤妇、孝子、忠臣以获取最大利益一点上，却事异情同，如出一辙。就此而言，他们乃是历次弃逐事件中最活跃的因素，并由此形成一个从进谗到信谗再到弃逐的恒定模式。

妇、子、臣的被弃被逐及其心态、行为是最值得关注的一个方面。与那些犯了过错和罪有应得者的被弃逐不同，我们所论述的，主要是贤妇、孝子、忠臣的被弃逐。从身份和伦理道德层面看，他们大都是正妻、嫡长子、重臣，都是正道而行的好人，顾惜名誉，忠于职守，不事谀谀，敢于直言，是他们较为共同的特征。然而，正是这样一种特征，在特定的家国背景下，不仅未能给他们带来相应的褒赏，反而成为后妻、庶子和佞臣追求最大利益的障碍，由此导致谗言频兴；而其或色貌渐衰或发言刚直等个体情态，也导致夫、父、君的冷遇或不满，两种因素聚合一途，贤妇、孝子、忠臣的被弃被逐便不可避免地发生了。这种情形，用汉人司马迁评论屈原的话说，就是"信而见疑，忠而被谤"。信者，诚信也；忠者，忠贞也。身践忠贞之行，反遭佞臣诽谤；本为诚信之士，却被君主怀疑，最后落得个被疏远、被放逐的命运，当此之际，"怨"便成了被弃逐者的恒定心态，而"发愤以抒情"也就成了弃逐诗的主要特点。

在上古弃逐诗中，表达冤屈、抒发悲怨是其情感主线，与之相伴，讽刺进谗者和信谗者，也成了其最常用的表现方式。从《小弁》的"君子信谗，如或酬之"，到《四月》的"废为残贼，莫知其尤"，《柏舟》的"忧心悄悄，愠于群小"，再到《离骚》的"众皆竞进以贪婪兮……各兴心而嫉妒"，"荃不察余之中情兮，反信谗而齌怒"，无不将讽刺矛头指向进谗的群小甚至信谗的父君。然而，当这些诗作者一旦涉及对父、君的最终态度时，又大都表现出一种心向往之的忠慕心理，极少决然地背离和反抗。这是因为，以父权、君权以及夫权为基本命脉的文化传统过于根深柢固，使得为人妇、为人子、为人臣者在强势话语下不得不一再压抑自我人格，以恭谨、服从为第一要务，并将这种服从内化为自我心性的一部分，从而形成强烈的依附意识；而被驱离家国、流落荒远的身世遭际，又使他们产生一种强烈的"分离焦虑"，亦即当人被迫离开自己熟悉的旧事物、旧环境而接触到陌生的新事物、新环境时，当这新事物、新环境对自己构成大的威胁而自己又没有能力来应对时，便必然会为此焦虑不堪，希望逃避眼前现实而回到固有的生活中去。这种分离焦虑说到底，是由对惩罚的恐惧造成的，所以，心理学家指出："孩子与其说是因为爱不如说是因为恐惧才终日围着母亲裙边转的。这一点颇具讽刺意味，然而却千真万确。他害怕由于自己企图获得独立而招致母亲的报复。"① 由此看来，在大量弃逐作品中存在的悲怨与忠慕的矛盾，便容易理解了。孟子在解释准弃子虞舜在屡遭父母迫害对天号泣的行为时，认为这是"怨慕也"，② 可谓经典之论。怨，指哀怨；慕，指恋慕。前者缘于忠孝而被迫害，被弃逐；后者既缘于传统观念的熏染，也缘于个体的弱小无助和仍存的一缕亲情。联系到司马迁在《屈原列传》中由"人穷则反本，故劳苦倦极，未尝不呼天也；疾痛惨怛，未尝不呼父母也"的情形，论及屈原"信而见疑，忠而被谤，能无怨乎"的心理，③ 可以更深入地感知弃子逐臣这种由放逐至悲怨、悲怨中含忠慕的心路变化。

从表层看，悲怨与忠慕及其矛盾已构成弃逐文学的主要内容，但从深层看，弃逐与回归及其冲突却是更为本质的方面。综观古代弃逐事件与相关作品，大凡被弃逐者，从其受谗被逐的那天起，便很少有人不念及回归的。屈原在其作品中一再申说："惟郢路之辽远兮，魂一夕而九逝。"（《抽思》）"羌灵魂之欲归兮，何须臾而忘反。……鸟飞反故乡兮，狐死必首丘。信非吾罪而弃逐兮，何日夜

① ［美］C. S. 霍尔《弗洛依德心理学入门》，商务印书馆 1985 年版，第 84 页。
② 《孟子·万章章句上》，《孟子注疏》卷九上，《十三经注疏》（下），中华书局 1980 年版，第 2733—2734 页。
③ 《史记》卷八四《屈原列传》，中华书局 1982 年第 2 版，第 2482 页。

而忘之！"（《哀郢》）似可作为表达回归意识的典型代表。弃子逐臣之所以如此强烈地要求回归，既是对无罪遭逐之不公待遇的不满，也是对专制强力的逻辑反弹，同时还包含着诸如雪冤复仇、实现理想等复杂因素，而从根本上说，则是源于人的一种最基本的需求，即归属的需求。人类的本性是趋利避害，要求生活的基本保障。人之所以需要归属，除了逃避孤独，更重要的还在于寻求安全，这是人类自我保护的本能。而被弃逐后的陌生环境和荒远之地，是不能给人提供这种安全保障的。因而，被弃逐者理所当然地会产生摆脱困境、走出泥潭、消除危机、回归故土的渴望。西方人本主义心理学家马斯洛在概括人的需求层次时，将归属感和安全感视作其中两个基本的要项，这一概括对被弃逐者的心理来说，尤为切合。①

当然，要摆脱困境，实现回归，还需自我救助或得到他人救助。因为只有这种救助，才能抗衡逆境和苦难，才能实现回归；也只有回归，才能洗冤雪耻，完成自我实现。换言之，救助是以回归为目标的，回归是建立在救助的基础之上的。没有救助，便无法实现回归；不以回归为目标，救助就失去了意义。正是在此一意义上，我们将"弃逐—救助—回归"视为所有弃逐事件的发展主线。倘若为明晰简便计，将救助这一中间过程暂时搁置，而取其更为重要的前后两端，那么，弃逐与回归及其矛盾便成了上古弃逐文学乃至后世贬谪文学的恒定主题。

---

① 关于此一主题在后世贬谪文学中的表现，参见尚永亮、程建虎《唐代逐臣别诗中的回归情结、艺术表现及成因探析》，《文学评论丛刊》第9卷第1期。

第一章
英雄型弃子——神话学视角的考察

第一节　后稷之弃与弃逐文化的母题构成

在中国弃逐文化中，被命名为"弃"的后稷最先映入我们的眼帘。后稷是周民族的始祖，是中国社会"由母系制向父系制过渡时期"之"半神半人之英雄人物"。^① 关于他出生前后的一些情形，充满了神话色彩，其中最引人关注的，就是其母姜嫄履"帝"迹而受孕及其被三弃三收的故事。关于这些故事发生的原因，自古及今的研究者和各种观点可谓汗牛充栋，就其较重要者而言，即有贱弃说、遗腹说、速孕说、早产说、晚生说、易生说、难产说、怪胎说、卵生说、不哭说、假死说、阴谋说、避乱说、杀婴说、轻男说、杀长说、宜弟说、犯禁说、触忌说、不宁说等多种。^② 这些说法，虽不乏偏执者，但亦多具一得之见，其留给今人的申发空间已少之又少；但从弃逐文化的角度，借助训诂学、民俗学、结构主义

---

① 陈子展《诗经直解》，复旦大学出版社 1985 年版，第 919 页。
② 参见萧兵《中国文化的精英》，上海文艺出版社 1989 年版，第 218—247 页。

神话学的方法和理念，对原始文本和后人的相关阐释予以梳理，还是可以大体还原其本事，并获得一些新的发现的。

一、"履帝武敏"与无夫被弃

《诗经·大雅》中的《生民》一篇，是记载后稷故事最原始的文本，其开篇即这样说道：

> 厥初生民，时维姜嫄。生民如何，克禋克祀，以弗无子。履帝武敏歆，攸介攸止，载震载夙，载生载育，时维后稷。

这里概略讲述了姜嫄从怀孕到生子的过程，译成口语即谓：最初生下第一代周人的，便是姜嫄这位母亲。生子的情况如何？她先是去祭祀神灵，以求获得儿子；接着踩到"帝"的脚印，心中歆然有感，就在那里停下来休息，肚子里时而震动时而平静，不断地生长发育，这就是后稷。在这段诗中，最为后人争议的一个问题，是"履帝武敏"中的"帝"何所指？因其与后稷之被弃有一定关联，故有必要稍予辨析。

首先，综览各家对"帝"的解说，约有二端：一为《毛传》所谓："帝，高辛氏之帝也。"一为《郑笺》所谓："帝，上帝也。"若从前说，则姜嫄本是在跟随自己的夫君即高辛氏禋祀神灵，以求子嗣时，踩到了夫君的脚印，有感于心而怀孕；若从后说，则姜嫄乃是在独自外出禋祀求子时，踩到了上帝亦即神人留下的大脚印，心神感发而怀孕。围绕这两种意见，后人是丹非素，互为左右袒，曾作过持续的争论。如唐代孔颖达赞成《毛传》之说，在其基础上进一步解释道："既言姜嫄生民，又问民生之状，言姜嫄之生此民，如之何以得生之乎？乃由姜嫄能礼敬能恭祀于郊禖之神，以除去无子之疾，故生之也。禋祀郊禖之时，其夫高辛氏帝率与俱行，姜嫄随帝之后，践履帝迹，行事敬而敏疾，故为神歆飨。神既飨其祭，则爱而祐之，于是为天神所美大，为福禄所依止，即得怀任，则震动而有身。"① 这就是说，姜嫄虽是履迹而孕，不无神秘色彩，但她所踩到的却是自己夫君的脚印，孩子的来路是正大光明的。与此相对，另一种解释也来源甚早，在郑玄之前，西汉史家司马迁虽然也认为"姜原为帝喾元妃"，但却采鲁齐韩三家诗说，② 改变了诗中之"帝"为高辛氏的说法，谓姜嫄所履者为"大人"之迹："姜原出野，见巨人迹，心忻然说，欲践之，践之而身动如孕者，居期而生子。"③ 这里的"大人"，在《郑笺》中被转换为"上帝"或"大神"："祀郊禖之时，时则有大神之迹，姜嫄履之，足不能满履其拇指之处，心体歆歆然，其左右所止住，如有人道感己者也，于是遂有身。"④ 这就是说，姜嫄所履者为神迹，与自己的夫君无关，孩子的来路不明。对郑玄此种解说，清人马瑞辰深表赞同，并联系《生民》《閟宫》二诗谓："《诗》言'履帝武敏'，而下言'上帝不宁'，《閟宫》诗曰：'上帝是依'，是知帝为上帝，非高辛氏之帝。"⑤ 换言之，"帝"字在同一首诗及涉及姜嫄的《鲁颂·閟宫》诗中数次出现，后者均明言"上帝"，则前者不可能指高辛氏。

以上两种意见，其根本分歧在于对历史传说的态度不同，《毛传》一系将姜嫄之受孕与其夫高辛氏连在一起，尽力使之获得一种历史化、人伦化的解释。诚如黄焯所谓："古来神怪之言，其来或有所自，盖由人心好奇，鲜精物理，于是争为缘饰，转相附

---

① 孔颖达《毛诗正义》卷十七，《十三经注疏》（上），中华书局 1980 年影印本，第 528 页。
② 王先谦认为："史迁所载皆本《鲁诗》，其为帝喾妃，乃杂采它传记。齐韩盖同。"《诗三家义集疏》，中华书局 1987 年版，第 875 页。又，魏源《诗古微》引《春秋繁露》"后稷之母姜嫄履天之迹而生"的说法，指出："太史公受之董生，非独鲁韩《诗》说。"见《魏源全集》，岳麓书社 1989 年版，第 654 页。
③ 司马迁《史记》卷四《周本纪》，中华书局 1959 年版，第 111 页。
④ 孔颖达《毛诗正义》卷十七，《十三经注疏》（上），中华书局 1980 年影印本，第 528 页。
⑤ 马瑞辰《毛诗传笺通释》卷二十五，中华书局 1989 年版，第 871 页。

会。……惟毛公独标神识于秦汉之前，于此诗既以帝为高辛，于《玄鸟》则谓'玄鸟至日生契'，辞皆平实，视郑君生居汉季，犹笃信谶纬者，其为识之高下，几无等级以寄言矣。"① 而《史记》《郑笺》一系，则立足于远古荒蛮状态和后人欲神话其先祖的特点，将传说更多地作为传说来看待。正如马瑞辰所说："世代荒远，秦汉间已莫可考。殷周之视唐虞，犹秦汉之视周初。盖周祖后稷以上更无可推，惟知后稷母为姜嫄，相传为无夫履大人迹而生；又因后稷名弃，遂作诗以神其事耳。"② 比较这两种意见，似以后者更具合理性。这不仅因为世代邈远，史料缺乏，很难找到姜嫄为高辛氏之妃的佐证；退一步讲，即使可以确定姜嫄与高辛氏的夫妻关系，也难以指证《生民》中的"帝"一定指帝喾，因为上引马瑞辰关于"上帝不宁""上帝是依"的内证、旁证已有力地说明了这一点。

然而，从根本上讲，以上两种意见又是小异而大同的。其异，只是谓姜嫄所"履"者，是其夫高辛氏之"武敏"，还是"上帝"或"大人"之"武敏"；而其同者，却均为未经夫妻交合之人道，仅"履""武敏"即有感而孕这一现象。既然未经人道，无夫而孕，则其子必异，故心有不安，生而弃之，实乃后稷被弃较合理的一种解释。不过，倘仔细推究，这种解释又起码包含两个层面的含义：

其一，带有神话色彩的远祖情形。就《生民》提供给我们的描写看，姜嫄确是无夫而孕的，所谓"履帝武敏歆，攸介攸止，载震载夙，载生载育，时维后稷"，便是她受孕的全过程。对于这样一种神秘且怪异的受孕现象及其对姜嫄产生的心理影响，早在汉初即由《鲁诗》学的开创者申培作过分析。据《史记·三代世表》后所载褚先生引《诗传》语曰："文王之先为后稷，后稷亦无父而生。后稷母为姜嫄，出见大人迹而履践之，知于身，则生后稷。姜嫄以

---

① 黄焯《毛诗郑笺平议》，上海古籍出版社 1985 年版，第 325—326 页。
② 马瑞辰《毛诗传笺通释》卷二十五，中华书局 1989 年版，第 872 页。

为无父，贱而弃之道中。"① 这一解释，首倡"贱而弃之"的说法。稍后的刘向在《列女传》中承接此说发挥道："弃母姜嫄者，邰侯之女也。当尧之时，行见巨人迹，好而履之，归而有娠，浸以益大，心怪恶之，卜筮禋祀，以求无子，终生子。以为不祥而弃之隘巷。"② 到了东汉，王逸《楚辞章句》注《天问》"稷维元子，帝何竺之？投之于冰上，鸟何燠之"四句谓："言姜嫄以后稷无父而生，放之于冰上，有鸟以翼覆荐温之。"③ 进一步点明了后稷"无父而生"的特点。其中尤以刘向的说法与申培的说法互为补充，将关注的焦点转向姜嫄因履迹而孕的心理状态，或谓其"以为无父，贱而弃之"，或谓其"心怪恶之"、"以为不祥而弃之"。清人姚际恒则从人之常情推论："岂有从帝禋祀所求而得之子，如是多方以弃置之乎？庶民之家尚不如此，奚况帝子！盖弃之者怪之也，怪之者以其非人道之所感也。"④ 总之，这种分析虽是对《生民》文本的引申，却不违背文本的旨意，因而是可信的。

其二，祛除神话色彩后的历史可能情形。姜嫄之受孕虽如上述，带有浓郁的神话怪异色彩，但后人多不相信这种事情会真实发生，于是不少论者便竭力为之寻找历史的真相，希望破解姜嫄怀孕弃子之谜，于是便有了野合、私生、未婚先孕等说法，而其中论述最为细密新颖的，要算闻一多的阐释了。闻氏《姜嫄履大人迹考》先据《太平御览》所引《春秋元命苞》所谓"周本姜嫄，游閟宫，其地扶桑，履大迹，生后稷"之说，认为："閟宫即禖宫……上云禋祀，下云履迹，是履迹乃祭祀仪式之一部分，疑即一种象征的舞

① 司马迁《史记》卷十三，中华书局 1959 年版，第 503 页。按：此所引《诗传》，据王先谦引陈乔枞语云："《鲁诗》有褚氏之学，《世表》后所引《诗传》乃《鲁诗传》。"见《诗三家义集疏》卷二十二，中华书局 1987 年版，第 876 页。
② 刘向《列女传》卷一，《四部丛刊》本。
③ 洪兴祖《楚辞补注》，中华书局 1983 年版，第 113 页。
④ 《诗经通论》卷十三《大雅·生民》，中华书局 1958 年版，第 280 页。

蹈。所谓'帝'实即代表上帝之神尸。神尸舞于前，姜嫄尾随其后，践神尸之迹而舞，其事可乐，故曰'履帝武敏歆'，犹言与尸伴舞而心甚悦喜也。'攸介攸止'，'介'，林义光读为'愒'，息也，至确。盖舞毕而相携止息于幽闲之处，因而有孕也。"而"以意逆之，当时实情，只是耕时与人野合而有身，后人讳言野合，则曰履大人之迹，更欲神异其事，乃曰履帝迹耳"。[①] 这段解说，是对野合说的进一步落实和申发，并将野合的对象指实为"代表上帝之神尸"。揣之当日实情，似不无一定道理。[②] 倘若此"野合"说可以坐实，则姜嫄弃子的原因亦即"贱而弃之"说便得到了别一角度的支撑。

二、"先生如达"与因怪遭弃

与"履帝武敏"而怀孕紧相关联，后稷的出生也充满怪异，这种怪异，应是他被弃的另一原因。

关于姜嫄的生产过程，《生民》第二章有这样的描述：

> 诞弥厥月，先生如达。不坼不副，无菑无害，以赫厥灵。上帝不宁，不康禋祀，居然生子。

《毛传》释"诞弥厥月，先生如达"曰："诞，大。弥，终。达，生也。姜嫄之子先生者也。"释"不坼不副，无菑无害"曰："言易也。凡人在母，母则病，生则坼副，菑害其母，横逆人道。"黄焯《诗疏平议》曰："先生犹言初生……凡生子初生较难，此言

① 闻一多《姜嫄履大人迹考》，《闻一多全集》（3），湖北人民出版社1993年版，第50、53页。
② 闻氏在此所举情形，旨在借训诂学方法还原姜嫄生子的客观过程，故不无道理。但若依西方人类学家的观点，则在留有早期原始思维的不少部族中，"婴儿并不是受孕的直接结果，不受孕也可以生出来"。"出生的生理方面在原始人的视野中消失了，它们被关于婴儿与其父母之间的图腾联系的无比重要的观念遮盖住了"。见列维—布留尔《原始思维》，商务印书馆1981年版，第331页。

姜嫄初生后稷之易。下文不坼不副，无菑无害，正申言其易之迹。"
这就是说：后稷虽是初生子，但其离开母体时非常顺利，并未造成
其母产道破裂等情况。然而，此一解说看似平允，实则有窒碍难通
处：其一，释"达"为生，则"如达"即为"如生"，其意难明。
其二，初生虽然"较难"，但并非没有例外，现实中也有不少"不
坼不副，无菑无害"的情况。其三，既然是顺产，就无甚奇异，何
以会"以赫厥灵"——显示某种威灵？又何以会令"上帝不宁，不
康禋祀"——上帝为此不安宁，不接受她的祭祀？清人魏源就此发
问："试问稷生所以见弃之由安在乎？毛则曰：'从夫禋祀，求子得
子，因入弃之以显其灵异。'夫试堕地之子于再三必死之地，则不
情；既明知其灵异，而又谓'上帝不宁，不康禋祀'，则不伦；'诞
弥'、'诞置'，皆释'诞'为'大'，为显其灵异之义，则不词。后
人求其说而不得，于是有谓怪其产之易者。则生子必产难而始获
愿，溲牢之太任，不及寫生之姜氏耶？"[1] 这里的几点诘问，应该是
颇具力度的。其四，"居然生子"，有明显的惊讶语气，意谓竟然生
子。倘如《毛传》所说，姜嫄初生属于顺产，则按理只有欣喜，何
以会感到惊讶？

　　大概正是看到了这些矛盾中的一两点，《郑笺》改变了《毛传》
的说法，认为："达，羊子也。大矣后稷之在其母，终人道十月而
生。生如达之生，言易也。"《正义》承此说解释道："达生者，言
其如达羊之生。"[2] 此说较之《毛传》，显然更符合诗意，但却没有
明确说明"达羊"易生的理由。清人马瑞辰延续此一思路，进一步
作解："《说文》：'羍，小羊也，读若达。'《初学记》引《说文》
云：'达，七月生羔也。'《笺》盖以'达'为'羍'之假借，故曰

---

[1]　《诗古微》中编之七《大雅答问》上，《魏源全集》，岳麓书社 1989 年版，第 653 页。
[2]　孔颖达《毛诗正义》卷十七，《十三经注疏》（上），中华书局 1980 年影印本，第
　　529 页。

'羊子'，至'如達'之何以易生，则不言。惟《虞东学诗》云：'人之初生皆裂胎而出，骤失所依，故堕地即啼。惟羊连胞而下，其产独易，故诗以'如達'为比。又常熟陶太常元淳曰：'凡婴儿在母腹中，皆有皮以裹之，俗所谓胞衣也。生时其衣先破，儿体手足少舒，故生之难。惟羊子之生，胞仍完具，堕地而后母为破之，故其易生。后稷生时盖藏于胞中，形体未露，有如羊子之生者，故言"如達"。'今按前二说是也。下言'不坼不副'，盖谓其胞衣之不坼裂也。"① 对于马瑞辰的解说，今人多以为当，如杨合鸣谓："马氏此训详尽明晰，甚合诗意。……诗以'先生如达'喻姜嫄生产极易，十分贴切，同时也显示出后稷诞生的赫赫灵异。"② 这就是说，姜嫄初生之子不仅像母羊生小羊那样顺利，而且她所生者竟与羊之初生一样，其胞衣没有破裂，宛如一个卵状物，用杨公骥的话说，便是"其形如肉蛋，俗称球状怪胎为羊胞胎"。③ 此外，在认定姜嫄初生为卵状物的基础上，还有论者指出此一卵状物系早产所致，诗中所谓"先生"者，盖早生之谓也。④

将姜嫄初生之子的外形释为一个卵状物，在诗中是可以找到内证的。这除了"如达""不坼不副"等词语可以提供如上所述证据外，还有"居然生子"之"子"，古即与"卵"相通。《诗·小雅·小宛》有"螟蛉有子，蜾蠃负之"之句，《毛传》曰："螟蛉，桑虫

---

① 马瑞辰《毛诗传笺通释》卷二十五，中华书局 1989 年版，第 875—876 页。
② 杨合鸣《〈诗经〉疑难词语辨析》，崇文书局 2002 年版，第 122 页。
③ 杨公骥《中国文学》（第一分册），吉林人民出版社 1980 年版，第 76 页。
④ 如清人臧琳、庄述祖等均引古本《说文》之"羍，七月生羔"的说法，认为姜嫄怀孕七月即生子。魏源《诗古微》中编之七《大雅答问》更据《鲁颂·閟宫》所谓"弥月不迟"与"先生如达"相参证，认为此"尤'诞弥厥月，先生如达'切征也。史迁、《郑笺》谓'及期而生'，则品类相同，即庆其'如达'，亦当曰'易生'，不当曰'先生'；当谓'不难'，胡谓'不迟'矣。《初学记》《艺文类聚》皆引《说文》曰：'羔，羊子也。羍，五月生羔也；羍，六月生羔也；羍，七月生羔也。'《说文》引诗皆三家古义。今本《说文》作'羍，小羊也'。非唐本。然则'先生如羍'，盖谓稷妊七月而生，故一则曰'先生'，再则曰'不迟'，正与尧妊十四月，皆迟速异常而神之也"。

也；蜾蠃，蒲卢也。"《郑笺》曰："蒲卢取桑虫之子负持而去，煦妪养之，以成其子。"《孔疏》曰："谓负而以体暖之，以气煦之，而令变为己子。"① 据此可知，诗中之"子"，即螟蛉所产之卵，必须经过"暖之""煦之"才能成为幼虫。魏源《诗古微》更征引《礼记》《说文》的相关训释，以及《春秋繁露》《白虎通》《论衡》中关于契母吞鳦卵而生契、故殷姓曰子氏的记载，认为："'居然生子'者，古人谓卵为子。……居然，惊遽词，惊其胎生如卵。"② 杨合鸣则在魏说基础上进一步指出："古人训'居然'为'居默然''其是''徒然'，训'子'为'儿子'，皆未达诗旨。其实，这里的子当训作'卵'。'子'为'卵'其义甚古。《说文·爪部》：'孚，卵孚也。从爪从子，一曰信也。'徐锴曰：'鸟之孚卵皆如其期，不失信也。鸟抱恒以爪反复其卵也。'可见，'孚'字之'子'即为卵。《礼记·内则》：'濡鱼，卵酱实蓼。'孔颖达疏：'卵谓鱼子。'……这'居然生子'与上文'先生如达'正相呼应。姜嫄以为上帝不安享'禋祀'，才居然生下这么个圆球形的肉体，难怪她惊惧不已，忍痛割爱将后稷抛弃。"③ 事实上，这类出生时仍被羊膜囊包裹像一个肉球的新生儿，在今天仍有出现。④

　　证成后稷因系卵生物而被弃的，还有诗中描写后稷第三次被弃时"鸟覆翼之"后的"后稷呱矣"一句。从诗中所述来看，后稷之一弃二弃均无哭声，直到第三次被弃时才哭出了第一声，这说明他在刚离母体时并不像一般婴儿那样习惯性的啼哭，其所以如此，盖

---

① 孔颖达《毛诗正义》卷十七，《十三经注疏》（上），中华书局1980年影印本，第452页。
② 《诗古微》中编之七《大雅答问》上，《魏源全集》，岳麓书社1989年版，第655页。
③ 《〈诗经〉疑难词语辨析》，崇文书局2002年版，第122页。
④ 据中新网2015年2月26日电引外媒24日报道："美国加州一名早产三个月的婴儿羊水未破就降生，出生时身体仍被完整的羊膜囊包裹，就好像裹着一个'水球'出生。"该报道同时附有照片（http://news.163.com/15/0226/09/AJCB236N00014JB6.html♯163interesting）。

因尚为胞衣包裹也。清人顾镇有鉴于此，明确指出："人之初生，骤失所依，故堕地即啼……稷生未出胎，故无坼副灾害之事，而啼声亦不闻也。……姜嫄惊疑而弃之，辗转移徙，屡见异征，至于鸟去乃呱，则胎破而声载于路矣。"马瑞辰在引述了顾氏说法后也认为："据《诗》于'鸟乃去矣'之下始言'后稷呱矣'，盖至此始离于胞，故有啼泣之声。则其初生时如達羊之藏在胞中，其无啼声可知。其前之疑而弃之，或以此耳。"① 平实而论，顾、马二氏的说法，是深合诗意的。

综上所言，后稷被弃的另一个原因，当是其出生时呈现出的怪异形状以及因无啼哭而引发的疑惧。倘若此点可以确认，则将《生民》前两章统合起来，便可获得对后稷被弃原因的一个全面认知：姜嫄先是履帝武敏，感生而孕，接着产下一卵状物的怪胎；前者是后者之因，后者为前者之果，其间有着紧密的内在联系。因了前者，姜嫄已感到怪异，因了后者，姜嫄更感到不安，而这两点的合力，最终导致了后稷之弃。

三、三弃三收与弃逐母题

由于姜嫄从怀孕到生产都显现出了如前所述若干异状，更由于所生者系一卵状物且无哭声，遂导致弃子行为的发生。关于后稷的三次被弃，《生民》第三章有着详细的描写：

> 诞置之隘巷，牛羊腓字之。诞置之平林，会伐平林。诞置之寒冰，鸟覆翼之。鸟乃去矣，后稷呱矣。实覃实讦，厥声载路。

司马迁在《史记》中用散文的语言转述道：

---

① 马瑞辰《毛诗传笺通释》卷二十五，中华书局 1989 年版，第 876—877 页。

> 弃之隘巷，马牛过者皆辟不践；徙置之林中，适会山林多
> 人，迁之；而弃渠中冰上，飞鸟以其翼覆荐之。姜原以为神，
> 遂收养长之。初欲弃之，因名曰弃。

刘向《列女传》也有大致相同的记述：

> 弃之隘巷，牛羊避而不践。乃送之平林之中，后伐平林者
> 咸荐之覆。乃取置寒冰之上，飞鸟伛翼之。姜嫄以为异，乃
> 收以归，因命曰弃。

综合以上三种文献所记，可以看出后稷之三弃三收故事存在着一种颇有意味的规律：即抛弃与保护并行，抛弃之地越远恶，所受保护越充分。

从弃置的地点看，第一次是"隘巷"，第二次是"平林"，第三次是"寒冰"，一次比一次遥远，一次比一次严酷。

从三次弃置后的情况看，第一次受到牛羊的荫庇，第二次被山中伐木者收养或护送，第三次受到飞鸟用翅膀给他的覆盖和温暖，保护的层级一次比一次深化，呈现的征兆一次比一次灵异。

那么，在这样一个三弃三收的事件中，是否蕴涵着一种深层的、如文化人类学家宣称的"磨炼与考验"呢?[1] 回答应该是肯定的。但这种对后稷的磨炼与考验更多地源于诗中的客观呈示，而并非出自姜嫄的自觉意志。就诗中提供的情节及我们可以揣摩到的姜嫄心态而言，她是先因"履帝武敏"即有感而孕，复因所生之子乃一卵状物而心神难安，惊惧不已，故将后稷抛弃的；但这种抛弃又不是毅然决然的，她在抛弃的同时也还对这个未知的卵状物抱有一

---

[1] 参见萧兵《中国文化的精英》，上海文艺出版社1989年版，第253—272页。

份不舍的亲情和好奇心，故一开始并未将之丢弃到非常险恶的环境，而只是不远的"隘巷"。当发现"牛羊腓字之"后，她似乎感觉到了这个被弃物所具有的某种神异性，较前增加了的恐惧感和好奇心促使她将之再次抛至稍远的"平林"。结果，后稷第二次获得了救助。当此之际，姜嫄的恐惧感和好奇心无疑进一步强化——这个卵状物究竟是一个什么样的东西，竟会有如此强的生命力，并得到一再的救助？他给人带来的到底是吉祥还是厄运？大概怀着这样的心理，姜嫄有了第三次的抛弃行为，这一次所抛之地"寒冰"较之前二次要远恶许多，因为"隘巷""平林"还未必一定致死，还有遇到救助的可能，但对一个新生儿来说，寒冷的冰面却必然意味着死亡。姜嫄将卵状物置于如斯环境，其心中亲情的成分已大为减少，恐惧和嫌恶的成分则大大增加——否则，哪位母亲会将亲生子置于如此险恶之地，看着他被活活冻死？然而，奇迹再一次发生了！就在这生与死的当口，有鸟飞来，并用自己的翅膀将这个卵生物从上到下严严实实地遮蔽起来——"鸟覆翼之"，用朱熹的解释说，就是："覆，盖；翼，藉也。以一翼覆之，以一翼藉之也。"[1]这只鸟，是后稷的保护神，也是后稷经受磨炼和考验并由此展示出天赋异禀的确证。"鸟乃去矣，后稷呱矣。"这是后稷的第一声啼哭，这声啼哭是因卵状物被鸟孵化还是啄破所致，都已不甚重要，重要的是，当这只大鸟离去后，被一弃二弃三弃的后稷才哭出了脱离母体后的第一声，而且这声啼哭是如此嘹亮——"实覃实讦，厥声载路"——既长又大，布满了大路。这一声啼哭宣告了一个伟大的生命在历经磨难后终于诞生，宣告了作为母亲的姜嫄在经过种种疑虑、恐惧后与这个新生命确认了母子的关系，宣告了后稷作为周民族的始祖正式踏上了历史舞台。

---

[1] 朱熹《诗集传》卷十七，上海古籍出版社 1980 年新 1 版，第 191 页。

在这里，《生民》作者要告诉读者的意旨，着重表现在两个方面：其一，磨难和考验的必然性。与一般人不同，后稷在其生命的初始阶段，是必须经过多种磨难和考验的，这种磨难和考验，某种意义上是他日后成就大业的前提和基础。其二，借助磨难而显示的生命的神异性。作为周民族的始祖，后稷所经历的磨难和考验又始终伴随着外力的保护，并处处展示出神异的色彩。这种神异色彩，成为其天人交感并得到上天祐护的明确象征。就这两个方面的重要性而言，又是有所分别的：前者是为手段，后者是为目的，考验和磨难越复杂，越艰险，展示出的神异便越强烈，越动人，由此后人对祖先的崇拜才越虔诚。《毛序》该篇解题谓："尊祖也。后稷生于姜嫄，文武之功起于后稷，故推以配天焉。"[①] 这种"尊祖""配天"的说法，应该是颇得作者之用心的。

然而，当我们从文本角度再度审视后稷之弃，又可以从这一充满神异色彩的传说中，发现其基本结构和深层次的内涵。

从故事的基本结构看，围绕后稷之弃，出现了抛弃行为的施动者、受动者、救助者三方。其中受动者也就是身为被弃者的后稷最为单纯，他仅是一个刚离母体并无过错即遭抛弃的婴儿。施动者亦即弃子者是后稷之母姜嫄，但在其背后，还隐藏着使其怀孕并为之"不宁""不康"的上帝，只是这位上帝并未出场，其旨意是通过姜嫄弃子的行为来表现的。至于救助者，则分别由诗中的"牛羊"、"伐平林"者和"鸟"来担任，而在这些表面的保护者背后，一个具有更大法力的保护者亦即上帝的身影仍隐然可见，也就是说，每当后稷遇到危难，便有一双无形的救援之手向他伸来，这双手是那些牛羊、伐木者和鸟的最终主使者，也是后稷命运的掌控者。这样看来，后稷的被弃和获救，都与上帝有着隐然而紧密的关联，甚至可

---

① 孔颖达《毛诗正义》卷十七，《十三经注疏》（上），中华书局 1980 年影印本，第 528 页。

以说，他的不无怪异的被孕和出生情状，他的越来越远的一次次被弃，他的分别得到牛羊、伐木者和鸟的保护，似乎都由这双神秘的大手在操控，某种意义上，后稷就是上帝的一件作品。由此可以见出上帝无所不在的权威，同时，在文化的承传和嬗变层面，这种权威被合理地置换为后世帝王，并在中国弃逐文化中发挥着举足轻重的作用。

如果进一步分析，可以发现，此一充满神秘色彩的远古传说是围绕一种关系或契约的破裂和修复展开的。按照常理，母亲一旦怀孕并生产，便与子女形成亲子关系，这种关系是一种无言的契约，它在以孝道规定儿女言行的同时，也要求母亲对儿女负起养育和保护的责任。然而，在姜嫄和后稷这里，此一关系或契约出现了严重的裂痕，孩子甫一出生，母亲就要将其抛弃，而且一弃再弃直至三弃，这样一种大逆常理的举动，尽管与母亲的怀孕方式及儿子初生形状等不无因果关联，但就子为母所弃这一显的事件而言，却确确实实揭示了一种亲子关系的破裂。与这一点相对应，后稷的最终获救并被母亲抱归，则预示了其母子关系的修复，一种正常契约的重新达成。

这是一组矛盾，矛盾的双方是母与子，矛盾的基本情节围绕抛弃和回归展开。抛弃，是因了儿子无过错的"过错"——奇特的受孕方式、初生儿的怪异形状等；回归，是因了儿子一再获助所显示的神异和大声的啼哭——虽然这种啼哭是无意识的，但在广泛的象征意义上又何尝不可将之视为儿子的呼救，以及借此啼哭对失落母性的感召？这可以是一个客观的框架，也可以是一个主观的预设，可以是诗意的自然延伸，也可以是诗行之外的意义提取，无论哪种情况，都可以从中抽绎出"抛弃—救助—回归"这一基本情节模式。正是这一情节模式，不仅在上古乃至中古多种神话传说中一再呈现，而且在此后的贬谪文学中也反复呈现，[1] 并由此构成中国弃

---

① 参见尚永亮、程建虎《唐代逐臣别诗中的回归情结、艺术表现及成因探析》，《文学评论丛刊》第 9 卷第 1 期。

逐文化的一个根本性的母题。

第二节 东西方早期弃逐故事的基本
形态及其文化意蕴

作为中国历史上的早期弃子，被命名为"弃"的后稷在弃逐文化中极具代表性。由后稷之弃扩展视野，作进一步探究，可以发现，类似的弃子故事在东西方早期社会都有广泛传播，并引起了神话学家、民俗学家、文化人类学家持久的关注。[①] 倘若从弃逐文化的角度，对这些故事稍予梳理和归纳，则可在更广阔的范围内深化我们对此一问题的认识和理解。

一、中国早期的英雄型弃子传说

在中国上古、中古时代，与后稷被弃相似的故事传说并不罕见。粗分起来，盖有三类：一类为卵生遭弃而获救者，一类为非婚生遭弃而获救者，一类为其他原因遭弃而获救者。

（一）卵生遭弃而获救者

先看徐偃王的故事。《论衡》卷十谓："徐偃王修行仁义，陆地朝者三十二国。"[②]《说苑》卷十五载："王孙厉谓楚文王曰：'徐偃王好行仁义之道，汉东诸侯三十二国尽服矣！王若不伐，楚必事徐。'王曰：'若信有道，不可伐也。'对曰：'大之伐小，强之伐弱，犹大鱼之吞小鱼也，若虎之食豚也，恶有其不得理?'文王遂兴师伐徐，残之。徐偃王将死，曰：'吾赖于文德，而不明武备；

---

① 关于早期弃子、弃婴的记载和论述，较具代表性的有英国学者爱德华·泰勒的《原始文化》（连树声译，广西师范大学出版社 2005 年版）、詹姆斯·G·弗雷泽的《〈旧约〉中的民俗》（童炜钢译，复旦大学出版社 2010 年版）、萧兵的《中国文化的精英——太阳英雄神话比较研究》（上海文艺出版社 1989 年版）、陈建宪的《神话解读》（湖北教育出版社 1997 年版）等论著。
② 王充《论衡·非韩》，《诸子集成》(7)，上海书店 1986 年版，第 96 页。

好行仁义之道，而不知诈人之心，以至于此。'"① 由此看来，徐偃王是一位行仁仗义并颇有人望的国君。然而，正是这位徐偃王，在其出生时却遭遇了被抛弃的命运。《博物志》卷七引《徐偃王志》曰：

> 徐君宫人娠而生卵，以为不祥，弃之水滨。独孤母有犬名鹄苍，猎于水滨，得所弃卵，衔以东归。独孤母以为异，覆暖之，遂沸成儿，生时正偃，故以为名。徐君宫中闻之，乃更录取。长而仁智，袭君徐国。②

这则故事叙说了徐偃王初生时的怪异情形：其一，知其母而不知其父，来路显然不正。其二，娠而生卵，其状盖与后稷初生相似。其三，因系卵生，故人以为不祥，弃之于水滨。其四，得到名为"鹄苍"之犬及其主人独孤母的救助，先被衔归，继被"覆暖之"，终于卵破儿出，得以成人。另据《荀子·非相》："且徐偃王之状，目可瞻马。"见出其面貌的奇特。《论衡·非韩》曰："偃王有无力之祸。"《太平御览》卷三七五引《尸子》曰："徐偃王有筋无骨。"则说明其形体松软，有似今所谓软骨病者。其得名偃，盖与此有关。

东明的故事与之相类，所不同者，徐偃王为卵生，而东明却是其母吞卵所生。王充《论衡·吉验》载：

> 北夷橐离国王，侍婢有娠，王欲杀之。婢对曰："有气大如鸡子，从天而下，我故有娠。"后产子，捐于猪溷中，猪以

---

① 向宗鲁《说苑校证》，中华书局1987年版，第366页。
② 范宁《博物志校证》，中华书局1980年版，第84页。

口气嘘之，不死；复徙置马栏中，欲使马藉杀之，马复以气嘘之，不死。王疑以为天子，令其母收取，奴蓄之，名东明，令牧牛马。①

这则故事，与上古时期简狄吞卵、秦始祖大业母吞燕卵生子的传说颇为相类，只是情节更详细曲折了。而从本质上看，乃是卵生神话的一种变形。至于其被弃后的遭遇，更与后稷三弃三收的情形相似，属于英雄弃子神话。这一神话，在《后汉书·东夷传》《梁书·高句丽传》《三国志·魏书·东夷传》《隋书·东夷传》及《搜神记》中均有记载，可见其传播广远。而在《魏书·高句丽传》中，类似的故事得到了进一步的演绎：

> 高句丽者，出于夫余，自言先祖朱蒙。朱蒙母河伯女，为夫余王闭于室中，为日所照，引身避之，日影又逐。既而有孕，生一卵，大如五升。夫余王弃之与犬，犬不食；弃之与豕，豕又不食；弃之于路，牛马避之；后弃之野，众鸟以毛茹之。夫余王割剖之，不能破，遂还其母。其母以物裹之，置于暖处，有一男破壳而出。及其长也，字之曰朱蒙，其俗言"朱蒙"者，善射也。②

与前几则故事及后稷的传说相比，这则关于朱蒙初生的故事更为曲折：不仅其受孕的方式是为日影所照，而且所生者乃一大卵；不仅弃之于犬、豕、牛马，而且弃之于野，一弃二弃三弃以至于四弃，最后被其母抱回暖孵，才得以破壳而出，最终成长为一个英武的射手。杨公骥《中国文学》认为：此一神话"在主要情节上与《生

---

① 王充《论衡·吉验》，《诸子集成》(7)，上海书店1986年版，第18—19页。
② 《魏书》卷一百《高句丽传》，中华书局1974年版，第2213页。

民》是相同的。至于卵生祖先是射手这一点虽与《生民》不同，但《楚辞·天问》中却有如是记载：'稷维元子，帝何竺之？投之于冰上，鸟何燠之？何冯弓挟矢，殊能将之？'由此看来，古神话中的后稷，生下来即能'冯弓挟矢'"。[1] 就此而言，朱蒙之善射，恐怕也与后稷传说有着某种承传的关系。

（二）非婚生遭弃而获救者

较之前述卵生故事浓郁的神话色彩，公元前七世纪楚国大臣斗伯比之子、后来官至令尹、为楚国作出了大贡献的子文被弃更具历史的真实性。据《春秋左氏传·宣公四年》载：

> 初，若敖娶于䢵，生斗伯比。若敖卒。从其母畜于䢵。淫于䢵子之女。生子文焉。䢵夫人使弃诸梦中，虎乳之。䢵子田，见之，惧而归。夫人以告，遂使收之。楚人谓乳谷，谓虎於菟，故命之曰斗谷於菟。以其女妻伯比。实为令尹子文。[2]

这是关于子文被弃前后的一段故事：若敖即春秋初楚国国君熊仪，熊仪娶了䢵国的女子，生下伯比，伯比即以若敖为氏，因被封于斗邑，故亦称斗氏。熊仪死后，伯比即随其母回到娘家䢵国，而与䢵子（即䢵国国君）之女私通，遂产一子，即后来的子文。但这段情爱及其结果却是违背伦理的：其一，伯比与䢵子之女属于表亲关系，而近亲之间是不宜有婚姻关系的。《国语·晋语四》"同姓不婚，惧不殖也"，《左传·僖公二十三年》"男女同姓，其生不蕃"，说的虽是同姓，但无疑也包括近亲在内。其二，伯比与䢵子之女仅属男女偷情式的苟合，并非得自父母之命、媒妁之言的正式婚姻，

---

[1] 杨公骥《中国文学》，吉林人民出版社1980年版，第76页。
[2] 《春秋左传集解》，上海人民出版社1977年版，第554页。

因而是有悖礼法的。[1] 大概正是因了这两点，所以邙夫人命人将这一新生儿弃于云梦泽一带的山林中。然而，奇迹发生了，一只老虎保护了他，给他喂奶，视若己出。邙子外出田猎看到此事，深感震惊，回家后向夫人道及，夫人这才告诉了他事情的原委。于是邙子遂命人将新生儿抱回，抚养成人，并将自己的女儿正式嫁给了伯比。因"谷"在楚语中与"乳"的发音相近，"於菟"则跟"虎"相近，于是此新生儿亦即子文又被称作斗谷於菟，也就是斗乳虎的意思。

（三）其他原因遭弃而获救者

相传上古时代的射日英雄后羿也是一位弃子。《太平御览》引《括地图》曰："羿年五岁，父母与入山，其母处之大树下，待蝉鸣还欲取之。群蝉俱鸣，遂捐去。羿为山间所养。羿年二十，能习弓矢，仰天叹曰：我将射远方，矢至吾门止。因捍即射，矢摩地截草，径至羿门，随矢去。"[2] 这里没有明确交待被弃的原因，但后羿被弃后"为山间所养"，获得救助的经历，却与其他弃子大同小异。所不同者，他最后成长为一位神奇射手，并随所射之矢而回归家园。

西域匈奴昆莫也遭遇了生即被弃的经历。《史记·大宛列传》记载了张骞出使西域时的一段见闻：

> 臣居匈奴中，闻乌孙王号昆莫，昆莫之父，匈奴西边小国也。匈奴攻杀其父，而昆莫生，弃于野。乌嗛肉蜚其上，狼往

---

① 干宝《搜神记》卷十四记此事较详，谓邙子出猎归，与妻言及虎乳小儿事，妻曰："此是我女与伯比私通，生此小儿。我耻之，送于山中。"（中华书局 1979 年版，第170 页）已道出子文被弃的一个原因。

② 李昉《太平御览》卷三百五十《兵部》第八十一，中华书局 1960 年影宋本，第1612 页。

乳之。单于怪以为神，而收长之。及壮，使将兵，数有功，单
于复以其父之民予昆莫，令长守于西城。①

此一故事，《汉书·张骞传》所载稍有不同：

> 子昆莫新生，傅父布就翎侯抱亡置草中，为求食，还，见
> 狼乳之，又乌衔肉翔其旁，以为神，遂持归匈奴，单于爱养
> 之。及壮，以其父民众与昆莫，使将兵，数有功。②

以上两段记载，或谓父死而昆莫被弃于野，或谓父死而昆莫由保
育、辅导他的"傅父"抱着出逃草野之中，但在受到狼哺乳、乌衔
肉之救助一事上，《史记》和《汉书》的记载却是一致的，二者突
出的，都是昆莫被弃获救并最终成长为英雄的经历。

二、亚、欧诸国的英雄弃子传说

在亚、欧诸国的神话故事中，弃子之多，绝不亚于中国。这些
故事，不仅在中东的两河流域有着集中的分布，而且在古希腊等西
方国度也广泛流传，从而形成关于弃子的形形色色的版本。法国人
类学家列维—布留尔在对"许多原始民族中间以各种形式如此普遍
流行的杀婴风俗"予以考察的基础上，这样说道："呱呱堕地的新
生儿与其说是个活人，还不如说是个进入社会集体的生活候补者。
这里也是没有任何确定的东西。假如有不容许新生儿存在的任何理
由，即便是微弱的理由，他们也会毫不踌躇地把他除掉。"因为对
刚出生不久尚未与社会集体生活发生多少关联的婴儿来说，"死亡
说不上是走回头路，他仍然是下一次生的直接候补者。所以他们扔
掉他而很少感到良心的责备。他们不是消灭了他，而只不过是推迟

---

① 《史记》卷一百二十三，中华书局1982年第2版，第3168页。
② 《汉书》卷六十一，中华书局1962年版，第2692页。

了他出世的日期，甚至可能在最近一年中这个孩子又会进入同一个娘胎肚子里"。① 换言之，是充斥于原始人脑海中弃婴并非犯罪的观念，促成了大量弃婴、杀婴事件的产生。

据萧兵《中国文化的精英——太阳英雄神话比较研究》、陈建宪《神话解读》等著作提供的材料，这些神话故事主要发生在如下一些地域：

（一）两河流域及西南亚诸国

早在公元前 2700 多年前，伊拉克美索不达米亚地区的萨尔贡王，曾领导闪米特人征服了苏美尔人，建立了苏美尔·阿卡德帝国。但萨尔贡王出生时却不知其父，是其母将之放在芦苇篮中，抛入河里漂流，被灌溉者收养，而后成为园丁，最终晋身国王的。又据巴比伦的神话传说，国王吉尔伽美什最初即是乌鲁克城守军的一个弃婴，被选为祭神仪式上的牺牲。当他被从悬崖投向山谷时，在半空为一只大鹫所救。大鹫以背驮之，将其送到一户居民院子里，后被养大成人。

古代印度也有不少关于弃子的故事。如史诗《摩诃婆罗多》的主人公俱卢家族的始祖沙恭达罗，即因系私生子而遭弃，后被人拾养；大英雄迦尔纳也是因私生子的身份，被母亲装入竹篮放入水中漂流，后被一车夫捞取养大。关于佛教始祖释迦牟尼的身世，也有多种记载，其中之一即说他出生后被用破布包裹，丢弃于路边，后被富人"四姓"收养；因担心这捡来的孩子继承家产，四姓又将他弃于土坑，一只母羊跑来为之哺乳；而后又被弃于大路的车辙里，被商人救起，辗转回到四姓手中。此后，释迦牟尼还多次遭到四姓的抛弃和谋害，结果都遇难呈祥，终成正果。

此外，与《圣经·旧约》中摩西遭弃的故事相类，因了一个预

---

① ［法］列维—布留尔《原始思维》，丁由译，商务印书馆 1981 年版，第 334—336 页。

言，《古兰经》中穆斯林先知穆萨甫一出生即遭抛弃，被装入箱子顺尼罗河漂流，后被法老妻子捡拾，养大成人。他如波斯国王居鲁士，据说出生后曾被弃于深山，由一只母狼抚养长大。至于地处东南亚、东亚的泰国、日本等国，也都有类似的传说。

（二）古希腊、罗马的弃子传说

古希腊神话中最值得注意的弃子，当是人们熟知的俄狄浦斯王。俄狄浦斯是忒拜国王拉伊俄斯和伊俄卡斯忒所生之子，神示说他将来要犯杀父娶母之罪，故他出生不久，即被丢入深山，其左右脚跟各被钉进一颗钉子。后为牧羊人救助，送给科林斯国王为养子，由此长大成人，演绎出了希腊著名剧作家索福克勒斯在《俄狄浦斯王》中描写的主人公为抗争命运、逃离神示预言而展开的一连串曲折情节。

与俄狄浦斯的经历相似，宙斯也是一个弃子。据说，其父克洛诺斯得到神谕，说他最小的儿子将会杀父自立为王，于是遂将新生儿宙斯弃于山洞。其后，宙斯得到一只母山羊的救助，终于成长为一位英雄，战胜其父而成为众神之王。

他如奥摩菲安、赫准斯托斯、珀尔修斯、赫拉克勒斯，其出生时或因形貌丑陋怪异，或因得到神的预言，或因身为私生子，均遭到抛弃。而被弃后，又都分别得到牧人、渔父等的救助，最后成长为负有盛名的英雄。

据陈建宪先生统计，在希腊神话中，像俄狄浦斯一样小时就遭遗弃的人物有二十多个。除以上所述者外，许多半神半人的英雄，如宙斯与凡人生下的孪生子安菲翁和仄托斯，日神阿波罗与凡人所生的伊翁、阿尼俄斯、利诺斯，海神波塞冬与凡人所生的欧摩尔波斯以及孪生子珀利阿斯、涅琉斯等，出生后均曾被弃获救。[①]

---

① 陈建宪《神话解读》，湖北教育出版社 1997 年版，第 220 页。

在古罗马的神话传说中，类似的故事得到了延续。如罗马大帝君士坦丁即是一个弃子；罗马城的建造者、孪生子罗慕洛和瑞穆斯因系私生子，出生后即被弃入河中，被母狼衔到山洞喂养，后被牧羊人发现，终得抚育成人。

（三）欧洲其他诸国的弃子传说

据相关记载，德国皇帝亨利三世、英国亚瑟王等，都具有弃子的身份。他们或被弃于森林，或被弃于宫外，均为人收养，最后成为君临天下者。与之相似，西班牙国王哈比斯亦是一个弃子。根据公元二、三世纪作品改写的《菲利浦故事》记叙，国王加尔戈里斯之妻因与人私通，生下哈比斯，国王遂将婴儿抛弃于野。然而，弃婴却受到很多野生动物的哺育；国王又命人将婴儿丢在路旁，又得到狗和猪的哺乳；最后将婴儿扔进大海，但海浪将之推向岸边，一只红鹿跑来给他喂奶；婴儿后来落入陷阱，被猎人救起，献给国王。国王认出了他身上的记号，感慨于其经历的神异，最后让他继承了王位。[①]

在英国人类学家爱德华·泰勒的名著《原始文化》中，虽然未对众多的弃子故事作详细论述，但却有如下简要的提示：

斯拉夫的民间传说讲述着牝狼和牝熊，它们哺育了两个神奇的双生子：移走山的华里高尔和把橡树连根拔出的威尔维杜勃。德意志有关于吉特里赫的传说，按他自己的狼奶母的名字被起绰号叫沃尔夫吉特里赫。在印度，在关于萨塔瓦干和牝狮、关于辛格—巴勒和牝虎的故事中重述着同样的情节。也有讲述着儿童布尔塔—齐诺的传说：他被抛到湖里，被牝狼救

---

① 以上所述弃逐故事，参见陈建宪《神话解读》，湖北教育出版社 1997 年版，第216—233 页；萧兵《中国文化的精英——太阳英雄神话比较研究》，上海文艺出版社 1989 年版，第317—358 页。

了，成了土耳其国的创建者。甚至巴西的蒙昧的尤拉卡雷人也讲述着他们的超人的英雄奇迹，他曾被母豹哺育过。①

这里所举欧亚诸国几则弃子例证，不过是"更为大量的关于被弃婴儿的传说的一部分"，而在这些神话中，贯穿着的一条故事主线就是："那些弃婴都被救了，后来成了人民英雄。"② 这就是说，由始被抛弃，中经救助，到最后的回归，作为弃逐事件的基本母题，确实曾在这些故事传说中一再得到过印证。

三、东西方弃子故事的共通内容与深层意蕴

以上所述东西方关于弃子的故事和传说，地域不同，形态各异，在叙述方式、事件细节等方面也不无差别，但在故事的结构形式、情节开展、因果关系诸方面，却具有高度的相似性。这种相似性，一方面固然与人类历史、生活、思维的某些共性相关，表明"在广阔的人文领域中存在着一种基本的叙述语法"，③ 另一方面也得益于文化的传播和影响。也就是说，"世界各民族的弃子母题，虽然不能说都是文化传播的结果，但是可以肯定，其中许多异文之间是有亲缘关系的。它们从一个地方传播到另一个地方，从这一代人传承到那一代人，跨越了时空的限制，在古人与今人，这个民族与那个民族之间架起了一座精神的桥梁"。④

对这些大致类同的弃子故事，如果去除其中繁复多变的枝节，提取其不变的主干，按弃子之缘起、抛弃之地点、救助之过程、最终之结果加以展示，那么，大致可得到如下主要义项：

---

① ［英］爱德华·泰勒著，连树声译：《原始文化》（重译本），广西师范大学出版社2005年版，第231页。
② ［英］爱德华·泰勒著，连树声译：《原始文化》（重译本），广西师范大学出版社2005年版，第231页。
③ ［英］罗伯特·期柯勒《神话收集者：普洛普和列维—斯特劳斯》，载叶舒宪编选《结构主义神话学》，陕西师范大学出版社1988年版，第181页。
④ 陈建宪《神话解读》，湖北教育出版社1997年版，第234页。

（一）抛弃之缘起：

1. 神灵的警示：如姜嫄生子时的"上帝不宁"，以及西方弃子神话中普遍存在的杀父篡位类预言，其中尤以宙斯、俄狄浦斯、珀尔修斯、居鲁士等故事为著。

2. 非婚而孕、私通等有违礼法的行为，如姜嫄履大人迹而生子，令尹子文之"淫于邧子之女"，哈比斯、沙恭达罗之母与人私通等。

3. 婴儿卵生的怪异形状，如后稷、徐偃王、朱蒙等皆卵生。

（二）抛弃之地点：

1. 街巷、猪圈、近郊、路旁。如后稷首次被弃之陋巷，东明被弃之猪圈、马栏，沙恭达罗、哈比斯等被弃之路边等。

2. 山野、林麓。如后稷被弃之平林，子文、后羿、昆莫、居鲁士、俄狄浦斯、宙斯、居鲁士、释迦牟尼等被弃之草莽林野。

3. 水滨、河流、大海。如徐偃王被弃之水滨，沙恭达罗、穆萨、珀尔修斯等被弃之河海等。

（三）救助者之身份：

1. 鸟、兽：如后稷、徐偃王、朱蒙、子文、居鲁士、哈比斯等均曾受到牛羊、鸟雀、犬、狼、虎的养育。

2. 普通民众：如君士坦丁、亨利三世、珀尔修斯、居鲁士、释迦牟尼等的获救，均出自仆人、园丁、渔夫、牧人、樵夫等类人之手。

（四）最终之结果：

1. 被认同并回到父母身边，成为英雄。如后稷、徐偃王、东明、朱蒙、子文、昆莫、哈比斯等即是。

2. 不被认同，最后战胜或杀死施动者，夺取权力，成为英雄。如宙斯、俄狄浦斯、珀尔修斯等即是。

归纳并比较以上主要义项，可以看出这样几条大的差异：

其一，中国弃子故事多具卵生或形貌怪异的特点，西方弃子故事多具神谕特点。

其二，中国弃子多被抛弃于街巷山林，西方弃子多被抛弃于河流大海。

其三，中国弃子的救助者多为鸟兽，西方弃子的救助者多为下层民众。

其四，中国弃子最终多获得认同，回到父母身边，西方弃子最后多通过战斗取得权力。

所有这些差异，似乎主要与东西方民俗、信仰、文化、地理之差别相关，因非我们论述的重点，可以存而不论；惟需注意的，是这些弃子故事所表现出的下列相同点。某种意义上可以说，正是这些相同点，反映了东西方弃子故事共有的规律。

其一，从故事中的主要角色及其担负的功能来看，可分为施动者（抛弃者）、受动者（被抛弃者）、救助者三类。其中施动者多为受动者的父母，他们或为国王，或为王后，总之，均有相当之社会地位，且其中必有一方为权力之持有者。受动者因系一出生即遭抛弃，故处于绝对的弱势地位，其命运掌握在施动者手中而不由自主。至于救助者，或为人，或为兽，代表第三种力量。正是借助于这种力量，身为受动者的弃子才得以获救，并历经艰难，由弱而强，由被动而主动，最终回归，成长为英雄。由此，施动者、受动者、救助者三方及其在故事中的不同功用，构成弃子故事的三大基本要素和重要支撑。

其二，从故事的情节开展来看，则呈现出连续性很强的三个阶段，即"抛弃—救助—回归"。首先，这些弃子多是因其怪异特征、某种神秘的预言或其父母的非婚关系而遭弃的。接着，这些弃子被弃后毫无例外地受到人或动物一而再再而三的救助，一次次地摆脱困境。最后，弃子或直接回到父母身边，拥有了本该属于他的权位；或因其某一方面的能力而为人拥戴，建立了特殊的勋绩；或以其勇力，战胜了抛弃事件的施动者，最终取而代之，从而在更广泛的意义上实现了回归。如果深一层看，这样一个三段式所呈现的，实际上是一个近似"正—反—合"亦即否定之否定规律的动态进程。

其三，从故事的因果关系看，其表层大都呈现出浓郁的神谕性质、怪诞特征和宿命色彩，而其深层则具有某种历史的必然性。一方面，由于故事的主人公亦即弃子最终都是要成为英雄的——这一点在故事叙述者那里是明确的，因而，他们具有某种与众不同的特征和行为，或潜藏着对未来的巨大威胁，而被抛弃，并经受磨难，便成为一种必然。反过来说，正因为他们被抛弃并经受了远超常人的磨难，所以才具备了独特的资质并最终成为英雄。就此而言，在起因和结果之间，已自存有一种稳定的原逻辑关联：如欲成为超越众庶的英雄，必然要经受抛弃和磨难，而早期的抛弃和磨难，又是其日后成为英雄的前提条件。

神话学者认为：神话的本质在于对人类生存结构的模拟，与此同时，又把现实呈现为一系列的二元对立，并试图消除人类的基本困境。[①] 由此反观东西方弃子故事，不难看出，其所反映的核心，是关于人的命运的问题。具体来说，一个人出生不久即被抛弃，说明人对自我命运的难以把握；被抛弃后所遭遇的种种困厄和救助，说明人要把握自我命运，不仅需要经过艰苦的磨难，而且需要他者的支持；被弃者最终获得认同并取得成功，既展示了人把握自我命运后的结果，又勾勒出了一条人之命运由下降、受苦到提升的发展曲线。在这里，人之被抛弃，尤其是被自己的亲人抛弃，反映的是人与人的对立；被弃后在山林、江海所经历的种种困厄，以及不断

---

① 参见 M·弗雷里奇《列维—斯特劳斯方法的神话》，载《结构主义神话学》，陕西师范大学出版社 1988 年版，第 234 页。

受到的来自社会的人为迫害，反映的是人与自然的对立、与社会的对立；被弃者通过救助摆脱困境，实现回归，最终成为英雄，反映的则是人与命运的对立，以及此种对立的最后消解。

进一步看，在上述诸种对立中，人与人的对立更多地呈现出强权对弱者的压制和摧残，这是所有弃子悲剧命运的开始；人与命运的对立及对立的消解，更多呈现出弱者由弱而强、由被动而主动，最后得到强者认同或战胜强者的变化，其实质是掌握自我命运后悲剧的终结。而人与自然、与社会的对立，呈现的则主要是弱者如何面对苦难、克服苦难的问题，换言之，是人在逆境中如何获得他人拯救以及自救的问题。这是弃逐故事的中间阶段，也是最重要的一个阶段，人能否适应并克服逆境，人能否在接连不断的磨难和打击中坚守自我，锤炼意志，设法生存下去，向希望之境迈进，不仅对弃子而言是一个重大问题，而且对一切身处逆境而欲有大成就者言，都具有普遍的意义。孟子说过："天将降大任于是人也，必先苦其心志，劳其筋骨，饿其体肤，空乏其身，行拂乱其所为，所以动心忍性，曾益其所不能。"苦难以及对苦难的自觉承受，是人生的必修功课，只有修习了这门功课，才可以真切地了解"生于忧患而死于安乐"的道理。① 当然，孟子的话并非针对弃子而言，他是在提及大舜、傅说、胶鬲、管夷吾、孙叔敖、百里奚等贤能之士早期经历时，论述苦难、忧患之与日后成就的关系的。然而，这一道理又何尝不适用于弃子？无端而被抛弃，以羸弱之躯，面对接踵而来不可预料的各种灾难，倘若丧失了求生的意志和自觉砥砺的动力，这些弃子们如何存活下去？如何能成为日后的英雄？由此而言，在东西方各种弃逐传说中大加渲染的他者救助情节之外，实在还隐藏着被弃者自我拯救的努力，只是这种努力因文本的简略和神

① 《孟子·告子下》，杨伯峻《孟子译注》，中华书局1960年版，第298页。

话叙事的需要，多被忽略了而已。

　　由于经历了逆境中的各种磨难，由于具有了他者救助和自我拯救的双重努力，所以面对被抛弃的命运悲剧，东西方的弃子们毫无例外地展示出了顽强的生存意志和"回归"愿望，并最终成就了其各自不同的英雄业绩。这就是说，处于中间阶段的"救助"环节，是联通"抛弃"和"回归"的重要津梁，它所蕴含的人与自然、与社会的对立，既是前一阶段人与人对立的自然延续，又是后一阶段人与命运对立并最终消解对立的前提，而在更广泛的意义上，此一阶段本即包含着前后两个阶段人与人、人与命运的对立。正是这种多元的对立，才构成了弃子故事更为丰富的内涵，也使得弃子这一前期被动后期主动的"受动者"身份，较之施动者和救助者，在弃逐故事的结构功能中占据着更为重要的地位。

　　在列维—斯特劳斯看来，"一个神话是从某种文化整体到个别成员的编码化的信息。只要一种文化保持其等质性，一个特定的神话活力就能因此而持久，该神话的种种新的变体不过是同一信息的不同表现"。[①] 如果说，弃子故事的核心是关于人类命运的特殊展演，那么，作为故事的中心人物，弃子从始被抛弃，到获救和自救，再到最后的回归或对回归的强烈渴盼，便形成了一条主线和母题。由此一主线和母题构成的编码信息，不仅在不同民族、不同地域的同类作品中反复出现，而且也在后世无数流放、贬谪作品中反复出现，从而极大地强化了它的集中度和深刻度，赋予它以超越时空的穿透力和感染力。瑞士心理学家荣格在论述原型时指出：原型实即原始意象，在原始神话的"每一个意象中都凝聚着一些人类心理和人类命运的因素，渗透着我们祖先历史中大致按照同样的方式无数次重复产生的欢乐与悲伤的残留物"。而"每当这一神话的情

---

① 〔英〕罗伯特·斯柯勒《神话收集者：普洛普和列维—斯特劳斯》，载《结构主义神话学》，陕西师范大学出版社 1988 年版，第 184 页。

境再出现之际，总伴随有特别的情感强度，就好像我们心中以前从未发过声响的琴弦被拨动，或者有如我们从未察觉到的力量顿然勃发。原始意象寻求自身表现的斗争之所以如此艰巨，是由于我们总得不断地对付个体的、非典型的情境。这样看来，当原型的情境发生之时，我们会突然体验到一种异常的释放感也就不足为奇了"。①以此一论述为基准，我们发现，贯穿弃子故事的"抛弃—救助—回归"母题，以及故事结构中最为稳定的施动者、受动者、救助者形象，便正是一种经典的神话情境和原型；此后各种流放者、贬谪者所经历的千差万别的个体遭遇，② 均与早期弃子的典型情境具有深刻的内在联系；而历史久远的弃子神话传说，也无可争议地成为后世流放、贬谪文学的最早源头。

---

① ［瑞士］C. G. 荣格《论分析心理学与诗的关系》，载叶舒宪编选《神话—原型批评》，陕西师范大学出版社 1987 年版，第 100—101 页。
② 参见尚永亮《元和五大诗人与贬谪文学考论》，台北文津出版社 1993 年版；尚永亮、钱建状《贬谪文化在北宋的演进及其文学影响——以元祐贬谪文人群体为论述中心》，《中华文史论丛》2010 年第 3 期。

第二章
忠孝型弃子——伦理学视角的考察

第一节　英雄·孝子·准弃子
——以舜的被害故事及其结构形态为中心

虞舜，又名重华，黄帝的八世孙，司马迁在《史记》中将其列为上古五帝之一，今人则多谓其为"传说中父系氏族社会后期部落联盟领袖"。[①] 而征之文献，在舜身上，实兼具神性和人性、英雄和孝子两大品性。而其被害故事的结构形态，他的准弃子身份，以及面对多次迫害所表现出的自我保护本能、怨慕心态等特点，均在弃逐文化中占有不可忽视的地位，值得重新考察。

一、英雄与孝子：虞舜故事的演变及其双重品性

所谓英雄，固然指舜由一位数世微贱的平民在经历磨难后，最后成为古之圣君，展现出其超人的雄才大略；但另一方面，舜又是上古神话传说中的驯象能手，曾经驯服野象，使之耕耘。闻一多释

---

① 《辞海》（缩印本），上海辞书出版社 1980 年版，第 1495 页。

《楚辞·天问》"舜服厥弟，终然为害"句广引古籍"舜封象曰有鼻"、"舜葬苍梧，象为之耕"等相关记载，认为："舜弟曰象，即长鼻兽之象，故其封国曰有鼻。""'舜服厥弟'，犹言舜服象耳。"①袁珂注《山海经·海内经》"舜之所葬"句亦据象之封地、葬所、神祠等推论，谓其皆以"鼻"为名，"则此'鼻'者岂非最古神话中野生长鼻大耳象之鼻之残留乎？"并由此进一步指出："舜亦古神话中之神性英雄，如羿禹然。其一生之功业，厥为驯服野象。"② 闻氏、袁氏此一推论能否成立，还可再议，但在上古早期传说中，舜所具有的"神性英雄"的某些特点却是依稀可见的，而且在其此后三度逃避祸患的故事中，这些特点也一再突出地展示出来。

所谓孝子，是古人将舜整合到历史框架之后所形成的共同认识。据现存史料，关于舜的记载最早当出现在商周之际，西周以还，各种史书如《尚书》《左传》《国语》《国策》及《论语》《墨子》等周秦间子书涉及舜事者日趋增多，舜的家庭生活和政治举措等各种载记已颇为完备，而在《孟子》中，舜的孝道则得到了最突出的展现。如谓："舜尽事亲之道而瞽瞍底豫，瞽瞍底豫而天下化，瞽瞍底豫而天下之为父子者定，此之谓大孝。"③"大孝终身慕父母。五十而慕者，予于大舜见之矣。"④ 与这些对舜之孝道的彰扬相同时，舜之父瞽瞍、弟象对舜的迫害也频繁出现在孟子与其弟子的对话中：

> 万章曰："父母使舜完廪，捐阶，瞽瞍焚廪。使浚井，出，从而掩之。象曰：'谟盖都君咸我绩。牛羊父母，仓廪父母，

① 闻一多《天问疏证》，《闻一多全集》（5），湖北人民出版社1993年版，第592页。
② 《山海经·海经新释》卷十三《海内经》，袁珂《山海经校注》，上海古籍出版社1980年版，第461、459页。
③ 《孟子·离娄上》，《孟子译注》，中华书局1960年版，第183页。
④ 《孟子·万章上》，《孟子译注》，中华书局1960年版，第207页。

干戈朕，琴朕，弤朕，二嫂使治朕栖。'象往入舜宫，舜在床琴。象曰：'郁陶思君尔。'忸怩。舜曰：'惟兹臣庶，汝其于予治。'不识舜不知象之将杀己与?"曰："奚而不知也? 象忧亦忧，象喜亦喜。"

万章问曰："象日以杀舜为事，立为天子，则放之，何也?"孟子曰："封之也，或曰放焉。"①

这里，完廪捐阶、浚井揜土等后世盛传的故事情节均已出现，而象作为舜之弟，虽已脱去了神话中的形貌，但其"日以杀舜为事"的本质特征并未改变。至于舜对象的态度，则主要出之以友爱仁悌，借友爱仁悌以感化之、降服之，并在立为天子后以地"封之"。

《孟子》以后，记载舜事较周详的文献可推《史记》和《列女传》。在《史记·五帝本纪》中，司马迁综合上古传说和史料，首次为虞舜立传，一方面明确指出"舜父瞽叟顽，母嚚，弟象傲"，一方面以生动的笔墨，详细描述了舜屡遭迫害的经历：

舜父瞽叟盲，而舜母死。瞽叟更娶妻而生象，象傲。瞽叟爱后妻子，常欲杀舜，舜避逃。及有小过，则受罪。顺事父及后母与弟，日以笃谨，匪有解。

……舜年二十以孝闻，三十而帝尧问可用者，四岳咸荐虞舜，曰可。于是尧乃以二女妻舜以观其内……乃赐舜絺衣，与琴，为筑仓廪，予牛羊。瞽叟尚复欲杀之，使舜上涂廪，瞽叟从下纵火焚廪。舜乃以两笠自扞而下，去，得不死。后瞽叟又使舜穿井，舜穿井为匿空旁出。舜既入深，瞽

---

① 《孟子·万章上》,《孟子译注》, 中华书局 1960 年版, 第 209—210、212 页。

叟与象共下土实井，舜从匿空出，去。瞽叟、象喜，以舜为已死。象曰："本谋者象。"象与其父母分，于是曰："舜妻尧二女，与琴，象取之。牛羊仓廪予父母。"象乃止舜宫居，鼓其琴。舜往见之，象鄂不怿，曰："我思舜正郁陶！"舜曰："然，尔其庶矣！"舜复事瞽叟爱弟弥谨。于是尧乃试舜五典百官，皆治。①

在《史记》的基础上，《列女传·有虞二妃》对舜之被迫害以及二妃对他的帮助予以进一步的引申和细化：

有虞二妃者，帝尧之二女也。长娥皇，次女英。舜父顽母嚚。父号瞽叟，弟曰象，敖游于嫚，舜能谐柔之，承事瞽叟以孝。母憎舜而爱象，舜犹内治，靡有奸意。四岳荐之于尧，尧乃妻以二女，以观厥内。二女承事舜于畎亩之中，不以天子之女故而骄盈怠嫚，犹谦谦恭俭，思尽妇道。瞽叟与象谋杀舜。使涂廪，舜归告二女曰："父母使我涂廪，我其往。"二女曰："往哉！"舜既治廪，乃捐阶，瞽叟焚廪，舜往飞出。象复与父母谋，使舜浚井。舜乃告二女，二女曰："俞，往哉！"舜往浚井，格其出入，从掩，舜潜出。时既不能杀舜，瞽叟又使舜饮酒，醉将杀之，舜告二女，二女乃与舜药浴汪，遂往，舜终日饮酒不醉。舜之女弟系怜之，与二嫂谐。父母欲杀舜，怒之不已，舜犹不怨。舜往于田号泣，日呼旻天，呼父母。惟害若兹，思慕不已。不怨其弟，笃厚不怠。既纳于百揆，宾于四门，选于林木，入于大麓，尧试之百方，每事常谋于二女。舜既嗣位，升为天子，娥皇为后，女英为妃。封象于有庳，事瞽

---

① 《史记》卷一《五帝本纪》，中华书局1982年第2版，第32—34页。

瞍犹若初焉。①

　　从这两则记载，已可大致了解舜受迫害的来龙去脉。概而言之，舜父瞽叟双目失明而性情愚顽，继母阴险不仁，异母弟象狂傲狠毒，他们三人串通一气，一次次欲加害于舜。面对如此恶劣的生存环境，舜一如故往，尽孝道于双亲，施友爱于其弟，这种孝悌行为在他二十岁时便广为传播，并被帝尧了解。尧便将自己的两个女儿娥皇和女英嫁给了舜，并赏赐绨衣、琴、仓廪、牛羊等物，准备让他日后接掌帝位。然而，舜所处境遇的转换和得到的好处，对其父母和异母弟更形成了强烈的刺激，他们遂加紧了谋害舜的步伐。先是在舜涂廪时把梯子抽掉，放火烧廪；接着通过密谋，让舜浚井，而后以土掩井；最后又让舜饮酒，欲趁其醉而杀之。可是，由于尧之二女的帮助，舜一次次化险为夷，成功地躲过了来自父母兄弟的迫害，最后终于登上了天子之位。

　　如果对上述故事内涵稍予解析，不难发现，三次迫害中的涂廪、浚井、饮酒都是发生在家庭范围的日常性事件，也是下层民众最为熟悉的劳作和生活情景，因而极具平民色彩；而舜的三次避患手段，或"飞出"，或"潜出"，或"终日饮酒不醉"，均呈现出非常人所能及的神异特点，② 这些特点在神话传说描写神人或英雄时最常见到。由此而言，故事编写者在此是将现实与传说、日常性与神异性糅合到了一起，赋予舜以平民的生活和英雄的资质，使故事在平淡中见神奇，虽神奇而又不乏日常，从而打造出一个平民英雄

---

① 刘向《古列女传》卷一《有虞二妃》，文渊阁《四库全书》本。

② 唐人刘知几曾指责司马迁记舜入井"匿空出去"等情节，是将舜当作懂得鬼神幻化之术的"左慈、刘根之类"来写，而非"姬伯、孔父之徒"所当为（《史通·暗惑》，《史通通释》卷二十，第572页）。这实在是误解了史迁，因为史迁所依据的材料多为上古传说，而在这些传说中，正残留着若干神话的因子，其中反映的，更多属于平民化之前作为英雄的舜的特点。

的立体形象。

进一步看，舜的身上还展示出双重品性。一方面，他经历重重磨难，均能成功避祸，终于成为古之圣君，在功业上堪称上古第一英雄；另一方面，他逆来顺受，在父母兄弟的一再迫害下既未改变孝悌心性，又避祸保身以免陷父母于不义，在伦理上成为古今第一孝子。简言之，他是孝子中的英雄，英雄中的孝子。这样一种孝子兼英雄的双重品性，在故事中通过贯穿首尾的两条主线得到强化：其一是不断加害所喻示的对人物的考验，其二是面对迫害仍不改初衷的孝行。考验是上古英雄型弃子得以成为英雄的必备环节，因为只有在其人生路途设置重重艰险，使之历经磨难，才能具备英雄的心性和能力。这在后稷、徐偃王、朱蒙、昆莫以及亚、欧诸国大量英雄人物一再被弃的故事中广泛存在，① 几乎已形成一个不可或缺的要项。至于孝行，则被融入了更多家庭伦理的因子，它既适用于英雄，也适用于庶民，既具有属于个体的独特性，也具有属于公众的普泛性。更重要的是，它将人性由高度向深度掘进，由外在行为向内在心理拓展，并以孝而被害、虽害仍孝为主轴，极度凸显了在人物身上已完全内化了的伦理道德情操。将舜的英雄属性和孝子特点结合起来看，似乎可以认为，有关舜三次被害的上述传说，正处于由不乏神话色彩之英雄向极具平民特点之孝子转化的途程之中，而且相比之下，后者所占分量更重，所具有的伦理意味更浓。换言之，舜既作为古之圣君而被后人崇仰，也成为一个难以逾越的孝悌标杆而被后人效法。

二、准弃子身份与虞舜故事的结构形态

在前述虞舜故事中，固然没有被弃的情节，舜也算不得严格意义上的弃子。然而，他不见容于父母和兄弟、屡屡受到迫害的遭

---

① 参见尚永亮《东西方早期弃逐故事的基本形态及其文化内涵》，《陕西师范大学学报》2011 年第 6 期。

遇，又与广泛意义上的弃子事件具有深刻的类同性。也就是说，"弃"只是一种手段和形式，而不见容于父母和受迫害才是其实质内容，舜与上古弃子的差别只表现在形式层面，而在内容层面二者则是类同的。因而，我们有理由将之视为一位准弃子。

与通常弃逐故事相比，舜遭迫害的事件也包含施动者、受动者和救助者三种角色。其中的施动者（迫害者）为父亲、后母和异母弟，受动者（被迫害者）为失去母爱的舜，救助者则为尧赐于舜的二妃，由此构成虽非弃逐但与弃逐故事如出一辙且更为复杂的结构形态。

作为施动者，舜父瞽叟之厌恶舜并欲致之死地，主要受到来自后妻及后妻之子象的蛊惑。从故事交待的情节看，瞽叟身为盲人，前妻早死，舜又至孝，本应对舜更加慈爱才是，但问题就出在他又续娶了后妻，而在一般情况下，后妻是难以处理好与前妻之子的关系的，何况这位后妻又育有一子，即舜的异母弟象。就亲疏关系言，后妻亲近己子而疏远前妻之子是人之常情；就家庭利益言，后妻欲令己子获得利益最大值就必须除掉前妻所生、身为长子的舜。于是，后妻与象便结成一个利益共同体，既向瞽叟进谗以诋毁之，又千方百计以谋害之。当此之际，作为一家之主的瞽叟不仅不能明辨是非，反而偏听偏信，"爱后妻子，常欲杀舜"，这就大大纵容了后妻的阴谋和私欲，同时，也导致象益发贪婪悖狠、狂傲不端。象是家庭利益的主要争夺者和受益者，所以对舜的加害不遗余力。史书所载纵火焚廪、下土实井诸事虽都有瞽叟参与，但考虑到盲人行动上的诸多不便，故其主要实施者舍象莫属。前引《史记·五帝本纪》叙象"以舜为已死"之后所说"本谋者象"的话，已证明了这一点；而从深层次看，在象的身上，似还残留着来自远古神话中长鼻之象的若干狂野凶悍的特征。

作为受动者，舜的一次次被迫害固然缘于父顽、母嚚、弟傲等恶劣本性，但细究起来，与他以孝事亲、远近闻名并因此获得尧的赏赐也不无关联。孝，本是为人子者的美德，但当这种孝行过于突出、以至于构成对同列竞争者的威胁时，美德便成为祸端，孝子便成了被小人攻击、迫害的对象。从史书所载看，自"舜母死，瞽叟更娶妻而生象"后，舜即为其亲所不容；而至"二十以孝闻，三十而帝尧问可用者，四岳咸荐虞舜"，并因此而获得尧之二女及绨衣、琴、仓廪、牛羊等赏赐后，其父与后母、异母弟对他的谋害行动便骤然升级，先使其涂廪而纵火，继令其浚井而掩土，复速其饮酒而欲醉杀之。这些接二连三的谋害行动，说到底缘于谋害者特别是后母与象对舜"以孝闻"之善名的嫉妒，缘于对舜所获赏赐的觊觎，而在根本上，则缘于谋害者心理的龌龊和人性的险恶。反过来看，舜笃于孝亲，正道以行，却不仅得不到父母的肯定和表彰，反而落得个屡遭迫害的结局，这其中蕴含的，不正是后代无数弃子逐臣"信而见疑，忠而被谤"的悲剧因子么？

作为救助者，尧所赐娥皇、女英之二女对舜的一次次脱险极有助益。二女本是神话中人物，《山海经》即有"洞庭之山……帝之二女居之"的记载。清人汪绂谓"二女"乃"尧之二女以妻舜者娥皇女英也"，[①] 还只是从历史传说角度做出的解释；今人袁珂进一步指出："最古之神话，二女盖天女也，虞人之舜（虞舜）得天女之助而使凶悍狡谲之野象驯服。"[②] 则已接近神话传说的本来面目。倘若将相关文献连缀起来，那么，从神话中居于洞庭之山的两位天女，到历史上因追寻舜而泪洒洞庭君山的娥皇女英，从两位天女协助舜驯服野象，到娥皇、女英协助舜逃脱其父瞽叟和异母弟象的迫

---

① 《山海经·山经新释》卷五《中山经·中次十二经》，《山海经校注》，上海古籍出版社 1980 年版，第 176 页。

② 《山海经·海经新释》卷十三《海内经》，《山海经校注》，上海古籍出版社 1980 年版，第 460 页。

害，上古史脱胎于神话而渐次生成的若干印记是斑斑可见的。不过，在记录舜受迫害较早的《孟子》和《史记》中，二女嫁舜事虽已出现，却还无救助舜的情节，只是到了稍后的《列女传》中，救助情节才得以浓墨重染，并以不同版本的文字展现出来。据前引《列女传》所载，舜的三次遇害都曾得到了二女的点拨或救助，只是除第三次外，前二次施救之举措均不详。而据洪兴祖《楚辞补注》引古本《列女传》，则有如下记载：

> 瞽叟与象谋杀舜，使涂廪，舜告二女。二女曰："时唯其
> 戕汝，时唯其焚汝，鹊如汝裳衣，鸟工往。"舜既治廪，戕旋
> 阶，瞽叟焚廪，舜往飞。复使浚井，舜告二女。二女曰："时
> 亦唯其戕汝，时其掩汝。汝去裳衣，龙工往。"舜往浚井，格
> 其入出，从掩，舜潜出。[①]

由此可知，当舜将涂廪、浚井事告知二女时，不仅得到了二女的具体点拨，而且还得到了"鸟工"、"龙工"的直接帮助，从而顺利脱险。需要注意的是，这里的"鸟工"、"龙工"虽具体内容不详，但已颇具神秘色彩，而二女可以指使此二神物，则其本身的神异品性也不言自明。联系到前引《山海经》"帝之二女"居于洞庭之山的神话记载，则二女在古本《列女传》中的神性征似尚未完全消隐，只是到了今本《列女传》，大概是为了使故事更为人间化，才去除了这类超现实的神异品性，而仅存留了舜第三次遇险时"二女乃与舜药浴汪"的记载。那么，什么是"药浴汪"呢？据《路

---

① 洪兴祖《楚辞补注》卷三，中华书局1983年版，第104页。又，司马贞《史记索隐》亦引古本《列女传》"二女教舜鸟工上廪"、"龙工入井"事，惜未展开；张守节《史记正义》则引《通史》语，惟文字与《列女传》略有出入。详见《史记》卷一《五帝本纪》，中华书局1982年第2版，第34—35页。

史》引《列女传》，此句作"二女与药浴汪豕，往，终日不醉"；①陆龟蒙《杂说》引先儒之言作"二女教之以鸟工龙工，药浴注豕，而后免矣"。② 细审此数种异文不难发现，所谓"药浴汪"之"汪"，当为"注"之误笔，"注"后又漏一"豕"字，遂致文意不可通晓。近人闻一多《天问疏证》对此详加考订，既改"汪"为"注"，复谓"豕"为"矢"之声误，将原文还原为"二女乃与舜药浴注矢"；并据《韩非子·内储说》下篇关于燕人妻"浴之以狗矢"以除"惑易"的记载，认为："夫惑易者浴矢则解，则是先浴矢，亦足以御惑也。醉与惑易同，故二女教舜药（濯）注矢，则饮酒不醉。注者濯也，言濯浴之后濯之以矢也。"③ 这就是说，在舜第三次遇险之前，二女即授之以解醉避祸之法，那就是先用搀上狗之粪便的药水浴身，即可获"终日饮酒不醉"之效。倘若这种解说可以成立，那么就可发现，在二女身上确是存在某种神性的，她们既可以指使"鸟工"、"龙工"，又精通解惑不醉之法术，从而使得舜的三次脱险均呈现出一种超现实的特点，而来自他者的救助，在整个故事中也就占有了益发突出的地位。

在以上由施动者、受动者、救助者所组成的故事结构中，有三点需要特别注意，其一是由施动者与受动者的关系，深刻表现了舜作为孝子的无辜和在逆境中坚持孝行的难能可贵，其准弃子身份和孝子品性在饱含悲剧因子的被迫害事件中得到凸显。其二是由受动者与救助者的关系，艺术地展示了舜作为英雄的异禀和能力，其所进行的自我救助和与之相关的他者救助，则是形成这种能力并最终超越苦难的先决条件。其三是由施动、受动、救助三者的关联互动，构成了一个"迫害—救助—回归"的逻辑链条，这一链条与我

---

① 　罗泌《路史》卷三十六，文渊阁《四库全书》本。
② 　陆龟蒙《杂说》，《甫里集》卷十九，文渊阁《四库全书》本。
③ 　闻一多《天问疏证》，《闻一多全集》(5)，湖北人民出版社 1993 年版，第 593 页。

们多次论述过的"抛弃—救助—回归"的弃逐母题相比，① 其不同处在于一为被父母抛弃，置身荒远，一为虽未远离家门，却遭到来自父母的一次次迫害；其相同处在于二者都经历过自我救助和他者救助的环节，最后均以不同的方式实现了回归。前引《史记》所载舜历经磨难，终被父母认可，"复事瞽叟爱弟弥谨。于是尧乃试舜五典百官，皆治"，便是对舜之回归的一个具体说明。据此而言，虞舜故事之结构形态所展示的主题，在一定程度上已实现了与弃逐母题的成功对接。

三、虞舜故事的文化解读与"孝"之内涵

从现存文献角度看，虞舜故事的最后完型未必早于其他弃子故事，甚至有可能受到后者的影响，但作为上古文明史的开端人物之一，虞舜故事的传说无疑更早，其中不乏早期神话的痕迹，而在流传过程中，亦多有散佚脱略处。有鉴于此，我们拟将其完型后的故事文本稍予前置，对其结构形态之文化内涵和人物之孝亲内涵予以进一步的解析，借以从中发现若干更具规律性的现象。

首先，后母、异母弟角色在故事中的定位及其离间作用，是虞舜受害事件最为鲜明的一大特点。从早期英雄型弃逐故事看，无论是后稷，还是徐偃王、东明、若敖、昆莫等，其被弃的原因都相对简单，施动者也多为一人，由此导致弃逐事件缺乏家庭成员间的关联性和足够的丰富性。而在虞舜故事中，施动者除了一家之主瞽叟之外，又添加了后母和异母弟两个角色，从而不仅使得被害事件展示出鲜明的家庭伦理特点，而且丰富、强化了施动者间的相互关联和迫害动因的内在理路。换言之，由于后母的介入，遂构成家庭成员间必然的亲疏之分和矛盾冲突；由于异母弟的出现，遂使得后妻

① 参见尚永亮《后稷之弃与弃逐文化的母题构成》，《华中师范大学学报》2011年第4期；《上古弃子废后的经典案例与经典文本——对宜臼、申后之弃废及〈诗经〉相关作品的文化阐释》，《学术研究》2012年第4期。

之子与前妻之子基于利益争夺的一系列争斗得以展开。更为重要的是，后母与异母弟既与父权的代表瞽叟相结合，共同组成施动者的阵营，又作为施动者与受动者的中间环节，发挥着大进谗言、挑拨离间的独特作用。这种情形，在稍后的孝子型弃逐故事中已成为惯例，诸如伯奇、宜臼、申生之被弃被害，均有后母或异母弟从中作祟，由此形成上古弃逐事件的一个基本套路，即父、君昏昧，后母进谗，异母弟争夺利益或权位，最终导致前妻之子孤立无援，屡受迫害，直至被弃荒远。由此可见，后妻与异母弟是弃逐故事不可或缺的重要角色，随着历史的发展，此类角色虽已被成功地置换为君王身边的后妃、佞臣，但其嫉贤妒能、善于进谗的特点却一无改易地得到了承袭。

其次，舜的三次被害，展示出一种以考验为内核的仪式化特征。从《孟子》《史记》的记载看，舜之被害只有两次，即完廪捐阶、浚井揜土，但到了《列女传》，便增添了速其饮酒以醉杀之的第三个环节。此一环节，可能早就存在，也可能是后人所加，[①] 但无论哪种情况，都说明对故事编写者而言，"三"是一个非常重要的数字。在中国文化中，"三"既表示多，又有数之极的意味，[②] 联系到《诗经·生民》篇后稷被"三弃三收"的故事，似可发现虞舜被害由两次扩展为三次，并不是一个偶然的变化，其间似存在一种既喻示迫害之多，又将迫害施加至极的认识。《老子》所谓"一生二，二生三，三生万物"，民间所谓"一而再，再而三"，所谓"事不过三"，都可从侧面印证此一认识的文化渊源。[③] 由此一认识向前

---

① 《楚辞·天问》所谓"舜服厥弟，终然为害。何肆犬豕，而厥身不危败"，据闻一多《天问疏证》所释，便已展示出舜第三次遇害的基本情形。故我们认为，醉杀情节渊源当最早，只是在流传过程中或湮没变异或被人为地忽略了。

② 参见叶舒宪、田大宪《中国古代神秘数字》，社会科学文献出版社1996年版，第38—41页。

③ 当然，上古弃逐故事并非都以三次出现，如徐偃王被弃一次，东明被弃二次，其变型东蒙被弃四次，但相较之下，一二次嫌少，不足以充分展示弃子所经受的磨难；四次嫌多，令人略感繁杂琐碎，只有三次，最为允当，且便于各次情节富于变化而不重复。

推导，是否可以认为在一些故事编写者那里，已存在一种以"三"为多为极、将迫害次数予以定格的仪式化倾向？倘若此点可以成立，那么，通过这种富于仪式化的被弃被害事件，以表现日后成就英雄业绩者所必经的多种磨难，并借其对祸患的克服，展示英雄所具有的超凡能力或神性特质，便形成了上古遭难类、弃逐类故事通用的惯例。在解释《诗经·生民》篇的时候，针对后稷无父而生，又被三弃三收之事，《毛序》认为是"尊祖也。后稷生于姜嫄，文武之功起于后稷，故推以配天焉"。① 清人马瑞辰进一步指出："盖周祖后稷以上更无可推，惟知后稷母为姜嫄，相传为无夫履大人迹而生；又因后稷名弃，遂作诗以神其事耳。"② 这里的"尊祖"、"配天"、"神其事"，已准确地揭示了后人欲神化先祖的创作心理；由此来看虞舜的被害和脱险，又何尝不是如此？仔细分析三次迫害情节，第一次的涂廪是高空作业，第二次的浚井是深水作业，迫害者或焚烧或填土，都被舜以"飞出"或"潜出"的方式躲过了，这就从上、下两个维度见出其"上天入地"的无所不能。接着，第三个迫害情节出现了，它通过饮酒不醉，由前两次更重外在空间之避患能力转向舜之内在修持能力，从而全方位地展现了舜的神赋异禀。虽然舜对这几次迫害的躲避均缘于二女的救助，但其所以能得到二女的救助，不是益发显示出他所具有的超凡入圣的资质么？就此而言，这三次不同方式的迫害，从故事编写者的角度讲，又意在表现对将要成为圣君之舜所进行的考验；而类似的考验在上古弃逐故事中频繁出现，便益发突出了其仪式化特征。

最后，需要我们特别关注的是，舜虽是一位英雄，但更是一位孝子，接二连三的迫害情节，固然一定程度地展示了其英雄特征，

---

① 孔颖达《毛诗正义》卷十七，《十三经注疏》（上），中华书局1980年影印本，第528页。

② 马瑞辰《毛诗传笺通释》卷二十五，中华书局1989年版，第872页。

但通过其无辜被害和受害仍不改孝悌的行为，历代故事编写者所欲凸显的，却是舜终始如一、笃厚不殆的孝子品性。仔细研读相关文献可以发现，舜之孝并不像后世多数人理解的那样单一，它分别体现在实践层面和心理层面，并呈现出若干既相关又有别的文化内涵。

内涵之一，是顺事父母，使其欢心。孟子屡次以"得乎亲"、"顺乎亲"、"舜尽事亲之道而瞽瞍厎豫"称誉舜为"大孝"，司马迁说他"顺事父及后母与弟，日以笃谨，匪有解"，强调的都是其对父母的尽心"顺事"，恭谨不懈，由此见出这是舜之孝道的主要内涵。

内涵之二，是在顺事父母的前提下，不乏权变。其典型例证是舜不告父母而娶二女事。孟子弟子万章曾引《诗经》"娶妻如之何？必告父母"的话向老师质问舜不告而娶的原因，言外之意是舜不告而娶，有违孝道。孟子答曰："告则不得娶。男女居室，人之大伦也。如告，则废人之大伦，以怼父母，是以不告也。"[1] 并在别一处所更为显豁地说道："不孝有三，无后为大。舜不告而娶，为无后也，君子以为犹告也。"[2] 这就是说，屡受父母迫害的舜清楚地知道，如果将娶妻事明确告知父母，肯定会被拒绝；但不娶妻就会无后，无后又是最大的不孝，所以宁可暂时违背父母意愿，不告而娶，也要保证"人之大伦"不废。在孟子看来，这是一种弃小孝而从大孝的行为；在我们看来，这实质上体现了舜既坚守孝道又不盲从父母的态度，其中似已含有若干现代意义上的自主因子。

内涵之三，表现在舜对来自父母残酷迫害的合理逃避。如前所言，舜的顺事父母，不仅没有得到应有的关爱，反而招致来自父母

---

① 《孟子·万章上》，《孟子译注》，中华书局1960年版，第209页。
② 《孟子·离娄上》，《孟子译注》，中华书局1960年版，第182页。

一次次的残酷迫害，当此之际，摆在舜面前的选择只有两种：或是不加躲避，接受迫害；或是躲开祸患，不做无谓牺牲。如果选择前者，表面看是依从了父母，但却要以丧失生命为代价，并增加了父母不慈的恶名；如果选择后者，则既可自我保护，又不致陷父母于不义。于是，躲避来自父母的迫害，"欲杀，不可得；即求，尝在侧"，① 便成了舜之孝道的又一深刻内涵。这种逃避，使舜之孝偏离了后儒所谓"君要臣死，臣不得不死；父要子亡，子不得不亡"的愚忠愚孝，而展现出原始孝道的真实面目。对此一选择，孔子曾非常欣赏，在责备弟子曾参甘受其父杖责的愚蠢行为时，曾以舜为例指出："舜之事瞽叟，欲使之未尝不在于侧；索而杀之，未尝可得。小棰则待过，大杖则逃走，故瞽叟不犯不父之罪，而舜不失烝烝之孝。今参事父委身，以待暴怒，殪而不避，既身死而陷父于不义，其不孝孰大焉？"② 由此可见，遇到来自父母超越常情的责罚或迫害，即使孝子也是可以逃避的，这既是一种人的自我保护本能，也是成全孝道的合理选择。而舜以其亲身经历证明了这一点，从而使得"大杖则逃"既成为原始儒家倡扬孝道的一条准则，也为后世专制制度下不得于父君的大量弃子逐臣开辟了一条求生的通道。

内涵之四，是躲避迫害后的怨慕心态。怨，指哀怨；慕，指恋慕。具体来说，舜顺事父母，却孝而被害，自不能不怨，于是就有了来到田野"号泣于旻天"的传说。这是合乎人之常情的一种反应，也是古来孽子孤臣不见容于父君的一种必然反应。其中容或存有一些因血缘亲情而对父母的恋慕情感，但包含更多的无疑是孝而见害的哀怨，否则他就用不着向天号泣了。联系到司马迁在《屈原

---

① 《史记》卷一《五帝本纪》，中华书局1982年第2版，第32页。
② 《孔子家语》卷四，文渊阁《四库全书》本。又，《韩诗外传》卷八、《说苑》卷三均有此记载，惟文字略有不同。

列传》中写屈原"信而见疑，忠而被谤"后所谓："人穷则反本，故劳苦倦极，未尝不呼天也；疾痛惨怛，未尝不呼父母也。"[①] 可以更深入地感知舜这种由孝至怨、怨而复慕的心路变化。然而，舜的这样一种于史无载、本为后人依据常理推测出的心态，在孟子这里首先发生了侧重点的变化：

> 万章问曰："舜往于田，号泣于旻天，何为其号泣也？"孟子曰："怨慕也。"万章曰："父母爱之，喜而不忘；父母恶之，劳而不怨。'然则舜怨乎？"曰："长息问于公明高曰：'舜往于田，则吾既得闻命矣；号泣于旻天，于父母，则吾不知也。'公明高曰：'是非尔所知也。'夫公明高以孝子之心，为不若是恝，我竭力耕田，共为子职而已矣，父母之不我爱，于我何哉？……大孝终身慕父母。五十而慕者，予于大舜见之矣。"[②]

这里，孟子将舜之"号泣"的原因归于"怨慕"，是有道理的。其所谓"怨"，重点指对父母的哀怨，这由《孟子·告子下》所谓"《小弁》，亲之过大者也。亲之过大而不怨，是愈疏也"的说法可以得到证实。但当他回答万章"然则舜怨乎"的进一步追问时，却引公明高之语，置"怨"于不顾，仅围绕"慕"字做文章了。细详孟子当时情态，本是肯定舜之"号泣"有"怨"的成分的，但因万章在问"怨"前所说"父母恶之，劳而不怨"乃曾参语，[③] 而孟子自忖不宜与曾子的观点相悖，故改口作答，遂将"怨"之一义蒙混过去。后人未解此理，释"怨慕"或为"言舜自怨遭父母见恶之厄

---

① 《史记》卷八十四《屈原列传》，中华书局 1982 年第 2 版，第 2482 页。
② 《孟子·万章上》，《孟子译注》，中华书局 1960 年版，第 206—207 页。
③ 《礼记·祭义》引曾子曰："父母爱之，嘉而弗忘；父母恶之，惧而无怨。"见《十三经注疏》（下），中华书局 1980 年版，第 1598 页。

而思慕也"，① 或为"怨己之不得其亲而思慕也"，② 将舜外向的对父母之"怨"转为内向的自我之"怨"，实在是欲粉饰舜之孝却离题愈远的一种做法。由此而言，孟子最早揭示出舜的"怨慕"心态，虽一定程度地展示了这位亚圣的真性情，也大致符合舜遭迫害后的心理，但因其迫于万章引曾子之语的诘问，舍"怨"而只言"慕"，遂造成后儒的曲解，以至于刘向《列女传》叙舜之父母欲杀舜时，谓"舜犹不怨"，且"往于田号泣，日呼旻天，呼父母。惟害若兹，思慕不已。不怨其弟，笃厚不怠"。而《毛传》解释《诗经·小弁》首章"何辜于天，我罪伊何"句时，亦引"舜之怨慕，日号泣于旻天、于父母"以为说，其意盖"嫌子不当怨父以诉天，故引舜事以明之"。③ 表面看来，这种只强调"慕"而忽视"怨"以及对"怨"的曲解是为了美化舜之孝，但实质上却抽取了人物内在的七情六欲，使舜成为一个风干了的只会"慕"不会"怨"的伪孝子标本。

综上所言，后母和异母弟角色的出现及其发挥的离间作用，由三次迫害定格的仪式化环节及其考验性质，舜之孝行所兼具的顺事父母、善于权变、合理逃避、敢于哀怨等独特内涵，共同构成了虞舜被害故事的几个要项。这些要项，不仅在结构形态、创作动因、人物心性等方面大大丰富了其自身的特点，而且在弃逐文化层面展示出极具典范性的昭示作用。凡此，都需要我们站在历史发展的角度认真思考，而不宜轻易放过。

---

① 赵岐注语，《孟子注疏》卷九上，《十三经注疏》（下），中华书局1980年版，第1598页。
② 朱熹注语，《孟子集注》卷五，文渊阁《四库全书》本。
③ 孔颖达语，《毛诗正义》卷十二，《十三经注疏》上册，中华书局1980年影印本，第452页。

第二节　上古弃子废后的经典案例与经典文本
——对宜臼、申后之弃废及《诗经》相关作品的文化阐释

时间发展到西周末年，人所熟知的"褒姒之乱"为弃逐文化营造了一个经典案例：褒姒因受幽王宠爱而谋废立，其直接结果是导致了王后、太子的被废被弃，间接结果则导致了西周的灭亡。从表现形式看，此一事件易于使人得出美女误国、女人祸水的结论；但究其实质，则是"以妾为妻，以孽代宗"之宗亲伦理行为与谗人乱政之政治道德行为交相作用的结果。至于申后被废、宜臼被弃，以及围绕这些事件形成的诗歌文本，更在家国通一的层面，展示出弃妇兼废后、弃子兼逐臣的早期样态，并构成弃逐文学的范型。

一、宜臼、申后之弃废及其历史原因

宜臼是中国上古时期一位颇具代表性的弃子逐臣。其父为周幽王，其母为幽王之后，即申后。申为宗周侯国，与周王室关系密切。至幽王时，申侯将女儿嫁给幽王，进一步拉近了申与周的关系，使其政治地位得以强化。而因了与申的姻亲关系，处于"蛮夷戎狄"环绕下的周王朝也无疑获得了申国的全力支持，有了一个稳固的强援。然而，周幽王却犯了两个根本性的错误，一是任用好利善谀的虢石父执政，使得朝政腐败，民怨沸腾；二是宠幸褒人进献的美女褒姒，并将褒姒及其子伯服分别立为王后和太子，[1] 而废掉了身为正妻的申后和太子宜臼。结果，被弃逐的宜臼逃奔申国，其外祖申侯为了给女儿和外孙报仇，遂联合缯侯和犬戎进攻周朝的都

---

[1]　伯服，据《太平御览》卷八十五《皇王部》引《竹书纪年》作"伯盘"。参方诗铭、王修龄《古本竹书纪年辑证》，上海古籍出版社1981年版，第59页。新公布之清华大学藏战国竹简亦作"伯盘"，参李学勤主编《清华大学藏战国竹简（贰）》，中西书局2011年版，第138页。

城镐京，杀死了幽王和伯服，并拥立宜臼即位，是为周平王。平王将都城东迁，西周遂亡。①

关于宜臼、申后被弃被废一事，最早见于《国语·郑语》中郑桓公与史伯的一段对话。桓公为周厉王少子，周宣王的异母弟，周幽王的亲叔父，于幽王八年任周司徒。②他眼见幽王沉溺声色、信用佞臣、荒废朝政等一系列行径，预感到祸患将临，便向掌管王室典籍的史伯请教办法和出路。史伯针对时政，说出下面一段话来：

> 今王弃高明昭显，而好谗慝暗昧，恶角犀丰盈，而近顽童穷固，去和而取同。……夫虢石父，谗诌巧从之人也，而立以为卿士，与剸同也；弃聘后而立内妾，好穷固也；侏儒戚施，实御在侧，近顽童也；周法不昭，而妇言是行，用谗慝也；不建立卿士，而妖试幸措，行暗昧也。是物不可以久。且宣王之时有童谣曰："檿弧箕服，实亡周国。"于是宣王闻之，有夫妇鬻是器者，王使执而戮之。府之小妾生女而非王子也，惧而弃之。此人也收以奔褒。天之命此久矣，其又何可为乎？《训语》有之曰："夏之衰也，褒人之神化为二龙，以同于王庭，而言曰：'余，褒之二君也。'夏后卜杀之与去之与止之，莫吉。卜请其漦而藏之，吉，乃布币焉，而策告之。龙亡而漦在，椟而

---

① 参见《史记》卷四《周本纪》，中华书局1982年第2版，第147—149页。此一历史事件，在2011年清华大学公布的战国竹简之《系年》第二章中亦有记述，略云："周幽王取（娶）妻于西申，生坪（平）王，王或取（娶）孚（褒）人之女，是孚（褒）姒，生白（伯）盘。孚（褒）姒辟（嬖）于王，王與白（伯）盘逐坪（平）王，平王走西申。幽王起师，回（围）坪（平）王于西申，申人弗畀，曾（鄫）人乃降西戎，以攻幽王，幽王及白（伯）盘乃灭，周乃亡。"见李学勤主编《清华大学藏战国竹简（贰）》，中西书局2011年版，第138页。

② 参见徐元诰《国语集解》卷十六《郑语》韦昭注，中华书局2002年版，第460页。又，《史记·郑世家》："宣王立二十二年，友初封于郑。封三十三岁，百姓皆便爱之，幽王以为司徒。"宣王二十二年为前806年，由此顺延三十三年，为前774年，即幽王八年。

藏之，传郊之。"及历殷、周，莫之发也。及厉王之末，发而观之，釐流于庭，不可除也。王使妇人不帏而噪之，化为玄鼋，以入于王府。府之童妾未既龀而遭之，既笄而孕，当宣王时而生。不夫而育，故惧而弃之。为弧服者方戮在路，夫妇哀其夜号也，而取之以逸，逃于褒。褒人褒姁有狱，而以为入于王，王遂置之，而嬖是女也，使至于后，而生伯服。天之生此久矣，其为毒也大矣，将俟淫德而加之焉。毒之酋腊者，其杀也滋速。申、缯、西戎方强，王室方骚，将以纵欲，不亦难乎？王欲杀大子以成伯服，必求之申，申人弗畀，必伐之。若伐申，而缯与西戎会以伐周，周不守矣！缯与西戎方将德申，申、吕方强，其陕爱大子，亦必可知也，王师若在，其救之亦必然矣。王心怒矣，虢公从矣，凡周存亡，不三稔矣！①

就时间言，史伯说这段话的时候，褒姒已得到幽王宠幸，晋身王后，其子伯服亦已出生。"弃聘后而立内妾"，说明申后已然被废；"王欲杀太子以成伯服，必求之申"，说明是时太子宜臼已被逐而逃往申国；②"凡周存亡，不三稔矣"，说明是时周尚未亡，但已展示出灭亡前的种种征兆。据此而言，这段话当是有关宜臼、申后被弃被废的最早记载。

从内容看，这段话大致包含如下几个要点：其一，幽王昏庸，远贤人而近谗佞，唯虢石父、褒姒之言是听，由是埋下了亡国的基因。其二，褒姒妖媚惑主，驱聘后而谋自立，逐太子而立己子，是

---

① 《国语集解》卷十六《郑语》，中华书局 2002 年版，第 470—475 页。
② 按：《国语》韦昭注曰："太子将奔申。"认为太子是时尚未出逃。然验之史伯语意，既谓"王欲杀太子以成伯服，必求之申"，则太子是时当已在申国，否则，便无所谓"求"，径杀之可矣。大概有鉴于此，上海古籍出版社 1988 年版《国语》卷十六注引《考异》卷四曰："《诗·王风谱》疏引注，'将'作'时'，'将'字误。"（见该书第 522 页）而徐元诰《国语集解》卷十六亦将韦注径改为"太子时奔申"（见该书第 481 页）。

乱政亡国的根源。其三，其时王室骚乱，申、缯、西戎方强，而因
了申后、太子被废被逐之事，在周与诸侯之间必将引发干戈，并导
致历时数百年的西周王朝政息国亡。

除此三点外，这段话还引用周王室典籍中的"训语"，以大量
篇幅讲述了一个来自远古的传说，以证明褒姒的出生预示着一股邪
恶势力降临人间，其最后的乱政灭周乃是天意的体现。因为褒人祖
先化身为龙、出现在夏的宫廷，已经显示了某种神谕；夏帝占卜后
将其"漦"亦即唾液精气封存于椟中，实际上便是对此邪恶力量的
封锁。此后，经过商、周二代，均未敢将之开启，避免了它作恶的
可能。可是，到了主昏政乱的周厉王末年，此椟却莫名其妙地被打
开，结果龙漦流于庭，并化为玄鼋，在后宫与一年幼宫女相遇，致
其有孕，最后产下一女。而此女又恰被童谣所谓"檿弧箕服，实亡
周国"所指之夫妇带至褒国，几经辗转，献给幽王，这就是褒姒。
褒姒后来的蛊惑幽王，勾结佞臣，取代申后，废立太子，都与此相
关。就此而言，这则神话传说以其内含的神谕性质，说明褒姒亡周
是必然的，是天意的一种体现，从而为整个事件蒙上了一层神秘
色彩。

深一层看，此一颇具神秘色彩的传说之所以会产生，似又与现
实情境紧密关联。换言之，因褒姒在宫廷胡作非为，排斥异己，已
使得天怒人怨，故时人造为此则故事，口耳相传，添枝加叶，既凸
显褒姒之恶，亦欲以警醒幽王，乃是此一传说形成并广为传播的合
理解释。因为一个显见的事实是：传说制造者和传播者的全部注意
力都指向了现实政治层面，而对传说内容的不合常理及种种矛盾，
则已很少关注。唐人孔颖达《毛诗正义》较早发现了其悖谬处：
"《帝王世纪》以为幽王三年嬖褒姒，褒姒年十四。若然，则宣王立
四十六年崩，是先幽王之立十二年而生，其生在宣王三十六年也。
厉王流彘之岁为共和十四年，而后宣王立；自宣王三十六年上距流

嚣之岁为五十年，流嚣时童妾七岁，则生女时母年五十六，凡在母腹五十年。其母共和九年而笄，年十五而孕，自孕后尚四十二年而生。"一个胎儿在母腹中长达数十年始降生人世，显然极不合常理，但对此一极不合常理的现象，孔氏也只是给出了"作为妖异，故不与人道同"的结论，① 将其草草带过。由此看来，"妖异"说实在是对某些神话传说怪诞不经的一种不能解释的解释，惟其如此，所以其神秘性越大，其对现实政治的影响越深。前引史伯所谓"天之生此久矣，其为毒也大矣，将俟淫德而加之焉"，便是立足现实对此种情形的原逻辑申明。

承接史伯这段话的基本框架，汉人司马迁的《史记》和刘向的《列女传》一方面对由龙漦化为褒姒的神话传说继续浓墨重染，以突出其天谴性质；一方面从史家角度对事件作了更详细的记叙，并补足了史伯所未及言说的部分内容。《史记·周本纪》载：

> 三年，幽王嬖爱褒姒。褒姒生子伯服，幽王欲废太子。太子母申侯女，而为后。后幽王得褒姒，爱之，欲废申后，并去太子宜臼，以褒姒为后，以伯服为太子。……幽王以虢石父为卿，用事，国人皆怨。石父为人佞巧，善谀好利，王用之。又废申后，去太子也。申侯怒，与缯、西夷犬戎攻幽王。幽王举烽火征兵，兵莫至。遂杀幽王骊山下，虏褒姒，尽取周赂而去。于是诸侯乃即申侯，而共立故幽王太子宜臼，是为平王，以奉周祀。平王立，东迁于雒邑，辟戎寇。②

刘向《列女传·周幽褒姒》条载：

---

① 孔颖达《毛诗正义》卷十五，《十三经注疏》（上册），中华书局 1980 年影印本，第496页。

② 《史记》卷四《周本纪》，中华书局 1982 年第 2 版，第 147—149 页。

　　褒姒者，童妾之女，周幽王之后也。……长而美好，褒人
姁有狱，献之以赎，幽王受而嬖之，遂释褒姁，故号曰褒姒。
既生子伯服，幽王乃废后申侯之女，而立褒姒为后；废太子宜
臼而立伯服为太子。幽王惑于褒姒，出入与之同乘，不恤国
事，驱驰弋猎，不时以适褒姒之意，饮酒沉湎，倡优在前，以
夜继昼。……忠谏者诛，唯褒姒言是从，上下相谀，百姓乖
离。申侯乃与缯、西夷犬戎共攻幽王，幽王举燧燧征兵，莫
至，遂杀幽王于骊山之下，虏褒姒，尽取周赂而去。于是诸侯
乃即申侯，而共立故太子宜臼，是为平王。自是之后，周与诸
侯无异。诗云："赫赫宗周，褒姒灭之。"此之谓也。①

依据上述史料，可以概略了解当日宫廷斗争的情形。《史记》记褒
姒得幽王嬖爱在幽王三年（前779）。又据《毛诗正义》孔疏引《帝
王世纪》："幽王三年纳褒姒，八年立以为后。"② 知褒姒被立为后在
幽王八年（前774）。既然褒姒于幽王八年被立为后，则申后被废黜
当在此之前，只有这样，才能与史伯所谓"弃聘后而立内妾"的话
相吻合。当然，申后被废的准确时间因史书无载已难以确考，但从
伯服之立和宜臼被逐的相关史料还是可以得到若干信息的。关于伯
服之立以及太子宜臼被逐的时间，《左传》《史记》等书亦无明载，
惟《竹书纪年》留下若干线索。古本《纪年》曰："幽王八年，立
褒姒之子曰伯服，为太子。"③ 今本《纪年》曰："五年，王世子宜
臼出奔申。"八年，"王立褒姒之子曰伯服，以为太子"。④ 这两则材
料，都记载了伯服于幽王八年被立为太子事，因而是可信的；至于

---

① 刘向《古列女传》，《丛书集成初编》，中华书局1985年版，第260页。
② 《毛诗正义》卷十五，《十三经注疏》（上册），中华书局1980年影印本，第496页。
③ 方诗铭、王修龄《古本竹书纪年辑证》，上海古籍出版社1981年版，第59页。
④ 王国维《今本竹书纪年疏证》，方诗铭、王修龄《古本竹书纪年辑证》附录，上海古
　籍出版社1981年版，第259页。

宜臼出奔的时间，倘若确如今本《纪年》所言在幽王五年（前777），① 则其母申后之被废，按常理便只能与之同时或稍前，也就是说，先是申后被废，而后宜臼遭弃，出奔申国。准此，则当日宫廷斗争的时间进程大致如下：幽王三年，褒姒得嬖爱；五年，申后被废、太子被逐；八年，褒姒及其子伯服相继被立为王后和太子；由此再过三年，亦即幽王十一年（前771），申侯及缯侯、犬戎各部联合进攻，杀幽王于骊山之下，西周王朝遂告灭亡。

这是中国上古史一大政治变局，而导致此一变局的申后被废、宜臼被弃被逐也自然成为一个极为引人注目的历史事件。察其近因，幽王之死、西周之亡固然是缘于申、缯、犬戎等外力的攻击；溯其远源，却委实缘于幽王信用奸佞、嬖爱褒姒、废嫡立庶、自毁长城等一系列举措；而从历代史家的视角看，褒姒以美色惑乱君心，与佞臣朋比为奸，更具有乱政亡周的必然性。一方面，"幽王惑于褒姒，出入与之同乘，不恤国事，驱驰弋猎，不时以适褒姒之意，饮酒沉湎，倡优在前，以夜继昼"，并上演了人所熟知的"烽火戏诸侯"、"千金买一笑"的闹剧，这本身就埋下了日后亡国的隐患；另一方面，这位美人又工于心计，善为谗言，与佞臣虢石父相勾结，废申后，去太子，结果导致国本动摇，幽王被杀。大概正是有鉴于此，《国语·晋语》所载史苏的一段议论，就特别值得我们注意：

> 昔夏桀伐有施，有施人以妹喜女焉，妹喜有宠，于是乎与伊尹比而亡夏。殷辛伐有苏，有苏氏以妲己女焉，妲己有宠，于是乎与胶鬲比而亡殷。周幽王伐有褒，有褒人以褒姒女焉，

---

① 王国维《今本竹书纪年疏证》认为：该书"所载殆无一不袭他书"，且"年月又多杜撰"，因而，可信度不足（方诗铭、王修龄《古本竹书纪年辑证》附录，上海古籍出版社1981年版，第188、190页）。然限于资料匮乏，此处姑从之。

褒姒有宠，生伯服，于是乎与虢石甫比，逐太子宜臼而立伯服。太子出奔申，申人、鄫人召西戎以伐周，周于是乎亡。[①]

史苏是晋献公时主管占卜的史官，上距周幽王时代已有百年之久，故这段话颇具历史总结的意味。他拈举夏桀时的妹喜、商纣时的妲己、周幽时的褒姒为例，旨在探查夏、商、周三代亡国之规律，以为当政者提供历史教训。在史苏看来，夏、商、周之所以亡国，有两个重要原因，一是君王宠信美女，荒殆国政；二是被宠信的美女为争宠固位而与佞臣朋比为奸，欺蒙君王。这两点紧密关联、相互为用，并在周幽王和褒姒这里得到突出表现。其逻辑顺序是：宜臼之所以被弃逐，盖缘于其父幽王对新人褒姒的宠幸，在于褒姒为自己及其子伯服谋求王后、太子之位的努力；而为了使自己及儿子成为王后和太子，就必须使幽王疏远现任王后、太子的申后和宜臼；但要达到这一点，仅凭其一人之力是不够的，于是便勾结佞臣虢石父，设法离间幽王与申后、宜臼的关系，最后导致申后被废、宜臼被弃并出逃的结局；也于是，美人受宠、党邪害正、以庶间嫡、终至亡国，便形成了一条屡试不爽的历史规律；至于申后之废、宜臼之弃，在展示其自身悲剧性的同时，也深刻揭示出中国早期政治的无情和残酷。

二、弃废故事的基本结构与人物特征

宜臼、申后之被弃被废，既是一个发生在国家层面的政治、道德事件，也是一个发生在家庭层面的宗亲、伦理事件。家与国，宗亲与政治，伦理与道德，既有区别，又相包容，从而使得看似简单的人物身份具有了双重特性，并由此丰富了事件的文化内涵。

---

① 《国语集解》卷十六《郑语》，中华书局 2002 年版，第 250—251 页。

首先，从弃废故事的结构形态看，此一事件大致由四种力量构成，即施动者、谗毁者、受动者、救助者。作为施动者，周幽王是导致整个事件发生的关键因素，他的态度向背，直接决定了弃废之事能否发生和发生的程度。作为谗毁者，褒姒与虢石父沆瀣一气，献媚固宠，为攫取利益最大值而无所不用其极，是导致弃废事件发生的最积极因素。作为受动者，宜臼身遭多种力量的夹挤压抑，只能被动承受被弃的结果，在不得已的情况下，逃亡到自己的母舅之国申国。作为救助者，身为申后之父、宜臼外祖的申侯自然会尽全力保护自己的骨肉，但其力量不足以抗衡强大的周王朝，于是便与缯、西戎等结成联盟，起而灭周，并最终辅佐外孙返回朝廷，继立王位。

以上四种力量，互相制约，互有渗透，构成整个事件"谗毁—弃逐—救助—回归"的动态流程。① 但宜臼的"回归"，因掺入更为复杂的政治因素而不无变形，它已不是回到原点亦即回到施动者那里的"回归"，而是在回到朝廷继承王位这一新的基点上达成了"回归"。

其次，从弃逐故事中主要人物的身份和关系看，呈现出一身二任、家国通一的特征。在家的层面，幽王为夫，申后为妻，宜臼为子，而在国的层面，幽王为君，申后为后，宜臼为臣。于是，他们之间的关系便具有了双重性：既是夫与妻、父与子，又是王与后、君与臣。因其夫妻、父子之关系，便使得故事首先具有了一般家庭人伦关系的特点，作为一家之主的夫、父因另有所爱而抛弃了妻、子，于是，妻、子便成为弃妇和弃子；而因其王后、君臣之关系，又使得整个事件的意义和效应大大扩张，家之弃妇、弃子亦由此跃升为国之废后、逐臣。至于褒姒，其身份是妾，又是正妻与王后的

---

① 关于此一流程亦即弃逐母题的详细论说，参见拙文《后稷之弃与弃逐文化的母题构成》，载《华中师范大学学报》2011 年第 4 期。

竞争者，而其竞争的主要手段，则是美色与嫉妒、谗毁兼而有之，于是，在家、国层面便与妒妇和奸佞小人相等同，成为中国历史上以邪害正者的典型代表。

其三，从弃逐故事的发展线索看，此一事件以褒姒为各种关系的中心环节，以母子同弃、双线并列展开为显著特征。第一条线索是申后被废。申后身为王后，是幽王的正妻，其子已立为太子，又有申国作为后盾，要想将其废掉，并不容易。但褒姒要使自己成为王后，并进而使己子立为太子，又必须想方设法将其废掉。因而，申后自然成为褒姒攻击的主要目标。然而，废掉申后还只是褒姒要做的第一件事，在"母以子贵"的上古时代，要真正使自己在王室站稳脚跟，仅得到幽王的宠信和王后的地位是远远不够的，还必须保证亲生儿子获得嗣君的身份，只有这样，才能使其王后地位得到巩固和加强。于是，褒姒的最终目的便必然对准了太子宜臼，由是引出宜臼被弃的第二条线索。

以上两条线索，并列展开而关联紧密，母子同命、荣辱相依。也就是说，申后地位是否稳固，取决于宜臼能否保有太子身份，而宜臼能否保有太子身份，亦取决于申后是否具有王后地位。二者一荣俱荣，一损俱损，祸福同在，命运攸关。同时，这两条线索的发生顺序又是有所不同的：申后被废在先，宜臼被弃在后；而就重要程度言，则申后被废是为副线，宜臼被弃是为主线。

其四，从整个弃逐事件的性质看，展示的是嫡庶双方的矛盾冲突和正邪两股力量的较量。以申后、宜臼为一方的嫡亲派，来路光明正大，行事无缺无憾，在争斗中本不应败北；以褒姒、伯服为一方的庶出派，在资历和长幼序列上，均不占先机，在争斗中很难取胜。然而，争斗的结局却出人意料：不该败北的被废被弃，落荒而逃，难以取胜的却步步紧逼，大功告成。由此，一方面形成嫡难胜庶、正不压邪的结果，另一方面，则导引出决定整个事件胜败的关键因素，即周幽王和褒姒在事件中的作用。

周幽王是整个事件的主导者。他既是家中之父，又是一国之君，握有生杀予夺的最高权力。无论从政治、道德层面，还是宗亲、伦理层面，社会赋予他的职责，都应是扶正祛邪、重嫡轻庶。然而，幽王却反其道而行之，不仅宠爱褒姒，言听计从，而且为了满足她的贪欲，竟将原配夫人、国之母后的申后废掉，将自己的嫡亲长子、国之储君的太子宜臼弃逐，究其根本原因，即在于对女色的爱重和对谗言的轻信。如所熟知，在以男权为中心的父系时代，维系整个家庭的，不只是妻贤子孝等内在美德，除此之外，还有妻之容貌、媚言等外在因素，不少情况下，后者所占比重甚至要远超前者。韩非有言："丈夫年五十而好色未解也，妇人年三十而美色衰矣。以衰美之妇人事好色之丈夫，则身见疏贱，而子疑不为后。"[1] 据此而言，男子重色、见异思迁、喜听媚言、疏远忠直，既成为人性中很难改变的弱点，又构成一条自古以来屡被证实的规律。而在幽王这里，这一规律和弱点便得到了最大程度的体现。他之所以宠爱褒姒，主要便是因了她的年轻貌美和巧言媚上；他之所以废掉申后，无疑也是因了她的年老色衰和不善谀辞。在这里，女色的诱惑与媚言的功用成为整个事件的关键因素，而幽王由此生发的喜新厌旧、废嫡立庶，则在展示其人性弱点的同时，也深刻地揭示出是非善恶之混淆颠倒，在最高权力无法约束的中国古代，原本即系于权力持有者的一念之间。

与大权在握的周幽王相比，褒姒作为褒人献给幽王以赎罪的女子，其身份为妾，本无资格与申后平起平坐，但其手握三个制胜的法宝：一是年轻而姣好的姿色；二是善于钻营，为达一己私利而谗毁异己的手段；三是她有了亲生子伯服，使之获得了在政治上谋取

---

[1]　韩非《备内》，周勋初《韩非子校注》，凤凰出版社 2009 年版，第 127 页。

利益最大值的资本。在这三点中，第一点是前提条件，倘若不是年轻貌美，褒姒便很难得到幽王的专宠，此后的进谗便难以进行；第二点是必要条件，倘若仅仅是因年轻貌美获得专宠，但无害人之心，无进谗之巧，还不至于勾结佞臣，上下其手，导致申后被废；第三点是终极条件，倘若没有亲生之子，纵使褒姒得到专宠，勾结佞臣，但其所谋者也只能是王后之位，而对于国之储君的太子之位，她却是无力动摇的；因无力动摇太子之位，她所取得的利益便难以持久化，她的谗毁行径便不能不有所收敛，她所造成的危害程度也就有了一定的限度。然而，这三个条件在褒姒这里兼而有之，她不仅可以依仗姣好的容颜获取幽王之专宠，而且因有了亲生之子，既可有恃无恐，又明确了觊觎国之重器的目标，于是，便充分施展其离间谗毁之手段，与佞臣虢石父勾结起来，不遗余力地展开了为自己谋夺王后、为亲子谋夺太子的攻势。在这种攻势下，贪色昏庸的幽王不能不很快败下阵来，"忠谏者诛，唯褒姒言是从"，最终导致申后、太子被废被弃的悲剧。

这一事件的核心在于以庶间嫡、以幼代长，在于围绕最大利益展开的不正当争夺和权力持有者对此争夺的纵容和支持，由此创下有悖宗亲伦理和政治道德的恶例，并成为中国古代社会一再上演的后妻得宠、嫉恨前妻、谋立己子、陷害嫡长子之类纷争的典型代表。无论从家庭层面的嫡庶长幼之争而言，还是从国家层面的政治权力之争而言，此一事件由于其人物角色的双重身份和意义，都从发生学的意义上对中国弃逐文化形成不可忽视的重大影响。

三、《白华》《小弁》的作者及文本解析

幽王、褒姒悖理乱国，自然会遭到国人的指斥；申后、太子无辜被废被弃，也不能无怨，指斥、悲怨而咏叹之、抒发之，便有了"发愤以抒情"的歌诗。翻检中国第一部诗歌总集《诗经》，我们发现，其中有多篇诗作即围绕幽王、褒姒及其与申后、宜臼间的宗亲、政治关系展开，[1] 而其中首先值得注意的，即是《小雅》中的《白华》一诗。

《白华》旨在刺幽王宠褒姒、废申后，抒发女主人公被废后的悲怨情感。此一主题，自《毛传》以来，已被多数诗评家所认肯，但关于该诗的作者，说法却有不同。《毛诗序》认为作者是周人："《白华》，周人刺幽后也。幽王取申女以为后，又得褒姒而黜申后，故下国化之，以妾为妻，以孽代宗，而王弗能治。周人为之作是诗也。"[2] 朱熹《诗集传》则认为作者是申后本人："幽王娶申女以为后，又得褒姒而黜申后，故申后作此诗。"[3] 这两种意见，或泛指，或确指，实无本质差异。因为从文本看，"诗用第一人称，似出申后口吻"；退一步讲，即使非申后自作，也是周人"托为申后之词"，[4] 属代言之作。

诗凡八章，章四句：

> 白华菅兮，白茅束兮。之子之远，俾我独兮。
>
> 英英白云，露彼菅茅。天步艰难？之子不犹！
>
> 滮池北流，浸彼稻田。啸歌伤怀，念彼硕人。
>
> 樵彼桑薪，卬烘于煁。维彼硕人，实劳我心！
>
> 鼓钟于宫，声闻于外。念子懆懆，视我迈迈。
>
> 有鹙在梁，有鹤在林。维彼硕人，实劳我心！
>
> 鸳鸯在梁，戢其左翼。之子无良，二三其德。
>
> 有扁斯石，履之卑兮。之子之远，俾我疧兮！

---

① 《毛诗序》明确言及者，指斥幽王的诗作共 39 首；而参考后世相关评说，去除其中根据不足者，则与幽王相关的篇什约为 18 首。
② 《毛诗正义》卷十七，《十三经注疏》（上），中华书局 1980 年影印本，第 496 页。
③ 朱熹《诗集传》卷十五，上海古籍出版社 1980 年新 1 版，第 171 页。
④ 陈子展《诗经直解》卷二十二，复旦大学出版社 1983 年版，第 837—838 页。

　　总而观之，首章以白华、白茅对照双起，"反兴幽王相弃，而申后独苦"；次章"以白云覆露菅茅，同蒙庇荫，反兴天步艰难，偏使申后独不蒙王之恩泽"；三章"以池水灌稻生长，反兴王无恩泽于后"；四章"以桑薪烘煁为无釜之炊，兴申后之失宠被废"；五章"以鼓钟外闻，兴王废申后，国人皆知"；六章"以鹤鹜失所，兴后妾易位"；七章"以鸳鸯相爱，得其所止，反兴幽王无良，二三其德"；末章"以扁石为人践踏而愈卑下，兴申后为王废黜而愈悲苦"。①细而察之，该诗有四点需特别注意：

　　其一，作者不用第三人称的描述法，而五次使用第一人称的"我"字，或谓"俾我独兮"、"视我迈迈"，或谓"实劳我心"、"俾我疧兮"，回环复沓，自明心迹，极大地强化了诗作情感的自我感发性，展示了女主人公被废被弃后的孤独、焦虑和痛苦。

　　其二，诗中四次提到"之子"，三次提到"硕人"。关于前者，古今注者多认为指幽王；关于后者，则有褒姒、幽王、申后三说。从诗意看，幽王既已由"之子"指代，就不应再被称为"硕人"；而诗是从申后角度写的，无论是申后自作还是他人代言，都无自称"硕人"之理；如此看来，"硕人"之所指以褒姒最为切当。"硕人"者，身材颀长而貌美之人也。②《郑笺》云："硕，大也，妖大之人，谓褒姒也。申后见黜，褒姒之所为，故忧伤而念之。"③这一解说，联系当日情事，拈出废弃事端的制造者以及申后对褒姒的不能释怀，是深得诗意的。所以陈子展《诗经直解》承郑说而谓其解"统与诗语意合"，并译"啸歌伤怀，念彼硕人"、"维彼硕人，实劳我心"二句为："长啸高歌伤心，想到那个美人"、"就是那个美人，

<hr>

①　参陈子展《诗经直解》卷二十二，复旦大学出版社 1983 年版，第 834—837 页。
②　《诗·卫风·硕人》"硕人其颀……蝤首娥眉"，即是对卫庄公之妻庄姜之高挑身材和美貌的描写。
③　《毛诗正义》卷十七，《十三经注疏》（上），中华书局 1980 年影印本，第 496 页。

这就劳了我的心"，① 最为允当。

其三，借助一系列物象，兴而兼比，暗示弃妇之美德与褒姒之邪佞。孔颖达疏解首章"白华菅兮，白茅束兮"二句谓："言人既刈白华，已沤为菅，柔韧中用矣，何为更取白茅收束之兮？以白茅代白华，则脆而不堪用也。以兴王既聘申女，已立为后，礼仪充备兮，何为更纳褒姒嬖宠之兮？……宠褒姒以黜申后，似取白茅而弃韧菅，故以为喻。"又疏六章"有鹙在梁，有鹤在林"二句谓："有秃鹙之鸟，在于鱼梁之上；有鸣鹤之鸟，在于林木之中。然鹙也鹤也，皆以鱼为美食。鹙之性贪恶，而今在梁以食鱼；鹤之鸟洁白，而反在林中以饥困。以其有褒姒之身在于宠位，有申后之身反在卑微。……褒姒性邪佞，今在位而得宠；申后备礼仪，反卑贱而饥馁。言王近恶而远善，非其宜也。"② 由此而言，借外物以自喻美德，借比较以彰显美恶之别，便成为此诗的一大特点，也成为后世弃妇诗乃至逐臣诗惯常使用的表现手法。

其四，委婉言情与放言直斥相结合，既在"之子之远"、"念子懆懆"等感伤语句中含有对幽王的某种不舍和期盼，又对这位悲剧的最终制造者予以讽刺和揭露：既然美德如"我"者竟遭废弃，邪佞如彼者却得进用，则"之子"亦即幽王之"不犹"、之"不良"、之"二三其德"，何可胜言！如果说，诗中的委婉言情表现了一位贵族弃妇有节制的幽怨和感伤，那么，诗中的放言直斥则展示了这位弃妇悲愤之情无可抑制的勃发。某种意义上，正是其情感发展的波动起伏，构成了该诗缓急有节的内在张力，以及人物心理的多重面向。

与《白华》相比，同列《小雅》中的《小弁》一诗更值得重

---

① 陈子展《诗经直解》卷二十二，复旦大学出版社1983年版，第835—838页。
② 《毛诗正义》卷十七，《十三经注疏》（上），中华书局1980年影印本，第496—497页。

视。关于《小弁》的作者，大致有三说，即太子之傅作、太子宜臼作、尹吉甫之子伯奇作。前一说以《毛诗序》为代表，首倡"《小弁》，刺幽王也，太子之傅作焉"；孔颖达《毛诗正义》承其说而阐发曰："幽王信褒姒之谗，放逐宜咎，其傅亲训太子，知其无罪，闵其见逐，故作此诗以刺王。"① 第二说以朱熹为代表，但其观点却颇有游移。在《诗序辨说》中，朱熹认为："此诗明白为放子之作无疑，但未有以见其必为宜臼耳。序又以为宜臼之傅，尤不知其所据也。"② 但在《诗集传》中，则明确认为"宜臼作此以自怨也。"③ 从而将作者定格为宜臼。第三说源自鲁、韩《诗》说，而以后汉赵岐为代表。在《孟子章句》中，赵岐指出："伯奇仁人，而父虐之，故作《小弁》之诗。"④ 由此一反序说，认定伯奇为《小弁》作者。

　　在以上三说中，前二说虽作者不同，但所指之事则一，故三说争论的焦点实在于此诗究为宜臼被逐而发，还是为伯奇遭弃而发。从文献资料看，伯奇事几无见于先秦典籍者，自汉以后，相关记载论说方日渐增多，就此而言，将《小弁》视为伯奇所作，便颇嫌证据不足。进一步看，诗中"踧踧周道，鞠为茂草"二语，似针对周王朝乱象而发，与伯奇所处时代及身世遭际均不符。至于《孟子·告子下》所谓"《小弁》，亲之过大者也。亲之过大而不怨，是愈疏也"云云，也更贴合宜臼的情况。清人姚际恒《诗经通论》有言："赵岐注《孟子》，以为伯奇作。伯奇事仅见《琴操》，不足据。且'踧踧周道，鞠为茂草'，此岂伯奇之言哉！"⑤ 刘始兴《诗益》亦

---

① 《毛诗正义》卷十二，《十三经注疏》上册，中华书局 1980 年影印本，第 452 页。
② 朱熹《诗序辨说》，文渊阁《四库全书》本，上海古籍出版社 1987 年影印本，第 78 册，第 360 页上。
③ 朱熹《诗集传》卷十二，上海古籍出版社 1980 年新 1 版，第 141 页。按：《朱子语类》卷六十七："先生于《诗传》，自以为无复遗恨。曰：后世若有杨子云，必好之矣。"据此，则朱子意见自当以其晚年所定之《诗集传》为准。
④ 《孟子注疏》卷十二上，《十三经注疏》下册，中华书局 1980 年影印本，第 2756 页。
⑤ 姚际恒《诗经通论》卷十，中华书局 1958 年版，第 216 页。

谓："孟子云：'《小弁》，亲之过大。'据此一语，可断其为幽王太子宜臼之诗。盖太子者，国之根本；国本动摇，则社稷随之而亡。故曰：'亲之过大。'若在寻常放子，则己之被谗见逐，祸止一身，其父之过，与《凯风》七子之母不安其室等耳，何得云亲之过大哉？又诗二章曰：'踧踧周道，朝为茂草。我心忧伤，惄焉如捣。'此有伤周室衰乱之意。若寻常放子，其于国家事何有焉？"① 胡承珙《毛诗后笺》则联系《汉书·杜钦传》所载杜钦因讽成帝好色而谓"《小弁》之作，可为寒心"之语，认为："即此亦可见此诗必有关君国，而非士大夫一家之事矣。"② 与姚、刘、胡诸人观点相似，朱鹤龄《诗经通义》更为详细地辨析道："诗言'踧踧周道，鞠为茂草'，是忧国家之将亡，非宜臼作必无此语。……宜臼作诗时，其身已被逐，故曰'舍彼有罪，予之佗矣。'宜臼之废也，其始必幽王尝泄其意于语言之间，左右因傅会而成之。故曰'君子无易由言，耳属于垣'。李泌所谓'左右闻之，将树功于舒王，太子危矣'者也。宜臼既废，伯服遂立为太子，故告之曰：'毋逝我梁，毋发我笱。我躬不阅，遑恤我后。'逐子之悲，同于弃妇，故其辞一也。"③ 据此，从外证和内证两个方面，均可证成伯奇作《小弁》之不可信。联系姚际恒"然谓其傅作，有可疑。诗可代作，哀怨出于中情，岂可代乎？况此诗尤哀怨痛切之甚，异于他诗也"，④ 方玉润"此诗为宜臼作无疑，而朱子犹疑之者，过矣"的说法，⑤ 我们认为：《小弁》一诗当指宜臼被弃被逐事，其作者极有可能就是宜臼本人。⑥

　　《小弁》凡八章，章八句。

---

①　刘始兴《诗益》卷十七，清乾隆八年尚古斋刻本。
②　胡承珙《毛诗后笺》卷十九，清道光刻本。
③　朱鹤龄《诗经通义》卷七，文渊阁《四库全书》本，第85册，第185页上。
④　姚际恒《诗经通论》卷十，中华书局1958年版，第216页。
⑤　《诗经原始》卷十一，中华书局1986年版，第407页。
⑥　关于《小弁》的作者，参见拙文《中国文学史上最早的弃子逐臣之作——〈小弁〉作者及本事评议》(《安徽大学学报》2012年第1期)，此不赘。

　　弁彼鸒斯，归飞提提。民莫不谷，我独于罹。何辜于天，
我罪伊何？心之忧矣，云如之何。

　　踧踧周道，鞫为茂草。我心忧伤，惄焉如捣。假寐永叹，
维忧用老。心之忧矣，疢如疾首！

　　维桑与梓，必恭敬止。靡瞻匪父，靡依匪母。不属于毛，
不罹于里。天之生我，我辰安在？

　　菀彼柳斯，鸣蜩嘒嘒。有漼者渊，萑苇淠淠。譬彼舟流，
不知所届。心之忧矣，不遑假寐。

　　鹿斯之奔，维足伎伎。雉之朝雊，尚求其雌。譬彼坏木，
疾用无枝。心之忧矣，宁莫之知？

　　相彼投兔，尚或先之。行有死人，尚或墐之。君子秉心，
维其忍之。心之忧矣，涕既陨之！

　　君子信谗，如或酬之。君子不惠，不舒究之。伐木掎矣，
析薪扡矣。舍彼有罪，予之佗矣！

　　莫高匪山，莫浚匪泉。君子无易由言，耳属于垣！无逝我
梁，无发我笱。我躬不阅，遑恤我后！

　　首章借归飞欢乐之鸒斯比照漂泊忧愁之弃子，"呼天控诉"，总起全
诗；次章"言道路景象，放逐心情，忧伤已极"；三章"言失父母
之忧，语至沉痛"；四、五两章"以舟流无届、坏木无枝、鹿奔觅
群、雉雏求雌为譬，以见逐子失亲而无所依归之苦"；六章"先以
对于逃兔、路毙之仁，反跌忍心"；七章"后以伐木析薪之顺理，
反形不惠"；末章"言慎言、恤后，可见被迫害之心理。即以此自
做自宽作结"。① 在这首诗中，我们注意到这样几种情况：

　　其一，作者心理极度郁结，感情至悲至痛，一再使用"靡"、

———————————

① 陈子展《诗经直解》卷十九，复旦大学出版社 1983 年版，第 687—691 页。

"不"等词语，如谓"靡瞻匪父，靡依匪母。不属于毛，不罹于里"、"不知所届"、"不遑假寐"，从而将自己失去父母护持、里外均无着落、不知前景如何、终将归往何方等感怀、疑问、焦虑直白道出，使诗情无遮无拦，倾泻而出，"语语割肠裂肝"，[1] 在情感上具有很强的穿透力。

其二，五次使用"心之忧矣"的句式，借助重叠复沓，渲染弃子无可化解的忧虑悲哀；通过"云如之何"、"宁莫之知"、"天之生我，我辰安在"之类的疑问句式，强化弃子所受冤屈之大以及无所归属之感；以"譬彼坏木，疾用无枝"等一连串比喻，展示"放逐之人，内不得其亲，外见离于其党，故寄思坏木，自悼无依"的现实状况；第五章或借"鹿奔而足舒迟，以喻太子奔而不忍遽疾，以有所顾望也"，或借"雉鸣而求其匹，以喻太子见逐而离其亲，曾鸟之不如也"。[2] 从而多角度地展示了弃子逐臣的内在心理。

其三，对弃逐悲剧的制造者无所假贷，哪怕他尊贵为君父。如六、七两章一再明言："君子秉心，维其忍之"、"君子信谗，如或酬之。君子不惠，不舒究之"，将讽刺矛头直指身为君父的幽王，并明确揭示出"信谗"是弃逐悲剧的根本原因。

其四，作者于怨怒讽刺的同时，也表现出对父母、家园的眷恋和对回归的期盼。诗第三章以"维桑与梓，必恭敬止"起始，心念故园，追思父母，"沉痛迫切，如泣如诉，亦怨亦慕"，[3] 由此勾勒出弃子丰富复杂的情感曲线，为后世弃子逐臣所反复吟唱的"弃逐—回归"主题设定了最初也是最基本的音符。

从发生学的角度看，《小弁》《白华》二诗是弃逐文学可以指实本事的现存最早作品。由于本事可以指实，故具有历史的厚重度，

---

[1] 孙鑛语，陈子展《诗经直解》卷十九引，复旦大学出版社 1983 年版，第 691 页。
[2] 黄焯《毛诗郑笺平议》卷六，上海古籍出版社 1985 年版，第 226 页。
[3] 《诗经原始》卷十一，中华书局 1986 年版，第 407 页。

具有非事件亲历者难以体验的真切感和深刻性。而其"或兴或比，或反或正，或忧伤于前，或惧祸于后"、"布局精巧，整中有散，正中寓奇，如握奇率，然离奇变幻，令人莫测"的言情特点和表现手法，① 更使之具有了很高的艺术价值和启示作用。

四、弃逐文本的伦理内蕴与刺谲指向

作为弃子、弃妇表现自我命运和情感的早期作品，《小弁》《白华》二诗具有发凡起例的典范意义。明人朱善分析此二诗谓："《小弁》之诗，处父子之变；《白华》之诗，处夫妇之变。圣人备录于经，所以著周室祸败之由，又以见天理民彝之不容泯也。"② 这段话，从父子、夫妇角度立论，指出二诗之意义在于"著周室祸败之由"，在于"见天理民彝之不容泯"，应该说是有见地的。沿着此一线索，考察弃逐文本的深层内涵，我们发现，这两首诗还具有以下两个方面的意义指向。

首先，《白华》诗重点指斥的，虽是褒姒的以邪代正和幽王的近恶远善；而其隐性意旨，则在于幽王"以妾为妻，以孽代宗"的有违宗亲伦理的行径。诗中一再使用的白华、白茅与鹤、鹜之喻，不止有高下善恶之分，更具有贵贱正邪之别与鹊巢鸠占的意味。《毛诗正义》有鉴于此，明确指出："褒姒，妾也，王黜申后而立之，由此故下国诸侯化而效之，皆以妾为妻，以支庶之孽，代本適之宗，而幽王弗能治而正之，使天下败乱，皆幽后所致。"③ 这就是说，以妾为妻，变乱纲常，乃是造成申后悲剧的总的根源。它虽然发生在家族伦理层面，但因当事者的双重身份，遂使得事件扩大到了国家政治层面，以致各诸侯国纷纷效法，伦理大坏，政治大乱。诗第五章所谓"鼓钟于宫，声闻于外"，指的便是这种情况。

---

① 《诗经原始》卷十一，中华书局 1986 年版，第 408 页。
② 《诗解颐》卷二，文渊阁《四库全书》本，第 78 册，第 242 页上。
③ 《毛诗正义》卷十五，《十三经注疏》上册，中华书局 1980 年影印本，第 496 页。

至于《小弁》反映的太子被逐，也是一个兼具宗亲伦理和政治道德意义的事件，只是相比起"以妾为妻"所导致的申后被废，表现在宜臼这里的"废嫡立庶"，因其与家、国未来权力的执掌紧密关联，故有着更为浓郁的政治色彩。在中国传统文化中，嫡子、庶子如同树的根干和枝蘖，"蘖者，蘖也。树木斩而复生，谓之蘖。……文王曰：'本支百世'，是适子比树本，庶子比支蘖也。宗适子者，以适子当为庶子之所宗，故称宗也"。① 这就是说，深而粗的根干是旁行斜出的枝蘖无法比并的，正妻所生的嫡子地位也是庶出之子难以企及的，后者须以前者为宗，严守等级和秩序，才能保证家和国的稳定；倘若不是这样，而欲以庶代嫡，便会乱了家规，动摇了国本，导致废立无序，家败国亡。《毛诗李黄集解》指出："自古废嫡立庶，未有国不受其祸。秦废太子扶苏而立胡亥，晋废愍怀太子而立惠帝，隋废太子勇而立炀帝，不旋踵而祸及之。幽王所为如此，其受祸也必矣。"② 这话说的是深刻的，在历史事件的相似性中，已自深刻揭示出幽王"废嫡立庶"所内含的远远超过其自身的警示意义。

其次，较之《白华》，《小弁》还表现出明确的刺谗指向。谗即谗言、谗诼，既指挑拨离间的言语，亦指造谣诽谤的行为，是说坏话诋毁人者惯常使用的手段。褒姒欲"以妾为妻，以蘖代宗"，必然要造谣生事，诋毁正人；而她之所以能得偿所愿，又在于幽王不辨是非，轻信谗言，为谗佞之徒大开了方便之门。用《小弁》第七章中的话说，就是"君子信谗，如或酬之。君子不惠，不舒究之"。宋人李樗认为："申后、宜臼之见黜，必有谗言交构于其间。观申生、楚太子之见黜，而骊姬、费无极之徒，奸言巧辞，可谓深矣。今申后、宜臼之见黜，则褒姒之徒，其谮之也，必有以深讪之，特

---

① 《毛诗正义》卷十五，《十三经注疏》上册，中华书局 1980 年影印本，第 496 页。
② 《毛诗李黄集解》卷二十五，文渊阁《四库全书》本，第 71 册，第 472 页下。

幽王之不察耳。"① 一方面是褒姒等进谗者的颠倒黑白，一方面是幽王这位最高权力持有者的无察轻信，才导致了申后、宜臼的被废被弃。如此看来，被废被弃者对进谗者和信谗者深怀怨愤，并加以指斥，便是情理之中的事了。由此，也凸显了弃逐文学在其源头处即已具备的刺谗特点。

《小弁》所代表的刺谗指向，并非孤立的个案，与之相关，《诗经》中还出现了多首以幽王、褒姒为指斥对象，以讥刺进谗、信谗为主旨的诗作，如《大雅》之《瞻卬》，《小雅》之《巧言》《何人斯》《巷伯》《青蝇》诸诗即其显例。由此对《小弁》形成拱卫，交织成一集中而细密的刺谗大网，极度凸显了幽王时期谗言横行的情状，凸显了正直士人对进谗、听谗行径的愤怒。

《瞻卬》乃"刺幽王宠褒姒致乱之诗"，② 诗凡七章，重心则在第三章："哲夫成城，哲妇倾城。懿厥哲妇，为枭为鸱。妇有长舌，维厉之阶。乱匪降自天，生自妇人。匪教匪诲，时维妇寺。"一个"哲妇"，一个"长舌"，将进谗者的特征予以准确而独到的概括。《毛诗》郑笺曰："哲，谓多谋虑也"；"长舌喻多言语，是王降大厉之阶。"明人孙鑛曰："艳妻意浅，哲妇意精，说到哲处，可谓透入骨髓。"③ 张次仲曰："'懿厥哲妇'，犹言好一伶俐妇人，正厌之之语。枭鸱，恶声之鸟，工于言语，谓之长舌。褒姒能使幽王夺嫡易树，其长舌可知。"④ 一个美貌的妇人既多机心，善谋虑，又多言善辩，便具备了谗言惑众、倾人城国的基本条件。所以唐人孔颖达指出："此妇人之长舌多谋虑者，乃好穷屈人之言语，出言则为人患

---

① 《毛诗李黄集解》卷二十五，文渊阁《四库全书》本，第71册，第474页下。
② 姚际恒《诗经通论》卷十五，中华书局1958年版，第300页。
③ 何楷《诗经世本古义》卷十八上引，文渊阁《四库全书》本，第81册，第564页下。
④ 《待轩诗记》卷七，文渊阁《四库全书》本，第82册，第297页上。

害，且又变化无常。"① 明人季本进一步阐释："哲妇非谓其必倾城也，但以褒姒言耳。盖其智本哲，亦懿德也。然一失本心，即为枭为鸱，而长舌能言，由阶进乱，枭鸱之害，岂有极哉？盖妇人之贤者，其言岂无教诲之益，惟其本心亡，而口舌利，则颠倒是非，兴谗害正，遂与小人相合，朋比为奸，其言不足以导人为善，而皆厉阶。"② 这些解释，虽角度不同，立意有别，但均对"哲妇"、"长舌"之危害浓墨重染，其旨意殊途而同归。由此反观《瞻卬》此章，盖以"哲妇倾城"为主脑，直斥褒姒虽有智慧，却倾人城国；虽有美貌，却心如枭鸱；她的"长舌"多言，乃是祸患的根由；国家的败乱不是降自上天，而是生于妇人。

与《瞻卬》明刺"长舌"之"哲妇"略有区别，《巧言》《何人斯》《巷伯》《青蝇》的讽刺对象有了进一步的扩展，而又有着不同的侧重。《巧言》为"大夫伤于谗"而作，所刺者除了"巧言如簧，颜之厚矣"的进谗者外，还集中在以幽王为代表的信谗之人："乱之初生，僭始既涵。乱之又生，君子信谗。君子如怒，乱庶遄沮。君子如祉，乱庶遄已。"这里，诗人将进谗者和信谗者的相互作用描述为一个动态的因果过程："乱本于谗，谗本于王之信。王之于谗，始则容之，继而信之，终而甘之，是以乱生而又生，暴而益进。"③ 也就是说，信谗是"乱"之因，"乱"则是信谗之果；谗人因谗言被信而得逞其志，无所忌惮，信谗者因不辨是非而导致善恶混淆，政局浊乱；由进谗到信谗到再进谗、再信谗的步步推进，便导致乱生而又生，不可遏止。诗以"乱"字发端，继以七"乱"字承接，末复以一"乱"字终之，极生动、形象地深化了谗言造成的危害。《何人斯》是紧承《巧言》的一篇作品，朱熹谓其"与上篇

① 《毛诗正义》卷十八，《十三经注疏》上册，中华书局 1980 年影印本，第 578 页。
② 《诗说解颐》卷二十五，文渊阁《四库全书》本，第 79 册，第 338 页上。
③ 刘玉汝《诗缵绪》卷十一，文渊阁《四库全书》本，第 77 册，第 686 页下。

文意相似，疑出一手，但上篇先刺听者，此篇专责谗人耳。"① 值得
注意的是，此一谗人更为诡谲多变，性情险恶："我闻其声，不见
其身。不愧于人，不畏于天"，"彼何人斯，其为飘风。胡不自北，
胡不自南"，"为鬼为蜮，则不可得。有靦面目，视人罔极"。不是
平铺直叙，也不明言"谗"字，而是以迅急无定的飘风、阴贼害人
的鬼蜮为喻，"极力摹写谗人性情不常，行踪诡秘，往来无定"。②
与之相似，《青蝇》一诗径将谗人比作"污白使黑，污黑使白，乃
变乱白黑，不可近之"的"青蝇"，③ 以形象的笔墨和颇具概括性的
意象，为谗人写貌图形，并发出"谗人罔极，交乱四国"、"岂弟君
子，无信谗言"的呼喊。由此更进一步，"寺人伤于谗"而"刺幽
王"的《巷伯》一诗，则将谗言喻为文采交织如贝的"贝锦"，极
写谗人处心积虑"谋欲谮人"的阴暗心理。义愤填膺之际，诗人竟
呼天而告，欲"取彼谮人，投畀豺虎。豺虎不食，投畀有北。有北
不受，投畀有昊"。诗句连环递进，层层累积，希望借"豺虎"、
"有北"这些凶猛之物和荒寒之地以灭绝谗人；而"不食"、"不
受"，则说明"谗谮之人，物所同恶"，④ 最后只有让昊天来制服其
罪了。李樗比较诸诗差异指出："《巧言》《何人斯》之诗，则可以
为察奸之术；观《巷伯》之诗，可以为去奸之术也。"⑤ 可谓切中
肯綮。

　　从《小弁》到《巷伯》，构成了以刺谗为主旨的一系列经典文
本。其中无论是太子伤于谗，还是大夫、寺人伤于谗；无论是《小
弁》的"君子信谗，如或酬之"、《巧言》的"乱之又生，君子信

---

① 《诗集传》卷十二，上海古籍出版社 1980 年新 1 版，第 144 页。
② 方玉润《诗经原始》卷十一，中华书局 1986 年版，第 413 页。
③ 《毛诗正义》卷十四，《十三经注疏》上册，中华书局 1980 年影印本，第 484 页。
④ 《诗集传》卷十二，上海古籍出版社 1980 年新 1 版，第 145 页。
⑤ 《毛诗李黄集解》卷二十五，文渊阁《四库全书》本，第 71 册，第 483 页下。

谗"，还是《巷伯》的"彼谮人者，亦已大甚"；无论是"哲妇"、"长舌"之概括，还是"贝锦"、"青蝇"之比喻，都从不同角度极度凸显了"幽王之时，谗人用事可谓众矣"、"凡曰贤者，无不被谗"的情形。① 这是西周末年幽王乱世的一道独特政治景观，也是中国数千年同类作品最早的文学范本和原初意象。而褒姒和幽王，则是此一政治景观和原初意象中的核心人物，是进谗、信谗者的典型代表。

面对黄钟毁弃、瓦釜雷鸣的局面，饱受屈辱、被弃被逐的士人们并没有一味地俯首帖耳，逆来顺受，而是拿起笔来，将胸中的愤怒化作犀利的诗行，对进谗者和信谗者予以辛辣的讽刺，猛烈的抨击，由此展示出"天理民彝之不容泯"的讽刺意识。天理者，公道也；民彝者，人伦也。《尚书·康诰》列举"于父不能字厥子，乃疾厥子"诸项悖理逆伦之事后指出："天惟与我民彝大泯乱。"《孔传》曰："天与我民五常，使父义、母慈、兄友、弟恭、子孝，而废弃不行，是大灭乱天道。"② 据此而言，幽王宠褒姒、信谗言而疾其子，并弃逐之，既是为父不义，又是为君不仁，实乃大乱天理民彝之举。当此之际，《小弁》诸诗作者对之予以讽刺、揭露和抨击，其所秉持的，便不仅是正直而遭冤屈者长期郁积的愤怒情怀和讽刺精神，而且是一种未曾泯灭的天地良心和人间公道了。

五、由宜臼弃逐引发的相关思考

宜臼、申后的被弃被废是发生在公元前八世纪的事件，历史的烟云虽然已经遮蔽了大量的细节，但借助相关史料和诗史互证的方法，我们还是可以看到此一事件总体的真实，并从弃逐文化的角度，获得若干新的认知和发现。

一般认为，从夏代起，中国就开始了"家天下"的历史，而至

① 《毛诗李黄集解》卷二十八，文渊阁《四库全书》本，第 71 册，第 521 页下。
② 《尚书正义》卷十四，《十三经注疏》上册，中华书局 1980 年影印本，第 204 页。

周代，其宗法政治体制愈趋完备。在这种体制下，皇亲宗室须以持家之责任治理其国，由家齐而国治，主流意识形态的家庭化和传统家庭成员行为规范的社会化互相映射，"父父子子"的家庭伦理和"君君臣臣"的社会秩序一脉相通，政治运作中作为亲情凝聚文化场的家，自然成为血缘亲情社会化、政治化的一个缩影。与之相关，原本只是属于家庭私人行为的"弃子"，因其所具有的政治身份，已逐渐超越家庭范畴，上升为一种关乎国家、影响天下的政治事件。于是，家国一体，君父同构，子臣共命，遂形成"弃子"与"逐臣"相互涵纳、相互补充的文化统系。而申后、宜臼即一身而二任，成为家之弃妇、弃子和国之废后、逐臣的典型代表。

　　按照常理，这种子与臣、妻与后一体的身份，既可得到父、夫之关爱，又可得到君、王之器重，宗亲与政治的双重保险，易于使其地位更加稳固。然而，从另一方面看，其地位越重要，内含的危险度也越增加，而作为国之储君，太子的危险度尤大。因为这样一个一人之下、万人之上的地位，聚焦了君王妻妾及嫡庶众子觊觎的目光，稍有不慎，就可能导致不虞之患。正是有鉴于此，《春秋公羊传》明确提出："立適以长不以贤，立子以贵不以长。"[①] 这就是说，君父的继承人首先须是嫡长子，不管他是否贤能；当嫡子年幼于庶子或正妻无子时，所立者则须是正妻或最尊贵妻妾所生之子，而不管其年之长幼。这套宗法规定，既是以血缘为纽带的社会等级制度，又是一夫多妻制下的继承制度，自商末周初即已建立，并为此后历代君主、诸侯遵守执行，有效地避免了嫡庶兄弟为争夺继承权而引发的祸乱，对维护王权和社会稳定不无助益。倘若不遵守此一规定甚至破坏它，轻则引起家族纷争，重则导致国家动乱甚至灭

---

① 《春秋公羊传注疏》卷一《隐公元年》，《十三经注疏》下册，中华书局 1980 年影印本，第 2197 页。

亡。联系到宜臼的情况可知，他身为嫡长子，不仅具有合法的君位继承权，而且已经被立为太子，成了天下皆知的国之储君；可是，褒姒为了谋取更大的利益，必须废掉宜臼的太子之位，才能令庶出且年幼的己子取而代之；太子明明没有过错，却无中生有，造谣诽谤，给他安插上莫须有的罪名。当此谗言频兴、君父亦为之推波助澜之际，宜臼所能做的，便只能是在孤独无助中，仓皇出奔了。就此而言，宜臼既是宗法继承制的受益者，又在弃逐文化层面成为此一制度的牺牲品。

宜臼、申后的被弃被废，虽只是个体的悲剧，却与国家败亡的悲剧紧相关联。作为两种悲剧的致导因，无疑皆源于褒姒"身求代后，子图夺宗"的图谋和谗言惑君的行为。[1] 前引《瞻卬》篇所谓"妇有长舌，维厉之阶"，可以说点到了问题的要害。厉者，邪恶、败乱、病患之谓也；阶者，所由上下之阶梯也。诗人推言祸本，寻其厉阶，正为此长舌之妇。有鉴于此，论者指出："幽王之厉，夥甚矣。申后黜而太子废，家厉也；小人盛而刑狱繁，国厉也；诸侯叛而夷狄侵，天下厉也；三川竭而岐山崩，天地厉也。凡此诸厉，皆从彼妇三寸之舌以为阶。《小雅》曰：'赫赫宗周，褒姒灭之。'不言其所以灭，然则所以灭者，此舌耶？"[2] 由"阶"而步步探寻，将幽王时代诸"厉"之起因归结为"哲妇"之"长舌"，乃是此段议论的高明之处。

褒姒之外，幽王的择妇不慎，忽视人道之大伦，废妻弃子，终至酿成家、国之大乱，是问题更关键的一个方面。早在汉代，史官司马迁、班固即意识到了这一点，而至清人，更引前史观点予以阐发："按《前汉·外戚》曰：'自古受命帝王，非独德茂，亦有外戚

---

[1] 《毛诗正义》卷十八，《十三经注疏》上册，中华书局1980年影印本，第576页。
[2] 张次仲引丁奉语，见《待轩诗记》卷七，文渊阁《四库全书》本，第82册，第297页上。

之助焉。夏之兴也以涂山，而桀之放也用妹喜；殷之兴也以有娀，而纣之灭也嬖妲己；周之兴也以大任大姒，而幽王之禽也淫褒姒。故《易》基《乾》《坤》，《诗》首《关雎》，《书》美厘降。夫妇之际，人道之大伦也，可不慎欤？盖自古未有宠嬖并后，庶孽乱宗，而无亡国败家之祸者。赫赫宗周，离离禾黍，诗人于幽王、褒姒之事言之，每痛心焉。而《白华》之诗所谓'天步艰难'者，则已逆知其祸之必至于此也。"① 这段话述说的本是人们耳熟能详的简单事理，但其深层揭示的却是一条被大量事实证明了的外戚关乎国之治乱的历史规律。国是家的放大，君、后是夫、妇的升格，夫妇不睦则家不齐，家不齐则国不治，所以说"夫妇之际，人道之大伦"，须慎之又慎。其留下的教训，足令后人深长思之。

需要指出的是，宜臼、申后之被弃废，虽然与幽王择妇不慎、褒姒恃宠乱政紧密相关，但其终极原因，却在于最高权力持有者幽王的独断专行。无论从宗法角度，还是政治角度，幽王都被赋予最高权威，其个人的喜怒好恶，可以通过无法制衡的父权和君权，随时表现在家庭事务和国家事务中。就此而言，弃废事件的发生，又不是一个褒姒所可决定的，它实质上是以谗诼为表征、以专制为内核的宗法政治所导致的必然结果，其中深隐着"家天下"文化缺乏民主因子的先天不足。由此反观《白华》《小弁》诸作，一方面固然深刻地再现了中国早期历史上"宠嬖并后，庶孽乱宗"的家庭伦理悲剧和国家政治悲剧，并以其当事者的忧愤情怀和刺谗主旨，奠定了中国弃逐文学的主要内容和基本格调；另一方面，也因其本即浸淫于宗法、政治文化之中，缺乏对"家天下"之君父专制本质的深层透视，从而不能不在认识和批判的深度上一间有隔。

---

① 叶方蔼、张英等编《御定孝经衍义》卷六十，文渊阁《四库全书》本，第718册，第653页上。

第三节　弃逐视野下的骊姬之难及其文化意义

——以申生之死、重耳出亡为中心

上古诸多弃子逐臣事件具有相似性。表面看来，这些事件的相似是偶然的，但正是在这些偶然性的积累中，弃逐文化为其进展开辟了必然性的通道。在周幽王因褒姒之谮而逐太子宜臼（前 777）一百二十余年后，地处黄河流域的晋国，又发生了一起因宠姜进谮、以庶代嫡而导致的太子自杀、馀子出亡的事件。相较之下，后者在事件的复杂度、历史记载的翔实度方面，更远过前者，由此提供了另一个可资比照的典型案例。

一、骊姬之谮与申生之死

发生在晋国的这起弃逐事件，源于晋献公的废嫡立庶，而晋献公之所以废嫡立庶，又与骊姬的进谮紧密相关。史载：

> 晋献公娶于贾，无子。烝于齐姜，生秦穆夫人及太子申生。又娶二女于戎，大戎狐姬生重耳，小戎子生夷吾。晋伐骊戎，骊戎男女以骊姬，归生奚齐。其娣生卓子。[1]

这里所说齐姜，原为齐桓公之女，初嫁献公之父晋武公为妾。后献公与之私通，生子名申生。遂以齐姜为夫人，立申生为太子。至于献公此后与戎之二女及骊姬姊妹所生之重耳、夷吾、奚齐、卓子，则皆为庶出之子，本是无王位继承权的。

然而，问题却出在骊姬这里。骊姬是骊戎首领之女，因骊戎战

---

① 《春秋左传集解》卷三《庄公二十年》，上海人民出版社 1977 年版，第 198 页。

败而被献于晋献公。"骊姬者，国色也。献公爱之甚。"① 由于得到
了献公的专宠，而是时齐姜已死，骊姬遂被立为夫人，生子奚齐；
由于有了亲生骨肉，骊姬乃欲谋立己子，以取代申生的太子之位。
综观其废立计划，大致分如下四个步骤：

一是联合优施，展开孤立太子的外围活动。优施是献公左右的
俳优，其特殊身份和能言善辩的特点，使之得以接近献公和朝中大
臣，游说其间；而因"通于骊姬"的暧昧关系，又使他与骊姬保持
着利益上的一致，最大限度地为骊姬服务。所以，当骊姬问他"吾
欲作大事，而难三公子之徒，如何"时，② 优施首先即将发难的对
象指定身为太子的申生，在朝中散布关于申生的谗言；接着教骊姬
在夜半向献公泣诉自己的孤弱无辜，以赢得献公同情；最后当骊姬
为申生周围之拥戴者里克的态度发愁时，优施又主动来到里克家
中，借饮酒作歌警示里克：如再为申生效力，便会产生"枯且有
伤"的结局。从而迫使里克采取"中立"态度，达到了孤立申生的
目的。

二是笼络"二五"，使之行离间之计。"二五"者，一"姓梁名
五，在闺阈之外者"；一"东关嬖五，别在关塞者。"③ 二人均为献
公所嬖幸之佞臣，秉承骊姬之意，分别从朝中和边地向献公进言，
使其将诸子调离都城，申生处曲沃，重耳处蒲，夷吾处二屈。由此
既弱化了诸子在政治中心的影响，疏远了他们与献公的关系，又为
骊姬进谗提供了方便。

三是利用献公对自己的宠爱，不断散播谗言，以挑拨献公与申
生的关系。考察骊姬之进谗，往往以退为进，巧布疑阵，对申生既

① 《春秋公羊传注疏》卷十一《僖公五年》，《十三经注疏》下册，中华书局1980年影印本，第2253页。
② 以上引文见徐元诰《国语集解》卷七《晋语一》，中华书局2002年版，第259页。
③ 《春秋左传集解》卷三《庄公二十八年》杜注，上海人民出版社1977年版，第199页。

佯赞而阴挤之，又适时地将其与献公的矛盾导向国家权力之争，以从根本上断绝申生的退路。首先，骊姬按优施指教，在夜半时分泣谓献公曰："吾闻申生甚好仁而强，甚宽惠而慈于民，皆有所行之。今谓君惑于我，必乱国，无乃以国故而行强于君？君未终命而不殁，君其如之何？盍杀我，无以一妾乱百姓。"这里，骊姬将进谗的时间选在夜半，而且是哭诉，是因为夜深人静时夫妻感情最笃，自己以弱者的姿态流泪进言，献公最易为其言行所打动；不说申生有何过错，而说申生如何好仁义得民心，意在强化献公对其子的戒备心理；重点提及申生"谓君惑乱于我，必乱国"的话，说明在申生眼中，其父献公实为一好色昏君，并借此明确提醒献公，申生的言论实在是以强劫君；至于最后所说"盍杀我，无以一妾乱百姓"的话，更是一箭双雕：既表明自己深明大义，又借以激怒献公，使其对申生不把君父放在眼里的行为产生恼恨。当献公发出"夫岂惠其民而不惠其父"的疑问时，骊姬借"外人"之言和"纣有良子，而先丧纣"的假设，层层诱导，阐明"苟众利而百姓和，岂能惮君"、"杀君而厚利众，众孰沮之"的道理，从而将事件的性质导向了"杀君"，使献公生出无限畏惧。接着，又作出无奈状，建议献公让出君权："彼得政而行其欲，得其所索，乃其释君。"听了这话，献公的自信自尊无疑受到挑战，遂勃然而怒曰："不可与政"、"尔勿忧，吾将图之"。逼出了献公这句话，骊姬才放下心来，撕下伪装，从正面为献公设计，劝他令申生伐狄："若不胜狄，虽济其罪可也；或胜狄，则善用众矣，求必益广，乃可厚图也。"[①] 这就是说，无论申生伐狄胜或不胜，都难以逃避责罚，都会加重献公对他的疑心。由以上一连串言论可见，骊姬之进谗，层层转换，步步紧逼，先示柔惠于外，继发阴贼于内，具有很强的诱惑性和杀伤力。

---

① 《国语集解》卷七《晋语一》，中华书局 2002 年版，第 264—266 页。

　　四是在时机成熟时，亲自出马，设下陷阱，致申生于死地。晋献公二十一年（前 656）冬日的一天，骊姬先是传献公旨意，令申生在曲沃祭奠亡母齐姜，并将祭祀的酒肉送至宫中；六天后，骊姬暗中将毒药置入酒肉，让申生献给刚出猎回来的献公，并要求作一试验。结果，"祭地，地坟；与犬，犬死；饮小臣，小臣毙"。当此之际，骊姬泣曰："太子何忍也！其父而欲弑之，况他人乎？且君老矣。旦暮之人，曾不能待而欲弑之！"——这是面对申生的话：先以一个"何忍"和"欲弑之"，不费吹灰之力就坐实了申生弑父弑君的罪名；继以"君老矣"和"曾不能待"，突出申生迫不及待抢班夺权的心理，由此强化献公对他的憎厌。骊姬接着又说："太子所以然者，不过以妾及奚齐之故。妾愿子母辟之他国，若早自杀，毋徒使母子为太子所鱼肉也。始君欲废之，妾犹恨之；至于今，妾殊自失于此。"① ——这是面对献公的话：先点明申生弑君的目的是对着自己和奚齐来的，借以展示申生的无情和自己母子的无辜；接着以"犹恨"、"自失"的后悔语气表明当年不该帮着申生说话，由此既撇清自己与废太子事的关联，又表明认清真相后对申生的憎恶。通过上述事件和这两段话，骊姬用伪造的"事实"将申生推向必死之地，逼迫谨守孝道、不愿申辩又不愿外逃的申生自杀身亡，从而完成了谋害申生、立己子奚齐为太子的全部过程。

　　以上四个步骤大致发生在献公十二年至二十一年间，在这样一个不算短的时间段内，骊姬工于心计，鼓动唇舌，联络群小，对申生采取多角度、多方式的步步紧逼，将谗言功用发挥到无以复加的程度，以攫取利益最大值。所有这些，较之她的前辈、周幽王身边那位进谗高手褒姒来，可谓有过之而无不及。借用《诗经·瞻卬》指斥褒姒的话说，便是"妇有长舌，维厉之阶"。如果说，褒姒所

---

① 《史记》卷三十九《晋世家》，中华书局 1982 年第 2 版，第 1645 页。

致之"厉"直接毁掉了西周王朝，那么，骊姬所致之"厉"便使晋国在近二十年的时间内诛杀迭起，动乱无休。汉人董仲舒有鉴于此指出："晋献公行逆理，杀世子申生，以骊姬立奚齐、卓子，皆杀死，国大乱，四世乃定，几为秦所灭，从骊姬起也。"① 宋人真德秀也深深感叹道："晋国之乱垂二十年，由骊姬之谗，而三奸助之也。褒姒有一虢石父，犹能合谋以逐宜臼，况骊姬有三奸之助乎！故女子小人表里交缔者，危国亡家之本也。"② 这些话，或着眼于晋国现实，或联及晋以前历史，或以骊姬为致乱之源，或以"女子小人表里交缔"为致乱规律，均可谓具眼之论。

二、献公态度及其对申生之死应负的责任

晋献公在位二十六年，假如将其"烝于齐姜"而生申生的时间定于其继位前后的一二年内（前677—前675），立申生为太子的时间定在此后数年内，则根据当时晋国内外各方面情形，可以大略推知，献公立申生为太子具有明显的权宜性特点。

一方面，献公继位之初，晋国内部的局势并不安宁，桓、庄之族的势力仍然强大，至献公六、七年（前671—前670）甚至发生了不得不驱逐并诛之的情况："晋桓、庄之族偪，献公患。士𫇭曰：'去富子，则群公子可谋也已。'公曰：'尔试其事。'士𫇭与群公子谋，谮富子而去之。""晋士𫇭又与群公子谋，使杀游氏之二子。士𫇭告晋侯曰：'可矣！不过二年，君必无患。'"③ 这样看来，早立太子，尽快稳定局势，势在必行；另一方面，申生虽为献公与父妾齐姜所生之子，来路不是那么光明正大，但因齐姜是春秋五霸之一的齐桓公的女儿，立申生为太子，以突出夫人齐姜

① 苏舆《春秋繁露义证》卷四《王道第六》，中华书局1992年版，第124页。
② 真德秀《论申生》，唐顺之《荆川稗编》卷九十一，文渊阁《四库全书》本，上海古籍出版社1987年影印本，第955册，第84页。
③ 《春秋左传集解》卷三《庄公二十八年》杜注，上海人民出版社1977年版，第186—190页。

的地位，借以获取齐桓公的支持，便是当时形势下较实际的一种选择了。

　　然而，随着时间的推移，晋内部局势逐渐平稳，申生之母齐姜亦死，尤其是伐骊戎得到具有"国色"的骊姬后，献公对已经失去母爱的申生，便不能不发生一种态度上的转变。这种转变，随着骊姬之子奚齐的出生而日益加剧。下面，我们依据《左传》《国语》《史记》诸书，将有纪年之相关事件排比如下：

　　晋献公五年（前672），伐骊戎而获骊姬。

　　十二年（前665），骊姬生奚齐，令申生诸公子分赴异地。

　　十六年（前661），献公作二军，自将上军，命申生将下军，以伐霍。

　　十七年（前660），命申生伐东山。

　　二十一年（前656），申生自杀。

　　在这样一个时间序列里，献公五年、十二年是两个关键年份。前者因骊姬的出现，使献公关爱的重心发生了变化；后者因有了与骊姬所生之子，遂导致献公废嫡立庶之念的萌生。《史记·晋世家》载："五年，伐骊戎，得骊姬、骊姬弟，俱爱幸之。""十二年，骊姬生奚齐。献公有意废太子，乃曰：'曲沃吾先祖宗庙所在，而蒲边秦，屈边翟，不使诸子居之，我惧焉。'于是使太子申生居曲沃，公子重耳居蒲，公子夷吾居屈。献公与骊姬子奚齐居绛。晋国以此知太子不立也。"[1] 这两段记述，已明确透露出献公态度转化的个中信息。

　　然而，献公虽已有了废立太子之意，却并未马上实施之，考其原因，盖与以下两个因素相关：

　　其一，申生谨言慎行，且又天性良善，颇得民心，以致献公抓

---

[1] 《史记》卷三十九《晋世家》，中华书局1982年版，第1641页。

不到废立的把柄，只能一再派申生率军征伐，观其成败，借以寻衅滋事。于是便有了前述十六、十七年伐霍、伐东山的事件。

其二，一批朝臣围绕献公伐骊戎、娶骊姬、欲废太子等一系列事件，或公开谏阻，或私下议论，由此形成舆论攻势，迫使晋献公不敢一意孤行，擅行废立。如早在伐骊戎、娶骊姬之际，史苏即以龟兆所示，予以谏阻；继而又借夏桀伐有施而亡于妹喜、殷辛伐有苏而亡于妲己、周幽伐有褒而亡于褒姒的历史教训，说明"有男戎必有女戎"的道理。而在骊姬生子之后，史苏再次断言："今君灭其父而畜其子，祸之基也。……好其色，必授之情。彼得其情，以厚其欲，从其恶心，必败国，且深乱。"史苏的这些意见，颇得同朝大臣里克、郭偃、士蒍等的赞成与附和。又如针对献公十六年作二军以伐霍事，士蒍明确指出："夫太子，君之贰也。恭以俟嗣，何官之有？今君分之士而官之，是左之也，吾将谏以观之。"针对献公十七年命太子伐东山事，里克谏曰："非故也。君行，太子居，以监国；君行，太子从，以抚军也。今君居，太子行，未有此也。"① 虽然士蒍、里克与献公经过多个回合的争论并未取得满意的结果，但这种谏阻本身却反映了人心所向，形成对申生的舆论支持。

申生的正道直行及其获得的舆论支持，固然一定程度上延缓并限制了献公废立计划的实行，但似乎也正是这种朝臣的舆论，越发加重了献公自身的危机感。所以，当骊姬向他进谗，说出"苟利众而百姓和，岂能惮君"、"杀君而厚利众，众执沮之"的话时，献公便不能不心有戚戚，而明言"吾将图之"了。考察献公此时心态，已与前大有不同。在此之前，虽听从骊姬谗言，将申生、重耳、夷吾分别调赴外地，但废立之意未坚，很大程度上不过借此以满足骊

---

① 以上引文分见《国语集解》卷七《晋语一》，中华书局 2002 年版，第 250—268 页。

姬要求，讨其欢心而已；在此之后，因了骊姬的谗言，使他意识到申生得众已危及自身权威甚至性命，所以不能不设法以废之。换言之，献公欲废申生太子之位的态度，此前多是被动的、应付的，此后则转为主动的、认真的。这由他安排武公之庙的祭祀活动命奚齐莅事而不命申生可以看出，由他不顾大臣谏阻而一再派申生伐霍、伐东山也可以看出。虽然申生的几次征伐都是得胜而归，并未给献公和骊姬实施废立提供借口，但"克霍而反，谗言弥兴"、"败狄于稷桑而反，谗言益起"的结果，[①] 却无疑部分实现了其愿望，也将申生推向越发不利的境地。前人有鉴于此指出："夫献公刚猛人也，能灭霍、魏、虢、虞诸国，以大其封，虽齐威久主夏盟，未尝一为之屈，而肯为其子屈乎？怀怒必杀之心，自此启矣。然犹患无隙以加之罪也，则使将兵而伐翟焉。胜则加以得众之名，败则绳以覆师之罪。申生至是无逃死之路矣。"[②] 可谓切中肯綮。

由于献公的废立态度日益明朗，遂导致此前明确支持申生的一批大臣发生分化，逐渐改变了立场。先是狐突知难之将作，自献公十七年即杜门不出，以避祸乱；接着里克在骊姬、优施的威胁下，也宣布保持中立。此时朝中大臣的态度，从《国语》中的一段记载可以清晰看出：

> 里克、丕郑、荀息相见，里克曰："夫史苏之言将及矣！其若之何？"荀息曰："吾闻事君者，竭力以役事，不闻违命。君立臣从，何贰之有？"丕郑曰："吾闻事君者，从其义，不阿其惑。惑则误民，民误失德，是弃民也。民之有君，以治义也。义以生利，利以丰民，若之何其民之与处而弃之也？必立

---

① 《国语集解》卷七《晋语一》，中华书局 2002 年版，第 264、270 页。
② 真德秀《论申生》，唐顺之《荆川稗编》卷九十一，文渊阁《四库全书》本，第 955 册，第 84 页上。

太子。"里克曰："我不佞，虽不识义，亦不阿惑，吾其静也。"三大夫乃别。①

这段对话的时间已是献公二十一年，亦即申生被逼自杀之年。从三人的表白看，只有丕郑还支持申生，荀息则明确站到了献公一边，而里克则取中立态度，静观待变。当此之际，献公已有恃无恐，可以行废立之事了，其所欠缺的，只是给申生寻找一个致罪的名头而已。史载：献公二十一年，"骊姬谓公曰：'吾闻申生之谋愈深。……君若不图，难将至矣。'公曰：'吾不忘也，抑未有以致罪焉。'"② 由此可知，无论骊姬，还是献公，均已急不可耐，只要罪名一立，即可采取行动了。于是，由骊姬亲自出马，上演了一出置毒于酒肉的闹剧，给申生安上弑父弑君的罪名，将其推向必死之路。

表面看来，申生之死是骊姬所为，古今论者也都将批判的主要锋芒指向了骊姬，但若深一层看，早已对申生不满、厌恶并想方设法欲致其罪的晋献公无论如何逃脱不了干系，某种意义上，说他是骊姬的同谋也未为不可。首先，对骊姬以君命命申生"速祠而归福"之事，献公应是知晓的，否则就不会出现"君梦齐姜"与"献胙"的前后呼应；其次，他的外出田猎，未尝不是借故离开的避嫌之举，这从"公至，召申生献"之丝丝入扣的安排可以概略推知；最后，"毒酒经宿辄败，而经六日，明公之惑"。③ 这就是说，酒肉中之毒药非申生六日前送来时所置，而为骊姬于献公返回前所为，其事并不难辨，且关涉君父安危和太子清名，更宜查证清楚，可

① 《国语集解》卷七《晋语一》，中华书局 2002 年版，第 256 页。按：此段对话被《国语》作者前置，依王引之说，"则已在太子申生反自稷桑之五年，献公之二十一年矣"。
② 《国语集解》卷七《晋语一》，中华书局 2002 年版，第 275 页。
③ 《春秋左传集解》卷五《僖公四年》杜注，上海人民出版社 1977 年版，第 249 页。

是，献公竟不作任何辨察，即坐实了申生的罪名，将其傅杜原款立即处死。倘若不是杀人灭口，又是为了什么？因为事实很清楚：此一发生在宫廷而有预谋的事件，骊姬、献公不会辩，慈孝的申生不愿辩，所可辩、所能辩者惟有身为太子之傅的杜原款了。将他杀掉，既杜绝了辩口，也去掉了申生的左右臂，何乐而不为呢？杜原款将死时有言："款也不才，寡智不敏，不能教导，以至于死。不能深知君之心度，弃宠求广土而宵伏焉。小心猾介，不敢行也，是以言至而无所讼之也。"① 所谓"不能深知君之心度"，盖谓君早欲废太子而己犹未知；所谓"言至而无所讼"，盖谓献公与骊姬已是沆瀣一气，虽欲讼之而无人肯听。细味这段死前的告白，联及上述一系列事件，可以发现，持有晋国最高权力的晋献公不只是一个信谗者，在废立太子一事上，他实在还是一个参与者、施动者，而对申生之死，他更负有不可推卸的直接责任。

三、申生之孝及其品格的文化内蕴

申生是一个悲剧人物，也是被后世反复提及并予以高度推奖的孝子典型。由于恪守孝道，所以面对来自骊姬的挑拨诽谤和各种谗言，他逆来顺受，不做辩解；由于恪守孝道，他多次拒绝了劝他求取自安或出奔躲避的善意忠告，执意留在晋国，勤于王事。试看史书的如下记载：

> 蒸于武宫，公称疾不与，使奚齐莅事。猛足乃言于太子曰："伯氏不出，奚齐在庙，子盍图乎！"太子曰："吾闻之羊舌大夫曰：'事君以敬，事父以孝。'受命不迁为敬，敬顺所安为孝。弃命不敬，作令不孝，又何图焉？且夫间父之爱而嘉其贰，有不忠焉；废人以自成，有不贞焉。孝、敬、忠、贞，君

---

① 《国语集解》卷七《晋语一》，中华书局2002年版，第279—280页。

父之所安也。弃安而图，远于孝矣，吾其止也。"

公作二军，公将上军，太子申生将下军。……士蒍出语人曰："太子不得立矣。……与其勤而不入，不如逃之。君得其欲，太子远死，且有令名，为吴太伯，不亦可乎？"太子闻之曰："子舆之为我谋，忠矣。然吾闻之：为人子者，患不从，不患无名；为人臣者，患不勤，不患无禄。今我不才，而得勤与从，又何求焉？焉能及吴大伯乎？"太子遂行。

至于稷桑，狄人出逆，申生欲战。狐突谏曰："不可。突闻之：国君好艾，大夫殆；好内，適子殆，社稷危。若惠于父而远于死，惠于众而利社稷，其可以图之乎？况其危身于狄，以起谗于内也！"申生曰："不可。君之使我，非欢也，抑欲测吾心也。是故赐我奇服，而告我权。又有甘言焉。言之大甘，其中必苦，谮在中矣，君故生心。虽蝎谮，焉避之？不若战也。不战而反，我罪滋厚；我战死，犹有令名焉。"果战，败狄于稷桑而反。[①]

这里，"孝"成为申生处理亲子关系的惟一准则，也构成他文化品格的重要支撑。他不是不知道有人在背后屡进谗言，不是不知道君父已听信了谗言并生出异心，他也不是不知道出奔别国既可以免除君父的猜疑，又可以使自己避难，但他仍然要坚于职守，希冀以自己的行动换得君父的回心转意。"虽蝎谮，焉避之"、"我战死，犹有令名焉"，在这颇具悲凉悲壮意味的话里，我们似乎可以体察到申生缘于道德理想的一种真诚。

秉持此种真诚，申生在困境中艰难地坚持着，即使在骊姬以置毒案嫁祸于他的生死关头，他仍然不愿出逃他国，而是选择了以死

---

① 《国语集解》卷七《晋语一》，中华书局 2002 年版，第 258、263—264、269 页。

明志。《国语》这样记载道：

> 人谓申生曰："非子之罪，何不去乎？"申生曰："不可。去而罪释，必归于君，是怨君也。章父之恶，取笑诸侯，吾谁乡而入？内困于父母，外困于诸侯，是重困也。弃君去罪，是逃死也。吾闻之：'仁不怨君，智不重困，勇不逃死。'若罪不释，去而必重。去而罪重，不智；逃死而怨君，不仁。有罪不死，无勇。去而厚怨，恶不可重，死不可避，吾将伏以俟命。"

> 将死，乃使猛足言于狐突曰："申生有罪，不听伯氏，以至于死。申生不敢爱其死，虽然，吾君老矣，国家多难，伯氏不出，奈吾君何？伯氏苟出而图吾君，申生受赐以至于死，虽死何悔！"是以谥为共君。[①]

申生死前这两段话，最能展示他的心志。一方面，不愿出逃以彰显父之过恶，另一方面，仍以"吾君老矣，国家多难"为忧，希望狐突出面辅佐王室。综而观之，申生对其父可谓忠孝两全、仁至义尽了，故其死后被谥为"共君"。共者，恭也。《礼记·檀弓》正义引《谥法》曰："敬顺事上曰恭。"[②] 这就是说，申生之孝以恭顺为核心，面对来自骊姬和君父的各种压力，他不做申辩，忍辱负重，努力追求着一种人格上的自我完善，为自己追求一个可以传之久远的孝名。

那么，申生这种无条件的"敬顺事上"的态度和做法，果真可以称之为"孝"吗？答案又是否定的。原始儒家提倡忠孝之道，但其所谓忠孝，与后世流传的"君要臣死，臣不得不死；父要子亡，

---

① 《国语集解》卷七《晋语一》，中华书局 2002 年版，第 280、281 页。
② 《礼记正义》卷六，《十三经注疏》（上），中华书局 1980 年版，第 1277 页。

子不得不亡"，有着明显的差异。据《孔子家语》，孔子论子之事亲有言："小棰则待过，大杖则逃走。"否则，"身死而陷父于不义，其不孝孰大焉？"[①] 这就是说，当父、君欲致子、臣于死地时，子、臣为了不陷父、君于不义，是可以逃避的，而这种逃避，正是孝的一种表现。进一步说，子、臣之事父、君，不仅在父、君施虐时可以逃避，而且为了匡救父、君之过，还应勇敢地站出来，陈说事理，予以谏诤和申辩。宋人陈祥道专就申生事指出：

> 君子之于亲，有言以明己，有谏以明事，谏则以几为顺，以孰为敬。几而不入，则至于孰；孰而不入，则至于号；号而将至于见杀，则亦有义以逃之。是虽于亲有所不从，而于义无所不顺；于亲或不我爱，而于乡闾无所得罪，此古之所谓孝子也。彼不善事亲者，以小爱贼恩，姑息贼德，于己可以言而不言，于事可以谏而不谏，依违隐忍，惟意是从。以至陨身于其亲之命，而陷亲于不义之名，是将以安亲，而反危之；将以悦亲，而反辱之。此君子之所不取也。晋献公将杀其世子申生，申生于亲可言而不言，而且惧伤公之心；于义可逃而不逃，而且谓天下岂有无父之国；以至忘其躬之不阅，而且恤国家之多难；不顾死生之大节，而且谨再拜之末仪。是恭而已，非孝也。[②]

这段话说得明白透彻：子、臣对待父、君之过，本可以言说而不言，应当谏诤却不谏，当危及生命时，能够逃避竟不逃，只是一味地隐忍退让，惟其意是从，其结果必然助长父、君之过，陷其于不

---

① 《孔子家语》卷四，《四部丛刊》本，上海商务印书馆 1922 年影印本，第 2 册，第 5—6 页。
② 卫湜《礼记集说》卷十五引，文渊阁《四库全书》本，第 117 册，第 324 页下。

义，造成对家、国更大的伤害。就此而言，申生之行为算不得真正
的孝。然而，申生毕竟是一个坚持信念、有道德操守者，较之礼崩
乐坏之春秋时代屡见不鲜的父子反目、君臣相残，他的"敬顺事
上"已然是一特例；至于他守死善道的悲剧结局，更令无数人为之
感叹嘘唏，因而，礼法不以不孝责之，而谓其为"恭"，也算是一
种宽恕的笔法吧。①

考察申生之所以一味地"敬顺事上"，实与他所受教育及其
"小心精洁"的内在心性直接相关。从所受教育看，其傅杜原款对
他的影响无疑最值得注意。史载：

> 杜原款将死，使小臣圉告于申生，曰："……吾闻君子不
> 去情，不反谗，谗行身死可也，犹有令名焉。死不迁情，强
> 也；守情说父，孝也；杀身以成志，仁也；死不忘君，敬也。
> 孺子勉之！死必遗爱，死民之思，不亦可乎？"申生许诺。②

杜原款对申生的详细教诲史已无载，但仅从死前这几句遗言，已可
概见其平日教习之一斑："不去情，不反谗"，强调的是要谨守亲子
之情，听到谗言不去辩驳；"死不迁情""守情说父""杀身成志"
"死不忘君"，强调的也都是子、臣对父、君的单方面情感和义务，
也就是说，父和君可以不仁不义，但子和臣却要恭顺事上，以求取
强、孝、仁、敬的"令名"。杜原款这样一种思想，通过长期的教

---

① 也有人认为，申生的行为在严格意义上是算不得"恭"的。如唐人白居易《晋谥恭
世子议》即谓："晋侯以骊姬之惑，杀太子申生。或谓申生得杀身成仁之道，是以晋
人谥为恭世子，载在方册，古今以为然。居易独以为不然也。大凡恭之义有三，以
孝保身，子之恭；以正承命，臣之恭；以道守嗣，君之恭。若弃嗣以非礼，不可谓
道；受命于非义，不可谓正；杀身以非罪，不可谓孝。三者率非恭也，申生有焉。
而谥曰恭，不知其可。若垂之来代，以为训戒，居易惧后之臣子有失大义守小节者，
将奔走之。"见《白居易集》卷四十六，中华书局 1980 年版，第 978—979 页。
② 《国语集解》卷七《晋语一》，中华书局 2002 年版，第 280 页。

化熏染，而内化为青年申生的自我情志，本不难理解；而当申生以此情志接人待物，也就必然地形成一种定向思维和排他性的取舍倾向，即凡与之相异者即拒斥之，凡与之相合者即汲收之。试看前引几次自我表白："吾闻之羊舌大夫曰：'事君以敬，事父以孝。'受命不迁为敬，敬顺所安为孝。""吾闻之：'仁不怨君，智不重困，勇不逃死。'"均与其得之于杜原款的教诲相一致，均展示出极为浓郁的"敬顺事上"特征。

既然"敬顺事上"是其行事的基本准则，那么，申生具有的"小心精洁"的内在心性，以及对完善的道德化人格的追求，便有其逻辑的合理性了。对于申生这种心性，还是那位善于察言观色、心计多端的优施看得清楚："其为人也，小心精洁，而大志重，又不忍人。精洁易辱，重债可疾，不忍人，必自忍也。"这里的"小心"，谓其谨慎而多畏忌；"精洁"，谓其精粹纯洁而无杂质；"大志重"，谓其抱负远大；"不忍人"，谓其宅心仁厚。这是一种谨小慎微的内向性格，也是一种追求完美、轻易不会改变志向而又受不得污辱的正直性格。由于受不得污辱，所以易于被辱；由于谨慎内向，宅心仁厚，所以受辱后多默默承受，不愿声张，也不愿躲避。大概正是看到了申生这种与"不知固秉常"之"不知辱"者迥异的性格特点，优施才建议骊姬首先拿申生开刀，谓其"知辱可辱，可辱迁重"，"甚精必愚"，"愚不知避难"。[①]

值得注意的是，优施这段话虽是针对申生说的，却一定程度地概括了中国历史上两种截然不同的人格类型，即正人君子与邪佞小人的区别，而其分界即在于"知辱"与"不知辱"。邪佞小人因不知辱，故"顽钝无耻""沉骛有谋"，"虽辱之而不动"，最能得昏君宠信；正人君子因知辱，故"惜名顾行，惟恐点污"、"以节自励，

---

① 《国语集解》卷七《晋语一》，中华书局 2002 年版，第 261 页。

不以智自全"，屡屡败于旁行邪出、无所不用其极的小人手下，犹如申生惟"精洁"是好，"一辱以弑君之名，则必以死自明而后已"。① 如果说，就具体情境言，申生之死缘于骊姬等群小进谗、献公信谗的外在动因，那么，就事件本质言，申生之死却是其"小心精洁"、"敬顺事上"的性格特点所使然。也就是说，申生这种性格本身，导致他唯上是从，遇谗不辩，拼得一死，决不逃避。他的悲剧，与其说是家庭层面的伦理悲剧、国家层面的政治悲剧，毋宁说是一种缘于人性深处的性格悲剧，这种性格悲剧，在中国历史上一再上演，而申生便是其早期的代表人物。

换一个角度看，申生"敬顺事上"却屡被谗毁，"将以悦亲"反受辱身亡，这一事实本身即说明了"家天下"政治之复杂和残酷，说明了"愚孝""愚忠"之不可取、不可为。慎子有言："君明臣直，国之福也；父慈子孝，夫信妻贞，家之福也。"这里展示的，是一幅完满幸福、颇具吸引力的家国关系图卷，然而，在现实生活中，明君、慈父、信夫并不多见，更多出现的，倒是君不明、父不慈、夫不信。在这种情况下，单方面地要求臣忠、子孝、妻贞，则无异于对不明之君、不慈之父、不信之夫等权力持有者的一种放纵，无异于对臣、子、妻等弱势群体的一种愚弄。倘若为臣为子者看不到这一点，仍然无原则、无申辩、无抗争地尽忠尽孝，则其忠孝岂不正是一种愚忠愚孝？慎子有鉴于此，一针见血地指出："故比干忠而不能存殷，申生孝而不能安晋，是皆有忠臣孝子而国家灭乱者。何也？无明君贤父以听之。故孝子不生慈父之家，忠臣不生圣君之下。"② 引而申之，孝子、忠臣是因父不慈、君不圣才得名的，既然世无明君贤父，则臣、子虽有忠、孝之行，仍然挽救不了

---

① 真德秀《论申生》，唐顺之《荆川稗编》卷九十一，文渊阁《四库全书》本，第955册，第83页下。
② 《慎子·内篇》，《四部丛刊》本，上海商务印书馆1922年影印本，第5页。

国家的败乱，更何况这些孝子忠臣之言行，在严格意义上本来就算不得真正的孝和忠！由此看来，说"申生孝而不能安晋"，实在是对申生之"孝"所起作用的一种高估；而后人一再吟唱的"晋申生之孝子兮，父信谗而不好"、[①] "晋献惑于骊姬兮，申生孝而被殃"，[②] 也只是流于一种事件的表层陈述，而缺乏对申生之孝以及中国孝文化的深层透视。

四、重耳出亡在弃逐文化史上的意义

与申生的"恭"而非"孝"相比，同遭骊姬之谗的重耳出亡异国十九年，历经磨难，最后重返晋国，成就了一代霸业，倒是更近于孔子所谓"小棰则待过，大杖则逃走"之事父事君的忠孝之道。故唐人李翱认为："晋献公信骊姬之谗，将立奚齐，太子申生不去，终被恶名，雉经而死，且陷其父于恶。公子重耳奔翟逃祸，卒有晋国，霸天下。故重耳为孝，而申生为恭。"[③]

重耳为献公之妾大戎狐姬所生，庶出的身份，使其不具备成为太子的条件，同时，也使他不必像申生那样，承担来自骊姬的正面攻击，从而一定程度地躲避了风口浪尖的危险。然而，骊姬并没有完全放过他。献公十二年，骊姬生奚齐后即向献公进谗，遂导致申生、重耳、夷吾诸公子分赴曲沃、蒲、屈三地，以此降低献公对他们的信赖和倚重。献公二十一年毒酒案发，骊姬又一次将攻击的矛头指向重耳。史载："骊姬既杀太子申生，又潛二公子曰：'重耳、夷吾与知共君之事。'"对骊姬来说，申生是其废嫡立庶、以幼代长的最大障碍。申生一死，重耳、夷吾两兄弟的重要性便凸显出来。因为重耳、夷吾虽为庶出之子，但年长于奚齐，对立奚齐为太

---

① 屈原《九章·惜诵》，《楚辞》卷四，《四部丛刊》本，第3册，第6页。
② 东方朔《七谏》，《楚辞》卷十三，《四部丛刊》本，第4册，第4页。
③ 李翱《数奇篇》，《李文公集》卷十七，文渊阁《四库全书》本，第1078册，第188页下—189页上。

子仍构成不小的威胁，故继续向献公进谗，构陷重耳、夷吾参与了申生之谋，将他们拖下浑水，一齐杀掉，以解除最后的隐忧，便是骊姬的当务之急了。

在骊姬的进逼下，重耳表现出与申生截然不同的心性。早在申生蒙冤未死之际，重耳即曾向他进言："子盍言子之志于公乎？"当申生以不可伤献公心为由拒绝后，重耳又劝道："然则盍行乎！"[①]这则见载于《礼记·檀弓》篇的史料，为我们展示了重耳与申生迥然有别的思考方式：面对谗言和陷害，申生是依违隐忍，重耳则欲辩白申说；申生是以死明志，决不逃避，重耳则主张出亡他国，暂避风头。这样两种思维方式，反映了二人不同的性格特点，展示了二人对待君父的不同态度，从而也就决定了二人不同的行为取向。所以，当献公在骊姬蛊惑下派人伐蒲、伐屈，再次对两个亲子痛下杀手时，重耳逾墙而逃，出奔狄，夷吾出奔梁，两位庶出之子以逃亡回答了来自庶母昏君的迫害。由于"尽逐群公子"，故奚齐水到渠成地被立为太子；然而，其结果却也怵目惊心——"国无公族焉"。[②]

重耳亡狄的时间是献公二十二年（前655），其年龄各书所载有异。据《史记·晋世家》："重耳遂奔狄，狄，其母国也。是时重耳年四十三。"[③]而据《国语·晋语四》所载僖负羁言，则谓"晋公子生十七年而亡"。[④]《左传》虽未明确记载出亡时的年龄，却于《昭公十三年》下载叔向语曰："我先君文公……生十七年，而有士五人……亡十九年，守志弥笃。"[⑤]由上下语境推论，则此"生十七年"当为重耳出亡年龄。杨伯峻《春秋左传注》综合这些史料，认

① 《礼记正义》卷六，《十三经注疏》（上），中华书局1980年版，第1276页。
② 《国语集解》卷七《晋语一》，中华书局2002年版，第281页。
③ 《史记》卷三十九《晋世家》第九，中华书局1982年版，第1656页。
④ 《国语集解》卷十《晋语四》，中华书局2002年版，第329页。
⑤ 《春秋左传集解》卷二十三《昭公四年》，上海人民出版社1977年版，第1374页。

为重耳出亡年龄当为十七岁，司马迁之说不足信：

> 晋文以僖五年出奔，在狄十二年，二十四年方入晋，以夏正数之，则整十九年。《晋语四》云"晋公子生十七而亡"，昭十三年《传》亦云"先君文公生十七年有士五人"，云云。则晋文出亡，时年十七；亡十九而返国，时年三十六；城濮之役，即位已四年，则年四十，死时才四十四。《晋世家》谓重耳出奔年四十三，凡十九岁而得入，时年六十二，阎若璩《四书释地三续》谓史迁之说不若《左传》《国语》足信，其说是也。乃洪亮吉《诂》信《史记》不信《左传》，其考据实误。若如《史记》之说，重耳奔蒲，年四十三，而其年献公灭虢，执井伯以媵秦穆姬，秦穆姬为申生之姊，长于重耳者至少数年，岂五十岁左右始嫁耶？①

这段辨析有理有据，应是可信的。另据《史记·秦本纪》，秦穆公四年（前656），"迎妇于晋，晋太子申生姊也"。②穆公四年即晋献公二十一年，这就是说，穆姬亦即申生姊出嫁秦国与申生死在同一年。联系到前述献公烝齐姜生申生当在献公继位前后的一二年内，则献公二十一年申生死时当为二十岁左右，其姊亦不过二十出头。重耳为申生之弟，其出亡时年龄为十七岁，亦即小于申生三四岁，正与事件相合。准此，则重耳以十七岁之少年即被逼出亡，出亡十

---

① 《春秋左传注》修订本，中华书局1990年版，第456页。
② 《史记》卷五《秦本纪》，中华书局1982年版，第185页。按：穆姬出嫁时间，相关记载略有疑窦。《左传·僖公五年》载：冬十二月晋灭虢，归途灭虞，"执虞公及其大夫井伯，以媵秦穆姬"。《史记·秦本纪》谓秦穆公四年迎妇于晋；又谓灭虞后"虏百里奚，以为秦缪公夫人媵于秦"。细详文意，可作二解：一为秦于穆公四年（前656）至晋迎妇，而妇之成行已在穆公五年亦即僖公五年（654）；一为穆姬于四年出嫁，五年俘百里奚（即井伯）后将其以陪臣身份送至秦国。

九年而重返晋国，便在春秋时期史不绝书的贵族"出奔"事件中，[①]颇具代表性。

考察重耳历时十九年的出亡史，盖有三个方面最值得注意：

其一，历经磨难，忍辱负重，由少不更事而日趋成熟。在重耳出亡的十九年中，其足迹所及，达狄、卫、齐、曹、宋、郑、楚、秦诸国，其间虽也受到若干礼遇，但遭受更多的却是冷遇和轻慢。在卫，向农夫乞食，农夫与之块；经曹，受到曹共公薄观裸浴的侮辱；过郑，郑文公亦不加礼；及楚，与楚子激辩而子玉请杀之，险遭不测。这些经历，固然增加了流亡生活的艰辛，但同时也磨炼了流亡者的意志，使重耳由昔日养尊处优、不更世事的贵公子，逐渐成长为一位坚韧不拔、腹有韬略的政治家。孟子所谓天降大任、苦其心志之说，在重耳身上得到了进一步的体现。

其二，得贤士五人，尽心辅佐，通过群体的自我拯救，实现对困境的克服和超越。从弃逐文化的角度看，重耳是一个不得于父、君的弃子和逐臣，但与一般弃子逐臣有所不同的是，他不是只身出奔，在他的周围，聚集着以狐偃、赵衰、颠颉、魏武子、司空季子五人为代表的一批贤能之士，由此构成一个被国君驱逐而辗转奔徙的政治流亡集团。此一集团之得以形成，固然有赖于重耳的政治地位，"自少好士"的心性，[②] 以及"好学而不贰"的人格魅力，[③] 但此一集团形成并流亡之后，便一荣俱荣，一损俱损，凝聚成一种目

---

① 贵族"出奔"是春秋时期一个非常普遍的现象，其中不仅有天子、国君，也有公子、大夫、士等各色人等，据对《春秋》《左传》《国语》等统计，有确切记载的贵族出奔就超过280人次。而究其原因，多与君位之争、家族政治冲突、家族长争立相关，此类出奔者达136起，149人次（参见张彦修《春秋出奔考述》，《史学月刊》1996年第6期）。另据《史记》之《晋世家》《郑世家》记载：晋公子重耳出奔过郑，大夫叔瞻谏其君宜加礼遇时，郑文公曰："诸侯亡公子过此者众，安可尽礼！"可见当时出奔逃亡之公子不在少数。

② 《史记》卷三十九《晋世家》，中华书局1982年第2版，第1656页。

③ 《春秋左传集解》卷二十三《昭公四年》，上海人民出版社1977年版，第1374页。

标相同、利益攸关、虽非血缘却胜似血缘的关系。正是这种关系，为重耳十九年流亡生涯之困境克服奠定了坚实的基础。

细读相关文献可知，此一集团对困境的克服主要表现在两个方面：一方面是在若干具体情事上对重耳加以劝导和协助，如当卫之农夫与之块、重耳怒而"欲鞭之"时，狐偃及时劝阻，使其拜而受之，巧妙地化解了一场可能激起的纠纷；至齐，因与桓公之女成婚而安于享乐时，"从者以为不可"，并设谋"醉而遣之"；另一方面，则是在出亡路线之制定、重大事件之决断上，为重耳出谋画策，避免失误。早在逃亡之初，当重耳欲出奔齐、楚二国时，狐偃即以其政治谋略指出："夫齐楚道远而望大，不可以困往。……夫狄近晋而不通，愚陋而多怨，走之易达，不通可以窜恶，多怨可与共忧，今若休忧于狄，以观晋国，且以监诸侯之为，其无不成。"至晋献公二十六年，晋国祸乱频仍：九月，献公亡；奚齐继立为君；十月，里克杀奚齐于丧次，卓子继立；十一月，里克又弑卓子于朝。当此三君迭亡、政治动荡之秋，里克欲迎身在狄国的重耳为君，秦穆公亦欲助重耳返国以获利，重耳欲往，狐偃先以"坚树以始，始不固本，终必槁落"为喻，力劝重耳不可入晋；接着，又以"父死在堂而求利，人孰仁我？人实有之，我以侥幸，人孰信我？不仁不信，将何以长利"的说辞，[1] 劝说重耳拒绝秦使。狐偃这些意见，老谋深算，眼光长远，具有很高的政治智慧；而重耳不固执己见，从善如流，也展示出宽广的政治家的胸怀。某种意义上可以说，这样一种智慧和胸怀，是导致此一流亡集团在风云变幻之政治形势中不迷失方向的关键，也是他们在人生困境、政治困境中一步步走出低谷的保证。相比之下，夷吾经不起诱惑，厚赂秦人，虽得入以为君，却背信弃义，与秦为敌，导致战乱不断，险象环生。则其在政

---

① 以上引文分见《国语集解》卷八《晋语二》，中华书局 2002 年版，第 282、292、295 页。

治远见和为人之品格上，不如重耳远矣。

其三，广交诸侯，获取外援，在他者救助下重返晋国。十九年的流亡生涯，使重耳历经磨难的同时，也开阔了视野，深入了解了各国间的复杂关系及诸侯们的想法，为其获取外部援助打开了一条通道。狄是重耳的母舅之国，"近晋而不通"，虽小却可以安身，虽僻却便于观察周边动静，所以重耳居狄长达十二年，以休养生息，积蓄力量。齐是强国，齐桓公因外孙申生被废被害，自然对晋献公有怨在心，而对同遭骊姬之难的诸公子怜爱有加，故重耳前往投奔，桓公即以女妻之，赠马二十乘。但是时桓公年事已高，助重耳返国有心无力，在不得已的情况下，重耳只得暗自踏上继续求援的路途。由齐而曹，由曹而宋，由宋而郑，重耳受到的待遇虽冷暖有别，但对于其复国大计而言，这些小国都发挥不了多少实际的作用，所以他来到楚国。楚为南方的大国，其时东征西讨，势头正盛，楚成王也有助重耳返国之心，但他的要求却是"何以报我"。面对成王的一再逼问，重耳慨然作答："若以君之灵，得返晋国，晋楚治兵，遇于中原，其辟君三舍。若不获命，其左执鞭弭，右属櫜鞬，以与君周旋。"[1] 这强硬的答词，导致重耳差点被子玉杀掉，但由此也反映了重耳虽身在危难之中，却不肯低声下气、不愿用国土作交易的刚直心性和霸主气魄。失势而不失志，流亡而不忘复国，大概正是这一点，使他赢得了楚成王的敬重，被礼送入秦。

秦国是重耳流亡的最后驿站，也是最重要的求援对象。十九年来，重耳一行由北而东，由东而南，又由南而西，为结交盟友、赢得救援跑遍了大半个中国，最后来到了与晋毗邻的秦地。倘若秦国再不施援手，他真的就无路可走了，因此，能否得到秦穆公的支持，便成为其复国大业成败的关键。当然，对获得秦国的支持，重

---

① 《春秋左传集解》卷六《僖公二十三年》，上海人民出版社 1977 年版，第 334 页。

耳等人是有信心的：信心之一，缘于晋与秦乃姻亲之国，申生之姐
为秦穆公夫人，其子罃为秦国的太子，亦即后来的康公，与重耳为
甥舅关系；信心之二，是当年晋献公、奚齐、卓子相继死后，秦穆
公曾派人游说重耳，欲立其为晋君；因遭到重耳拒绝，遂立重耳之
弟夷吾，是为惠公；但惠公背信弃义，导致秦、晋交恶；而其质于
秦的儿子圉又逃归晋，使得两国关系更趋紧张。当此之际，秦穆公
自然会将希望寄予他当年即以为仁且"不役于利"的重耳，① 支持
他复国，以结强援。事实证明，重耳选择秦为最后驿站是正确的。
他甫一至秦，秦穆公即以礼相待，"纳女五人，怀嬴与焉"。怀嬴
者，穆公之女、圉之妻也；而圉为夷吾之子、重耳之侄，圉逃回
晋，其妻留秦，而今又被穆公嫁给重耳。这样一种错乱的伦理关
系，确实令重耳有些尴尬，故有"奉匜沃盥，既而挥之"的厌恶举
动。然而，当怀嬴恼怒地说出"秦晋匹也，何以卑我"的话后，重
耳才意识到问题的严重，遂"降服而囚"，以获得怀嬴的谅解。表
面看来，这是一件小事，但实质上却关联颇大。就秦穆公而言，嫁
女与重耳，自然想借此姻亲关系强化与晋的政治联盟，但以侄媳为
伯妻，又未尝不包含对重耳之器量和诚信度的考验。就重耳而言，
娶侄媳为妻，固然不快，但考虑到怀嬴毕竟是穆公之女，现在有求
于人，若因一时不忿而开罪于穆公，则复国大业便可能毁于一旦。
故权衡利弊，遂舍小忿而求大益，以"降服而囚"的行动化解事
端。由于重耳妥善地解决了相关问题，从而使得穆公"大欢，饮重
耳酒"。在酒宴上，深于《诗》的赵衰歌《黍苗》，② 以"芃芃黍苗，
阴雨膏之"的诗句既赞颂穆公，又表达希求援助之意。当穆公继之
赋《六月》后，赵衰即命重耳拜赐，并引申诗意曰："君称所以佐

---

① 《国语集解》卷八《晋语二》，中华书局 2002 年版，第 297 页。
② 《史记》卷三十九《晋世家》，中华书局 1982 年版，第 1660 页。

天子者命重耳，重耳敢不拜！"① 这里展示的，不只是诸侯交往中的必要礼仪，而且是将诗意引向政治的一种机智，是进一步求援的一种暗示。在经过对重耳及其流亡集团的多番接触和考察之后，秦穆公终于认定，这是一个可以信赖、可以支持的群体，于是，在秦穆公二十四年亦即周襄王十六年（前 636）春，派兵护送重耳入晋。重耳杀晋怀公而立，是为晋文公。由此，正式结束了长达十九年的流亡生涯，开创了晋国长达百年的霸业。

这是一段为人津津乐道的政治流亡史，也是一位弃子逐臣通过自我拯救和他者救助，历尽艰辛终于复国的典型案例。宋人苏辙有言："晋文公辟骊姬之难，处狄十有二年，奚齐、卓子相继戮死，秦、晋之人归心焉。文公深信舅犯，靖而待之，若将终焉者。至于惠公起而赴之，如恐不及。于是秦人责报于外，而里、丕要功于内，不能相忍，继以败灭，内外绝望，属于文公。然后文公徐起而收之，无尺土之赂，一金之费，而晋人戴之，遂霸诸侯。彼其处利害之计诚审哉！"② 这段话，从重耳在流亡中审时度势、谋定而后动，终于赢得秦、晋归心的角度，指出了重耳得成霸业的原因，无疑是正确的。但深一层看，重耳之得成霸业，在根结处却缘于他的被弃被逐，缘于他在弃逐过程中历经的劫难和磨练，缘于他不甘命运摆布而进行的自我拯救和获取他者救助的双重努力。如果说，"重耳之霸心生于曹"，③ 还只是看到了所受屈辱给予他的刺激；"险阻艰难，备尝之矣；民之情伪，尽知之矣"，④ 也只是说明了困境和历练给予他的收获，那么，"重耳以亡公子流落于四方，其心固未

① 《春秋左传集解》卷六《僖公二十三年》，上海人民出版社 1977 年版，第 334 页。
② 苏辙《文公悼公》，《历代名贤确论》，文渊阁《四库全书》本，第 687 册，第 129 页下—130 页上。
③ 廖行之《省斋记》，《省斋集》卷四，文渊阁《四库全书》本，第 1167 册，第 323 页上。
④ 《春秋左传集解》卷六《僖公二十八年》，上海人民出版社 1977 年版，第 371 页。

尝一日忘晋也"，[1] 则揭示了重耳从被逐之日起即开始的对复国目标的坚持，对回归父母之邦的渴望。某种意义上，正是这种坚持和渴望，给了他复国、回归的信心和动力，给了他迎接苦难、经受苦难并最终超越苦难的勇气和力量。同时，从弃逐文化的角度看，重耳也以其十九年的流亡经历，再现了"弃逐—救助—回归"这一基本母题。

五、几点规律性的认识

从本质上说，骊姬之难是以进谗为手段、以夺嫡为目标、以戕害并驱逐异己势力为表现形态的历史事件。一方面，这一事件以家庭为基本单位而展开，事件的主要人物之间是夫妇、父子关系；另一方面，因了晋献公的国君身份，人物关系又跃升为王后和君臣，从而便具有了国家层面更为复杂的政治意义。然而，无论是家族血缘伦理，还是国家政治道德，其结合点和着力点均在于废嫡立庶，以幼代长，在于围绕最大利益展开的不正当争夺和权力持有者对此争夺的纵容和支持，由此导致申生被逼自杀、重耳及夷吾被逐出亡的悲剧。就此而言，这一事件与此前周王朝发生的褒姒之乱，在形式和内容上都是一以贯之的。

考察相距一百余年的两次事件，施动者皆为君王，即周幽王、晋献公；进谗者皆为庶母，即褒姒、骊姬；受动者皆为太子，即宜臼、申生。其稍有差异者，一是褒姒之乱有废申后的情节，而骊姬之难因晋献公夫人齐姜已死，故其矛头一开始便对准了太子申生；二是与周太子宜臼被废出逃相比，晋太子申生是自杀身亡，出亡者乃非太子身份的庶出之子重耳和夷吾。这样两点差异，展示了不同历史事件的局部特点，却无碍于其结构功能之大段相近和文化意义

---

① 李新《孙武论》上，《跨鳌集》卷十四，文渊阁《四库全书》本，第1124册，第505页下。

之整体趋同。由此种相近和趋同，可以得出以下几点规律性的
认识。

其一，庶母以妾代妻，结纳佞臣，肆意进谗，陷害异己。骊姬
与褒姒一样，都是因貌美年轻而被纳为妾的女子，其家庭地位和政
治地位均是无法与正室夫人相比的。然而，她们又绝不甘心于妾的
身份，在利用姿色和巧言获得宠幸之后，特别是在有了亲生儿子之
后，想方设法为己子谋取太子之位，便成了其一致目标。为了达成
此一目标，她们采取的主要手段便是肆意进谗，挑拨离间；而为了
加强自己的力量，又进一步笼络朝廷内外的权臣和势利小人，由此
组成一个利益群体，在更大的范围内制造舆论，引诱或迫使君主就
范，直至废除并驱逐太子。诸如褒姒之与虢石父朋比为奸，驱逐宜
臼；骊姬之与"二五"、优施串通一气，害申生、逐重耳、夷吾，
无不如此。就此而言，从美女受宠到庶母进谗再到驱逐异己，便形
成了上古时代废嫡立庶的恒定模式，而在此一模式的背后，展示的
乃是为获取利益最大值所进行的阴谋和搏杀。

其二，君主迷恋女色，轻信谗言，以庶代嫡，擅行废立。韩非
《备内》有言："为人主而大信其妻，则奸臣得乘于妻以成其私，故
优施傅丽姬，杀申生而立奚齐。"实际上，与晋献公信骊姬而杀申
生、立奚齐相类，周幽王之废申后、逐宜臼也是宠信褒姒的结果。
考察这些人主"大信其妻"并因之以行废立的原因，主要即在于迷
恋后妻之年轻貌美，厌恶前妻之年老色衰，并由此连带及于其子，
形成重庶轻嫡、爱幼恶长的态度。这种情形，即当时俗语所谓"其
母好者其子抱"，亦即韩非所谓"以衰美之妇人事好色之丈夫，则
身见疏贱，而子疑不为后"。[①] 既然好色是男子的天性，而当此好色
男子掌握了生杀予夺之权，又利令智昏之后，则其喜新厌旧、擅行

---

① 以上引文见韩非《备内》，周勋初《韩非子校注》，江苏人民出版社1982年版，第
156—157页。

废立，便是一种必然了。换言之，因迷恋其色，故宠爱其人；因宠爱其人，故轻信其言，爱重其子；因轻信其言，爱重其子，故疏远前妻故子，直至废弃并驱逐之，便形成一个逻辑的链条，并由此构成屡试不爽的历史规律。而在此一规律的根源处，反映的乃是人性的弱点和道德的堕落。

其三，由人主重色、庶母进谗，导致嫡长子被废被逐；由嫡长子被废被逐，导致国本动摇，政局大乱。前面说过，中国传统的宗法文化是一个重嫡轻庶的文化，"立適以长不以贤，立子以贵不以长"，[①] 史有明训，历代相沿，并一定程度地发挥了维护王权和稳定社会的作用。以宜臼、申生的情况而言，他们一方面是嫡长子，具有合法的君位继承权，另一方面已经被立为太子，成了国之储君，倘若不出意外，顺利继承王位、使权利实现和平交接当无问题。可是，褒姒、骊姬为了谋取更大的利益，偏要违背、破坏嫡长子的继承制，欲令庶出且年幼的己子取而代之；由此媚惑君主，联络邪佞，大进谗言，无所不用其极。其结果固然得遂所愿，迫使宜臼、申生们或仓皇出奔，或以死明志；但褒姒、骊姬之流在品尝到因一己私利破坏宗法继承制所带来的短暂喜悦之后，紧接着面对的，便是此一破坏导致的毁灭性的苦果：朝纲混乱，民怨沸腾，诸侯离心，四邻交攻。所谓"赫赫宗周，褒姒灭之"，[②] 所谓"骊姬继母，惑乱晋献，谋潜太子，毒酒为□……身又伏辜，五世乱昏"，[③] 便是此一情况的最好说明。

其四，在流亡过程中，弃子逐臣以获取救助、实现回归为首要目标，凸显了弃逐文化的基本主题。固然，在遭受谗言而被废掉太

---

① 《春秋公羊传注疏》卷一《隐公元年》，《十三经注疏》下册，中华书局1980年影印本，第2197页。
② 《小雅·正月》，《毛诗正义》卷十二，《十三经注疏》上册，中华书局1980年影印本，第443页。
③ 刘向《古列女传》卷七，文渊阁《四库全书》本，第448册，第68页下。

子之位这一点上，申生与宜臼的遭遇是相同的，所以前人多将二人相提并论，认为"晋太子申生厄于骊姬之谗，……正与宜臼事相类"，[①]"申生之事盖与宜臼无以异也"；[②] 然而，就其遭谗被废后的选择而言，申生之自杀与宜臼之出奔毕竟不同，倒是身为庶子的重耳在出亡一点上与宜臼更为相类，也更具弃逐文化史的意义。这种意义，约而言之，一在于寻求救助，二在于实现回归。所谓救助，是相对于弱小无助、缺乏安全感者而言的；所谓回归，是相对于远离家国、无法实现理想者而言的。一方面，在庶母、君父的联合打击下，作为受害者的弃子逐臣势单力薄，其命运如同断梗飘蓬，确然已经失去安全感，确然已经无助；另一方面，他们蒙受莫须有的罪名，不得已而踏上流亡路途，饱经风雨磨难，无不希望早日回归故国，以获得人之归属，获得自我理想的实现。考察宜臼、重耳之出亡经历，其一奔申，一奔狄，皆首先选择母舅之国作为出奔地，[③]其意即在获取安全感和外力救助，以达成回归的愿望；而当其母舅之国的力量不足以完成救助、帮其回归时，便有了申侯联合缯侯、犬戎，共助宜臼复国、重建周王朝的举动，便有了重耳历经卫、齐、曹、宋、郑、楚、秦诸国，奔波十九年以求援的艰难历程，以及由秦助其回归，最终兴复晋国的行为。人本心理学家认为：人的需要及其重要程度，是依据人之现实处境的变化而变化的，其中"最占优势的目标支配着意识，将自行组织去充实有机体的各种能量。不怎么占优势的需要则被减弱，甚至被遗忘或否定"。[④] 就此而

---

①　陈埴《木钟集》卷二，文渊阁《四库全书》本，第 117 册，第 325 页上。

②　卫湜《礼记集说》卷十五引，清通志堂经解本。

③　以母舅之国作为出奔的首选目标，在春秋时期出奔者中是一较普遍的现象。如《左传》桓公十六年载卫公子恶因急子之难而结怨国人，遂奔其母舅之国齐国；同书庄公八年载齐管夷吾、召忽奉公子纠奔鲁，而鲁为公子纠的母舅之国（见《春秋左传集解》，上海人民出版社 1977 年版，第 121、144 页）。

④　马斯洛《人的动机理论》，林方主编《人的潜能和价值》，华夏出版社 1987 年版，第 176 页。

言，弃子逐臣在流亡途中最占优势的需要即是获取救助和实现回归，因为只有获取救助，才能具有安全感，才能实现回归；也只有回归，才能洗冤雪耻，完成自我实现。换言之，救助是以回归为目标的，回归是建立在救助的前提之上的，没有救助，便无法实现回归；不以回归为目标，救助就失去了意义。

综上所言，中国早期弃逐文化在弃逐之动因、弃逐之过程和弃逐之终结诸方面，已自形成了一套完整的范式，这套范式对后来的贬谪文化具有巨大的影响和规范作用。所不同者在于：早期弃逐事件的施动者和受动者多为父与君、子与臣的结合体，后期贬谪事件的施动者和受动者则转化成了非血缘关系的君臣；前者的谗毁者主要由庶母及佞臣担任，后者的谗毁者则转化为单一的佞臣群小；前者受动者在弃逐过程中多寻求外力救助，并以复国兴霸为回归的主要目标，而后者的受动者在弃逐过程中则主要依靠自我拯救，并以回归朝廷或故园为主要目标。这样一些变化，伴随着中国宗法政治向专制政治转化的进程而完成，但就其本质而言，却与早期弃逐文化一脉相承，并借助大量的贬谪文学作品，将"弃逐—救助—回归"的主题予以了更突出的展现。

第三章
《诗经》弃逐诗考释

第一节　《小弁》作者及本事平议

作为早期的弃子逐臣诗，《小弁》是《诗经》中最具代表性的一篇佳作。然而，关于此诗的作者及其本事，历来却颇多争议。将这些争议概括起来，主要有三说，即周幽王太子之傅作、太子宜臼作、尹吉甫之子伯奇作。在这三说中，前二说虽作者不同，但所指本事则一，故三说争论的焦点实在于此诗究竟为宜臼被逐而发，还是为伯奇遭弃而发。下面，试排比相关文献，对各说之优劣得失予以辨析，并就某些晚近新解略抒己见。

一、"伯奇"说及其存在的若干问题

认为《小弁》乃伯奇所作，最早源于汉人诗说。在现存汉代文献中，主要有如下几种或直接或间接地涉及此一问题：

1. 王充《论衡·书虚篇》："伯奇放流，首发蚤白。诗云：'惟忧用老。'"

2. 班固《汉书·景十三王传》："（刘）胜闻乐声而泣。问其故，胜对曰：'……群居党议，朋友相为，使夫宗室摈却，骨肉冰释。斯伯奇所以流离，比干所以横分也。《诗》云"我心忧伤，惄焉如捣；假寐永叹，唯忧用老；心之忧矣，疢如疾首"。臣之谓也。'"

3.《汉书·冯奉世传赞》："谗邪交乱，贞良被害，自古而然。故伯奇放流，孟子宫刑，申生雉经，屈原赴湘。《小弁》之诗作，《离骚》之辞兴。"

4. 赵岐《孟子章句·告子章句下》："《小弁》，《小雅》之篇，伯奇之诗也。……伯奇仁人而父虐之，故作《小弁》之诗。"

以上四种文献，1、2 两条虽未指明伯奇与《小弁》的关系，但所引诗为《小弁》之句，是间接地将诗作者指向了伯奇。第 3 条分别征引伯奇、孟子、申生、屈原四例，尚难定《小弁》必系于伯奇名下，但依清人陈寿祺之说："详玩此《赞》文义，《小弁》句承伯奇言，《离骚》句承屈原言。盖举首尾以包中二人也，否则文法偏枯矣。"① 姑可视作对伯奇与《小弁》之关系的间接肯定。第 4 条明确认定《小弁》为伯奇所作之诗，乃是最为直接的一条证据。

依据上述文献，后人为之找到了更早的源头。如清人王先谦《诗三家义集疏》即认为刘胜、赵岐之说源自西汉初年的《鲁诗》说；② 而陈寿祺则认为班固《冯奉世传赞》用《齐诗》，并得出齐、鲁、韩"三家同"的观点。齐、鲁、韩三家《诗》为汉代今文经学的代表，在西汉并立学官，影响甚大，故前引诸文献承接其说，将《小弁》之作者视为伯奇，便不难理解了。

然而，"伯奇"说虽起源较早，但存在的问题却甚多。归纳起来，主要有如下几端：

其一，文献不足征。考察伯奇被逐事，几无见于先秦典籍者。自汉以后，相关记载论说方日渐增多，而且从其本事看，西汉前期

---

① 陈寿祺《齐诗遗说考》卷二，清刻《左海续集》本。
② 王先谦《诗三家义集疏》卷十七，中华书局 1987 年版，第 698 页。

诸书如《韩诗外传》《焦氏易林》等所记均甚简略，至西汉末刘向《说苑》、扬雄《琴清音》始有拓展，而至东汉末蔡邕《琴操》才渐趋完备。这种情形，说明伯奇被逐事有一个经后人"层累"的过程，[①] 而作为较早提及此事的鲁、齐、韩三家，极有可能是得之于前人的口耳相传。尽管这种传闻并不足以否定伯奇其人其事在历史上的存在，但若以之说诗并坐实诗作者，便颇嫌证据不足。

其二，与诗意多有不合。《小弁》第二章首二句云："踧踧周道，鞠为茂草。"细详诗意，当为针对周王朝乱象而发，与伯奇所处时代及身世遭际均不符。清人姚际恒《诗经通论》即谓"此岂伯奇之言哉！"[②] 刘始兴《诗益》亦谓："此有伤周室衰乱之意。若寻常放子，其于国家事何有焉？"[③] 胡承珙《毛诗后笺》则联系《汉书·杜钦传》所载杜钦因讽成帝好色而谓"《小弁》之作，可为寒心"之语，认为："即此亦可见此诗必有关君国，而非士大夫一家之事矣。"[④] 与姚、刘、胡诸人观点相似，朱鹤龄《诗经通义》更为详细地辨析道："诗言'踧踧周道，鞠为茂草'，是忧国家之将亡，非宜臼作必无此语。……宜臼作诗时，其身已被逐，故曰'舍彼有罪，予之佗矣。'宜臼之废也，其始必幽王尝泄其意于语言之间，左右因傅会而成之。故曰'君子无易由言，耳属于垣。'……宜臼既废，伯服遂立为太子，故告之曰：'毋逝我梁，毋发我笱。我躬不阅，遑恤我后。'逐子之悲，同于弃妇，故其辞一也。"[⑤] 据此，从外证和内证两个方面，均可证成伯奇作《小弁》之不可信。

其三，孟子对《小弁》之解说与伯奇事无必然关联。在先秦文

---

① 参见拙文《历史与传说间的文学变奏——伯奇本事及其历史演变考论》，《文史哲》2014 年第 4 期。
② 姚际恒《诗经通论》卷十，中华书局 1958 年版，第 216 页。
③ 刘始兴《诗益》卷十七，清乾隆八年尚古斋刻本。
④ 胡承珙《毛诗后笺》卷十九，清道光刻本。
⑤ 朱鹤龄《诗经通义》卷七，文渊阁《四库全书》本，上海古籍出版社 1987 年影印本，第 85 册，第 185 页。

献中，《孟子》大概是惟一提及《小弁》诗意者，因而对后人理解该诗显得弥足珍贵：

> 公孙丑问曰："高子曰：'《小弁》，小人之诗也。'"孟子曰："何以言之？"曰："怨。"曰："固哉，高叟之为诗也！有人于此，越人关弓而射之，则己谈笑而道之，无他，疏之也。其兄关弓而射之，则己垂涕泣而道之，无他，戚之也。《小弁》之怨，亲亲也。亲亲，仁也。固矣夫，高叟之为诗也！"曰："《凯风》何以不怨？"曰："《凯风》，亲之过小者也；《小弁》，亲之过大者也。亲之过大而不怨，是愈疏也；亲之过小而怨，是不可矶也。愈疏，不孝也；不可矶，亦不孝也。孔子曰：'舜其至孝矣，五十而慕。'"①

这段与公孙丑的对话，以孟子驳斥高子将《小弁》视作小人之诗为中心而展开。在孟子看来，父母过错大而不抱怨，反而是疏远父母的表现，属于不孝；父母过错小而抱怨，则是激怒自己的表现，也属于不孝；就此而言，《小弁》因"亲之过大"而"怨"，正是热爱亲人的缘故，因而是合乎仁的。在孟子这番话里，并无涉及伯奇处，如果说二者有关联，那也只在"亲之过大"而"怨"一点上。那么，伯奇之怨属于"亲之过大"吗？孤立地看，尹吉甫听信后妻谗言而逐伯奇，其"过"已然不小；但若与周幽王听信褒姒谗言而逐太子宜臼、最后导致西周败亡相比，则又属于"过"之小者。既然如此，则《小弁》之作何以不系于宜臼名下，而归于伯奇呢？对此，赵岐未加任何辨析，亦未征引任何史料，即注谓："伯奇仁人，而父虐之，故作《小弁》之诗。"就此而言，其说显然不足以服人。

---

① 《孟子·告子下》，杨伯峻《孟子译注》，中华书局 1960 年版，第 278 页。

后人有鉴于此指出："孟子云：'《小弁》，亲之过大。'据此一语，可断其为幽王太子宜臼之诗。盖太子者，国之根本；国本动摇，则社稷随之而亡。故曰：'亲之过大。'若在寻常放子，则己之被谗见逐，祸止一身，其父之过，与《凯风》七子之母不安其室等耳，何得云'亲之过大'哉？"① 相比起赵岐的注释，此一解说似更为贴合孟子说《小弁》文意。

从以上三个方面的辨析，已可概见"伯奇"说存在着文献上的重大不足和难以自圆其说的若干问题。但后世一些论者无视这些问题，仍从其说。如清人魏源《诗古微》云："《小弁》，尹吉甫之子伯奇被放而作也（鲁、韩《诗》说）。伯奇后母欲以无罪杀其子，故孟子曰：'亲之过大而不怨，是愈疏也。'又引舜之五十怨慕证之，必非平王宜臼之诗。"② 王先谦《诗三家义集疏》更是一无改易地沿用赵岐之说，而仅冠以《鲁诗》说的名头，征引一批后出文献以为佐证。类似这样一些做法，因无新资料，又缺乏对旧材料的细微辨析和深入解说，遂使得其所主之"伯奇"说在前人基础上略无推进，而难以具有服人的力量。

二、宜臼本事说辩证

与"伯奇"说相比，"太子之傅"说与"太子"说共同认定的宜臼被逐本事显然更具可信度。也就是说，前文所列三点不利于伯奇本事者，均可在宜臼本事中得到若干印证，获得文献、文本和相关事理上的一定支撑。

就文献层面言，关于周幽王宠爱褒姒，听其谗言，终至废申后、逐宜臼之事，先秦典籍不乏涉及者。如《国语》之《郑语》载史伯与郑桓公在幽王八、九年间的一段对话，即有"弃聘后而立内妾"、"王欲杀太子以成伯服，必求之申"、"凡周存亡，不三稔矣"

①　刘始兴《诗益》卷十七，清乾隆八年尚古斋刻本。
②　魏源《诗古微》下编之一《诗序集义》，岳麓书社 1989 年版，第 796 页。

等说法;① 又，古本《竹书纪年》载："幽王八年，立褒姒之子曰伯服，为太子。"② 今本《纪年》曰："五年，王世子宜臼出奔申。"八年，"王立褒姒之子曰伯服，以为太子"。③ 这两则材料，都记载了伯服于幽王八年被立为太子事，因而是可信的；至于宜臼出奔的时间，倘若确如今本《纪年》所言在幽王五年，④ 则当日宫廷斗争的时间进程大致如下：幽王三年（前779），褒姒得嬖爱；五年（前777），太子被逐；八年（前774），褒姒及其子伯服相继被立为王后和太子；由此再过三年，亦即幽王十一年（前771），申侯及缯侯、犬戎各部联合进攻，杀幽王于骊山之下，西周王朝遂告灭亡。如此看来，《小弁》可能的写作年代当在幽王五年至十一年之间。此外，《诗经》中有多篇刺幽王之作，就中《瞻卬》之"妇有长舌，维厉之阶"、《正月》之"赫赫宗周，褒姒灭之"，更将批判矛头直指褒姒的进谗误国行径。所有这些，均与《小弁》所述逐臣事有着直接或间接的关合。

就文本层面言，《小弁》之"踧踧周道，鞫为茂草"二语，因涉及周王朝乱象，故与宜臼所处时代更为贴合，前已言及。如果联系到紧承此二语之后的"我心忧伤，惄焉如捣。假寐永叹，维忧用老。心之忧矣，疢如疾首"数语，更可以对宜臼身历无辜被逐、目睹国之将破的双重忧伤，有深一层的体悟。《毛诗正义》云："太子放逐，由王信谗所致，言踧踧然平易者，周室之通道也，今曰穷尽为茂草矣。茂草生于道则荒，道路以喻通达者，天子之德政也，今

---

① 徐元诰《国语集解》卷第十六《郑语》，中华书局2002年版，第475页。
② 方诗铭、王修龄《古本竹书纪年辑证》，上海古籍出版社1981年版，第59页。
③ 王国维《今本竹书纪年疏证》，方诗铭等《古本竹书纪年辑证》附录，上海古籍出版社1981年版，第259页。
④ 王国维《今本竹书纪年疏证》认为：该书"所载殆无一不袭他书"，且"年月又多杜撰"，因而，可信度不足（方诗铭等《古本竹书纪年辑证》附录，上海古籍出版社1981年版，第188、190页）。然限于资料匮乏，此处姑从之。

曰王政穷尽为褒姒矣。褒姒干王政，则败王德，今王尽信褒姒之谗，太子所以放逐。王行如此，故我心为之忧伤，怒焉悲闷，如有物之捣心也。又假寐之中，长叹此事，维是忧而用致于老矣。其我心之忧矣，以成疢病，如人之疾首者。"这段解说，联系时事，深探作者心理，可谓切中肯綮。另如《小弁》末章云："莫高匪山，莫浚匪泉。君子无易由言，耳属于垣。"宋人苏辙解其意谓："山高矣，而人犹登之；泉深矣，而人犹入之。今王轻用谗言，岂谓人莫获知之欤？将有属耳于垣而听之者矣。既以此告王，又恐褒姒、伯服之害其成业，故告之以无败。"① 倘若此一解释不误，则"耳属于垣"数语，当与幽王朝中耳食者众的情境更为近似，倘施之于伯奇本事，便颇感凿枘不合。

就事理层面言，赵岐注孟子论《小弁》之语而未辨"亲之过大"的真正含义，即遽谓为伯奇所作，其不足信前已言及。实际上，不独后世治《诗》者不信赵氏之注，即就承接赵岐《章句》为之作疏的宋人孙奭也一反赵说，而取《毛诗序》的观点，谓："盖亲之过大者，以其幽王信褒姒谗言，疏太子宜臼之亲，非特放之，又将以杀之，是以《小弁》为太子之傅作焉，而著父之过为大者也。"在为赵岐"伯奇仁人，而父虐之"等语作疏时，又引《史记》所载幽王信褒姒而逐宜臼之事云："以此推之，则伯奇，宜臼也。"② 将《小弁》所涉本事由伯奇而改为宜臼，不只是求合于孟子的"亲之过大"，更重要的在于使此一论断获得了史实层面的支撑。

当然，也有对宜臼本事说提出异议者。据王先谦《诗三家义集疏》引黄山之说谓："祖毛者皆谓此篇必为刺幽王，而后可当'亲之过大'，论其过之大，非其事之大也。且幽王因废申后而及太子，其事固以废后为主。得宠忘旧，不关信谗。太子辞宫庙而出奔，亦

① 苏辙《诗集传》卷十一，文渊阁《四库全书》本，第70册，第435页下。
② 孙奭《孟子注疏》卷十二上，《十三经注疏》(下)，中华书局1980年版，第2756页。

不当取喻桑梓。"① 这段驳议，初看似有理，细味则窒碍难通。首先，所谓"过之大"与"事之大"，本为紧相关联的两个方面，不可截然分割。"过之大"缘于"事之大"，因其事关联者大，故过亦随之而大耳。岂可谓幽王逐太子宜臼以致亡国，其事大而其过小；尹吉甫逐伯奇之家庭变故，其事小而其过反大？其次，幽王之废申后、逐太子，原属为立褒姒及其子扫清障碍的两个相关环节，其间虽有前后之别，却无主次之分；倘若一定要分主次，则"太子天下本，本一摇天下振动"，② 其被废的重要性显然超过王后被废，岂可谓"其事固以废后为主"？考幽王之所以废申后、废太子，"得宠忘旧"固为一因，但其所以"得宠忘旧"，根源处却在于信谗。关于褒姒进谗、幽王信谗的记载，从《诗经》《国语》到《史记》《列女传》，史不绝书，某种意义上可以说，西周之败亡即由谗言横行、昏君信谗所致，岂可谓宜臼被逐"不关信谗"？事实上，如果改变思维，从宜臼本事说审视《小弁》，则其所谓"君子信谗，如或酬之。君子不惠，不舒究之"，无疑为幽王轻信谗言又添一解。最后，太子出奔，取喻桑梓，"盖托以起兴耳"，③ 岂可处处坐实？退一步讲，即使实有所指，则"古人所居，必植桑植梓"，④ 何以太子所居父祖故宅不可有桑梓之树？又，《毛传》谓：桑梓乃"父之所树，己尚不敢不恭敬"，盖取其恭敬之意；顾炎武引洪迈之说，谓《小弁》所言"桑梓"者，"并无乡里之说，而后人文字乃作乡里事用"。并考证指出："古人桑梓之说，不过敬老之意。《说苑》：常枞谓老子曰：'过乔木而趋，子知之乎？'老子曰：'过乔木而趋，非

① 王先谦《诗三家义集疏》卷十七，中华书局 1987 年版，第 704 页。
② 《史记》卷九十九《叔孙通传》，中华书局 1982 年版，第 2725 页。
③ 刘瑾语，《钦定诗经传说汇纂》卷十三引，文渊阁《四库全书》本，第 83 册，第 476 页上。
④ 王质《诗总闻》卷十二，文渊阁《四库全书》本，第 72 册，第 613 页上。

谓敬老邪?'常枞曰:'嘻!是已。'此于诗为兴体,言桑梓犹当养敬,而况父母为人子之所瞻依?"① 凡此,从虚与实两个方面均说明诗言桑梓,无碍事主之身份为太子,何以太子辞宫庙出奔,即"不当取喻桑梓"?

以上,我们从几个方面对宜臼本事说作了一个大致的梳理,从中可以看出,以宜臼被逐为《小弁》本事,既可以获得上古文献的支持,也可以获得文本内容的印证,还可以从后人对孟子诗论的解说获得新的观察视角。至于前人对宜臼本事说的异议,经过上述辨析可知,基本上也是站不住脚的。因而,在现有史料基础上,认定《小弁》反映之本事为宜臼被逐而非伯奇被弃,应是最具说服力的一种观点。

三、"太子之傅"说与"太子"说之优劣

围绕太子宜臼被逐的本事,产生了《小弁》为太子之傅作和太子作两种说法。因世代荒远,史料阙如,《诗经》众诗作者已多不可考,故无论"太子之傅"说,还是"太子"说,均带有很大的推测成分,而难以遽下定论。但依据各说之理路,附以文本之内容,细加体味和辨析,也还是可以分出一个大致的优劣得失。

"太子之傅"说以古文经学的《毛诗序》为代表,是起源甚早的一种观点。《毛诗序》认为:"《小弁》,刺幽王也,太子之傅作焉。"唐人孔颖达《毛诗正义》承其说而阐发曰:"幽王信褒姒之谗,放逐宜咎,其傅亲训太子,知其无罪,闵其见逐,故作此诗以刺王。"② 由于《毛序》在汉末独盛,很快即取代了鲁、齐、韩三家《诗》的地位;而孔氏《正义》"终唐之世,人无异词",③ 故此说遂

① 顾炎武撰,黄汝成集释《日知录集释》卷三十二,上海古籍出版社1985年版,第2420—2423页。
② 孔颖达《毛诗正义》卷十二,《十三经注疏》上册,中华书局1980年影印本,第452页。
③ 《毛诗正义提要》,《四库全书总目》卷十五,中华书局1965年版,第120页。

成为《小弁》作者解说中的主流观点。

那么，《诗序》依据什么认为《小弁》为太子之傅作？又为何会提出此一观点？关于前者，因无任何文献涉及太子之傅，在文本中也找不到涉及太子之傅的依据，故其为推测想象之词，已可断定；关于后者，则有如下两点深可关注：

首先，以太子之傅为作者，是为了与"刺幽王"的诗旨相匹配。因为依据孝道，子不当刺父；而《小弁》诗中多刺幽王语，故其作者只能排除宜臼，而由与之关系最近的"太子之傅"来承担了。《毛序》这层旨意，孔疏说得很明确："经八章，皆所刺之事。诸序皆篇名之下言作人，此独末言太子之傅作焉者，以此述太子之言，太子不可作诗以刺父，自傅意述而刺之。故变文以示义也。"①这就是说，《毛序》于此遇到一个矛盾：一方面肯定《小弁》的本事为宜臼出奔，一方面认为诗之旨意在于"刺幽王"，而作为幽王之子，宜臼又是"不可作诗以刺父"的，当此两难之际，寻找一位可以两方面兼而融之的替身，便是最能解决问题的选择了。也就是说，太子之傅既可代太子立言，又可以从第三者的角度"刺幽王"，乃是最合适的人选。于是，《毛传》变换体例，先言诗旨，末言作者，借以"变文以示义"。

其次，为了维护"孝"的伦理，就必须将太子宜臼剔出作者行列。这里涉及两方面的问题。一方面，"孝"是儒家伦理的核心观念，也是《毛传》大力维护宣扬的观念。汉人主张以孝治国，"求忠臣必于孝子之门"，②遂使得忠孝伦理大大强化。细检《毛传》之解《小弁》，为了强调子对父之孝，曾数次引用与孝相关的事典和语典以阐释，如在首章"何辜于天，我罪伊何"句下，《毛传》谓："舜之怨慕，日号泣于旻天、于父母。"其意盖"嫌子不当怨父以诉

---

① 《毛诗正义》卷十二，《十三经注疏》上册，中华书局1980年影印本，第452页。
② 《后汉书》卷五十六《韦彪传》，中华书局1965年版，第918页。

天，故引舜事以明之。"① 在末章"我躬不阅，遑恤我后"句下，《毛传》谓："念父，孝也。"从而将原本悲伤、绝望的诗意，转化成了子对父的思念。② 由此可见，"孝"是《毛传》解诗的重要标准。另一方面，宜臼对其父怨多慕少且不无讥刺，明显与孝的伦理相冲突。更有甚者，当其外祖申侯联合缯侯、犬戎攻宗周、杀幽王后，被立为平王的宜臼不仅没去讨伐这些弑父的仇人，反而在申遭郑侵伐之际，派兵戍之。这种做法，在正统儒家看来显然算不上孝子。对此，后世史论家、诗评家多有指出，其甚者至谓宜臼"知有母而不知有父，知其立己为有德，而不知其弑父为可怨。……其忘亲逆理，而得罪于天已甚矣"。③ 这样一种严苛的批评，固然代表不了《毛传》的观点，但因宜臼在弑父仇人帮助下继位这一行为已大大越出了孝的范围，故《毛传》视其为不孝子，不宜成为《小弁》这首被孟子认定为孝子之诗的作者，却是可以肯定的。明人郝敬认为："凡诗托为其人之言，不必真出其人之口也。毛公独于此诗明之者，非谓《小弁》独托而他诗皆真也，以明子之于父无刺，而《小弁》之亲亲，非宜臼所及耳。"④ 清人戴大昌亦谓："诵其诗，读其书，犹当知人论世者。如《小弁》之怨，孝子之诗也，而宜臼则

---

① 《毛诗正义》卷十二，《十三经注疏》上册，中华书局 1980 年影印本，第 452 页。
　按：孔疏此语在于解说《毛传》对"怨父"之不满，但这样一来，又产生了始料未及的后果——因为《毛传》是以太子之傅为作者的，太子之傅是不会出现"怨父"的情况的；而孔疏却谓"毛意嫌子不当怨父"，这就于不经意间将《小弁》的作者权还给了宜臼，从而不仅导致以疏破注，而且说明在孔颖达的意识深层，似乎也是不大满意"太子之傅"说的。

② 按：《毛传》于"念父，孝也"四字后整段引录了《孟子·告子下》中论《小弁》的话语。察其真实意图，并非如后人所谓"毛引孟子此章，是孟子所主诗说必与毛同"（马其昶《诗毛氏学》卷十九，民国七年铅印本），而是恰恰相反，在很大程度上忽视了孟子所谓"亲之过大而不怨，是愈疏也"的主要意旨，将注意力放在了孟子那段话的末句"舜其至孝矣，五十而慕"上，从而与其主张的"念父"之"孝"关合起来。

③ 朱熹《诗集传》卷四，上海古籍出版社 1980 年新 1 版，第 44 页。

④ 朱鹤龄《诗经通义》卷七，文渊阁《四库全书》本，第 85 册，第 185 页上。

非其人也。"① 这些说法，大致可得《毛传》当日去取《小弁》作者之仿佛。而且依此类推，赵岐注《孟子》舍宜臼而取伯奇，似也存在这方面的原因。用清人焦循的话说就是："赵氏特引此句（按，即《小弁》"何辜于天"句），以明《小弁》之怨，同于舜之号泣，而特不以为宜臼之诗，而言'伯奇仁人，而父虐之'，盖以宜臼非仁人，不得比于舜之怨，故取他说也。"② 倘若焦循、戴大昌的上述说法可以成立，便可看到，宜臼的品德是毛、赵二氏确定《小弁》作者所面临的共同问题，其差异处仅在于赵氏取伯奇，毛氏取太子之傅而已。

那么，宜臼果真就一无是处、与孝子绝缘了吗？答案显然是否定的。且不说其后期所遭遇的父死已立一事未必出于他本人的意愿，其中实有着申后被废、其父申侯欲为之复仇的因果关系，及缯、犬戎等部族觊觎周王朝政权等复杂的政治原因，即就宜臼之前期遭际而言，因其父幽王得宠忘旧，听信谗言，遂导致其母的王后之位被废，自己的太子之位不保，甚至出现"王欲杀大子"的情况。③ 当此之际，他的落荒出逃，实在是不得已之举，也符合孔子所谓"小棰则待过，大杖则逃走"的原则。否则，"身死而陷父于不义，其不孝孰大焉?"④ 这就是说，当父、君欲致子、臣于死地时，子、臣为了不陷父、君于不义，是可以逃避的，而这种逃避，正是孝的一种表现。进一步看，宜臼因被逐出奔，其身份由尊贵的太子一变而为不见容于父、无可归依的弃子逐臣，一变而为孤弱的无助者和受害者，则其所受冤屈是沉重的，对父之怨也是合乎情理的，而孟子论《小弁》所谓"亲之过大而不怨，是愈疏也"、"愈

---

① 戴大昌《驳四书改错》卷十八，清道光二年刻本。
② 焦循《孟子正义》卷二十四，清刻《皇清经解》本。
③ 《国语集解》卷第十六《郑语》，中华书局 2002 年版，第 475 页。
④ 《孔子家语》卷四，《四部丛刊》本，第 2 册，第 5—6 页。

疏，不孝也"之语，便毫无疑义地可以与宜臼关合起来。换言之，既然宜臼本事为《小弁》之内容，而孟子又视《小弁》为因亲之过大而怨的孝子之诗，那么，在宜臼与怨父之孝子间画等号，便是合乎逻辑的事了。对这样一种逻辑关系，《毛传》未必没有意识到，但鉴于宜臼后期遭遇的父死己立之事，已使其有了品德污点，又实在难将其视为孝子，故在解说《小弁》之时，往往依违其间，闪烁其词，既肯定诗之本事为宜臼，又不承认宜臼为诗作者；既引录孟子之语以说诗，又偏取其关于孝的内容。逆料其意，盖在于避过宜臼其人口吻——因为不孝之子是不宜说出孝的话语的；而将诗中涉及孝之内容的话语皆归于太子之傅——因为其傅是可代为立言并训戒太子的。由此既宣扬孝道，又垂范后昆。

　　了解了上述情况，就可知晓《毛传》以太子之傅为作者的动机，乃是为其维护的孝道寻找合理也是合乎身份的承担者，而这位承担者因与宜臼无辜被逐自抒悲怨隔着一层，故在文本层面颇难融合，因而，频频受到后人的非议，以致有太子自作说继之而出。

　　最早提出"太子"说者是宋人朱熹。在《诗序辨说》中，朱熹的态度尚有犹疑："此诗明白为放子之作无疑，但未有以见其必为宜臼耳。序又以为宜臼之傅，尤不知其所据也。"① 但在《诗集传》中，朱熹又明确认为"宜臼作此以自怨也"②。从而将作者定格为太子宜臼。这一说法，虽也缺乏坚实的文献依据，但在如下几个方面，却比"太子之傅"说更具可信度和说服力。

　　其一，从孟子说诗来看，《小弁》表现的是因"亲之过大"而产生的子对亲之怨，而非他人代言之怨。在前引《孟子·告子下》

---

① 朱熹《诗序辨说》，文渊阁《四库全书》本，第 78 册，第 360 页上。
② 朱熹《诗集传》卷十二，上海古籍出版社 1980 年新 1 版，第 141 页。按：《朱子语类》卷六七："先生于《诗传》，自以为无复遗恨。曰：后世若有杨子云，必好之矣。"据此，则朱子意见自当以其晚年所定之《诗集传》为准。

那段话中，孟子先言"《小弁》，亲之过大者也；亲之过大而不怨，是愈疏也"，后引孔子之论"舜其至孝矣，五十而慕"，所指均为亲、子关系，而非亲与子之代言者的关系。既然如此，则"太子之傅"说便不合孟子本义，且远不如"宜臼作此以自怨"说来得真切可信。

其二，孟子所言《小弁》之怨与宜臼其人其事相吻合，不会出现事理上的悖逆。宋人陈埴有言："孟子言舜处类《小弁》，但《小弁》有怨而无慕，故不若舜。"① 说《小弁》"不若舜"，实际是说《小弁》作者"不若舜"，正因其不"不若舜"，故其"有怨而无慕"的情感只宜于非纯孝子的宜臼来表现。这层意思，明人朱善说得更清楚："《小弁》之诗，其哀痛迫切之意，具于首章，其下不过自此而推之耳。舜之怨，怨己之不得乎亲；《小弁》之怨，怨亲之不容乎己。虽所怨不同，然以孟子之言推之，亲之过大而不怨，则是恝然无情也。恝然无情者，视其亲犹路人也，其为罪不愈大乎。宜臼中人之资，圣人亦姑取其一节之可观耳，固不敢以大舜之事望之也。"② 这段话有两点值得注意，一是站在孟子的角度，既充分肯定《小弁》之怨的合理性，又揭示出其怨与舜之怨的不同：舜之怨以亲为主，故怨中有慕，虽怨仍向亲靠拢；《小弁》之怨以己为主，故怨多慕少，写怨而刺在其中。二是指出宜臼为中人之资、远不及舜，但亦有一节之可观。因其有可观者，故孟子许之为仁；因其属中人之资，故孟子不敢以大舜之事望之。在这里，朱氏将《小弁》之诗与宜臼其人相提并论，由其人解其诗，因其诗说其人，从而既逆料孟子之意，又将宜臼与《小弁》关合起来。沿着朱氏思路，清人姚际恒有进一步的辨析："若谓宜臼自作，宜臼实不德，孟子何为以'亲亲之仁'许之？又思虽曰'固哉高叟'，然何至以为'小

---

① 陈埴《木钟集》卷二，文渊阁《四库全书》本，第703册，第608页下。
② 朱善《诗解颐》卷二，文渊阁《四库全书》本，第78册，第242页下。

人之诗'？意者其果宜臼作耶？而孟子特原其被废之情，始许之以为仁尔。又云：'舜其至孝矣'，则亦未尝深许之可知也。"① 在姚氏看来，以宜臼为《小弁》作者，有值得怀疑处，因其为人"实不德"，孟子不应许之以"亲亲之仁"；但考虑到孟子对高子"小人之诗"说法的驳斥，说明其更看重的是宜臼被废被逐的受害者身份和悲怨情感，故予以一定程度的宽恕，既许其为仁，又借舜之孝比照其差距，而未"深许之"。就此而言，以宜臼为《小弁》之作者，大抵符合孟子的意图。

其三，从文本层面看，《小弁》中襞积深重的哀怨，非亲历其事者不能道。明人万时华评《小弁》首章诸句谓："古今说忧，尽此数语。诗人都自身亲经历中来，自觉有此种种魔趣，言之亲切，言之觌缕。……如'搗'，深悲至痛，如有物之搗其心也；事关心者，梦中亦长吁，故曰'假寐永叹'；忧愁多者，年少而发白，故曰'维忧用老'。"② 从设色用字之惊警、深悲至痛之搗心以及梦中长吁、愁添白发诸端入手，强调"都自身亲经历中来"，可谓颇中肯綮。这是主宜臼自作说者最有力的论据，也是主其傅代言说者最为人诟病的一点。在《诗经通论》中，姚际恒这样说道："然谓其傅作，有可疑。诗可代作，哀怨出于中情，岂可代乎？况此诗尤哀怨痛切之甚，异于他诗也。"③ 其意盖与万氏同，即认为诗虽可代作，但发于内心深处的切己哀情是不可代作的。由此出发，方玉润更明确地认为："此诗为宜臼作无疑，而朱子犹疑之者，过矣。唯《大序》以为'太子之傅作'，则不知其何所据。"方氏之所以坚定地视《小弁》作者为宜臼，主要缘于对宜臼其人和《小弁》之诗间密切关系的认定。因为"孽子被放，良心易见。宜臼纵不德，未至

---

① 姚际恒《诗经通论》卷十，中华书局 1958 年版，第 216 页。
② 万时华《诗经偶笺》卷八，崇祯李泰刻本。
③ 姚际恒《诗经通论》卷十，中华书局 1958 年版，第 216 页。

大恶，当此操心虑患，至危且深之际，独无良心发现，而有一言之可取耶？观其三章追思父母，沉痛迫切，如泣如诉，亦怨亦慕，与舜之号泣于旻天何异？千载下读之，犹不能不动人。"至于诗之表现手法、所述内容，则"或兴或比，或反或正，或忧伤于前，或惧祸于后，无非望父母鉴察其诚，而怨昊天之苦降罪无辜。此谓情文兼到之作"。① 这就是说，从当日被弃被逐、操心虑患的处境看，宜臼具备作诗以抒怨思的主客观条件；而从《小弁》一诗沉痛迫切、亦怨亦慕、忧伤于前、惧祸于后的表现看，又非亲历其事的宜臼不能为。

综括以上说法，可以认为：《毛诗序》提出的"太子之傅"说虽起源甚早，且一度占据主流地位，但验之文献与文本，实不足信；朱熹提出的"宜臼作此以自怨"说虽已在千年之后，但因其具有与孟子说诗的内在关合，具有"哀怨出于中情"而不可替代的特点，故应视为《小弁》作者最具可信度和说服力的一种观点。

四、今人解说《小弁》之检讨

承接古人对《小弁》作者、本事的解说，近今学者仍继续展开相关讨论，而就总体倾向看，其态度更为谨慎，往往在肯定放子逐臣本事的基础上，对作者问题模棱两可，或疑而不论，或略作辨析而从太子宜臼说。试举几家较具代表性的观点如下：

余冠英《诗经选注》："这是被父放逐，抒写忧愤之作。旧说或以为幽王放逐太子宜臼，宜臼的师傅作此诗；或以为宣王时尹吉甫惑于后妻，逐前妻之子伯奇，伯奇作此诗。这些传说未可全信，但作为参考，对于辞意的了解是有帮助的。"②

陈子展《诗经直解》："《小弁》，放子呼吁之词。……是诗今古

---

① 方玉润《诗经原始》卷十一，中华书局1986年版，第407—408页。
② 余冠英《诗经选》，人民文学出版社1979年第2版，第189页。

文为说不同，未知孰是。"① 而在《诗三百解题》中，又认为"与其说《小弁》太子之傅作，毋宁说太子宜臼作"。②

程俊英等《诗经注析》："这是被父放逐的儿子诉苦的诗。……胡承珙《后笺》：'孟子"亲之过大"一语，可断其为幽王太子宜臼之诗。'今从胡说。"③

这些说法，只是对旧说的传承，而缺乏深入细密的考索，故无论是貌似客观的介绍，还是略具倾向性地对太子宜臼说的认可，均有欠学理深度。但其中有一点却是共同的，即都认为《小弁》所写本事为放子逐臣，用较权威的《辞海》中的话说，该诗"写一贵族统治集团中的人物，被其父弃逐后的忧怨"。④ 可见，以放子逐臣为《小弁》所述之本事，已成了当代学者较为一致的意见。

然而，在逐臣本事说占据主流地位、广泛为人接受的同时，认为《小弁》表现弃妇内容的新说也一定程度地受到关注。最早提出"弃妇"说的是闻一多。在《诗经通义甲》中，闻氏这样说道：

> 《小弁》篇本妻不见答之诗。三章"靡瞻匪（彼）父，靡依匪（彼）母"，即"女子有行，远父母兄弟"之意；又曰"不属于毛（表），不罹（离）于里"，言外不容于夫家，内不属于父母之家也。末章"无逝我梁，无发我笱，我躬不阅，遑恤我后"，则与《邶风·谷风》篇文同，而彼乃弃妇之词。五章曰："鹿斯之奔，维足伎伎，雉之朝雊，尚求其雌。譬彼坏木，疾用无枝，心之忧矣，宁莫之知？"又明为妇人责望其夫之语。以此推之，七章曰"伐木掎矣，析薪扡矣"，当亦指斥

① 陈子展《诗经直解》，复旦大学出版社 1983 年版，第 693 页。
② 陈子展《诗三百解题》，复旦大学出版社 2001 年版，第 759 页。
③ 程俊英、蒋见元《诗经注析》，中华书局 1991 年版，第 599 页。
④ 《辞海》（缩印本），上海辞书出版社 1980 年版，第 1107 页。

婚姻而言。椅、柂，并训裂、训离，木椅薪柂，喻妇人已离其
父母之家以从人也。下云"舍彼有罪，予之佗矣"，舍犹凡也，
言凡百罪过，皆加于我身。总观四句，实与《氓》篇"言既遂
矣，至于暴矣"同意。①

考闻氏此说，虽一反传统说法，另辟蹊径，视角颇为新颖，但也不
无随意性的缺憾。因为其一，此段文字是在《凯风》篇下解释"吹
彼棘薪"句时出现的，其意在于说明"薪于《诗》例为妇人之象
征"；而在《诗经通义乙》专论《小弁》时，却无关于"妻不见答"
的任何解说，由此见出其说尚不够成熟。其二，释"靡瞻匪父，靡
依匪母"为"女子有行，远父母兄弟"，释"不属于毛，不罹于里"
为"外不容于夫家，内不属于父母之家"，多属望文生义，而缺乏
文献学、训诂学的依据。其三，对第五章"鹿斯之奔"八句未作任
何解释，即谓其"明为妇人责望其夫之语"，似过于草率；而下文
的"以此推之……当亦指斥婚姻而言"云云，因将推论前提建立在
猜测的基础上，故其不可靠显而易见。其四，"舍彼有罪，予之佗
矣"，较为合理的解释当为："舍彼谗言有罪之人，而加罪于我，则
是妄加人之罪矣。"②但闻氏训"舍"为"凡"，已属迂曲解经；而
又无视诗中之"彼"字，将诗句径释为"凡百罪过，皆加于我身"，
更是明显误读；至于谓其"与《氓》篇'言既遂矣，至于暴矣'同
意"，则张冠李戴，离题愈趋遥远。

当然，闻氏新说也并非全无所据。推测其说之源起，当与《诗
经·邶风》之《谷风》篇有关。《谷风》第三章有言："毋逝我梁，

---

① 闻一多《诗经通义甲》，《闻一多全集·诗经编上》，湖北人民出版社 1993 年版，第
362 页。
② 李樗等《毛诗李黄集解》卷二十五，文渊阁《四库全书》本，第 71 册，第 474
页下。

毋发我笱。我躬不阅，遑恤我后。"因此数语与《小弁》末章数句全同，故易令人生二篇相似之联想。换言之，既然《谷风》被多数注家认为是弃妇之作，①则与之部分诗句相同的《小弁》也当与弃妇事有关。闻氏由《谷风》推及《小弁》，又从《小弁》中寻找若干词语上的证据，遂创"《小弁》篇本妻不见答"之新说。

然而，这种由个别、表面之相似推论整体、实质之相同的做法，在缺乏坚实力证的情况下，往往是危险的。如所熟知，《诗经》时代的歌诗虽地域不同，等级有别，但其间口耳传诵，彼此影响，前后相袭，词语重复，是一较普遍的情况。即以"毋逝我梁"诸句言，不仅存在上述《谷风》与《小弁》的相似，而且在《小雅·何人斯》诗中，也接连三次出现"胡逝我梁"、"胡逝我陈"的诗句，而《何人斯》乃是一首公认的大夫刺谗诗篇。②如果因有相似句而令《小弁》从《谷风》之弃妇内容，同样也可因其语句相似而视《小弁》与《何人斯》为刺谗之作。进一步看，"毋逝我梁"诸句表现的是遭遇祸患的弱势者对强势一方发出的告诫和责备，此弱势者可以是逐臣放子，也可以是弃妇，所谓"逐子之悲，同于弃妇，故其辞一也"，③说的便是这种情况。就此而言，类似的诗句弃妇可以用，逐臣也可以用，在难以考实作品创作前后的情况下，说《小弁》受到《谷风》的影响固然可以，说《谷风》受到《小弁》的影响也未为不可，何以必强《小弁》从《谷风》，而谓之为弃妇之作呢？宋人欧阳修指出："古今世俗不同，故其语言亦异。所谓'鱼梁'者，古人于营生之具，尤所顾惜者，常不欲他人辄至其所，于

---

① 也有诸家认为《谷风》是"忠义之士不见谅于其君，或遭谗间远逐殊方"而"托为夫妇词，以写其无罪见逐之状"，见方玉润《诗经原始》卷三，中华书局1986年版，第137页。

② 《诗序》谓："《何人斯》，苏公刺暴公也。暴公为卿士，而谮苏公焉，故苏公作是诗以绝之。"对此一说法，陈子展有详细考论，可参看《诗经直解》卷十九，复旦大学出版社1983年版，第703—704页。

③ 朱鹤龄《诗经通义》卷七，文渊阁《四库全书》本，第85册，第185页下。

诗屡见之。以前后之意推之可知也。诗曰'毋逝我梁'者，《谷风》《小弁》皆有之。《谷风》，夫妇乖离之诗也，其弃妻之被逐者为此言矣；《小弁》，父子乖离之诗也，于太子宜臼之被废又为此言矣。'胡逝我梁'者，《何人斯》有之，此朋友乖离之诗也，于苏公之被谮其语又然。然则诗人之语岂妄发邪？……《谷风》《小弁》之道乖，则夫妇、父子恩义绝而家国丧，何独于一鱼梁而每以为言者，假设之辞也。诗人取当时世俗所甚顾惜之物，戒人无幸我废逐，而利我所有也。"① 这段话，以古人习俗为中心，辨析有力，说理透彻，似可作为解说《小弁》《谷风》二诗同辞异义之确论。

自闻一多首发《小弁》为"妻不见答之诗"后，附和者不乏其人，而以张启成《闻一多"〈小弁〉为弃妇诗"补证》一文较具代表性。该文胪陈六条理由，以证成闻氏新说。下面，试对其论点作一归纳，择其要者作一辩证。

其一，以《卫风·伯兮》之"甘心首疾"证《小弁》"疢如疾首"为女性之作，释《小弁》"菀彼柳斯，鸣蜩嘒嘒。有漼者渊，萑苇淠淠"为以柳树喻夫，以鸣蝉喻妻，均欠缺说服力。前者仅以排列顺序不同的两个字来证其作者身份的相似，实在过于牵强；后者因柳树和鸣蜩诸词语即视其为夫妻之喻，就颇有些过求微言大义的成分了。事实上，"菀彼柳斯"云云，既是诗人所见，又是借以起兴的手法，同列《小雅》的《菀柳》一诗即以"有菀者柳，不尚息焉"起兴，而其诗所写实乃"王者暴虐，诸侯不朝"，② 与男女、夫妻绝无关系。

其二，将《小弁》四、五两章之"譬彼舟流"、"鹿斯之奔"诸句分别与《柏舟》《雄雉》《匏有苦叶》《谷风》《氓》诸诗相比照，

---

① 欧阳修《诗本义》卷八，文渊阁《四库全书》本，第 70 册，第 237 页下—238 页上。

② 朱熹《诗集传》卷十四，上海古籍出版社 1980 年新 1 版，第 167 页。

以后者之女性身份论证前者亦当为女性所作。表面看来，这种方法以诗证诗，具有一定合理性，但实际上，因取材随意，且不顾反证，故说服力不强。首先，《柏舟》之"泛泛柏舟"与《小弁》之"譬彼舟流"因同涉泛舟、忧愁类词语，固有相似性，但《诗经》中涉及"舟"字的作品不少，如《小雅·菁菁者莪》之"泛泛杨舟，载沉载浮"、《采菽》之"泛泛杨舟，绋纚维之"等，表现的皆是泛舟意象，而其诗旨，前者为"乐育材也"，[①] 后者为"述诸侯来朝"，[②] 何以舍此不顾而独取《柏舟》？而且即就《柏舟》诗意言，自《诗序》发为"言仁而不遇也"之论后，赞同者颇夥，如蒋悌生《五比蠡测》、郑晓《古言类编》、朱睦楔《五经稽疑》、徐文靖《管城硕记》、管世铭《韫山堂文集》、方玉润《诗经原始》、马瑞辰《毛诗传笺通释》等皆从序说，今人陈子展《诗经直解》更明言："《柏舟》，盖同姓之臣，仁人不遇之诗。诗义自明，序不为误。"[③] 就此而言，视《柏舟》为弃妇诗，其立论的前提便出了问题。又，泛舟乃一习用意象，女子可泛，男子亦可泛，被弃之妇可泛，被逐之臣亦可泛，岂有一涉此意象，即统归之弃妇之作乎？其次，《小弁》第五章"鹿斯之奔，维足伎伎。雉之朝雊，尚求其雌"数语，不过是借鹿儿奔跑觅群、野鸡鸣叫求偶以反衬自己被弃逐后的孤独。但论者却先由一"鹿"字引出《召南·野有死麇》之"野有死麇，白茅包之。有女怀春，吉士诱之"，以及《大雅·韩奕》之"鲂鱮甫甫，麀鹿噳噳"，说"在《诗经》中，鹿往往是爱情和婚姻的象征"，"前者为爱情诗，后者为婚姻诗"，由此证明《小弁》亦为关乎爱情之作；继由一"求雌"引出《邶风·雄雉》之"雄雉于飞，下上其音"、《匏有苦叶》之"有鹭雉鸣……雉鸣求其牡"，谓

---

① 《毛诗正义》卷十，《十三经注疏》（上），中华书局1980年版，第422页。
② 《诗经直解》，复旦大学出版社1983年版，第815页。
③ 《诗经直解》，复旦大学出版社1983年版，第79页。

其"都是思妇之辞,《小弁》的作者自当为女性"。这种论证,实在离题太远。且不说仅以一二字词之相似即论诗之属性,已颇不严谨;也毋论《诗经》中出现的"鹿",如《大雅·灵台》之"麀鹿攸伏"、"麀鹿濯濯",《桑柔》之"瞻彼中林,牲牲其鹿"、《小雅·鹿鸣》之"呦呦鹿鸣,食野之苹"、《吉日》之"兽之所同,麀鹿麋麋",均与爱情、婚姻无关,难以证成鹿是爱情和婚姻象征之论断;即以其所举《雄雉》《匏有苦叶》的诗句看,皆为以雌求雄、求牡者,适合女性作者的身份,而《小弁》之"雉之朝雊,尚求其雌"乃以雄求雌,其作者当为男性才是,岂有"《小弁》的作者自当为女性"反而"尚求其雌"之理?论者谓此数句乃《小弁》为"弃妇诗的铁证",[①] 但说穿了,这种连"求雌"者为男性女性都未分清的"铁证",不举也罢。

其三,取魏源《诗古微》所谓"三百篇言取妻者,皆以'析薪'起兴"之说,以论"伐木""析薪"所含婚姻义,无疑有其合理性,但却不能由此得出"《小弁》七章中的'伐木''析薪'都与婚姻有关"的结论。因为上古时代,"析薪"不止婚姻一义,《左传》昭公七年子产即引古语云:"其父析薪,其子弗克负荷。"[②] 说明以"析薪"喻父子间承继关系古已有之;至于"伐木",《小雅》便有同名之作,以"伐木丁丁,鸟鸣嘤嘤"起兴,喻指"求其友声",而与婚姻无关。进一步说,以婚姻义解《小弁》之"伐木""析薪",与上下文义亦龃龉难通。《小弁》第七章云:"君子信谗,如或酬之。君子不惠,不舒究之。伐木掎矣,析薪扡矣。舍彼有罪,予之佗矣。"细味诗意,前言君子信谗而不究察,后言舍彼进谗者之罪而加于我,倘中间阑入"娶妻""婚姻"内容,即显不类;同时,主弃妇说者对"伐木掎矣,析薪扡矣"之字面义不作解释,

---

① 张启成《闻一多"〈小弁〉为弃妇诗"补证》,《复旦学报》1985 年第 2 期。
② 《春秋左传集解》卷二十一,上海人民出版社 1977 年版,第 1296 页。

只是以"与婚姻有关"数字将之笼统带过,更显粗疏。关于此二语,《毛传》谓:"伐木者掎其巅,析薪者随其理。"《郑笺》释云:"掎其巅者,不欲妄蹈之。扡,谓观其理也,必随其理者,不欲妄挫折之。以言今王之遇太子,不如伐木析薪也。"这种解释,从伐木、析薪必依其程序、理路进行,以反衬幽王对待太子之反常手段,虽已成为占主流地位的说法,却不够妥帖。后人在此基础上,联系上下文又续有新解。如宋人严粲《诗缉》即据《释文》等相关解说,训"掎"为"从后牵",训"扡"为"以手离之",认为《传》《笺》之说"义亦迂曲",隐没了"谗人离间父子之意"。① 明人季本《诗说解颐》承其说谓:"伐木既以斧,而又以绳牵之,言必欲其断绝也;析薪既以斧,而又以手离之,言必欲其分离也。皆本'不惠'而言,'不惠',即上章所谓'忍'也。'有罪'者谓人所陷我之罪,即其人之罪也;'舍'者,置而不问,谓不察也;不察其罪之所在,而即以与之他人,所谓信谗如酬者如此。"② 按此说法,则不仅"伐木"二句之"断绝"、"分离"义有了训诂学上的依据,而且于此章所述"皆谗人离间骨肉之罪"的用意可以获得更深入的解悟。③ 较之弃妇说,确乎胜出一筹。

此外,主"弃妇"说者还有一二举证,但零碎而尤欠说服力,故不再一一辨析。需要说明的是,主其说者多只从利于己说的一方面搜罗证据,而往往忽视反证,忽视重要文献中的说法,忽视《小弁》中的一些关键话语和情节,如前引《诗经》其他篇章不利于弃妇说的证据,孟子论《小弁》"亲之过大"的观点,《小弁》中一再出现的刺谗旨意,以及"踧踧周道,鞠为茂草"之"忧国家之将

① 严粲《诗缉》卷二十一,文渊阁《四库全书》本,第75册,第281页上。
② 季本《诗说解颐·正释》卷十九,文渊阁《四库全书》本,第79册,第223页下。
③ 顾镇《虞东学诗》卷七,文渊阁《四库全书》本,第89册,第572页上。

亡"的意义指向，① 都被有意无意地略过，从而形成解读上的若干盲点。

综上所言，"弃妇"说之难以成立，已显而易见；就本事而论，《小弁》当为一首关乎放子逐臣的作品。至于其作者，最大可能即是被幽王弃逐的宜臼本人；而自汉以来争论不已的"太子之傅"说、"伯奇"说，因缺乏文献、文本、事理、训诂层面的有力支撑，大都是靠不住的。

第二节 《小雅·四月》本义考述

《诗经》中的弃子逐臣诗，除《小弁》外，《小雅》中的《四月》当为诗义最近弃逐内涵的一篇佳作。从诗中描写看，主人公于四月初夏即踏上路途，至秋、冬尚不得归去，因发为"乱离瘼矣，爰其适归"、"我日构祸，曷云能谷"的哀叹；最后流落到"滔滔江汉"，以"君子作歌，维以告哀"作结，表现了深重的悲苦情怀。据此一基本情节，将其视为因谗言构祸而被放流在外的逐臣之作，应是有充分根据的。

然而，考察宋以前人关于《四月》诗意占主流地位的观点，或谓其为大夫遭乱刺幽王之作，或谓其为孝子行役思祭之作，均未将放逐纳入视野。直至明清论者，方顾及诗中与弃逐相关的内容，但其说未能发生大的影响。鉴于这些歧义和纷争，有必要对诸家解说稍予排列辨析，并围绕文本予以索解，以求取《四月》一诗之本义。

一、诸家诗说之是非

先看大夫遭乱刺幽王说。此说最早见于《毛诗序》："《四月》，

---

① 朱鹤龄《诗经通义》卷七，文渊阁《四库全书》本，第85册，第185页上。

大夫刺幽王也。在位贪残，下国构祸，怨乱并兴焉。"承接此一说法，唐人孔颖达《毛诗正义》引而申之，谓《四月》之所以为刺幽王之作，盖因"幽王之时，在位之臣皆贪暴而残虐，下国之诸侯又构成其祸乱，结怨于天下，由此致怨恨祸乱并兴起焉。是幽王恶化之所致，故刺之也"。[1] 由于孔氏此书为唐王朝颁布的官书，且能"融贯群言，包罗古义"，故"终唐之世，人无异词"。[2] 而至宋代，那位多与毛传立异的朱熹在《诗集传》中亦循其说而谓："此亦遭乱自伤之诗。"[3] 自此而后，《四月》为大夫遭乱刺幽王或自伤之说遂成为占主流地位的观点，而为多数说诗者所接受。

仔细考察这一说法，有值得商议者，亦有可取者。值得商议处在于：其一，解说笼统、空泛而欠准确。所谓"在位贪残，下国构祸，怨乱并兴"，只是对幽王之世政治特点的一个概括，而未涉及诗歌的具体内容，亦未对诗中反映的诗人情态稍予关注；其二，谓"大夫刺幽王"，显然与诗之主旨不合。就《四月》而言，其主要用力处在于描写诗人"构祸"后自夏至冬的经历，抒发其无法回归、"维以告哀"的悲情。至于"刺幽王"之意，容或有之，但绝非诗之主旨。其可取之处在于：其一，幽王之世，主昏政乱，谗言频兴，贤士受压被逐者屡见不鲜，上至太子宜臼被弃而有《小弁》之什，下至寺人孟子伤于谗而作《巷伯》之篇，均是明证。故将《四月》之创作定在幽王时代，有其较大的合理性；其二，此说虽欠准确具体，但与逐臣说并无根本之冲突。也就是说，"在位贪残，下国构祸"，可以作为大夫被逐的背景条件；"怨乱"、"刺幽王"可以作为诗作内涵的一个引申。清人陈奂有言："读《诗》不读《序》，无本之教也；读《诗》与《序》而不读《传》，失守之学也。文简

---

① 《毛诗正义》卷十三，《十三经注疏》（上），中华书局 1980 年影印本，第 462 页。
② 《毛诗正义提要》，《四库全书总目》卷十五，中华书局 1965 年版，第 120 页。
③ 《诗集传》卷十二，上海古籍出版社 1980 年新 1 版，第 149 页。

而义赡，语正而道精，洵乎为小学之津梁，群书之钤键也。"① 这段话，过崇《诗序》，似嫌绝对；但作为中国早期的说诗之作，《诗序》具有较高的权威性，却是无可置疑的。因而，以《诗序》为基础，取其与逐臣说相兼容者，未尝不能深化对《四月》题旨的理解。

再看孝子行役思祭说。此说与遭乱刺幽王说相并行，也为不少说诗者所接受。考其源头，盖有两条线索：一是《中论》，二是王肃《诗》注。汉末徐幹《中论·谴交》有言："古者行役过时不反，犹作诗刺怨。故《四月》之篇称'先祖匪人，胡宁忍予'。"② 这里只说因行役过时不返而作诗刺怨，尚无关于祭祀的内容。至同时稍后王肃注《四月》，始给此诗添加了"征役过时，旷废其祭祀"的义项；③ 而到了西晋杜预，则在《左传·文公十三年》"文子赋《四月》"句下注谓："义取行役逾时，思归祭祀。"④ 由此将行役、思祭合于一途，遂有了行役思祭之说。此后，清人王先谦又为之寻到了一个"《鲁诗》以为行役过时不反而作"的渊源，进一步坐实了"此篇为大夫行役过时，不得归祭，怨思而作"的观点。⑤

此一观点就其局部言，不能说全无道理。如谓"大夫行役过时"而抒发"怨思"，即一定程度地合乎诗意，因为行役与放逐一为在路途奔波，一为在路途流亡，在形式上原无大的区别。所以明人朱善就此申论："由夏而秋，由秋而冬，则见其经历之久；由西周而南国，由丰镐而江汉，则见其跋涉之远。此行役之证也。"⑥ 然

---

① 《诗毛氏传疏·叙录》，中国书店 1984 年影印本。
② 徐幹《中论》卷下，《四部丛刊》，上海商务印书馆 1922 年影印本。
③ 《毛诗正义》卷十三引，《十三经注疏》（上），中华书局 1980 年影印本，第 462 页。
④ 《春秋左传集解》卷九《文公十三年》，上海人民出版社 1977 年版，第 490 页。
⑤ 王先谦《诗三家义集疏》卷十八，中华书局 1987 年版，第 735 页。
⑥ 朱善《诗解颐》卷二，文渊阁《四库全书》本，上海古籍出版社 1987 年影印本，第 81 册，第 564 页下。

而，这些情形又何不可适用于放逐？若联系诗意，则诸如"废为残贼，莫知其尤"、"我日构祸，曷云能谷"之类诗句，均言其因事得罪，故与逐臣被祸被废而流亡的情景更为相似，而非一般"行役过时"者所可道。因此，与其说这是一首行役诗，不如说是一首逐臣诗更为贴切。

至于说此诗为孝子"思归祭祀"之作，从以下三点来看，实不足采信。其一，春秋时期，社会上流行"赋诗断章，余取所求"之风，[1] 因而，很难依据《左传》"文子赋《四月》"这寥寥五字而获取《四月》之本义。其二，王肃《诗》注、杜预《左传》注或许受到《孔丛子》所记孔子说诗的影响，故后来治《诗》者多引用该书孔子所谓"于《四月》见孝子之思祭也"的话以为佐证。[2] 然而，且不说《孔丛子》一书的真伪尚无定论，[3] 对其所记孔子论诗之语还需仔细考核；退一步讲，即使孔子确有此语，也只是取其合于己意的一个侧面，而非正面阐发诗旨，这从《孔丛子》中此语的上下文可以看出。更重要的是，今传《孔丛子》的两个主要版本所记此句颇不相类，其中《四库全书》之三卷本为"于《四月》见孝子之思祭也"，而《四部丛刊》之七卷本为"于《楚茨》见孝子之思祭也"，二者所谓"思祭"之篇目迥然不同。相较之下，前者之三卷"不知何人所并"，[4] 后者则为"景明翻宋本"，卷首有北宋名臣宋咸于嘉祐三年所撰《进〈孔丛子〉表》和《注〈孔丛子〉序》，故其

① 《春秋左传正义》卷三十八，《十三经注疏》（下），中华书局1980年影印本，第2000页。
② 王钧林、周海生译注《孔丛子·记义》，中华书局2009年版，第45页。
③ 关于《孔丛子》一书，自宋至清多信其为伪作，但近今部分学者通过与相关文献和新发现之上博楚简《孔子诗论》比勘，或谓此书不伪，或谓书中包含可靠的先秦资料。参见李存山《〈孔丛子〉中的"孔子诗论"》，载《孔子研究》2003年第3期；孙少华《〈孔丛子〉真伪辨》，载《古典文学知识》2006年第6期。
④ 《孔丛子提要》，《四库全书总目提要》卷九一《子部·儒家类一》，中华书局1965年版，第770页。

可信度无疑更高。而且就二诗内容言，《楚茨》明言"以为酒食，以享以祀"、"祝祭于祊，祀事孔明"，《毛序》亦谓该篇义旨曰："祭祀不飨，故君子思古焉"。据此，则《孔丛子》此句所指篇目自当以《楚茨》为胜。其三，祭祀说与诗意不合。细阅《四月》全诗，并无祭祀内容，而被众多注者纠缠不休的首章"先祖匪人，胡宁忍予"二语，也并非关于祭祀者。故宋人李樗谓："此诗固无大夫祭祀之事"，① 清人姚炳亦谓："然核之此诗词旨，实无一语似思祭者，不足据也。"② 此外，孔颖达引王肃"诗人以夏四月行役，至六月暑往未得反，已阙一时之祭，后当复阙二时也"等注语驳云："此《经序》无论大夫行役祭祀之事。据检《毛传》，又无此意。纵如所说，理亦不通。故孙毓难之曰：'凡从役，逾年乃怨。虽文王之师，犹采薇而行，岁暮乃归，《小雅》美之，不以为讥。又行役之人，固不得亲祭，摄者修之，未为有阙。岂有四月从役，六月未归，数月之间，未过古者出师之期，而以刺幽王亡国之君乎？'非徒如毓此言，首章始废一祭，已恨王者忍已；复阙二时，弥应多怨，何由秋日、冬日之下更无先祖之言？岂废阙多时，反不恨也？"③ 凡此，均说明祭祀说之不足信。

与上述大夫遭乱刺幽王说、孝子行役思祭说相比，滥觞于明人的南迁逐臣说当为最合乎诗意的一种观点。在《诗说解颐》中，季本认为："此必仕者之子孙，为南国之州牧，而为小人构祸无所容身，故作此诗也。"④ 这段解说虽未出现逐臣字样，但其"为小人构祸无所容身"的说法，已揭示出大夫遭谗、不为当政者所容而流离江汉的个中信息。大概是受到此说的影响，与季本同时稍后而藏书

---

① 《毛诗李黄集解》卷二六，文渊阁《四库全书》本，第 71 册，第 491 页下。
② 《诗识名解》卷七，文渊阁《四库全书》本，第 86 册，第 420 页下。
③ 《毛诗正义》卷十三，《十三经注疏》（上），中华书局 1980 年影印本，第 462 页。
④ 季本撰《诗说解颐·正释》卷十九，文渊阁《四库全书》本，第 79 册，第 234 页上。

数万卷、尤精书法的丰坊假借汉人申培之名，用古篆伪造了《申培诗说》，① 其中论《四月》诗旨曰："大夫遭谗，流离南国而作是诗。"② 这一被后人称为《鲁诗》说的伪书，在当时产生了不小的影响，以至明末何楷《诗经世本古义》即引其说谓："申培谓大夫遭谗流离南国而作是诗，恍惚近似。"③ 这里需要指出的是，作为伪书，所谓的《申培诗说》固不足信，④ 然而，其中对《四月》诗旨的揭示却反映了伪造者丰坊的独到看法，而何楷斟酌毛、朱诸说后犹取"申培之说"而谓其"近似"，也表明了他对此诗"遭谗流离"旨意的基本理解。

　　承接明人意见，清代学者对《四月》诗旨做了更深入的发掘。首先是清初的姚际恒在《诗经通论》中这样说道："此疑大夫之后为仕者遭小人构祸，身历南国，而叹其无所容身也。"⑤ 从解说看，姚氏较似季本；从态度看，姚氏更近何楷。也就是说，姚氏已将视线投向了逐臣南迁，但尚未遽定其必是。而到了清中期，著名学者方玉润则从这种犹疑态度中解脱出来，在《诗经原始》中声言："此诗明明逐臣南迁之词，而诸家所解，或主遭乱，或主行役，或主构祸，或主思祭，皆未尝即全诗而一诵之也。"方氏之所以如此明确果决，缘于他对《四月》内容的独到领悟："愚谓当时大夫，必有功臣后裔，遭害被逐，远谪江滨者，故于去国之日作诗以志哀云。冒暑远征，人情所难，今遭放废，适当其厄，岂得已哉！然予虽获罪，而先人恒有功。论贵论功之典行，亦当宽宥而矜全之，何

----

① 按：从生卒年看，季本（1485—1563）略早于丰坊（1494—1570），故依常理判断后者受前者影响。当然，也不排除前者受后者影响的可能。
② 《诗说》，《丛书集成初编》第1711册，中华书局1985年版，据百陵本影印。
③ 何楷《诗经世本古义》卷十六，文渊阁《四库全书》本，第81册，第426页上。
④ 丰坊伪书传流未久，即为有识者识破，如清初毛奇龄撰《〈诗传〉〈诗说〉驳义》，力斥其谬；严虞惇《读诗质疑》引《隋书·经籍志》"《鲁诗》亡于西晋"之说而谓："今世所传申培公《诗说》，盖后人伪托也。"
⑤ 姚际恒《诗经通论》卷十一，中华书局1958年版，第224页。

朝廷不齿我祖于人，而独忍加罪于予耶？故自夏徂秋，历时三序，始抵南国。"至于诗人得罪之由，则"譬彼泉流，清浊异派，既不同流而合污，自当见嫉而构祸。予之放废，残贼之所为也。故欲问其尤，莫知所致。"[①] 方氏此解，从功臣后裔遭害南迁的角度，联系诗中历时三序之经历，以及泉流清浊异派之象征，对《四月》内容重予梳理，对其诗旨做了新的界定，有理有据，足可服人。惟其认为《毛诗序》的说法"割裂诗体，杂凑成言，前后文义，竟不能通"，似过于偏激。固然，《诗序》之说未能准确揭示《四月》诗旨，但如前所言，其说与逐臣南迁说并无根本之冲突，倘取以为逐臣说之背景和引申，使得内外相映，主次有别，或可在一个更广阔的范围内包容众说，深化对《四月》一诗之理解也。

二、《四月》文本索解

经过对诸家观点的比对辨析，似可基本得出逐臣南迁、抒发怨思乃《四月》主旨的结论。但要坐实此一结论，还需联系诗歌文本，予以进一步的索解。

《四月》凡八章，章四句：

> 四月维夏，六月徂暑。先祖匪人，胡宁忍予。
> 秋日凄凄，百卉具腓。乱离瘼矣，爰其适归。
> 冬日烈烈，飘风发发。民莫不谷，我独何害。
> 山有嘉卉，侯栗侯梅。废为残贼，莫知其尤。
> 相彼泉水，载清载浊。我日构祸，曷云能谷。
> 滔滔江汉，南国之纪。尽瘁以仕，宁莫我有。
> 匪鹑匪鸢，翰飞戾天。匪鳣匪鲔，潜逃于渊。
> 山有蕨薇，隰有杞桋。君子作歌，维以告哀。

---

① 方玉润《诗经原始》卷十一，中华书局1986年版，第424页。

诗前三章以赋的手法，开宗明义，点明诗人于四月初夏踏上路途，其间历经六月酷暑、凄凄秋风、烈烈寒冬，过了三个季节仍独自漂泊，未得回归。因漂泊难归，饱经磨难，故不能无怨。其怨之表达，主要集中在三个方面：一是"先祖匪人，胡宁忍予"——致怨于先祖，希望得到其庇祐；二是"乱离瘼矣，爰其适归"——怨其长久漂泊、饱经离乱而无所依归；三是"民莫不谷，我独何害"——通过与众人美满生活之比照，极度突出自己独受其害的人生悲剧。在这三点中，古今注家争议最多的是"先祖匪人，胡宁忍予"二语。或谓"我先祖非人乎，人则当知患难，何为曾使我当此难世乎？"① 或谓"先祖非人也，乃神也，陟降在上，胡宁忍予乎？"② 或谓"其'匪人'者，犹非他人也。"③ 这些诠释，虽说法不同，但均在说明这是诗人于极度苦痛之际借呼告先祖以抒悲怨的行为，展示的是一种无可奈何的情态。这种行为和情态，用司马迁《屈原列传》里的话说，就是："人穷则反本，故劳苦倦极，未尝不呼天也；疾痛惨怛，未尝不呼父母也。"④ 用孔颖达《毛诗正义》里的话说，就是："人困则反本，穷则告亲，故言我先祖非人，出悖慢之言，明怨恨之甚。"⑤

进一步看，诗人分别将"四月维夏，六月徂暑"、"秋日凄凄，百卉具腓"、"冬日烈烈，飘风发发"置于前三章之首，描写三个不同季节的景象，既是写实，也是写心。清人贺贻孙认为："夏则苦暑，秋则苦病，冬则苦风，此三时者本无美恶，但得意者触景皆喜，失意者触景皆悲耳。宋玉悲秋云：'皇天平分此四时兮，窃独悲此凛秋。'曰'平分'，则天意无美恶，曰'独悲'，则人情有欢怨。可与此三诗相发明。"① 以"失意者触景皆悲"来说明诗人的心理，固然不错，但他没有注意到，这三种物色及其引起的主体情感色彩是颇有不同的：夏季带给诗人的，除了酷暑炎热，还有情绪上的郁怒；秋季给予诗人的，除了摇落枯黄的草木，还有心理上的悲凉；而冬季给予诗人的，除了寒冷的风霜，还有精神上的绝望。从夏至秋再至冬，不仅是时序的更迭，也不仅是漂泊时间的延展，其间更有着主体心理情感的步步推进。由此，前述三种悲怨便突破了一般认为的并列关系而成为一种递进关系，即由初踏路途的怨怒无端、呼告先祖，推进到久历时日而生发的回归渴望，最后发展到因独受患害而形成的无可底止的悲哀。

前三章铺叙、交待了诗人的遭遇和所见所感，四、五两章承接上文，借观览山水将其悲怨进一步细化深化。"嘉卉"、"泉水"，皆诗人目之所睹；"废为残贼"、"我日构祸"，乃诗人身之所遭。此由外物而自身，兴而兼比，盖谓栗与梅皆为山之嘉卉，犹如自己为世之美材；泉之水有清有浊，而自己即为那脉清流。如今嘉卉美材无端被废，身如清流却横遭猜忌，显见世道之不公，贤愚之莫辨。当然，此二章也可作如下解释："山有嘉卉，则维栗与梅矣；在位者变为残贼，则谁之过哉？""相彼泉水，犹有时而清，有时而浊；而我乃日日遭害，则曷云能善乎？"② 这种解说，将"废为残贼"视为对"在位者"之蜕变的讽刺，以致后人循此思路而将之与屈原辞赋联系起来，谓"嘉卉废为残贼者，犹《离骚》所谓'兰芷变而不芳，荃蕙化而为茅。何昔日之芳草兮，今直为此萧艾也'"。③ 倘若此说可以成立，则无疑为《诗》《骚》表现内容和方法之关联，提供了一个新的观察视角。

---

① 贺贻孙《诗触》卷四，清咸丰敕书楼刻本。
② 朱熹《诗集传》卷十二，上海古籍出版社 1980 年新 1 版，第 149 页。
③ 何楷《诗经世本古义》卷十六，文渊阁《四库全书》本，第 81 册，第 426 页上。

第六章以"滔滔江汉,南国之纪"领起,回到当下,既是借比以讽谕,又是即景以抒怨。"江汉"者,南国之两条大河也;其水滔滔盛大,为众多支流之纲纪,犹如王者为天下之宗主。既然为天下之宗主,则王者理应燮理阴阳,总领群臣,辨清识浊,赏善罚恶。然而,今我鞠躬尽瘁,以仕王事,却"宁莫我有",落得个忠而被逐的结局,则王者不能如江汉之纲纪众水,纳天下之善者,已昭昭著明;而我之被废被逐,无可倾诉,只能徘徊江岸,借行吟以抒悲情,亦属无奈之举。明人何楷有鉴于此指出:"滔滔江汉,咏其所见,亦如三闾放逐泽畔行吟乎!"[①] 细味此言,在表层的相似下发掘出属于逐臣的生存实态,可谓具眼。

最后两章是全诗的结穴,也是诗人在反复叙写悲怨后对出路的思考和选择。鹑、鸢皆猛禽,其飞可以戾天;鳢、鲔皆游鱼,其逃可以入渊;蕨薇、杞棟皆植物,其生长可以依于山隰。诗人仰观俯察,发现世间万物品类虽殊,然均有赖以逃生的本领和安居的处所,而自己上不及鹑、鸢可以高飞,下不及鳢、鲔可以潜逃,中不及草木可以安居,当此"孤臣远迈,怅望何之,游子无家,去将焉往"之际,[②] 他真是辗转偪侧,无计逃祸,也无处容身了。他所能做的,只有借此诗行,来抒发汹涌于心、欲罢不能的一己哀怨了。"君子作歌,惟以告哀",一个"惟"字,将诗人面对人生悲患万般无奈的心情作了淋漓尽致的展现;而"告哀"二字,总括全诗,点醒题旨,将无辜被废被逐而又无助的情态作了集中展示,从而极大地强化了诗作的感染力和穿透力。

综上所言,似可基本认定《四月》一诗为逐臣南迁之作。就形式层面言,诗人重点描写的是其自夏至冬漂泊路途、最后流落江汉的经历。就情感层面言,诗人着力抒发的是其无辜受害、不得回归

---

① 何楷《诗经世本古义》卷十六,文渊阁《四库全书》本,第 81 册,第 426 页下。
② 方玉润《诗经原始》卷十一,中华书局 1986 年版,第 424 页。

又无处容身的悲哀。就词语层面言，诗人反复使用的是一些推而至于极端的狠重话语，其中"尽瘁以仕"二句，说的是忠而被谤，善而无报；"我日构祸"二句，点明祸之构乃经常发生，而非一次两次；"废为残贼"，强调的是"废"以及被废的程度；"民莫不谷，我独何害"，则是通过比较以写一己之冤屈和世道之不公，其造语遣词一如弃子逐臣代表作《小弁》之"民莫不谷，我独于罹"。"莫不"者，无不如此也；"独"者，惟予一人也。假如这是一位行役者的忧乱话语，则幽王之世，政令繁苛，外出行役者夥矣，何以会"我独"受害？就此而言，一个"独"字，以其排他性和惟一性，已然凸显了诗人作为被谤者、被放逐者与他人的不同。就全诗语意层面言，若"专以为行役，则'先祖匪人'之怨，其辞过于深；专以为忧乱，则'滔滔江汉'之咏，其辞过于远"。① 如此看来，大概只有放逐南迁、深怀悲怨者，才较为符合诗作者的身份。退一步讲，倘若一定要说这位诗作者是行役者，则此行役者也是因遭他人构陷而被从重发落的行役者，其身份已与逐臣没了本质的区别。至于前文提到的"大夫刺幽王"的义旨，虽然在"尽瘁以仕，宁莫我有"等诗句中时有显现，但就整体而言，这些局部的显现却丝毫不能改变全诗"惟以告哀"的主导倾向。

第三节　《诗经》弃妇诗分类辨析

弃妇是中国历史上重要的文化现象，表现弃妇的悲苦哀怨亦成为古典诗歌的一个重要题材。然而，在《诗经》这一上古诗歌总集中，究竟哪些诗可以确定为弃妇之作？却众说纷纭，多有歧见。近今研究者多有聚焦于弃妇之形象、被弃之原因、文化背景及艺术特

---

① 朱善《诗解颐》卷二，文渊阁《四库全书》本，第78册，第245页下。

点者，却于弃妇诗之厘定缺乏明确之标准和细密之考索，致使对《诗经》弃妇诗之判定难以取得令人信服的结论。

一、古今相关评说之基本检讨

综观历代治《诗》者的意见，《诗经》中涉及弃妇题材的诗篇约有《召南》之《江有汜》，《邶风》之《柏舟》《日月》《终风》《谷风》，《卫风》之《氓》，《王风》之《中谷有蓷》，《郑风》之《遵大路》，《小雅》之《我行其野》《谷风》《白华》，共 11 篇。下面，试联系古今相关评说，列出表格，对上述作品之题旨、性质予以基本层面的检讨。

下列表一、表二选取了古今较具代表性的十二家观点，对《诗经》中涉及弃妇题材的 11 首诗作予以直观展示。综合各家观点，似可得出以下几点初步认识：

其一，古今评家多认为是弃妇之作而少异议的，大抵有《卫风》之《氓》、《邶风》之《谷风》、《王风》之《中谷有蓷》、《小雅》之《白华》。其中《氓》与《白华》二篇公认度最高，几无异词；《谷风》仅方玉润一家谓为"逐臣自伤"，其他诸家均主弃妇说，故认同度亦较高；至于《中谷有蓷》，多认为是因遭遇凶年导致室家相弃，而被弃者为家庭关系中属弱小一方的妇女。

其二，意见不统一的疑似之作。其中又分两种情形：一是古今评家意见相左者，如《召南》之《江有汜》，《郑风》之《遵大路》，《小雅》之《谷风》，古代评家多不认为是弃妇之作，而现代评家则与之相反，视之为弃妇诗。二是虽多谓其事与夫妻相关，但却难以定其本事为弃妇事件者，如《邶风》之《日月》《终风》，《小雅》之《我行其野》。

其三，兼具弃妇、贤者不遇之义，"是非得失未易决"之作，如《邶风》之《柏舟》。

以上三点，是古今接受者论及《诗经》弃妇之作的基本情形。

表一　古代五家评 11 首诗概览①

评家 篇名	《毛诗序》	朱熹 《诗集传》	季本 《诗说解颐》	姚际恒 《诗经通论》	方玉润 《诗经原始》
江有汜	媵遇劳而无怨，嫡亦自悔也。	媵有待年于国，而嫡不与之偕行者，其后嫡能自悔而迎之。	嫡不与偕行……其后悔而迎之，故媵女喜而作此诗也。	序说是，《集传》说迂曲难通。	商妇为夫所弃而无怨也。
柏舟	言仁而不遇也。	妇人不得于其夫……岂亦庄姜之诗也欤？	怨而不怒，非庄姜之贤能及此。	贤者受谮于小人之作。	贤臣忧谗悯乱，而莫能自远也。
日月	卫庄姜伤己……不见答于先君。	庄姜不见答于庄公。	庄公无亲爱之恩，庄姜伤之。	庄公在时之诗。	卫庄姜伤己不见答于庄公也。
终风	卫庄姜……遭州吁之暴，见侮慢而不能正也。	庄公为人狂荡暴疾，庄姜盖独伤之。	别一贤妇不得于夫者所作。	庄公在时之诗。	卫庄姜伤所遇不淑也。
谷风 （邶风）	刺夫妇失道也。	妇人为夫所弃……以叙其悲怨之情。	时有宠新妾而弃其妻者，其妻不忍去，作此诗。	因新昏而不以我为洁……既去而思在室之乐与勾。	逐臣自伤也。

① 所选五家诗评之版本分别为：《毛诗序》，《十三经注疏》（上册），中华书局 1980 年影印本；《诗集传》，上海古籍出版社 1980 年新 1 版；《诗说解颐》，文渊阁《四库全书》本，第 79 册；《诗经通论》，中华书局 1958 年版；《诗经原始》，中华书局 1986 年版。表中评语适当简化，但尽量保持原貌。

续　表

评家＼篇名	《毛诗序》	朱熹《诗集传》	季本《诗说解颐》	姚际恒《诗经通论》	方玉润《诗经原始》
氓	华落色衰，复相弃背。	此淫妇为人所弃，而自叙其事以道其悔恨之意也。	淫妇与人苟合，至于见弃，而作此诗。	以桑未落比己色之盛衰，不可指言。	为弃妇作也。……所托非人，以致不终。
中谷有蓷	凶年饥馑，室家相弃尔。	凶年饥馑，室家相弃。	凶年饥馑，室家相弃，妇人悲叹而自述。	此诗闵夫人遭饥馑而作。	悯嫠妇也。
遵大路	君子去之，国人思望焉。	淫妇为人所弃，故于其去也，揽其袪而留之。	淫妇因所私者别去，而于大路中留焉。	此只是故旧于道左言情，相和好之辞。	挽君子勿速行也。
我行其野（小雅）	刺宣王也。（笺：宣王之末，男女失道以求外昏，弃其旧姻而相怨。）	民适异国，依其昏姻，而不见收恤。	世乱，贤者适异国，依其昏姻，故作是诗。	未详。	刺睦姻之政不讲也。（言昏姻亦不肯相恤，总以见人心浇漓，日趋愈下。）
谷风（小雅）	刺幽王也。天下俗薄，朋友道绝焉。	此朋友相怨之诗。	此朋友常有救患之功，而为其所弃，故作此诗。	此固朋友相怨之诗。	伤友道绝也。
白华	周人刺幽后也。	幽王娶申女以为后，又得褒姒而黜申后，故申后作此诗。	幽王嬖褒姒而黜申后，故申后怨而作此诗。	此诗情景凄凉，造语真率，以为申后作自可。	申后自伤被黜也。

表二　现代七家评 11 首诗概览①

评家／篇名	陈子展《诗经直解》	高亨《诗经今注》	夏石樵主编《诗经新注》	程俊英、蒋见元《诗经注析》	陈戍国《诗经校注》	唐莫尧《诗经新注全译》	刘精盛《诗经通释》
江有汜	商人乐其新婚而忘弃旧姻。	官吏或商人回本乡时将其妻抛弃。	男子见心上人另有新欢故作此诗。	弃妇自怨自慰。	女子乐男子喜新厌旧。	弃妇之怨。	弃妇的哀诉。
柏舟	盖同姓之臣，仁人不遇之诗。	卫国官吏写忧愁痛苦。	似是女子自伤之诗。	妇女自伤不得于夫，见侮于众妾。	写卫共姜之事。	诗人为群小所欺，作诗抒愤。	辞气柔弱，似是女子口气和行为。
日月	卫庄姜伤己，作在不见答于庄公之时。	妇人受丈夫虐待唱出的沉痛歌声。	是一首怨妇诗。	弃妇申诉怨愤。	一个姑娘抒发对负心人的抱怨。	遭夫遗弃而作。	丈夫别有所欢而冷落她。
终风	盖采自民俗歌谣，关于打情骂俏一类调戏之言。	妇女受调戏欺侮而无法抗拒或逃避，因作此诗。	女子被心上人调笑戏谑，复又被弃之不顾。	妇女写她被丈夫玩弄嘲笑后遭遗弃。	无伤己之意，唯有对情人的思念和期盼。	女子受男子玩弄、心悲伤、望他老想念，回心转意。	遭男子戏弄，感到烦恼，但又不能忘怀。
谷风（邶风）	夫妇失道，弃旧怜新。	丈夫另娶而弃其妻。	弃妇作。	弃妇诉告。	确为弃妇之诗。	弃妇的哀怨。	弃妇的哀诉。

① 所选七家评之版本分别为：《诗经直解》，复旦大学出版社 1983 年版；《诗经今注》，上海古籍出版社 2009 年版；《诗经新注》，齐鲁书社 2009 年版；《诗经注析》，中华书局 1991 年版；《诗经校注》，岳麓书社 2004 年版；《诗经新注全译》，巴蜀书社 1998 年版；《诗经通释》，湖南大学出版社 2007 年版。

续　表

评家 篇名	陈子展《诗经直解》	高亨《诗经今注》	夏石雄主编《诗经新注》	程俊英、蒋见元《诗经注析》	陈戍国《诗经校注》	唐莫尧《诗经新注全译》	刘精盛《诗经通释》
氓	弃妇之词。	因年老色衰而被弃。	弃妇诗。	弃妇的诗。	后世弃妇文学之祖。	弃妇的哀怨。	弃妇对负心男子的控诉。
中谷有蓷	凶年饥馑，夫妇仳离之诗。	妇人被丈夫遗弃，作此诗以自悼。	弃妇诗，然其遭弃并非由于遭到荒年。	弃妇悲伤的无告。	凶年室家相弃。	悯弃妇。	弃妇诗。
遵大路	淫妇为人所弃，故于其去也而留之之词。	一首恋歌，请求对方不要与其绝交。	似是弃妇诗。	男子喜新厌旧，女子终被遗弃。	写挽留之情，或为弃妇之词。	哀求情人不要断情。	写女子挽留其情人。
我行其野	女被弃后悔恨交集，别求新偶，以示报复。	贫苦汉子投靠岳父家，其妻把他逐出。	似反映了有婚亲关系者之间的矛盾。	一位远嫁异国而被遗弃的妇女的诗。	讽刺婚礼之失，或谓弃者乃入赘男性。	弃妇的哀怨，被夫遗弃，想回家乡。	女子被休，斥责丈夫喜新厌旧。
谷风（小雅）	朋友相怨相弃之诗。	被丈夫遗弃。	君臣关系的恶化。	光武以谷风为弃妇词，可信。	弃妇之词。	弃妇哀怨。	宜作弃妇诗看。
白华	刺幽王宠褒姒，废申后之诗。	申后作《白华》诗。	即使非申后所作，也是代拟。	贵族弃妇的怨诗。	诗与王室有关，朱子之说可从。	弃妇的哀怨，类似民歌。	申后被弃事。

下面，我们拟联系诗作内容及相关本事和评说，对上述诗作的性质予以进一步辨析和分类诠释。

二、可以认定的弃妇之作

弃妇诗是描写弃妇生活、表现弃妇命运的诗作。所谓弃妇，盖指因各种缘故被丈夫抛弃的已婚妇女。倘是未婚女子因失恋而与男子分手，或是已婚妇女虽与丈夫发生矛盾却未离开夫家，就算不得弃妇。严格地说，已婚和离开夫家是判别弃妇的两个基本条件。但在诗歌的艺术表现中，往往有所侧重，未必全部涉及此两项内容，因而我们在判断时，又须具适当的灵活性。具体而言，便是将已婚视作必备条件——凡诗中未展示明确婚姻关系及被弃义项者，一般不作弃妇诗看待；将离家视作参考条件——诗中虽未明确提及离开夫家，但从人物辞气、相关情节及所涉历史本事综合判断，女主人公当属被弃者，即视作弃妇诗。

依据上述标准评判，前述《氓》《谷风》《中谷有蓷》《白华》以及《江有汜》诸作，大抵可以认定为弃妇作品。

《氓》是弃妇诗的典范之作，古今评家几无异议。从内容看，该诗描写了女子与"氓"从相识、相恋、成婚到"士也罔极，二三其德"的全过程，其中"桑之落矣，其黄而陨"之比喻和"士贰其行"、"不思其反"之陈述，已清晰地展示出女子色衰、男子薄情是此一婚姻解体的重要原因；四章所谓"淇水汤汤，渐车帷裳"，与首章之"送子涉淇"相照应，更暗示该女子遭弃而独自涉淇还家；①至于诗末"及尔偕老，老使我怨"、"信誓旦旦，不思其反"的悲情抒发，则反映了女主人公被弃后的失落和无助。前后对比，其"当

---

① 按："淇水汤汤，渐车帷裳"二句，《毛诗正义》解作弃妇追悔昔日"本冒渐车之难而来也"。然细详其意，与文本不合；朱熹《诗集传》卷三谓："言自我往之尔家，而值尔之贫，于是见弃，复乘车而渡水以归。"《虞东学诗》卷二认为："当如《集传》谓渡水以归，不当如笺说倒叙奔时也。"可谓确解。

时皆相诱，色衰乃相弃"的情形可谓一目了然。①

《谷风》展示的"夫妇离绝"集中在"淫于新昏而弃其旧室"。②
诗中之妇是无辜的受害者，她对自己的婚姻非常珍视，希望与夫君
"黾勉同心"、"德音莫违，及尔同死"；而其夫却"不我能慉，反以
我为雠"，移情别恋，另娶新欢——"宴尔新昏，不我屑以"，并将
其逐出家门——"薄送我畿"。由此而言，该诗已合乎弃妇诗的主
要义项。至于清人方玉润一面肯定"此诗通篇皆弃妇辞"，一面又
据诗中"凡民有丧，匍匐救之"一语将其定性为"语虽巾帼，而志
则丈夫"的"逐臣自伤"之作，③ 则似属过度诠释。因为孤立地看，
"凡民有丧，匍匐救之"，固然可以理解为"急公向义、胞与为怀之
士"的话语，但联系上下语境，也完全贴合弃妇追述一己善行的口
吻。宋人范处义谓"此章妇人自言在夫家时尽其心力，靡所不为。
深则方舟而渡，浅则泳游而行，谓不择浅深，事求必济也。家之有
无，不敢自恤，常勉强经营以赡给之；邻里急难，不敢坐视，常匍
匐而往以救助之"，④ 即是对诗意较为切当的解说。据此，理应将之
归于弃妇诗之列，并视为一首"夫妇失道，弃旧怜新，弃妇诉苦，
有血有泪之杰作"。⑤

《中谷有蓷》也是一首弃妇之作，诗以"中谷有蓷"起兴，三
言"有女仳离"，继之以"慨其叹矣"、"条其啸矣"、"啜其泣矣"，
已明确透露出婚姻解体、女方为受害者的信息。《毛序》《诗集传》
均以"凶年饥馑，室家相弃"为之解题，谢枋得进一步指出："此
诗三章，言物之暵，一节急一节，女之怨恨者一节急一节。始曰遇

---

① 《毛诗正义》卷三，《十三经注疏》（上），中华书局 1980 年版，第 324 页。
② 《毛诗序》卷二，《十三经注疏》（上），中华书局 1980 年版，第 303 页。
③ 方玉润《诗经原始》卷三，中华书局 1986 年版，第 137 页。
④ 宋范处义《诗补传》卷三，文渊阁《四库全书》本。
⑤ 《诗经直解》卷三，复旦大学出版社 1983 年版，第 108 页。

人之艰难，怜其穷苦也；中曰遇人之不淑，怜其遭凶祸也；终曰何嗟及矣，夫妇既已离别，虽怨嗟亦无及也。饥馑而相弃，有哀矜恻怛之意焉。"大抵得其情实。①

《白华》为弃妇诗自无异议，诗中屡次提及"之子之远，俾我独兮"、"之子无良，二三其德"，显然出自弃妇口吻；而"鼓钟于宫，声闻于外"，又交待了此一弃妇身份的不同一般。故自《毛序》提出"幽王取申女以为后，又得褒姒而黜申后"的观点后，历来解此诗者多从之，谓其为申后被弃所作或他人代作。当然，近今学者也有谓其本事难明而存疑者，但在认定其为"贵族弃妇的怨诗"一点上，②却是大致相同的。

与以上四篇古今论者多无异议、可确定的弃妇之作相比，《召南·江有汜》虽有若干争议，但据其内容，也可视为弃妇之作。诗凡三章，以"江有汜，之子归，不我以。不我以，其后也悔"为主干，重叠复沓，抒写悲情。诗中"之子"，当指妇人之夫；"不我以"，谓不带我一起回去；"其后也悔"，谓其弃我而去终将后悔。诗句虽简，却交待了人物关系（夫妇）、发生的事件（夫弃妇而去）、人物感情（"其后也悔"），宛如短小的独幕剧，勾勒出典型的弃妇场景。

《毛诗序》认为此诗写"文王之时，江沱之间，有嫡不以其媵备数，媵遇劳而无怨，嫡亦自悔"；朱熹承其意又予申发："之子，媵妾指嫡妻而言也。妇人谓嫁曰归。我，媵自我也。能左右之曰'以'，谓挟己而偕行也。"③此二说之所以有嫡妻、媵妾之解，盖将诗中之江、汜（大、小）以比嫡、媵（尊、卑），又将"之子归"解作"于归"，故以为说。但从诗意看，这种解说多猜度成分，略

① 《诗经直解》卷六引，复旦大学出版社1983年版，第215页。
② 程俊英、蒋见元《诗经注析》，中华书局1991年版，第729页。
③ 朱熹《诗集传》卷一，上海古籍出版社1980年新1版，第12页。

欠说服力。方玉润质疑道："然又安知非弃妇词而必为媵妾作耶？诸儒之必为媵妾作者，他无所据，特泥'之子归'句作于归解耳。殊知妾妇称夫，亦曰'之子'，如《有狐》诗云'之子无裳'、'之子无带'之类，不必定妇人而后称之。然则'归'也者，还归之归，非于归之归也，又明矣。"在作了如此辨析之后，方氏认为："此必江汉商人远归梓里，而弃其妾，不以相从。始则不以备数，继则不与偕行，终且望其庐舍而不之过。妾乃作此诗，以自叹而自解耳。"① 与方氏观点相似，今人陈子展指出此"实为言男女间关系之诗，谓有往来大江氾沱之间商人乐其新婚而忘其旧姻，其妻抱怨自伤而作也"，并谓"尔时长江中游江汉之域与上游沱氾之间已有商人往来、商品流通之证。则谓《江有氾》为商人妇被弃而作，不为无据"。② 表面看来，方、陈商妇之说较旧说略有新意，但验之诗歌内容，却无内证。因而，与其将与"江"相对举的"氾"、"渚"、"沱"视为具体流域，不如按闻一多之说，视为"妇人盖以水喻其夫，以水道自喻，而以水之旁流枝出，不循正轨，喻夫之情爱别有所归"；③ 与其视为商人弃妇之作，不如视为一般弃妇诗为妥。

三、不应列入弃妇诗的疑似之作

依据前述已婚和离开夫家这两个判别弃妇的基本条件加以检验，《郑风》之《遵大路》、《邶风》之《日月》《终风》，《小雅》之《我行其野》《谷风》诸诗因欠缺必要义项，便难以进入严格意义上的弃妇诗之列。

《遵大路》是争议较多的一首诗作。《毛诗序》曰："庄公失道，君子去之，国人思望焉。"故"思君子"是其主旨。朱熹则谓："淫妇为人所弃，故于其去也，揽其袪而留之曰：子无恶我而不留，故

---

① 方玉润《诗经原始》卷二，中华书局 1986 年版，第 112 页。
② 《诗经直解》卷二，复旦大学出版社 1983 年版，第 61—62 页。
③ 闻一多《诗经通义甲》，《闻一多全集》(3)，湖北人民出版社 1993 年版，第 335 页。

旧不可以遽绝也。"并引宋玉"遵大路兮揽子祛"之句证其为男女关系之辞。① 清人姚际恒对毛、朱二说提出质疑："《序》谓君子去庄公，无据；《集传》谓淫妇为人所弃。夫夫既弃之，何为犹送至大路，使妇执其祛与手乎？又曰：'宋玉赋有"遵大路揽子祛"之句，亦男女相悦之辞也。'然则男女相悦，又非弃妇矣。且宋玉引用诗辞，岂可据以解诗乎？"由此姚氏认为："此只是故旧于道左言情，相和好之辞。今不可考，不得强以事实之。"② 斟酌以上诸家意见，再看该诗"遵大路兮，掺执子之祛兮。无我恶兮，不寁故也。遵大路兮，掺执子之手兮。无我丑兮，不寁好也"的简单描写，很难做出孰是孰非的判断。当然，从诗中"执子之祛"、"执子之手"和"无我恶"、"无我丑"的人物情态看，似较近于女性；而宋玉去古未远，其《登徒子好色赋》称引此句，虽不足以为解诗之据，但毕竟具有参考价值。就此而言，视此诗为表现男女关系之作，较之"思君子"、"故旧言情"说，应更近情实。然而，即令这是一首表现男女关系之诗，却难以证成此对男女一定是夫妻；即使他们是夫妻，也很难说女方已被抛弃。因为从诗中所写看，女方抓着男方的手，沿着大路边走边说："无我恶兮"、"无我丑兮"，表明他们间的关系尚未破裂，有可能只是发生了些矛盾而已。在这种情况下，强定其为弃妇之作，便有些冒险了，倒是姚际恒所谓"今不可考，不得强以事实之"的意见更为可取一些。

《日月》《终风》是两首相关联的作品。自《毛诗序》谓其分别为卫庄姜"遭州吁之难，伤己不见答于先君，以至困穷之诗也"、"遭州吁之暴，见侮慢而不能正也"之后，历代治《诗》者多从其说，将此二诗与庄姜之事联系起来。据《左传·隐公三年》载："卫庄公娶于齐东宫得臣之妹，曰庄姜，美而无子，卫人所为赋

---

① 《诗集传》卷四，上海古籍出版社 1980 年新 1 版，第 51 页。
② 《诗经通论》卷五，中华书局 1958 年版，第 104 页。

《硕人》也。又娶于陈，曰厉妫，生孝伯，早死。其娣戴妫生桓公，庄姜以为己子。公子州吁，嬖人之子也，有宠而好兵。公弗禁，庄姜恶之。"① 由此一本事推衍，后世多家治诗者之意盖谓：因庄姜憎恶嬖人之子州吁弄兵，知其必乱天下，故向庄公陈说，而庄公不纳其言，放纵州吁，从而导致庄姜"伤己不见答于先君"，作《日月》诗以抒怨。至于《终风》，则是庄公死后，州吁作乱，"终风且暴"、"谑浪笑敖"，无礼于庄姜，庄姜恶其悖乱而作是诗。此二诗之关联，正如清人顾镇所说："前之伤己以庄公，后之伤己以州吁，不惟先后有次，而词气神理亦各不同。"②

　　假如此二诗确与上述本事相关，那么，它能算是弃妇诗吗？答案是否定的。且不说《终风》一篇本与夫妻事无涉，无论如何都难以进入弃妇诗之列；即就与夫妻事相关的《日月》而论，其所展示的仅为"伤己不见答于先君"，而无被弃离家的环节，也就是说，无论在庄公生前身后，庄姜都未离开卫国宫廷，故在严格意义上，也算不得弃妇诗。

　　倘若换一个角度，将此二诗与上述古之治《诗》者所指庄姜本事分离开来，按近今不少论者的意见，视之为表现普通夫妻关系的作品，那么，也很难说它们就是弃妇诗。这是因为：在《日月》诗中，由其"日居月诸，胡迭而微"的开篇，固然可以得出"《国风》中凡妇人之诗而言日月者，皆以喻其夫"的结论，③ 但其主要文字却是"乃如之人兮，逝不古处。胡能有定，宁不我顾"诸句的反复回环，其最严厉的指斥言语也只是"德音无良"一句，而仅凭此数点，尚难以做出女子被弃离家的判断。所以一些较严谨的诗评家多谓其诗乃"妇人受丈夫虐待唱出的沉痛歌声"、"丈夫别有所欢而冷

① 《春秋左传集解》，上海人民出版社 1977 年版，第 22—23 页。
② 《虞东学诗》卷二，文渊阁《四库全书》本。
③ 闻一多《诗经通义甲》，《闻一多全集》(3)，湖北人民出版社 1993 年版，第 346 页。

落她"、"是一首怨妇诗",① 而不轻易许以弃妇之名。至于《终风》一诗，既写了对那位"谑浪笑敖"者"中心是悼"的悲情，又写了对他"寤言不寐，愿言则怀"的思念，从中看不出夫妻关系，更看不出弃妇的口吻和被弃的情节，因而，论者或谓其为"妇女受调戏欺侮而无法抗拒或避开"，"女子受男子玩弄，心悲伤，老想念，望他回心转意"，或谓其"无伤己之意，唯有对情人的埋怨、思念和期盼"，甚或谓其为"采自民俗歌谣，关于打情骂俏一类调戏之言。"而较少将其视为弃妇之作。②

《我行其野》是一首明确提及"昏姻之故，言就尔居。尔不我畜，复我邦家"的诗作，所以《郑笺》释曰："宣王之末，男女失道以求外昏，弃其旧姻而相怨。"宋人李樗又引诗中"不思旧姻，求尔新特"之句而谓"舍其旧而新是谋，其义明甚"，故"郑氏之说为长"。③ 依据这种解说，这当是一首表现男女婚姻关系的诗作。然而，问题接踵而来：其一，这位"舍其旧而新是谋"的"求外婚"者是男方还是女方？其二，"言就尔居"者究系何人？这两个问题紧相关联，只有解决了后者，才能清楚前者。所以，下面试稍作辨析。

首先，诗中远道而来、"言就尔居"的"我"不应是婚姻中男女任何一方，而是与此婚姻有亲属关系者。倘若是女方，则此女子既已嫁人，何以会离开夫家又前来"就尔居"？须知，即使在礼教尚不甚严密的上古时代，女子也是很难随意离开夫家，并于离开后独行其野、再度远赴异邦（此由诗中"复我邦家"句可推知）之夫家的；倘若是入赘于女方的男性，虽然增加了可能性（因男方较女方外出活动远为自由），但一般也不会说出夫妻间不必明言的"婚

---

① 分别见表二所引高亨、刘精盛、聂石樵所著书语。
② 分别见表二所引高亨、唐莫尧、陈戍国、陈子展所著书语。
③ 《毛诗李黄集解》卷二十二，文渊阁《四库全书》本。

姻之故"这样的话来。反而是局外人亦即与男女双方有姻亲关系者，为了证明自己的身份，才会如此申说。古代礼法规定："若婿与妻之属亦称婚姻。"① 准此，则与夫妻双方有姻亲关系者前来投靠婿家或妻家，称其与对方有"婚姻之故"，似更为合乎情理。所以，严虞惇认为："玩'昏姻之故，言就尔居'，其非夫妇相谓可知。"② 大概正是有鉴于此，朱熹一反毛郑诗说，谓"民适异国、依其婚姻而不见收恤，故作此诗。言我行于野中，依恶木以自蔽，于是思婚姻之故而就尔居。而尔不我畜也，则将复我之邦家矣。"③ 这里的"民"亦即诗中之"我"，显然不属夫妻中任何一方，而只是他们的亲属。

进一步看，诗中"不思旧姻"一语间接证明此一投靠者当系男方亲属。如所周知，古时"婚姻"二字其义有别：就夫妻双方言，"婿曰昏，妻曰姻。谓婿以昏时而来，妻则因之而去也"。而就夫妻双方亲属言，则"女氏称婚，婿氏称姻"。④ 与郑注《礼记·婚义》这段话相应，《尔雅》亦曰："婿之父为姻，妇之父为婚"，"婿之党为姻兄弟，妇之党为婚兄弟。"⑤ 据此，则此远道而来投靠姻亲者显系男方亲属，因为只有这种身份，才可能说出"不思旧姻"的话来。

当然，上面所言也只是一种情形，并未完全排除"我行其野"、"言就尔居"者为夫妻一方的可能。因为虽然就常理言，夫妻间不大适用于直言"婚姻之故"，但特定情况下也许会出现一些例外；同时，按郑注《礼记》所谓"婿曰昏，妻曰姻"的说法，婚姻当事者也可以说出"不思旧姻"的话来。倘若果真如此，那么，这位当

---

① 《礼记集说》卷一百五十四《昏义》第四十四，文渊阁《四库全书》本。
② 《读诗质疑》卷十九，文渊阁《四库全书》本。
③ 《诗集传》卷十一，上海古籍出版社1980年新1版，第124页。
④ 《礼记集说》卷一百五十四《昏义》第四十四，文渊阁《四库全书》本。
⑤ 《尔雅注疏》卷三，文渊阁《四库全书》本。

事者是夫还是妻？此一问题，汉人班固在所撰《白虎通义》中作了解答："婚姻者何谓也？昏时行礼，故谓之婚也。妇人因夫而成，故曰姻。诗云：'不惟旧因。'谓夫也；又曰：'燕尔新婚。'谓妇也。"① 这里的关键点在于班固所谓"夫"、"妇"与所引诗中"婚"、"姻"称谓之关联。考其所举"燕尔新婚"，是前引《邶风·谷风》中弃妇指斥其夫"新婚"的话，故曰"谓妇也"；"不惟旧因"即此诗之"不思旧姻"，是丈夫指斥其妻忘却"旧姻"的话，故曰"谓夫也"。② 由此联系到《我行其野》中"不思旧姻，求尔新特"二句的上下语境，作一整体理解，则其意盖谓：我远道而来，希望与你同居，你却不思旧时姻缘，而求取新的男性以为匹配，既然"尔不我畜"，我也只好"复我邦家"了。再联系到宋人解此诗所谓"言逐夫而适夫……此皆婿辞"，③ "饥馑之岁，远依妇家而见弃焉，作是以绝之"，④ 可知这是一首弃夫诗；而此位被弃之夫，依据史书所载秦人"家富子壮则出分，家贫子壮则出赘"的习俗，⑤ 极有可能是一位因家贫而入赘于女方的男子。由此回应前文提到的"舍其旧而新是谋"的"求外婚"者，则可以确定地说，其人并非近今不少注家所指认的男方，而是欲求富贵而弃其旧夫的女方。

---

① 《白虎通义》卷下，文渊阁《四库全书》本。
② 当然，班固此语也可做另一解读，即谓夫、妇分别为"不惟旧因"、"宴尔新婚"的主体。然而，《邶风·谷风》之"宴尔新婚"者指男性，自古无异议，班固不可能不知而导致性别上的错乱；因而，其"谓妇也"的话，只能理解为"这是从妇人角度说的"。倘此点可以确定，则其"谓夫也"云云，便可因其互文性而理解为"这是从丈夫角度说的"。换言之，这里的"夫"、"妇"并非"不惟旧因"、"宴尔新婚"的参与者和施动者，而是旁观者和指斥者。此外，清人马瑞辰曾对《郑笺》所谓"婿之父曰姻"提出异议，谓"旧姻即弃妇自称，其家旧为夫所因也"（《毛诗传笺通释》卷十九），实际上既混淆了"婚姻"二字在夫妻称谓和男女亲属称谓上的差异，又将古礼所谓"妇人因夫而成"之"姻"说成"其家旧为夫所因"，导致了新的混淆。故这里不取其说。
③ 王质《诗总闻》卷十一，文渊阁《四库全书》本。
④ 杨简《慈湖诗传》卷十二，文渊阁《四库全书》本。
⑤ 《汉书》卷四十八《贾谊传》，中华书局 1962 年版，第 2244 页。

　　《小雅》之《谷风》与《邶风》之《谷风》为同名之作，因此之故，近今论者"或疑《小雅·谷风》亦为弃妇之词"。[1] 从其内容看，诗中所谓"将恐将惧，维予与女。将安将乐，女转弃予"、"将恐将惧，寘予于怀。将安将乐，弃予如遗"，亦颇类弃妇口吻，故视之为弃妇诗似有一定道理。然而，换一个角度看，这些内容又何尝不可适用于友朋相弃？《毛传》以"风雨相感，朋友相须"、"朋友趋利，穷达相弃"提要钩玄，[2] 应该说较为准确地概括了诗的旨意；《慈湖诗传》释"寘予于怀"、"弃予如遗"谓"进人若将加诸膝，退人若将坠诸渊"，[3] 也是被普遍认可的一种解说；至于诗末所谓"忘我大德，思我小怨"，更合乎男性友人的语气。也就是说，这位男子曾经在友人恐惧艰难之际给过他极大帮助，对他有"大德"，后来仅因一点"小怨"即被弃之如遗，由此形成人情冷暖、世态炎凉之巨大反差。诚如论者所谓："故旧无大故则不弃也，况尝同其患难者乎？其弃友之人必可与同患难，而不可与同安乐者。此诗虽未免有施劳之意，然有大功而其友负之，则非平日所以纳交之意矣。"[4] "尔于我不止弃之而已，且忘我恐惧相与之大德，思我安乐以后之小怨，势必至于加害而后已。友道至此，亦可悲矣。吕大临曰：'急则相求，缓则相弃，恩厚不知，怨小必记，真小人之交也。'"[5] 倘若这里所写是夫妻间事，则妻子对丈夫似不宜用"大德"这种施恩于人的话来表白。大概有鉴于此，故自《毛诗序》发为"天下俗薄，朋友道绝"之论后，不仅自汉至清之众多治《诗》者（包括多与毛序立异的朱熹）均从其说，视之为朋友相弃相怨之

①　陈子展《诗经直解》卷二十，复旦大学出版社 1983 年版，第 717 页。
②　《毛诗正义》卷十三，《十三经注疏》（上），中华书局 1980 年版，第 459 页。
③　《慈湖诗传》卷十三，文渊阁《四库全书》本。
④　《诗说解颐·正释》卷十九，文渊阁《四库全书》本。
⑤　《御纂诗义折中》卷十三，文渊阁《四库全书》本。

诗，而且考鲁、齐、韩三家之说，亦"无异义"。① 今人陈子展认为："《谷风》，朋友相弃相怨之诗。缘何相弃相怨？诗云：'忘我大德，思我小怨。'可与共患难，不可与共安乐。此权势之场通例，弃予之叹恒情也。序说可不为误。"② 大抵是正确的。

固然，东汉光武帝在涉及阴皇后事时，曾联及自己微贱之时和富贵之后对阴氏的态度，引用"将恐将惧，惟予与汝。将安将乐，汝转弃予"的话说道："风人之戒，可不慎乎！"③ 首次将此诗与夫妻情事关合起来。然而，汉代出现更多的，却是借此诗以论证友情。如刘向《新序》载宋玉引"将安将乐，弃我如遗"的诗句责让友人，④ 王符《潜夫论》以"《谷风》所为内摧伤，而介推所以赴深山"论世间利害，⑤ 朱穆《崇厚论》以"《谷风》有'弃予'之叹，《伐木》有'鸟鸣'之悲"辨时俗厚薄，⑥ 蔡邕《正交论》以"《伐木》有'鸟鸣'之刺，《谷风》有'弃予'之怨"析友朋之交，⑦ 汉魏之际曹植《求通亲亲表》以"《柏舟》有'天只'之怨，《谷风》有'弃予'之叹"抒自我悲情。⑧ 凡此，均可证多数汉人并未将《谷风》作弃妇诗看。因而，与其说"汉代距古较近，光武以《谷风》为弃妇词，当可信"，⑨ 不如说光武前后之汉人皆以《谷风》为弃友诗，其说更可信。

四、"是非得失未易决"的多义之作

与上述可以认定的弃妇诗和疑似诗相比，《邶风》之《柏舟》

---

① 王先谦《诗三家义集疏》卷十八，民国虚受堂刻石印本。
② 陈子展《诗经直解》卷二十，复旦大学出版社1983年版，第717页。
③ 《后汉书》卷十上《皇后纪·光烈阴皇后》，中华书局1965年版，第406页。
④ 刘向《新序》卷五杂事第五，《四部丛刊》景明翻宋本。又，所引宋玉语亦载《韩诗外传》卷七。
⑤ 王符《潜夫论》卷八，《四部丛刊》景述古堂景宋钞本。
⑥ 《后汉书》卷四十三《朱乐何列传附朱穆传》，中华书局1965年版，第1466页。
⑦ 蔡邕《正交论》，《蔡中郎集》卷三，文渊阁《四库全书》本。
⑧ 曹植《求通亲亲表》，《曹子建集》卷八，《四部丛刊》景明活字本。
⑨ 程俊英、蒋见元《诗经注析》，中华书局1991年版，第622—623页。

别具特殊性。一方面，此诗包含弃妇诗的某些义项，另一方面，它又具有非弃妇诗所能包容的内涵；一方面，不少评家列出证据证成其为弃妇诗，另一方面，有更多评家列出了相反的证据予以反驳。当此之际，要清理千年迷雾，追寻历史的真实，做出一个准确判断是不容易的。陈子展《诗经直解》所谓"此诗为汉宋学派一大争论。……实则其间是非得失未易决矣"，^① 大概是众多读此诗者的一个共同体会。下面，先就肯定、否定两方面的主要依据做些梳理。

从篇名看，《邶风》《鄘风》均有《柏舟》之作。由于"母题同，内容往往同，此歌谣常例"，^② 故有学者即以此为据，认为既然《鄘风》之《柏舟》为女性之词，那么，列于《邶风》中的同名之作也应反映相近的内容。

从文本看，《邶风·柏舟》所谓"我心匪鉴，不可以茹。亦有兄弟，不可以据。薄言往愬，逢彼之怒"，"我心匪石，不可转也。我心匪席，不可卷也。威仪棣棣，不可选也"，亦类弃妇口吻；其"亦有兄弟"、"薄言往愬"诸语，所写较近于家族亲属关系的揭示和妇人前往诉冤的陈述；而末章之"日居月诸，胡迭而微"，与"卫庄姜伤己"所作《日月》之"日居月诸，照临下土"颇为近似。据前引闻一多所谓"《国风》中凡妇人之诗而言日月者，皆以喻其夫"的说法，^③ 亦可大致推断其性质。因而，将之视为弃妇之作不无道理。

从与诗作相关的早期资料看，也有支撑其为弃妇诗的若干佐证。其中较具权威性的，是西汉末年刘向所著《列女传》。该书卷四《卫宣夫人》条载："夫人者，齐侯之女也。嫁于卫，至城门而卫君死，保母曰：'可以还矣。'女不听，遂入，持三年之丧，毕。

---

① 《诗经直解》卷三，复旦大学出版社1983年版，第79页。
② 陈子展《诗经直解》卷二十，复旦大学出版社1983年版，第717页。
③ 闻一多《诗经通义甲》，《闻一多全集》（3），湖北人民出版社1993年版，第346页。

弟立，请曰：'卫，小国也，不容二庖，请愿同庖。'终不听。卫君使人愬于齐兄弟，齐兄弟皆欲与君，使人告女，女终不听，乃作诗曰：'我心匪石，不可转也；我心匪席，不可卷也。'厄穷而不闵，劳辱而不苟，然后能自致也。言不失也，然后可以济难矣。诗曰：'威仪棣棣，不可选也。'言其左右无贤臣，皆顺其君之意也。君子美其贞一，故举而列之于诗也。"① 据此而言，《邶风·柏舟》乃卫宣夫人为亡夫守节而作。至宋，朱熹受其影响而谓此诗乃"妇人不得于其夫，故以柏舟自比"，并改变了《列女传》卫宣夫人作的说法，谓其"辞气卑顺柔弱，且居变风之首，而与下篇（按：指《燕燕》）相类，岂亦庄姜之诗也欤？"② 虽然朱熹此说多为推测之辞，但却开了后世以弃妇论《柏舟》的先河。

然而，换一个角度，仍从上述几个方面进行考察，此诗又存在若干不利于弃妇诗的反证。

首先，《诗经》中不乏篇名相同而内容各异的情况。如《王风》《郑风》《唐风》中均有名《扬之水》的诗，但三诗题旨即各不相同；《唐风》《秦风》都有《无衣》，《秦风》《小雅》都有《黄鸟》，而细核其内容亦颇有差异。因而，似不能以同名为由来判定《邶风·柏舟》的内容和属性。

其次，此诗文本固然有与弃妇相关合的词语，但这些词语同样可以理解为男性口吻，其所喻指者也可以是"仁人不遇"。朱熹以其"辞气卑顺柔弱"而视之为弃妇诗，徐文靖则"考其辞气"，得出"大不类妇人语也，自当以仁人不遇为是"的结论。③ 他如"忧心悄悄，愠于群小"，亦被作为"仁人忧国之语"，其原因在于：

---

① 《古列女传》卷四，文渊阁《四库全书》本。
② 朱熹《诗集传》卷二，上海古籍出版社1980年新1版，第15页。
③ 徐文靖《管城硕记》卷六，《〈诗经〉百家别解考（国风上）》，山西古籍出版社2001年版，第298页。

"若是众妾，岂可以群小目之？国乱君昏，则小人众而君子独，君子忧而小人乐。君子之忧，忧其国而已；忧其国则与小人异趣，其为小人所愠宜也。"至于"日居月诸，胡迭而微"，则"言君道当常明如日，月则迭有亏伤耳。今卫君任用小人，则日如月然，是以忧也"。① 此一情形，即使那些持"妇人诗言日月者皆以喻其夫"的论者也是认可的，因为"古者以日月比君上"乃是此一比喻的基本义，而"夫妻之道犹君臣也"，② 不过是在前者基础上得出的推论而已。

再次，与此诗相关的早期资料也有大量反证，表明其内容与弃妇无关。如《孟子·尽心章句下》即引"忧心悄悄，愠于群小"句谓："孔子也。"赵注云："'忧心悄悄'，忧在心也；'愠于群小'，怨小人聚而非议贤者也。孔子论此诗，孔子亦有武叔之口，故曰：孔子之所苦也。"③ 可见，孟子是以孔子为例，将《柏舟》视为贤者受小人非议之作的。孟子之后，《荀子》《尹文子》《韩诗外传》《孔子家语》等或将此语与孔子事迹相关合，说明"小人成群，斯足忧也"的情形，或借"我心匪石，不可转也"诸语证成士人身处艰难环境之志节。④ 至于《毛诗序》，则明确认为诗旨乃"言仁而不遇也"，并将其作时及事件予以"卫顷公之时，仁人不遇，小人在侧"的具体落实，⑤ 由此影响到此后众多论者的解诗倾向。刘向家族世治《鲁诗》，故其《诗》学倾向与《鲁诗》为近。然而，他虽在《列女传》中将《柏舟》作者定为卫宣夫人，但在其所著《说苑》中却承接孟子诗说，将"忧心悄悄"诸语作为孔子诛少正卯等事的

① 朱鹤龄《诗经通义》卷二引王安石、毛郑语，文渊阁《四库全书》本。
② 闻一多《诗经通义甲》，《闻一多全集》（3），湖北人民出版社1993年版，第353—354页。
③ 《孟子注疏》卷十四上，《十三经注疏》（下），中华书局1980年版，第2775页。
④ 参见《荀子·宥坐》、《尹文子》、《孔子家语·始诛》、《韩诗外传》卷一。
⑤ 《毛诗正义》卷二，《十三经注疏》（上），中华书局1980年版，第296页。

背景说明；同时，面对弘恭、石显等宦官弄权的混浊政局，更在其所上封事中先借"我心匪石，不可转也"，说明"守善笃"的道理；又将"群小窥见间隙，缘饰文字，巧言丑诋，流言飞文，哗于民间"的情形与"忧心悄悄，愠于群小"的诗句相比况，谓为"小人成群，诚足愠也"。① 就此而言，他以《柏舟》借喻士人的现实际遇，赋予其非弃妇诗所能包容的政治内涵，又一定程度地接受了《毛诗》的影响。有鉴于刘向此一矛盾的说诗、用诗态度，清人严虞惇指出："夫同一向也，岂《列女传》可据，而《封事》独不可据乎？"并针对朱熹说诗发出质疑："如果以《列女传》为可据，则当如向之所云，此诗卫宣公夫人作；而《集注》（按：当指朱熹《诗集传》）又云即庄姜之诗，则亦不尽以《列女传》为据，而亦不免于附会依托，以自成其说。"至于朱熹在注《孟子》时又改口谓其"本言卫之仁人见怒于群小"，推翻了《诗集传》中庄姜诗的说法，两相比照，"则何其言之自相刺谬也？"②

综上所述，将《邶风·柏舟》视作弃妇诗和仁人不遇诗的两种意见可谓各有所据，而且同一说诗者在不同情况下也往往持自相矛盾的两种看法（如刘向、朱熹），由此便带来了此诗性质认定上的诸多纷扰。进一步说，古时治《诗》者的意见亦未必尽可依据。这不仅因为刘向《列女传》的"卫宣夫人"说明显缺乏坚实的史料支撑，而且《毛诗序》的"卫顷公之时，仁人不遇"说也是推测之辞，即使时代更早的孟子所谓"'忧心悄悄，愠于群小'，孔子也"的指陈，同样不是对诗意的正面阐释，而只是一种"用诗"的态度，用近今学者的话说，他只是"用了'以意用诗'的方法，去把

---

① 班固《汉书》卷三十六《楚元王传附刘向传》，中华书局 1962 年版，第 1943—1945 页。
② 严虞惇《读诗质疑》卷三，文渊阁《四库全书》本。

'以意逆志'的名目冒了"。①

　　既然争论双方各有所据而其所据者又不尽足据，那么仅据现存文本所提供的信息，做出任何一种性质认定，似都有轻率之嫌。用管世铭的话说，便是"以女子言之，而于理有不可通，则必贤者之而后可通也；以仁人言之，而于义反无所处，则不如妇人之而后有处也。序得则从序，传得则从传；序传皆不得，则求之自汉以来之众说；众说皆不得，则求之吾心；吾心又不得，则阙之。此固读诗之法也"。② 换言之，《邶风·柏舟》既有可能出自妇人之手，写其为夫所弃的遭遇，也可能是孤臣之作，述其见嫉于群小的境况，而就诗歌之象征层面言，它便具有了夫妻之道与君臣之道相关合、相沟通的多元意义。一方面，它可以是一首弃妇之作，因与孤臣不得于君的近似表述而被赋予了"仁而不遇"的内涵；另一方面，它也可以是一首孤臣之作，因与弃妇遭弃之境遇相似而被视为"不得于其夫"的悲情抒写。在这里，诗本事的准确度虽然降低了，但诗的意义空间却得到了扩大和提升，王夫之所谓"臣之于君委身焉，妇之于夫委身焉，一委而勿容自已，荣辱自彼而生死与俱"，③ 作为古代社会君臣、夫妇间异体同构的普遍情形，便由此诗得到了典型的例证。

　　通过以上辨析，我们认为：《氓》《谷风》（邶风）《中谷有蓷》《白华》以及《江有汜》五首作品都或详或简地反映了夫妻关系，都有妇人被弃的若干描写，应属大致可以确定的弃妇之作；而《遵大路》《日月》《终风》《我行其野》《谷风》（小雅）诸诗从文本、

①　顾颉刚《诗经在春秋战国间的地位》，《古史辨》第三册，上海古籍出版社 1982 年版，第 364 页。
②　管世铭《韫山堂文集》卷一，《〈诗经〉百家别解考（国风上）》，山西古籍出版社 2001 年版，第 299 页。
③　王夫之《诗广传》卷一，中华书局 1964 年版，第 15—16 页。

后世评论和相关史实诸方面看，都不尽符合已婚或离开夫家这两个构成弃妇的基本条件，甚至所写本非弃妇事件，故均不宜列入弃妇诗之列。至于《邶风·柏舟》，因主"不得于其夫"和"仁而不遇"的两种观点均来源甚早，且从史实和文本上较难寻觅支持其中任何一方的确证，故权且将之视为"是非得失未易决"的多义之作，应是实事求是的一种做法。

第四章
弃逐诗的内在关联及其发展演进

第一节　《诗经》弃妇诗的特征及其与
逐臣诗的文化关联

与弃子、逐臣紧相关联，弃妇是中国历史上又一重要的文化现象。《周易·坤卦·文言》释"坤"曰："地道也，妻道也，臣道也。"孔颖达《正义》进一步申言："欲明坤道处卑，待唱乃和。故历言此三事，皆卑应于尊，下顺于上也。"① 据此可知，妻道与臣道、子道一样，同属卑下的一方，与之相对的夫道与君道、父道，则属于尊上的一方，卑下者对尊上者只能应和顺从，而不能首唱。倘若卑不应于尊，下不顺于上，便有可能遭到尊上者的打击和抛弃。

然而，这只是理论上的界说，实际生活中大量事例说明，即使卑下的一方能够"应于尊"、"顺于上"，也随时可能受到尊上者的

---

① 《周易正义》卷一，《十三经注疏》（上），中华书局 1980 年版，第 19 页。

打击，沦落到被弃被逐的境地。《诗经》中的弃妇诗，便是典型例证。在《〈诗经〉弃妇诗分类考述》一节中，我们已就中国上古时期弃妇诗的三种类型做了辨析，下面，先就其中所厘定的典型弃妇诗的基本形态予以考察。

一、弃妇诗的基本形态与几个关键点

《诗经》中可以认定的弃妇作品，大致有《邶风》之《谷风》、《卫风》之《氓》、《小雅》之《白华》、《王风》之《中谷有蓷》、《召南》之《江有汜》诸篇。其中《中谷有蓷》之妇系因凶年饥馑而遭弃，其事稍欠普遍性；《江有汜》之妇弃因未详，且全诗文字过于简略，不足以提供充足的分析材料。其事既具普遍性又描写详细而可供分析者，以《谷风》《氓》《白华》三篇最为典型。

《白华》反映的是发生于宫廷的弃妇事件，《毛诗序》认为："幽王取申女以为后，又得褒姒而黜申后，故下国化之，以妾为妻，以孽代宗，而王弗能治。周人为之作是诗也。"自这个观点提出后，历代治《诗》者多无异议。因而，以妾为妻，变乱纲常，听信谗言，宠新弃旧，乃是造成申后被弃悲剧的根源，而抒发对进谗者和信谗者的愤懑，表现女主人公无辜遭弃的哀怨和痛苦，便成了该诗的主要内容。①

与《白华》相比，《谷风》《氓》反映的是下层妇女的被弃事件，因而更具普遍性。此二诗中的女主人公都是已婚妇女，而且都在被弃后离开了夫家，其"一伤其夫得新忘旧，一怨其夫始爱终弃"，② 在主题的鲜明性和内容的深刻度上均可作为分析的范本。

考察这两首弃妇诗，首先需注意的是，它们都是同一地区、同

① 关于《白华》各章的解说及其特点，参见拙文《上古弃子废后的经典案例与经典文本——对宜臼、申后之弃废及〈诗经〉相关作品的文化阐释》(《学术研究》2012年第4期)，兹不赘。
② 《诗经直解》卷五，复旦大学出版社1983年版，第184页。

一旨趣的作品。邶、鄘本属卫国，其地歌诗多写男女情爱，常被后人目为"淫声"；而卫国统治者立身不正，颇有丑行，特别是卫宣公既通父妾、又占儿媳的行为，① 对当地的民风民俗产生了恶劣影响，以致民间弃妻之事屡见不鲜。大概有鉴于此，《毛序》谓："《谷风》，刺夫妇失道也。卫人化其上，淫于新昏而弃其旧室，夫妇离绝，国俗伤败焉。""《氓》，刺时也。宣公之时，礼义消亡，淫风大行，男女无别，遂相奔诱。华落色衰，复相弃背。或乃困而自悔，丧其妃耦，故序其事以风焉。"这就是说，卫国的"礼义消亡，淫风大行"是与卫君的淫乱行为紧密相关的，上有所好，下必甚焉，其结果是"卫人化其上"，既导致了《谷风》男子的"淫于新昏而弃其旧室"，也导致了《氓》篇"华落色衰，复相弃背"事件的发生。就此而言，《毛序》在解释诗意的同时，还将诗的讽刺矛头指向"国俗伤败"的时风，为两首诗找到一个大的背景，应该是有眼光的。

　　这两首诗皆以第一人称的弃妇口吻和六章的篇幅叙写被弃遭遇，但在表现方式上又有所不同。《谷风》侧重弃妇的自我表白，夹叙夹议，其情感始终是沉重的。首章先以"不宜有怒"一句点明夫妻间的矛盾，二、三章即叙其被弃离开夫家的经过，并借"宴尔新婚，如兄如弟"、"宴尔新婚，不我屑以"交待被弃的原因。四章回顾往昔，言己本有才德，治家勤劳，周睦邻里，并无遗行。五章写其夫于苦尽甘来之际，背恩忘义，"反以我为雠"，"比予于毒"。末章再次提及"宴尔新婚"之事，斥其夫"不念昔者"之薄情。全诗"反复低徊，叨叨细细，极凄切又极缠绵"，令人"如闻怨声，如见怒色"。② 相比之下，《氓》更侧重叙事，首二章从夫妻相识、

---

① 参见《左传·桓十六年》《史记·卫世家》《列女传》《新序·节士》。又，《邶风》之《新台》《二子乘舟》即讽其事。

② 《虞东学诗》卷二引范补传，文渊阁《四库全书》本。

相恋顺序写来，将一对小男女一见倾心、私订终身、"以尔车来，以我贿迁"的情景予以真切展示，字里行间充溢着期盼、欢愉之情。三、四两章借"桑之未落"、"桑之落矣"的比喻两相对照，写妇人在容颜、情爱盛衰前后所遭到的不同待遇，诗情陷入沉痛和苦涩。五、六两章进一步忆往思今，将当年为妇的勤劳和今日被弃后的失落和盘托出，在"信誓旦旦，不思其反"的感怀中，展示了对负心男子的指斥和绝望。论者谓其"追往道昔，吻态如生，抚臆噬脐，情词并极"，[①] 可谓中的。

仔细分析两首诗，有几个关键点需要注意：一是被弃原因，二是被弃者的品德，三是被弃的过程和心态。

关于被弃的原因，《谷风》明言缘于"宴尔新婚"，即因丈夫另娶新欢，导致其妻被弃。但丈夫何以另娶新欢？原因可能很多，其中最重要者恐为故妻色衰，不如新人之容貌姣好。《郑笺》释首章"采葑采菲，无以下体"曰："此二菜者，蔓菁与葍之类也，皆上下可食，然而其根有美时，有恶时。采之者不可以根恶时并弃其叶，喻夫妇以礼义合，颜色相亲，亦不可以颜色衰弃其相与之礼。"[②] 自郑氏发为此论之后，历代评家多以为是，将华落色衰作为诗中女子被弃之因。《氓》诗对弃因虽未作明确交待，但从其"桑之未落，其叶沃若"、"桑之落矣，其黄而陨"的比喻中，已可见其端倪。《孔疏》引申《毛传》之义解释说："桑之未落之时，其叶则沃沃然盛，以兴己色未衰之时，其貌亦灼灼然美。""桑之落矣之时，其叶黄而陨坠，以兴妇人年之老矣之时，其色衰而凋落。"其后朱熹亦以"容色光丽"、"容色凋谢"释此二句，由此几已形成一固定看法。此外，从诗中"女也不爽，士贰其行。士也罔极，二三其德"

---

① 管世铭《韫山堂文集》卷一，《〈诗经〉百家别解考（国风上）》，山西古籍出版社2001年版，第667页。
② 《毛诗正义》卷二，《十三经注疏》（上），中华书局1980年版，第303页。

数语，又可推知氓或有因妻之色衰转觅其他女子的行为。明人何楷认为："'士贰其行'，此有所指，必氓别有私者。末二句又推本其德而言，所以无所止极如斯者，由其心德所藏不能专一故也。"① 倘此点可以认定，则氓妻之被弃，除色衰一因外，还与氓"别有私者"相关，只是相比起《谷风》中男子已然之"新婚"，氓尚处于感情出轨的进行态中。由此看来，男子薄情好色，二三其德，既是一种个体行为，也是一种社会风气。宋人李樗有鉴于此，联系卫君淫乱丑行解释道："上之人不能正其室家，故下之人亦从而化之，如《谷风》《氓》之诗是也。……夫人之越法犯分，惟其好色而已。人君好色于上，则下之人靡然而从之，至于华落色衰，故夫妇离绝，所以国俗伤败也。"② 这就是说，上行下效，好色成风，而这种因好色导致的夫妇离绝在《谷风》《氓》中又可得到验证，因而，将此二诗女子被弃之因归为男子好色、女子色衰，应是大致不差的。

关于被弃者的品德，二诗有着详略不同的反映。《谷风》中的女子持身正直，德行敦厚。诗开篇即以"黾勉同心"、"德音莫违，及尔同死"展示她对家庭、对丈夫的忠诚；在诗歌中幅，她又自述昔日作为："就其深矣，方之舟之。就其浅矣，泳之游之。何有何亡，黾勉求之。凡民有丧，匍匐救之。"朱熹释其意曰："言我随事尽其心力而为之，深则方舟，浅则泳游，不计其有与亡，而强勉以求之。又周睦其邻里乡党，莫不尽其道也。"③ 由此看来，这位女子诚实、敦厚，且非常能干，无论治家、睦邻，均堪称典范。与之相比，《氓》中的女子更为感性，更为直爽，但却少了些礼法层面的自律和严谨。婚前，她与氓无媒而通，表现出对情爱的大胆追求；

---

① 《诗经世本古义》卷二十，文渊阁《四库全书》本。
② 《毛诗李黄集解》卷五，文渊阁《四库全书》本。
③ 《诗集传》卷二，上海古籍出版社1980年新1版，第22页。

婚后，她过度沉溺于情爱之中，以至被弃后有"女之耽兮，不可说也"的悔悟。但尽管如此，她还是"三岁为妇，靡室劳矣。夙兴夜寐，靡有朝矣"，尽其心力，勤勉持家，承担了一位家庭主妇应尽的责任；而在对婚姻的态度上，她也是心无旁骛、欲从一而终的，这从诗中"女也不爽"、"及尔偕老"的表白中可以看出。总而言之，无论是《谷风》之妇，还是《氓》之妇，在婚姻生活中都是守了妇德的，都没有被弃的充足理由，[①] 而她们最后竟然被弃，这一事实本身，便形成强烈的道德反讽，凸显出男女性别上的不平等和人物命运的悲剧色彩。

关于被弃的过程和心态，二诗表现亦有差别。《谷风》以"行道迟迟，中心有违。不远伊迩，薄送我畿"勾勒妇人被弃经过，并展示其留恋、犹豫而又感伤、痛苦的心理。从这位弃妇的最初意愿看，她是要与丈夫"黾勉同心"、"及尔同死"的，因而在被迫离开夫家时颇不情愿，"足欲前而心有所不忍"，以至于迟迟不进；而其夫不念旧好，送她到门口即止，其薄情寡义，又令她深感痛心。虽然如此，但她对曾经多年生活的处所仍难以割舍，故告诫新妇曰："毋逝我梁，毋发我笱。"然而，转念思及"我身且不见容，何暇恤我已去之后哉"，遂于无可奈何之际断了心念。这里，人物心态曲折回环，欲留不能，欲走还休，"盖妇人从一而终，今虽见弃，犹有望夫之情，厚之至也"。[②] 至于《氓》中妇人被弃经过，则是通过前后对照展示的。诗首章有"送子涉淇"一语，提示女家与男家隔着一条淇水；四章以"淇水汤汤，渐车帷裳"二语紧承"桑之落

---

① 今人或有依古之七出之法，谓无子为其被弃之由者。但细核此二诗文本，找不到因无子被弃的任何痕迹，故其说不足取。又，朱鹤龄《诗经通义》卷二释《谷风》谓："玩'既生既育，比予于毒'，此妇人盖有子而见弃。"其说可供参考。
② 《诗集传》卷二，上海古籍出版社 1980 年新 1 版，第 21 页。

矣"的比喻，说明这是此妇色衰被弃后乘车渡水返归娘家的情景。①
倘与《谷风》之弃妇相比，《氓》之弃妇遭遇更有凄凉处：前者之
夫只是"怒"，后者之夫已"至于暴矣"；前者被弃虽被送不远，但
毕竟还是到了门口，后者不仅无人相送，独自涉水归去，而且回到
娘家后还受到"兄弟不知，咥其笑矣"的待遇。按理，姐妹在夫家
受到委屈并被遣归，自家兄弟应该同情、体恤才是，可这位弃妇非
但没有得到理解、安慰，反而遭到兄弟的嘲笑讥讽，当此之际，其
心境之痛苦、悲凉、酸楚可想而知。朱熹解释原因说："盖淫奔从
人，不为兄弟所齿，故其见弃而归，亦不为兄弟所恤，理固有必然
者。"② 话虽说得刻薄了些，但道理是对的。钱锺书将其命运与汉末
《孔雀东南飞》之焦仲卿妻相比，谓"盖以私许始，以被弃终，初
不自重，卒被人轻，旁观其事，诚足齿冷。与焦仲卿妻之遭逢姑
恶、反躬无咎者不同"。③ 所析亦颇为深至，点出了问题的症结所
在。大概正是因此妇"以私许始"，不合当时礼法规定，故面对被
弃命运，亦只能打碎牙齿往肚里咽，在饱尝各种冷遇之后，发为
"静言私之，躬自悼矣"、"反是不思，亦已焉哉"的伤怀之叹。用
论者的话说，便是"《谷风》与《氓》二诗皆怨，然《谷风》虽怨
而责之，其辞直，盖其初以正也。《氓》则怨而自悔，其辞隐，盖
其初不以正也"。④

二、弃妇诗的主要特征及其与逐臣诗的异体同构

比较《白华》《谷风》《氓》三篇作品，虽然在婚姻形态、人物

---

① 按："淇水汤汤，渐车帷裳"二句，《毛诗正义》解作弃妇追悔昔日"本冒渐车之难
而来也"，细详其意，与文本不合；朱熹《诗集传》谓："言自我往之尔家，而值尔
之贫，于是见弃，复乘车而渡水以归。"当为确解。《虞东学诗》卷二："当如集传谓
渡水以归，不当如笺说倒叙奔时也。"
② 《诗集传》卷三，上海古籍出版社 1980 年新 1 版，第 38 页。
③ 《管锥编》第一册，中华书局 1979 年版，第 93—94 页。
④ 《诗经通义》卷二引辅氏说，文渊阁《四库全书》本。

特点、被弃过程等方面不无差异，但在表现婚姻生活中妇人受制于其夫、难以把握自我命运、最终因色衰被弃一点上，却是相同相通的。从上文所列诸方面，不难总结出以下几个特点。

其一，在家庭生活中，男性占有绝对的主导地位，妻子对丈夫有着强烈的依附意识。《白华》之妇自比为被人任意践踏的"有扁斯石"，形象地揭示了即使身为王后，亦地位卑下而难自主命运的事实；《谷风》之"黾勉同心，不宜有怒""德音莫违，及尔同死"都是从妻子一方说的，她真诚希望丈夫能与己同心，共守道德，白头偕老，但这种愿望丝毫不具备约束力，丈夫可以听，可以不听，甚至可以"有怒"，可以另娶新欢，并随时将故妻逐出家门。这种情形，在《氓》中既表现为男子"言既遂矣，至于暴矣"的强梁任意，也表现为弃妇对"士之耽兮，犹可说也；女之耽兮，不可说也"的沉痛自省。《郑笺》谓："说，解也。士有百行，可以功过相除；至于妇人无外事，维以贞信为节。"夫与妇一有百行，一无外事，已自决定了其活动范围的广狭；而妇人视婚姻、贞信为安身立命之根基的态度，也导致其常为情困，很难摆脱对丈夫的依赖。钱锺书引明人院本《投梭机》所谓"男子痴，一时迷；女子痴，没药医"之说，认为："夫情之所钟，古之'士'则登山临水，恣其汗漫，争利求名，得以排遣；乱思移爱，事尚匪艰。古之'女'闺房窈窕，不能游目骋怀，薪米丛脞，未足忘情摄志；心乎爱矣，独居深念，思塞产而勿释，魂屏营若有亡，理丝愈纷，解带反结，'耽不可说'，殆亦此之谓欤？"① 所说虽多从活动范围和心理角度着眼，但深层反映的，却是因不具备家庭话语权而形成的一种弱势心态。从历史的角度看，"母权制的被推翻，乃是女性的具有世界历史意义的失败。丈夫在家中也掌握了权柄，而妻子则被贬低，被奴役，

---

① 《管锥编》第一册，中华书局1979年版，第94页。

变成丈夫淫欲的奴隶，变成单纯的生孩子的工具了。……虽然它逐渐被粉饰伪装起来，有些地方还披上了较温和的外衣，但是丝毫也没有消除"。[①] 这段常被引用的经典评说，似可作为理解女性依附意识形成的依据。

其二，男子好色，见异思迁，喜新厌旧，成为婚姻解体的重要原因。《氓》与《谷风》所反映的"士贰其行""宴尔新婚"皆缘于男子好色，已见前述；《白华》所谓"之子无良，二三其德"，揭示的也是周幽王惑于褒姒美色而废弃申后的行径。刘向《列女传》在指出褒姒"长而美好""幽王受而璧之"后，更详细地记载了"幽王惑于褒姒，出入与之同乘，不恤国事，驱驰弋猎，不时以适褒姒之意，饮酒沉湎，倡优在前，以夜继昼。……忠谏者诛，唯褒姒言是从"的事实，[②] 由此见出幽王沉湎女色的程度。反观历史，在以男权为中心的父系时代，维系整个家庭的，不只是妻子贤惠等内在美德，除此之外，还有妻之容貌等外在因素，不少情况下，后者所占比重甚至要远超前者。用前引韩非的话说：男人到了五十岁仍然好色，但妇人至三十岁时就色貌衰减了。当此之际，"以衰美之妇人事好色之丈夫"，自然易于导致其"身见疏贱"的结局。[③] 据此而言，男子为女色所惑，厌弃糟糠之妻，既是其人性中很难改变的弱点，又构成一条自古以来屡被证实的规律。

其三，被丈夫宠信的第三者为争夺一己利益而进谗蛊惑，排斥前妻。在这方面，《白华》反映的申后被弃事件最具代表性。考申后之被弃，一方面固然与色貌有关——相比起年轻貌美的褒姒，申后自然缺乏竞争力；但从另一方面看，申后及其子宜臼的被弃被

---

① 恩格斯《家庭、私有制和国家的起源》，《马恩选集》第四卷，人民出版社 1972 年版，第 52 页。
② 刘向《古列女传》，《丛书集成初编》，中华书局 1985 年版，第 260 页。
③ 韩非《备内》，周勋初《韩非子校注》，凤凰出版社 2009 年版，第 127 页。

废，又与褒姒"身求代后，子图夺宗"的图谋和谗言惑君的行为紧密相关。[1] 正是由于褒姒觊觎皇后之位，并为其子谋取太子的身份，故巧舌如簧，大进谗言，从而导致了申后被弃被废的命运。《大雅·瞻卬》篇指斥褒姒"妇有长舌，维厉之阶"，《小雅·小弁》从太子宜臼的角度一再申言："君子信谗，如或酬之。君子不惠，不舒究之"，均明确揭示出进谗和"信谗"是弃逐悲剧的根本原因。在《白华》诗中，作者虽然没有明确指斥褒姒的进谗行为，但其一再申说的"啸歌伤怀，念彼硕人""维彼硕人，实劳我心"，已隐然透露出个中信息。至于《谷风》《氓》二诗，虽然缺乏对第三者的正面描写，但诗中男子的"宴尔新婚，如兄如弟""士也罔极，二三其德"，又何尝没有第三者拉拢、诱惑起的作用？《谷风》三章所谓"毋逝我梁，毋发我笱"，乃是对新妇即将侵占自己利益发出的警告。宋人欧阳修联系到《谷风》《小弁》《何人斯》诸诗在描写弃妇、弃子、弃友时皆使用此一诗句的情形指出："诗人取当时世俗所甚顾惜之物，戒人无幸我废逐，而利我所有也。"[2] 一方面揭示出第三者、进谗者"幸我废逐""利我所有"的事实，另一方面则打通弃妇与弃子、逐臣间的关联，暗示了弃逐事件的内在相似性。这种相似性，用朱鹤龄从另一角度分析《小弁》的话说，便是："逐子之悲，同于弃妇，故其辞一也。"[3]

　　以上三点，是弃妇诗内涵的主要特征，对之稍加分析即可发现，这些导致弃逐事件发生的要素，不仅表现在夫妻关系中，也同样表现在父子、君臣关系中。就所占地位言，与丈夫在家庭生活中持有绝对权力一样，在家族和国家层面，父亲与君主也持有绝对权

---

① 《毛诗正义》卷十八，《十三经注疏》（上），中华书局 1980 年影印本，第 576 页。
② 欧阳修《诗本义》卷八，文渊阁《四库全书》本，第 70 册，第 237 页下—238 页上。
③ 朱鹤龄《诗经通义》卷七，文渊阁《四库全书》本，第 85 册，第 185 页上。

力，占有至高无上的地位；就个人品性言，凡弃其妻之夫大都见异思迁、喜新厌旧、易信谗言，而弃其子、逐其臣之父之君也多具此品性，诸如孝己、伯奇之被弃，即因其父殷高宗、尹吉甫娶后妻并信其谗言所致；宜臼、申生、重耳之弃之逐，也均源于其父其君专宠褒姒、骊姬，受其蛊惑而痛下杀手；[①] 就事件性质言，与前述弃妇勤俭持家、心地善良、依附其夫、德音莫违而被逐出家门如出一辙，多数弃子、逐臣也都品性正直、孝父忠君，但结果却皆因谗言和信谗而惨遭弃逐命运，并在不同诗篇中屡屡申言："何辜于天，我罪伊何"（《小弁》）、"我日构祸，曷云能谷"、"尽瘁以仕，宁莫我有"（《四月》）。至于那位被视为古今逐臣代表的屈原，更是"信而见疑、忠而被谤"，[②] 在群小的嫉妒、谗毁和昏君的权力滥用中被逐荒远，行吟泽畔。由此可见，在被弃的过程中，无不伴有后母或佞臣等第三者为争夺自身利益所进行的进谗活动。

　　进一步分析可知，在以上三点中，高度的权力持有是导致弃逐事件发生的关键因素。由于持有绝对权力，占据不可动摇的地位，故无论在家庭宗亲层面还是国家政治层面，为人夫、为人父、为人君者都可予取予夺，唯所欲为，而很少受到道德、法律的限制，由此自然导致其私欲的膨胀，以致屡屡发生见异思迁、喜新厌旧、爱听谀辞、排斥异己的行为；由于夫、父、君持有绝对的权力，为人妇、为人子、为人臣者便不能不一再压抑自我人格，以恭谨、服从为第一要务，久而久之，这种服从便内化为自我心性的一部分，形成强烈的依附意识，即使无罪被弃，也只能发出悲怨的呼号，而难得反抗的行动；由于权力所在也就意味着利益所在，自然导致以色

---

① 参见拙文《上古弃子废后的经典案例与经典文本——对宜臼、申后之弃废及〈诗经〉相关作品的文化阐释》（《学术研究》2012 年第 4 期）、《弃逐视野下的骊姬之难及其文化意义——以申生之死、重耳出亡为中心》（《江汉论坛》2013 年第 7 期）。
② 《史记》卷八十四《屈原列传》，中华书局 1982 年第 2 版，第 2482 页。

貌、谀辞取胜的第三者和贪缘附势的奸佞之徒纷至沓来，向夫、父、君大进谗言，誉邪害正，由此导致大量弃妇、弃子、逐臣事件的发生。

如此看来，夫、父、君和妇、子、臣虽身份各异，但在其所组成的夫妻、父子、君臣这三对关系中，却存在着一种极其相似的结构形态，即强势与弱势间的不均衡性及各自内部角色的互通互换性。换言之，其一为弱势、被动者，一为强势、主动者；一处于绝对的服从地位，一处于绝对的统治地位；一定情况下，妻的身份可以置换为臣、子，夫的身份也可以略同于君、父；在妻与臣、子，夫与君、父这些不同身份者之间，实际存在着一种内在的相同相通。这样一种人物身份的差异和结构形态的类同，我们称之为异体同构。

夫妇、父子、君臣间的异体同构，既缘于三者相似的结构形态，也缘于古人对此结构形态的认知以及理论上的阐发和凝定。早在春秋时代，孔子就提出了"君君臣臣、父父子子"和"仁义理智"等道德观念，其后孟子进一步提出"父子有亲，君臣有义，夫妇有别，长幼有序，朋友有信"的"五伦"规范。这样一种观念，在战国时代盛行一时，连那位法家代表韩非子，也明确认为："臣事君，子事父，妻事夫，三者顺则天下治，三者逆则天下乱，此天下之常道也。"[①] 在此基础上，西汉大儒董仲舒按照其"贵阳而贱阴"的"阳尊阴卑"观，在《春秋繁露》中将其系统化为具有绝对等级差别和道德规范性的"三纲五常"论。其中的"三纲"，用《白虎通义》中的话说就是："君为臣纲，父为子纲，夫为妻纲。"[②]在这里，君臣、父子、夫妻作为三种最基本的政治、伦理关系得以确立，其中君为主，臣为从；父为主，子为从；夫为主，妻为从；

---

① 《韩非子·忠孝》，《韩非子校注》，江苏人民出版社 1982 年版，第 698—699 页。
② 《白虎通义》卷下，文渊阁《四库全书》本。

君、父、夫均属阳，臣、子、妻皆属阴，阳永远处于尊贵、支配的地位，阴则永远处于卑下、服从的地位，所谓"天不变，道亦不变"，说的就是"三纲"等儒家道德规范的正当性和永恒性。

当然，如果细细分辨，夫妻、父子、君臣三种关系又是有所不同的。其中父子关系是前定的，不可改易的；而夫妻、君臣关系则是后定的，是可以更改的。① 由于前者具有血缘关系的紧密联结，因而，即使子被父弃，相互间仍然心存斩不断的系念，被弃者也存在明确的回归希望；而后者由于缺乏血缘纽带，故导致被弃事件更容易发生，发生后回归的希望也较为渺茫。就此而言，夫妻与君臣、弃妇与逐臣间更多相似性，其异体同构的特征也更为明显。

三、弃妇诗的多元解读及其意义凝定

由于弃妇与弃子特别是逐臣间具有如上所述的异体同构关系，表现在弃妇诗的解读中，必然会出现由本义向象征义作多元引申的阐释方式。从早期《诗经》接受史的角度考察，这种引申主要表现在两个层面，一是由家庭向政治、由伦理向道德提升，一是由男女向君臣、由弃妇向逐臣过渡。

从第一个层面看，借弃妇诗句比况士人品德、节操及为政方略，在《左传》《礼记》等书中即多有记载；

> 卫献公自夷仪使与宁喜言，宁喜许之。大叔文子闻之曰："乌呼！诗所谓'我躬不说，皇恤我后'者，宁子可谓不恤其后矣。"②

---

① 钱锺书曾以兄弟关系与夫妇关系为例，认为："就血胤论之，兄弟，天伦也，夫妇则人伦耳；是以友于骨肉之亲当过于刑于室家之好。"并引敦煌变文《孔子项托相问书》小儿答夫妇、父母孰亲之问曰："人之有母，如树有根；人之有妇，如车有轮，车破更造，必得其新。"（《管锥编》第一册，中华书局1979年版，第84页）据此，则父子之亲远过夫妇之好，古人已有明言。

② 《春秋左传正义》卷三十六，《十三经注疏》（下），中华书局1980年版，第1986页。

子曰："口惠而实不至，怨菑及其身。是故君子与其有诺责也，宁有己怨。《国风》曰：'言笑晏晏，信誓旦旦，不思其反。反是不思，亦已焉哉。'"①

阳门之介夫死，司城子罕入而哭之哀。晋人之觇宋者反报于晋侯曰："阳门之介夫死，而子罕哭之哀，而民说，殆不可伐也。"孔子闻之曰："善哉觇国乎！诗云：'凡民有丧，扶服救之。'虽微晋而已，天下其孰能当之。"②

子云："君子不尽利以遗民。……诗云：'采葑采菲，无以下体。德音莫违，及尔同死。'以此坊民，民犹忘义而争利，以亡其身。"③

这几则文献资料所引都是《谷风》《氓》中的诗句，其中前二条用以说明士君子应出言谨慎、言行一致；后二条意在告诫为政者当与民同哀乐，不得与民争利。表面看来，这只是一种以意用诗的简单比况，但在其内里，却已展示出用诗者在象征层面对弃妇诗的新的理解，以及由家庭、伦理转向政治、道德的一种诗义扩展。

从第二个层面看，用诗者将弃妇诗所表现的男女关系与君臣关系挂起钩来，借以表现社会政治层面的用人之道和尊卑等级意识，也在春秋时代出现了。仍以前举《谷风》《氓》诗为例，《左传》中就有如下记载：

初，白季使过冀，见冀缺耨，其妻馌之。敬，相待如宾，与之归。言诸文公曰："敬，德之聚也。能敬必有德，德以治

---

① 《礼记正义》卷五十四《表记》，《十三经注疏》（下），中华书局1980年版，第1644页。
② 《礼记正义》卷十《檀弓下》《十三经注疏》（上），中华书局1980年版，第1315页。
③ 《礼记正义》卷五十一《坊记》，《十三经注疏》（下），中华书局1980年版，第1621—1622页。

民，君请用之。臣闻之：'出门如宾，承事如祭，仁之则也。'"公曰："其父有罪，可乎?"对曰："舜之罪也，殛鲧，其举也兴禹。管敬仲，桓之贼也，实相以济。康诰曰：'父不慈，子不祗；兄不友，弟不共。'不相及也。诗曰：'采葑采菲，无以下体。'君取节焉可也。"文公以为下军大夫。①

这里所记是晋文公与辅佐大臣臼季（即胥臣、司空季子）围绕对郤缺态度的一段对话。郤缺是冀芮之子，而冀芮当年曾欲谋杀晋文公，乃是罪臣；在文公看来，罪臣之子是不能重用的。但臼季却认为郤缺可用，原因有二，一是他曾发现郤缺与其妻相敬如宾，而"能敬必有德"；一是自古父子、兄弟功过"不相及"，明君不能因父有罪而迁怒于其子。为了说明这一点，故引"采葑采菲，无以下体"的诗句为证。这两句诗，本是《谷风》中弃妇向其夫说的话，其意盖如前引郑注所谓借葑、菲之根有美有恶，采之者不可以根恶弃其叶，以喻夫妇不可以颜色衰弃其相与之礼。② 然而，臼季却将这两句描写夫妇关系的话径直拿来，以喻晋文公与郤缺间的君臣关系，认为君主对臣下不应"以其恶而弃其善"，而当"取其善节"。③这样一来，便使得夫妇与君臣、弃妇与罪臣间建立了某种定向关联。

与此相类，在鲁国大夫季文子与晋国使者韩穿的一段对话中，《氓》诗也被赋予强烈的政治色彩而加以引用。据《左传·成公八年》载：

① 《春秋左传正义》卷十七，《十三经注疏》（下），中华书局1980年版，第1833—1834页。
② 《毛诗正义》卷二，《十三经注疏》（上），中华书局1980年版，第303页。
③ 《春秋左传正义》卷十七，杜注。《十三经注疏》（下），中华书局1980年版，第1834页。

八年春，晋侯使韩穿来言汶阳之田，归之于齐。季文子饯之。私焉，曰："大国制义，以为盟主，是以诸侯怀德畏讨，无有贰心。谓汶阳之田，敝邑之旧也，而用师于齐，使归诸敝邑。今有二命，曰：'归诸齐。'信以行义，义以成命，小国所望而怀也。信不可知，义无所立，四方诸侯，其谁不解体？诗曰：'女也不爽，士贰其行。士也罔极，二三其德。'七年之中，一与一夺，二三孰甚焉！士之二三，犹丧妃耦，而况霸主！霸主将德是以，而二三之，其何以长有诸侯乎？"①

这里展示的，是关于汶阳之田归属的一段对话。汶阳之田本属鲁国，后被齐国占领，晋对齐用兵获胜后，便以霸主的身份命齐将汶阳之田归还鲁国。然而，时隔不久，晋出于自身利益的考虑，又命鲁把汶阳之田交给齐国。对于晋国这种依杖大国地位不守信义、出尔反尔的举动，季文子颇为不满，遂引《氓》诗"女也不爽，士贰其行""士也罔极，二三其德"诸语以斥。如前所述，这几句诗本是弃妇指斥那位见异思迁的薄情丈夫"氓"的话，但季文子引而申之，将鲁国及四方诸侯比拟为诗中的弃妇，而以情不专一的"氓"比附身为霸主却"信不可知，义无所立"的晋国，如此一来，便使一首普通的弃妇诗与国家政治挂起钩来，而弃妇与氓的夫妻关系，也随之转化为鲁国与晋国间的类君臣关系。对此一情形，杜预在注中有明确揭示："妇人怨丈夫不一其行，喻鲁事晋犹女之事夫，不敢过差；而晋有罔极之心，反二三其德。"② 换言之，晋依恃其霸主地位，将鲁这一弱势小国的利益完全不放在眼里，"七年之中，一与一夺"，其行为较之那位"二三其德"的"氓"还要过分；而鲁处在晋、齐之间的夹缝中讨生活，不得不听命于人，看大国的脸

---

① 《春秋左传正义》卷二十六，《十三经注疏》（下），中华书局 1980 年版，第 1904 页。
② 《春秋左传正义》卷二十六，《十三经注疏》（下），中华书局 1980 年版，第 1904 页。

色行事，并随时可能被大国出卖，则其地位正有如《氓》诗中的弃妇。就此而言，季文子引诗作喻，应该是恰切的，而支撑这一比喻的核心要素，无疑也是男女与君臣、弃妇与"弃臣"间的异体同构。

通过以上事例，不难看出弃妇诗内含的多元义项，以及引诗者所具有的自觉意识。固然，春秋时期流行"赋诗断章，余取所求"之风，[1] 特别是在诸侯国交往的政治场合及行人辞令中，人们常常"以意用诗"，摘取《诗经》中的某些诗句来表达自己的看法，其间带有一定的随意性；然而，上述引诗者之所以征引弃妇诗而不引他诗，首先说明弃妇诗具有可供比喻、象征其政治意向的意义内涵，这种内涵在特定语境下可以较充分地表达言说者的意见。其次，这种意义内涵及其象征取向还具有广泛的文化通约性，即引诗者明白，听诗者也明白，社会上对之已形成一约定俗成的共同认识。复次，通过对弃妇诗的征引，可以更婉曲地表达引诗者的政治意图，使其言说更具技巧，而不是那么直白无隐、锋芒毕露。据此而言，前述《氓》与《谷风》二诗的被征引，便有了一种新的文化意义和文学意义。一方面，诗中展示的男女关系与君臣关系，尤其是弃妇身份与"罪臣"、"弃臣"身份间的相似性、同构性，不仅被臼季、季文子等引诗者一眼觑定，在征引中予以强调，而且在晋文公、韩穿等听诗者这里，也心知肚明，无理解的困难；另一方面，借助比喻、象征的手法，引诗者得以隐约、丰富其义，虽在表层一分为二，却在深层合二为一，由此大大扩展了言说的意义空间。

换一个角度看，以男女喻政治、喻君臣的赋诗言志行为，在春秋时代又不限于对弃妇诗的引用，弃妇诗外，其他描写男女情爱关系的诗篇也屡屡被人称引，而且引诗者所表现的态度，并不限于对

----

① 《春秋左传正义》卷三十八，《十三经注疏》（下），中华书局1980年版，第2000页。

对方的指斥，在特定情况下，诸如表现依附、爱慕之类的情感也会借诗传递。以《左传·昭公十六年》的一段记载为例，即可看出这种情形：

> 夏四月，郑六卿饯宣子于郊。宣子曰："二三君子请皆赋，起亦以知郑志。"子齹赋《野有蔓草》。宣子曰："孺子善哉，吾有望矣。"子产赋郑之《羔裘》。宣子曰："起不堪也。"子大叔赋《褰裳》。宣子曰："起在此，敢勤子至于他人乎？"子大叔拜。宣子曰："善哉！子之言是。不有是事，其能终乎。"子游赋《风雨》。子旗赋《有女同车》。子柳赋《萚兮》。宣子喜曰："郑其庶乎！二三君子，以君命贶起。赋不出郑志，皆昵燕好也。"①

这里所记是郑国六卿为晋国大夫韩宣子（即韩起）饯行赋诗的一个片断。由于郑小晋大、郑弱晋强，为了向晋示好，兼言己志，郑六卿所赋者皆为《郑风》之什，而除《羔裘》外，其余五篇又全是表现男女关系之诗。② 其中《野有蔓草》之"邂逅相遇，适我愿兮"、《风雨》之"既见君子，云胡不爽"、《有女同车》之"有女同车，颜如舜华"、《萚兮》之"叔兮伯兮，倡予和女"，皆为男女相期、相悦之辞；借助这些诗篇，赋诗者鲜明地传达了郑欲与晋亲近、好合的意愿，而在象征层次上，男女关系便与国与国的政治关系关合起来。如果考虑到郑欲依附于晋以获取晋国支持的现实状况，则此种关系便又具有了一种内含等级差别的类君臣关系。至于子大叔所

---

① 《春秋左传正义》卷四十七，《十三经注疏》（下），中华书局 1980 年版，第 2080 页。
② 据《毛诗序》，除《野有蔓草》为"男女失时，思不期而会"外，《褰裳》《风雨》《有女同车》《萚兮》四诗或"思大国之正己也"，或"思君子也"，或"刺忽也"。然据朱熹《诗集传》，此五诗皆为表现男女关系之诗。今细审诗义，朱说不误。

赋《褰裳》之"子惠思我，褰裳涉溱。子不我思，岂无他人"，则表现了对爱慕对象的某种选择性。其意盖谓：你与我好，我自然与你好；你不与我好，我就与他人好。这层意思，韩宣子心领神会，故有"起在此，敢勤子至于他人乎"的回答，直接将对方的男女之喻转换成了政治上对郑支持的表白。

进一步看，郑六卿所赋诸诗虽多为表现男女关系之作，但就诗中人物口吻言，《风雨》《萚兮》《褰裳》三篇盖为女思男之诗，《有女同车》则为男求女之作。至于《野有蔓草》之"有美一人，清扬婉兮。邂逅相遇，适我愿兮"，诗中"美人"的性别色彩便要虚化得多，其可以为女性，也可以为男性，犹如《邶风·简兮》之"云谁之思，西方美人"，历代治《诗》者即多谓此"美人"为男性。据此而言，春秋时期的用诗者既有借弃妇自比，以夫妇喻君臣的习惯，也有以诗中男性自居，将对方比为女性的情形，以及混淆性别色彩，径以"美人"指称对方的用例。

当然，以上所说比喻义、象征义，多只是引诗者、用诗者的一种外在赋予，至于诗歌本身，虽已潜存相应的意义指向，但诗作者却大多缺乏借弃妇比喻、象征其他人事的明确意识。真正具有这种意识并在诗中予以自觉表现的，应是数百年后崛起于楚国的大诗人屈原。王逸《楚辞章句》指出：在《离骚》这一表现逐臣遭遇的作品中，屈原"依《诗》取兴，引类譬喻，故善鸟香草，以配忠贞；恶禽臭物，以比谗佞；灵修美人，以媲于君；宓妃佚女，以譬贤臣；虬龙鸾凤，以托君子；飘风云霓，以为小人"，[1] 由此构成了一个更为丰富、多元的象征系统，而其中最为引人注目的，则是被历代评家反复称道的"男女君臣"之喻以及用"美人"自喻的情形。在屈原笔下，男女与君臣、弃妇与逐臣、美人与自我，或虚实结

---

① 洪兴祖《楚辞补注》，中华书局 1983 年版，第 2—3 页。

合，或阴阳迭用，获得了某种深层同一和定向联结。在表现形式上，逐臣诗有机地涵融了弃妇诗的言说方式，弃妇诗则为逐臣诗添加了远为丰富的象喻功能；在内容风格上，弃妇诗以其女性特有的哀怨一定程度地柔化了逐臣诗的阳刚之气，逐臣诗则由于比喻、象征手法的广泛使用而大大扩展了弃妇诗的指称范围，深化了其自身的意义内涵，从而营造出一种"朗丽哀志"、"惊采绝艳"的骚体诗风。由此，《诗经》中的弃妇诗以及春秋时期对弃妇诗、男女情爱诗的多元解读，经过逻辑发展，在屈原这里凝定成了自觉的创作意识和独特的表现手法，而骚体逐臣诗的代表作《离骚》也因此具有了空前的典范意义。

第二节　《离骚》与早期弃逐诗的关联承接

以《离骚》为代表的屈原作品是中国早期最具范式意义的骚体逐臣诗，但却不是最早的逐臣之作。在它之前，产生于周幽王时期的《小弁》《四月》，均是表现弃子、逐臣事件的作品；《邶风·柏舟》之类型归属虽"是非得失未易决"，[①] 但作为一首内含弃逐义项的诗作，却基本得到了公认。此外，《诗经》中可以确定的弃妇诗，如《谷风》《氓》等，也在弃逐层面和诠释学层面提供了若干可资借鉴的表现形式和文本内涵。就此而言，要了解《离骚》作为逐臣诗的新的开拓和范式意义，就须对其先行诸作及二者间的关联予以考察，并从弃逐文化的角度，深入了解其承接转换和演进规律。

一、基本形态与悲情抒发

《离骚》与此前逐臣诗的关联，首先表现在被逐原因、被逐过程、抒悲写怨等基本形态的类同上。

---

① 《诗经直解》卷三，复旦大学出版社1983年版，第79页。

　　作为中国上古时期首屈一指的抒情长诗，《离骚》洋洋洒洒两千四百余言，从追叙身世、自表美德始，至仆悲马怀、眷恋故国终，其间或抒愤，或言志，或刺邪，或求女，忽而现实，忽而幻境，回环往复，腾挪跌宕，极尽曲折变化之能事。然而，就其主要内容言，却是围绕"信而见疑，忠而被谤"这一核心环节展开的。信者，诚信也；忠者，忠贞也。身践忠贞之行，反遭佞臣诽谤；本为诚信之士，却被君主怀疑，最后落得个被疏远、被放逐的命运，当此之际，"怨"便成了逐臣的恒定心态，而"发愤以抒情"也就成了逐臣诗的主要特征。这一情形，用司马迁在《史记·屈原列传》中的话说，便是："屈平正道直行，竭忠尽智以事其君，谗人间之，可谓穷矣。信而见疑，忠而被谤，能无怨乎？屈平之作《离骚》，盖自怨生也。"①

　　与《离骚》的情形相似，《小雅·四月》也是一首信而见疑、忠而被谤、终至被逐荒远、作歌述怨的逐臣之作。② 就形式层面言，诗人重点描写的是其自夏至冬之漂泊、最后流落江汉之经历；就情感层面言，诗人着力抒发的是其无辜受害、不得回归又无处容身之悲哀；就词语层面言，诗人反复使用的是一些推而至于极端的狠重话语，其中"尽瘁以仕"二句，说的是忠而被谤，善而无报；"我日构祸"二句，点明祸之构乃经常发生，而非一次两次；"废为残贼"，强调的是"废"以及被废的程度；"民莫不谷，我独何害"，则是通过比较以写一己之冤屈和世道之不公："莫不"者，无不如此也；"独"者，惟予一人也。一个"独"字，以其排他性和惟一性，已然凸显了诗人作为被谤者、被放逐者与他人的不同。就全诗语意层面言，若"专以为行役，则'先祖匪人'之怨，其辞过于

---

① 《史记》卷八十四《屈原列传》，中华书局 1982 年第 2 版，第 2482 页。
② 参见拙作《逐臣南迁与"惟以告哀"——〈小雅·四月〉本义考述》，载《社会科学》2013 年 11 月。

深；专以为忧乱，则'滔滔江汉'之咏，其辞过于远"。① 如此看来，似乎只有被逐南迁、深怀悲怨者，才较为符合诗作者的身份。大概正是有鉴于此，始自明清，一些诗评家即一反传统的"大夫遭乱刺幽王"说、"孝子行役思祭说"，而将此诗视为逐臣的抒愤之作。如季本认为："此必仕者之子孙，为南国之州牧，而为小人构祸无所容身，故作此诗也。"② 姚际恒指出："此疑大夫之后为仕者遭小人构祸，身历南国，而叹其无所容身也。"③ 方玉润更明确声言："此诗明明逐臣南迁之词，而诸家所解，或主遭乱，或主行役，或主构祸，或主思祭，皆未尝即全诗而一诵之也。"方氏态度之所以如此果决，缘于他对《四月》内容的独到领悟："愚谓当时大夫，必有功臣后裔，遭害被逐，远谪江滨者，故于去国之日作诗以志哀云。冒暑远征，人情所难，今遭放废，适当其厄，岂得已哉！然予虽获罪，而先人恒有功。论贵论功之典行，亦宽宥而矜全之，何朝廷不齿我祖于人，而独忍加罪于予耶？故自夏徂秋，历时三序，始抵南国。"至于诗人得罪之由，则"譬彼泉流，清浊异派，既不同流而合污，自当见嫉而构祸"。④ 方氏此解，从功臣后裔遭害南迁的角度，联系诗中历时三序之经历，以及泉流清浊异派之象征，对《四月》内容重予梳理，对其诗旨做了新的界定，有理有据，足可服人。

比较《离骚》与《四月》这两首相隔约五百年的诗作，可以看出，出身名门或公族是诗作者相似的身份特征，忠诚正直是二人的共同品格，群小进谗、君主信谗是导致其悲剧的主要原因，流落荒远、泽畔行吟是其被逐后的行为方式，抒忧摅愤、作歌告哀是两首

① 朱善《诗解颐》卷二，文渊阁《四库全书》本，第78册，第245页下。
② 季本《诗说解颐·正释》卷十九，文渊阁《四库全书》本，第79册，第234页上。
③ 姚际恒《诗经通论》卷十一，中华书局1958年版，第224页。
④ 方玉润《诗经原始》卷十一，中华书局1986年版，第424页。

诗的核心内容。而在表现方法上，二诗更有着若干类同点。屈原在
《离骚》中借香花芳草以自比，一再展示其人品之高洁，人已熟知；
相比之下，《四月》作者借助比兴自述美德，亦颇宜关注。诗的四、
五两章这样写道："山有嘉卉，侯栗侯梅。废为残贼，莫知其尤。"
"相彼泉水，载清载浊。我日构祸，曷云能谷。"这里，诗人借"嘉
卉"、"泉水"之外物，兴而兼比，突出嘉卉美材无端被废，身如清
流却横遭猜忌的情形，以见世道之不公，贤愚之莫辨。倘若此一解
说大致符合诗意，那么可以发现，在《离骚》与《四月》间是存在
着一种使用比兴手法借美物以自喻的承接关系的。当然，此二章也
可作如下解释："山有嘉卉，则维栗与梅矣；在位者变为残贼，则
谁之过哉？""相彼泉水，犹有时而清，有时而浊；而我乃日日遭
害，则曷云能善乎？"① 这种解说，将"废为残贼"视为对"在位
者"之蜕变的讽刺，以致后人循此思路而将之与屈原辞赋联系起
来，谓"嘉卉废为残贼者，犹《离骚》所谓'兰芷变而不芳，荃蕙
化而为茅。何昔日之芳草兮，今直为此萧艾也'"。② 暂且不论此说
是否准确，都可从接受学层面为《诗》《骚》表现内容和方法之关
联提供一个新的观察视角。

　　进一步看，《四月》第六章以"滔滔江汉，南国之纪"领起，
回到当下，既是借比以讽谕，又是即景以抒怨。"江汉"是南国的
两条大河，为众多支流之纲纪，正好比王者为天下之宗主，理应总
领群臣，条纲法纪，辨清识浊，赏善罚恶。然而，诗人虽"尽瘁以
仕"，却"宁莫我有"，落得个忠而被逐的结局，由此可见王者之不
公不明，政治之混浊失序。当此之际，因谗被逐的"我"只能在漂
泊途中徘徊江岸，借行吟以抒悲情。联系到屈原在《离骚》中反复
陈述的"荃不察余之中情兮，反信谗而齌怒"、"怨灵修之浩荡兮，

---

① 朱熹《诗集传》卷十二，上海古籍出版社 1980 年新 1 版，第 149 页。
② 何楷《诗经世本古义》卷十六，文渊阁《四库全书》本，第 81 册，第 426 页上。

终不察夫民心"，不难看出其间在指斥君主一点上的相似性。所不同者，《四月》借物作比，达意较为宛曲；《离骚》径写事实，言情更为直接而已。倘若从描述放逐行踪的角度看，则有如明人何楷评《四月》所谓："滔滔江汉，咏其所见，亦如三闾放逐，泽畔行吟乎！"① 细味此言，在表层的相似下发掘出属于逐臣的生存实态，可谓具眼。

具体到诗人哀怨之表达，《四月》主要集中在三个方面：一是"先祖匪人，胡宁忍予"——致怨于先祖，希望得到其庇佑；二是"乱离瘼矣，爰其适归"——怨其长久漂泊、饱经离乱而无所依归；三是"民莫不谷，我独何害"——通过与众人美满生活之比照，极度突出自己独受其害的人生悲剧。在这三点中，古今注家争议最多的是"先祖匪人，胡宁忍予"二语。或谓"我先祖非人乎，人则当知患难，何为曾使我当此难世乎？"② 或谓"先祖非人也，乃神也，陟降在上，胡宁忍予乎？"③ 或谓"其'匪人'者，犹非他人也"。④这些诠释，虽说法不同，但均说明这是诗人于极度苦痛之际借呼告先祖以抒悲怨的行为，其与后二点结合在一起，展示的是一种悲哀怨愤无可底止的情态。这种情态，在《离骚》中也是一再出现，或痛切陈词："忳郁邑余侘傺兮，吾独穷困乎此时也"；或自述苦闷："屈心而抑志兮，忍尤而攘诟"；或对天告白："指九天以为正兮，夫唯灵修之故也。"司马迁评屈原谓："人穷则反本，故劳苦倦极，未尝不呼天也；疾痛惨怛，未尝不呼父母也。"⑤ 孔颖达评《四月》谓："人困则反本，穷则告亲，故言我先祖非人，出悖慢之言，明

① 何楷《诗经世本古义》卷十六，文渊阁《四库全书》本，第81册，第426页下。
② 《毛诗正义》卷十三，《十三经注疏》（上），中华书局1980年影印本，第462页。
③ 何楷《诗经世本古义》卷十六，文渊阁《四库全书》本，第81册，第426页上。
④ 王夫之《诗经稗疏》卷二，《船山全书》第3册，岳麓书社1992年版，第131页。
⑤ 《史记》卷八十四《屈原列传》，中华书局1982年第2版，第2482页。

怨恨之甚。"① 两相比照，不难看出二诗在抒怨致愤一点上的同一指向。用《四月》的结束语来说，便是"君子作歌，惟以告哀"。

二、怨慕心态与刺谗特点

《四月》之外，同列《小雅》的《小弁》更值得重视。《小弁》是中国历史上第一首融逐臣和弃子于一体而有本事支撑的诗作，反映了周幽王专宠褒姒、听信谗言而废除申后、弃逐太子宜臼的史实。② 从宜臼身份看，其在家的层面为子，在国的层面为臣，故既是弃子，又是逐臣；从事件性质看，宜臼与其母申后的被逐被废，既缘于宗亲伦理层面的"以妾为妻，以孽代宗"，③ 又缘于国家政治层面的利益争夺和谗人乱政。据此而言，则宜臼之被弃被逐，便具有了子臣一体、家国并包的双重特点。前人常据宜臼的太子身份，或联系《孟子》"亲之过大"一语，谓《小弁》必为宜臼所作，"盖大子者，国之根本；国本动摇，则社稷随之而亡。故曰：'亲之过大。'"④ 或谓"诗言'踧踧周道，鞠为茂草'，是忧国家之将亡，非宜臼作必无此语"。⑤ 这就是说，宜臼身为太子，与国家兴亡有着更紧密的关系，已非寻常弃子所可比并；而他在被逐后既自抒哀怨，又忧国之将亡，发为"踧踧周道，鞠为茂草"的苍凉感怀，其意义也已远超一般的弃子之作，而具有了较为广泛的政治内涵。

相比之下，屈原任职左徒，身为朝廷大臣，其与宜臼子臣一体的身份是不同的。然而，换一个角度看，屈原与楚同姓，乃是国之宗臣。王逸注《离骚》首句"帝高阳之苗裔"谓："屈原自道本与

① 《毛诗正义》卷十三，《十三经注疏》（上），中华书局1980年影印本，第462页。
② 参见拙作《中国文学史上最早的弃子逐臣之作——〈小弁〉作者及本事评议》，《安徽大学学报》2012年第1期。《上古弃子废后的经典案例与经典文本——对宜臼、申后之弃废及〈诗经〉相关作品的文化阐释》，《学术研究》2012年第4期。
③ 《毛诗正义》卷十七，《十三经注疏》（上），中华书局1980年影印本，第496页。
④ 刘始兴《诗益》卷十七，清乾隆八年尚古斋刻本。
⑤ 朱鹤龄《诗经通义》卷七，文渊阁《四库全书》本，第85册，第185页上。

君共祖，俱出颛顼胤末之子孙，是恩深而义厚也。"① 即指出屈原与楚王存在一种超越一般君臣的关系，其间有着更为紧密的宗亲纽带。后世论者多谓屈原"身为同姓世臣，与国同其休戚"，② 而其所叙者乃"宗国世卿无可去之义"，③ 就此而言，屈原的身份便与宜臼有了一定的相似性，而《离骚》中一再展示的既痛苦愤懑又四方奔走以求遇合于君的言行，便与《小弁》的弃子心路具有了一种内在的关合。

由于与最高权力持有者亦即弃逐悲剧制造者的关系特殊，所以弃子、逐臣在无罪被弃、被逐后，必然会形成既怨又慕、怨慕交织的复杂情感。怨，缘于"亲之过大"；慕，缘于血缘或宗亲。《小弁》五次使用"心之忧矣"的句式，重叠复沓，渲染弃子无可化解的忧虑悲哀；通过"云如之何""宁莫之知""天之生我，我辰安在"之类的疑问句式，强化弃子所受冤屈之大以及无所归属之感；以"譬彼坏木，疾用无枝"等一连串比喻，展示"放逐之人，内不得于其亲，外见离于其党，故寄思坏木，自悼无依"的现实状况；④ 又借"维桑与梓，必恭敬止。靡瞻匪父，靡依匪母"的表述，呈露出弃子"沉痛迫切，如泣如诉，亦怨亦慕"的内在心理。⑤ 而《离骚》在反复抒发个体悲怨的同时，亦"系心宗国，不忘故君"，⑥ 始则曰："岂余身之惮殃兮，恐皇舆之败绩"；终则曰："陟升皇之赫戏兮，忽临睨夫旧乡。仆夫悲余马怀兮，蜷局顾而不行。"其怨慕情怀之缠绵深切，亦绝非一般逐臣所堪比并。司马迁说屈原"虽放流，眷顾楚国，系心怀王，不忘欲反，冀幸君之一悟，俗之一改

---

① 洪兴祖《楚辞补注》，中华书局1983年版，第2页。
② 龙景瀚《离骚笺》，游国恩主编《离骚纂义》，中华书局1980年版，第503—504页。
③ 林云铭《楚辞灯》，《离骚纂义》，中华书局1980年版，第494页。
④ 黄焯《毛诗郑笺平议》卷六，上海古籍出版社1985年版，第226页。
⑤ 《诗经原始》卷十一，中华书局1986年版，第407页。
⑥ 朱冀《离骚辩》，《离骚纂义》，中华书局1980年版，第494页。

也。其存君兴国而欲反复之，一篇之中三致志焉"。① 洪兴祖联系到孟子对《小弁》的评语，从"亲之过大"一点上申发议论，认为"屈原于怀王，其犹《小弁》之怨乎?"② 这些看法，应该说都是颇有见地的。

《离骚》与《小弁》更突出的关联，表现在对信谗者的指斥上。《小弁》六、七两章一再明言："君子秉心，维其忍之"，"君子信谗，如或酬之。君子不惠，不舒究之"。将讽刺矛头直指身为君父的幽王，对弃逐悲剧的制造者无所假贷。而在《离骚》中，除"荃不察余之中情兮，反信谗而齌怒"这类指斥君主信谗的话语外，还将讽刺对象锁定了贪婪竞进、谗害正士的"群小"、"党人"："众皆竞进以贪婪兮……各兴心而嫉妒"、"世溷浊而不分兮，好蔽美而嫉妒"，由此既突出地展示了恶劣的政治环境，也极大地强化了诗作的批判色彩。

从历史实际看，屈原与宜臼的被逐被弃都源于小人进谗和君王信谗。在《屈原列传》中，司马迁即明确指出："怀王以不知忠臣之分，故内惑于郑袖，外欺于张仪，疏屈平而信上官大夫、令尹子兰。"③ 在《楚世家》中，又借张仪的话进一步揭示楚国朝政的混浊："臣善其左右靳尚，靳尚又能得事于楚王幸姬郑袖，袖所言无不从者。"④ 联系到西周末年的朝政，可以使我们对二者的相似性看得更为清楚。早在周幽王八年，史伯即明言："今王弃高明昭显，而好谗慝暗昧，……夫虢石父谗谄巧从之人也，而立以为卿士，与剺同也；弃聘后而立内妾，好穷固也；侏儒戚施，寔御在侧，近顽童也；周法不昭，而妇言是行，用谗慝也；不建立卿士，而妖试幸

① 《史记》卷八十四《屈原列传》，中华书局1982年第2版，第2485页。
② 洪兴祖《楚辞补注》，中华书局1983年版，第14页。
③ 《史记》卷八十四《屈原列传》，中华书局1982年第2版，第2485页。
④ 《史记》卷四十《楚世家》，中华书局1982年第2版，第1725页。

措，行暗昧也。"① 又据《史记·周本纪》："幽王得褒姒，爱之，欲废申后，并去太子宜臼，以褒姒为后，以伯服为太子。……以虢石父为卿，用事，国人皆怨。石父为人佞巧，善谀，好利，王用之。又废申后，去太子也。"② 比照以上两段不同时代的史实可知，君王昏昧，群小用事，遂导致谗言横行，贤能被黜，是其共同特点。周有虢石父和侏儒戚施一类谗谀之徒，楚有令尹子兰和上官大夫、靳尚等众多佞臣，更为重要的是，周王和楚王身边都有一个利欲熏心而时时在枕畔鼓唇摇舌的妇人，即褒姒和郑袖，由此形成上下交结、内外勾连的党人集团。当此之际，势孤力单的宜臼、屈原便很难不被排挤乃至弃逐，而被弃逐后也就不能不对这些进谗、信谗者怀有深深的怨愤，并借助诗歌予以讽刺和批判。如果说，相似的政治处境、生存状态导致了宜臼与屈原共同的悲剧命运，那么，建基于此种悲剧命运之上的文学作品便必然会形成表现方式的大段相似；如果说，《小弁》对君父的指斥凸显了弃逐文学在其源头处即已具备的刺谗特点，那么，《离骚》对楚王乃至群小、党人的指斥则是此一特点的合乎逻辑的发展。

当然，就刺谗一点而言，《小弁》又非同时代惟一的、最具代表性的作品。与之相关，《诗经》中还出现了多首以幽王、褒姒为指斥对象，以讥刺进谗、信谗为主旨的诗作，如《大雅》之《瞻卬》"刺幽王宠褒姒致乱"：③"哲夫成城，哲妇倾城。懿厥哲妇，为枭为鸱。妇有长舌，维厉之阶。乱匪降自天，生自妇人。匪教匪诲，时维妇寺。"《巧言》所刺者除了"巧言如簧，颜之厚矣"的进谗者外，还集中在以幽王为代表的信谗之人："乱之初生，僭始既涵。乱之又生，君子信谗。君子如怒，乱庶遄沮。君子如祉，乱庶

---

① 徐元诰《国语集解》卷十六《郑语》，中华书局 2002 年版，第 470—475 页。
② 《史记》卷四《周本纪》，中华书局 1982 年第 2 版，第 147—149 页。
③ 姚际恒《诗经通论》卷十五，中华书局 1958 年版，第 300 页。

踹已。"《何人斯》紧承《巧言》，将谗人的诡谲多变、性情险恶描述为"我闻其声，不见其身。不愧于人，不畏于天"，谓其"彼何人斯，其为飘风。胡不自北，胡不自南"、"为鬼为蜮，则不可得。有腼面目，视人罔极"。与之相似，《青蝇》一诗径将谗人比作"污白使黑，污黑使白，乃变乱白黑，不可近之"的"青蝇"，① 以形象的笔墨和颇具概括性的意象，为谗人写貌图形，并发出"谗人罔极，交乱四国"、"岂弟君子，无信谗言"的呼喊。由此更进一步，"寺人伤于谗"而"刺幽王"的《巷伯》一诗，则将谗言喻为文采交织的"贝锦"，极写谗人处心积虑"谋欲谮人"的阴暗心理。义愤填膺之际，诗人竟呼天而告，欲"取彼谮人，投畀豺虎。豺虎不食，投畀有北。有北不受，投畀有昊"。诗句连环递进，层层累积，希望借"豺虎"、"有北"这些凶猛之物和荒寒之地以灭绝谗人。

以上作品除《小弁》外，均非典型的弃逐之作，但在受谗言侵害并全力刺谗一点上却与弃逐之作别无二致。换言之，其中的抒情主人公虽未必是逐臣，却与逐臣一样，同为谗言的受害者和牺牲品。就此而言，其身份便与屈原有了类同性，其所指斥的褒姒、幽王等进谗者和信谗者，便与屈原所直面的怀王及郑袖等群小有了类同性，而其作品或赋或比，或直或曲，或疾言正告，或借象喻意，也就与《离骚》中或直刺群小或借比兴、象征以达意的手法有了类同性。王逸说屈原"依《诗》取兴，引类譬喻，故善鸟香草，以配忠贞；恶禽臭物，以比谗佞"，② 准确揭示了《骚》与《诗》间的承接关系。如果收拢视线，仅从被谗受害、刺谗抒愤方面看，《离骚》与上述《诗经》诸作间的关联应是非常紧密的，其间展示的某些共通性规律不宜忽视。

---

① 《毛诗正义》卷十四，《十三经注疏》上册，中华书局1980年影印本，第484页。
② 王逸《楚辞章句》，见《楚辞补注》，中华书局1983年版，第2页。

三、心性志节与多元义项

与前述《四月》《小弁》相比，《离骚》与《邶风·柏舟》的关联更值得关注。这种关联，突出地表现在两个方面，一是人物心性志节之相似，二是作品多元义项之承接。

如所熟知，作为逐臣的代表作，《离骚》除抒写无罪被逐的悲怨、苦闷，表现对进谗、信谗之群小、昏君的讽刺外，一个最闪光的亮点在于对自我志节的坚定持守："亦余心之所善兮，虽九死其犹未悔""宁溘死以流亡兮，余不忍为此态也""虽体解吾犹未变兮，岂余心之可惩""阽余身而危死兮，览余初其犹未悔"。屡受群小诽谤，置身流放途中，却怀抱初心，执著不移，哪怕以死明志，以死殉国，这就是屈原的精神。清人吴世尚《楚辞疏》指出："《离骚》反复二千余言，原不过止自明其本心之所在耳。原之心乎楚，存殁以之，所谓天不变此心不变也，天变此心亦不变也。故余于《离骚》止概以三言，曰不去，曰死，曰自信。"[①] 这里的"不去"，指的是系念君国的宗臣情怀；"死"，指的是守死善道的无畏勇气；"自信"，指的是对自我品质的彰扬和理想信念的持守。衡之《离骚》全文，应该说吴氏概括的"三言"是准确而深刻的。

屈原这种执著自我的心性志节，在此前的弃逐诗中很少见到，无论是《四月》《小弁》等逐臣诗，还是《氓》《谷风》《白华》等弃妇诗，其所充溢的，大都是弃逐后的悲怨抒发和痛苦呼告，而缺乏置身逆境之坚毅志节的展示，只是到了《柏舟》，一种内贞外固、不肯屈服的心性才得以凸显。

《柏舟》凡五章，章六句。首章以"泛彼柏舟，亦泛其流"领起，总写人物"耿耿不寐，如有隐忧"之心境；二章由"亦有兄弟，不可以据"，见其缺乏亲友之关爱护持；四章以"愠于群小"

---

① 吴世尚《楚辞疏》，《楚辞评论资料选》，湖北人民出版社1985年版，第314页。

写其"觏闵"、"受侮"之多；五章借日月迭微，象喻权力持有者之昏昧，以及心忧之甚和不能远逝的苦闷；而第三章则连用三个"不可"，极写人物不肯变心从俗的心性志节："我心匪石，不可转也。我心匪席，不可卷也。威仪棣棣，不可选也。"宋人严粲《诗缉》释此数语谓："石虽坚，尚可转，我心非石之比，不可转也，言其坚之至也；席虽平，尚可卷，我心非席之比，不可卷也，言其平之至也；此不以兄弟之沮而易其守也。威仪棣棣然盛，自有常度，不可有所选择而自贬以苟合也。"① 这段解说，可以帮助我们更准确地了解诗人虽置身逆境却勇于执著自我的信念和品性，也可以由此见出其与前述屈原在《离骚》中自明心志的类同。大概正是有鉴于此，后人评《柏舟》每每以《离骚》作比，谓其"上既不得于君，次复不谅于友，独穷困于此时，而我心终守而不变……所谓'固时俗之工巧，余不忍为此态也'"。② 或释其"薄言往愬，逢彼之怒"曰："盖意向既殊，则言不相入，故往愬以情，而反逢其怒，谓己为婞直而违众，此女媭'申申詈予'也。"③ 或联系末章数语，谓其"盖尝静默自思，终不忍舍之而去。曰'不能奋飞'，所谓'仆夫悲余马怀，蜷局顾而不行'，仁之至也。此诗之义为《离骚》滥觞"。④ 而在说到屈原"宁流浪而犹流连，其唯以死亡为逃"，故"思绪曲折，文澜往复"时，论者更以《柏舟》为例，谓其"稍辟斯境，然尚是剪不断之情，《离骚》遂兼理而愈乱之况，语意稠叠错落"。⑤ 当然，这些解说，未必尽合诗意，但从接受学的角度看，评说者某种解读倾向的生成，在总体上乃是受制于文本提供的意义内涵的。而我们通过文本分析，在二者同受群小围攻、同样不被理解并同样

① 严粲《诗缉》卷三，文渊阁《四库全书》本。
② 顾镇《虞东学诗》卷二，文渊阁《四库全书》本。
③ 严粲《诗缉》卷三，文渊阁《四库全书》本。
④ 顾镇《虞东学诗》卷二，文渊阁《四库全书》本。
⑤ 钱锺书《管锥编》第二册，中华书局 1979 年版，第 584 页。

坚守志节诸方面，也确实可以得出"此诗之义为《离骚》滥觞"的结论。事实上，《离骚》对《柏舟》诗义不只是一般性的承接，更有着大的发展和提升，诸如诗中屡次申说的以"死"为代价来持守志节的决心，以及与之相伴的对人生归趋的终极思考，可以说将逐臣在万死投荒中坚持自我、九死不悔的意志推向了顶点，由此极大地扩展和深化了逐臣诗的文化意蕴，并为此后的贬谪文学树起了一个不易逾越的标杆。

《离骚》与《柏舟》的关联，还表现在对其弃妇兼孤臣相对应之多元义项的承接上。

《柏舟》是《邶风》的首篇，其所写究竟是"妇人不得于其夫"还是"仁人不遇"，自宋以后即众说纷纭，莫衷一是。从文本看，诗第二章"亦有兄弟，不可以据。薄言往愬，逢彼之怒"数语，较近于家族亲属关系的揭示和妇人前往诉冤的陈述；而末章之"日居月诸，胡迭而微"，与"卫庄姜伤己"所作《日月》之"日居月诸，照临下土"颇为相似。据闻一多"《国风》中凡妇人之诗而言日月者，皆以喻其夫"的说法，① 亦可大致推断其出于女性口吻。然而，换一角度看，这些词语似乎又不是女性的专利。朱熹以其"辞气卑顺柔弱"而视之为弃妇诗，徐文靖则"考其辞气"，得出"大不类妇人语也，自当以仁人不遇为是"的结论。② 他如"忧心悄悄，愠于群小"，亦被作为"仁人忧国之语"，因为"若是众妾，岂可以群小目之？国乱君昏，则小人众而君子独，君子忧而小人乐。君子之忧，忧其国而已；忧其国则与小人异趣，其为小人所愠宜也"。至于"日居月诸，胡迭而微"，则被释作"言君道当常明如日，月则

---

① 闻一多《诗经通义甲》，《闻一多全集》（3），湖北人民出版社 1993 年版，第 346 页。
② 徐文靖《管城硕记》卷六，《〈诗经〉百家别解考（国风上）》，山西古籍出版社 2001 年版，第 298 页。

迭有亏伤耳。今卫君任用小人，则日如月然，是以忧也"。① 此一情形，即使那些持"妇人诗言日月者皆以喻其夫"之见者也是认可的，因为"古者以日月比君上"是为本体，而"夫妻之道犹君臣也"，② 不过是前者的衍生物而已。

从相关资料和评说看，视《柏舟》作者为女性的看法也有一个发展变化的过程。先是西汉末年刘向所著《列女传》，记载了卫宣夫人由齐嫁卫而卫君死，遂为夫守节，拒绝改嫁，作《柏舟》以明志之事。③ 由此形成早期的"守节说"。至宋，朱熹将诗旨改易为"妇人不得于其夫，故以柏舟自比"，并一变《列女传》卫宣夫人作的说法，谓《柏舟》"居变风之首，而与下篇（按：指《燕燕》）相类，岂亦庄姜之诗也欤"？④ 虽然朱熹此说多为推测之辞，但却开了后世以弃妇论《柏舟》的先河。与此相比，"仁人不遇说"的来源更早一些。查先秦文献，《孟子·尽心章句下》即引"忧心悄悄，愠于群小"句谓："孔子也。"赵注云："'愠于群小'，怨小人聚而非议贤者也。孔子论此诗，孔子亦有武叔之口，故曰：孔子之所苦也。"⑤ 可见，孟子是以孔子为例，将《柏舟》视为贤者受小人非议之作的。孟子之后，《荀子》《尹文子》《韩诗外传》《孔子家语》《孔丛子》等皆有相似记载，而《毛诗序》更明确认为诗旨乃"言仁而不遇也"，并将其作时及事件予以"卫顷公之时，仁人不遇，小人在侧"的具体落实，⑥ 由此影响到此后众多论者的解诗倾向。

从以上所述看，将《柏舟》视作弃妇诗和仁人不遇诗的两种意

---

① 朱鹤龄《诗经通义》卷二引王安石、毛郑语，文渊阁《四库全书》本。
② 闻一多《诗经通义甲》，《闻一多全集》（3），湖北人民出版社 1993 年版，第 353—354 页。
③ 《古列女传》卷四，文渊阁《四库全书》本。
④ 朱熹《诗集传》卷二，上海古籍出版社 1980 年新 1 版，第 15 页。
⑤ 《孟子注疏》卷十四上，《十三经注疏》（下），中华书局 1980 年影印本，第 2775 页。
⑥ 《毛诗正义》卷二，《十三经注疏》（上），中华书局 1980 年影印本，第 296 页。

见可谓各有所据，而且同一说诗者在不同情况下也往往持自相矛盾的两种看法，① 由此便带来了此诗作者和性质认定上的诸多纷扰。进一步说，古时治《诗》者的意见亦未必尽可依据。这不仅因为刘向《列女传》的"卫宣夫人"说缺乏坚实的史料支撑，而且连《毛诗序》的"卫顷公之时，仁人不遇"说也是推测之辞，即使时代更早的孟子的话，同样不是对诗意的正面阐释，而只是一种"用诗"的态度，用近今学者的话说，他只是"用了'以意用诗'的方法，去把'以意逆志'的名目冒了"。② 大概正是有鉴于此，今人陈子展一言蔽之曰："实则其间是非得失未易决矣。"③ 换言之，《柏舟》既有可能出自妇人之手，写其为夫所弃的遭遇；也可能是孤臣之作，述其见嫉于群小的境况。由于史料阙如，辞旨幽隐，仅据现存文本所提供的信息，做出任何一种性质认定，都有轻率之嫌。因而，与其固守一端，为作者之性别身份悬空论战，不如将其视作一首本事未明、内含多元义项的诗作。表面看来，这种做法使理解的准确度降低了，但从深层看，诗的意义空间却得到了扩大和提升。

进一步看，就《柏舟》之创作言，是否还存在这样一种情况，即作者本为不遇之士，因其处境与弃妇相类，故借夫妇事以喻君臣？就文学史之实际言，这种可能是存在的，而且后世治《诗》者

① 如刘向虽在《列女传》中将《柏舟》作者定为卫宣夫人，但在其所著《说苑》中却承接孟子诗说，将"忧心悄悄"诸语作为孔子诛少正卯等事的背景说明；同时，面对弘恭、石显等宦官弄权的混浊政局，更在其所上封事中先借"我心匪石，不可转也"，说明"守善笃"的道理，又将"群小窥见间隙，缘饰文字，巧言丑诋，流言飞文，哗于民间"的情形与"忧心悄悄，愠于群小"的诗句相比况，谓为"小人成群，诚足愠也"。（《汉书》卷三十六《楚元王传附刘向传》，中华书局1962年版，第1943—1945页）至于朱熹，一方面认为《柏舟》为"妇人不得于其夫"之作，另一方面在注《孟子》时又改口谓其"本言卫之仁人见怒于群小"。参见《孟子注疏》卷十四上，《十三经注疏》（下），中华书局1980年影印本，第2775页，前后反复，自相矛盾。
② 顾颉刚：《〈诗经〉在春秋战国间的地位》，《古史辨》第三册，上海古籍出版社1982年版，第364页。
③ 《诗经直解》卷三，复旦大学出版社1983年版，第79页。

也有人从此一角度予以诠释，如郑晓即谓："盖此诗语意似妇言，亦犹后世忠臣端士不得于君，而为《去妇叹》《出妇词》《妾薄命》耳。"① 朱睦㮮亦云："此仁人所以忧国之将败，而儆儆不寐，如有隐痛之忧，亦似妇人不得于夫，实非妇人之作也。"② 这些解说，虽然同样缺乏史料依据，多属推测和居间调停，而无法获得学理意义上的确认，但毕竟为认识此诗提供了别一视角。同时，考察《诗经》早期接受史，我们发现，春秋时代即已存在的从政治层面解读弃妇诗的现象，也构成理解《柏舟》多元义项的若干佐证。

以《邶风·谷风》和《卫风·氓》这两首典型弃妇诗为例，《左传》中就有在政治场合屡予引用的相关记载。如《谷风》首章"采葑采菲，无以下体"二句，本是诗中弃妇向其夫说的话，意谓葑、菲上下皆可食，然而其根有美有恶，采者不可以根恶而弃其叶，借此以喻夫妇不可以颜色衰而相弃。③ 然而，晋国大臣臼季却将这两句描写夫妇关系的话径直拿来，以喻晋文公与罪臣之子郤缺间的君臣关系，认为君主对臣下不应"以其恶而弃其善"，而当"取其善节"。④ 这样一来，便使得夫妇与君臣、弃妇与罪臣间建立了某种定向关联。又如《氓》之弃妇指斥那位见异思迁的薄情丈夫说："女也不爽，士贰其行。士也罔极，二三其德。"但鲁国大夫季文子却引而申之，将鲁国及四方诸侯比拟为诗中的弃妇，而以情不专一的"氓"比附身为霸主却"信不可知，义无所立"的晋国。如此一来，便使一首普通的弃妇诗与国家政治相关合，而弃妇与氓的夫妻关系，也随之转化为弱小之鲁与强大之晋间的类君臣关系。对

① 郑晓《古言类编》卷上，《〈诗经〉百家别解考（国风上）》，山西古籍出版社2001年版，第297页。
② 朱睦㮮《五经稽疑》卷三，《〈诗经〉百家别解考（国风上）》，山西古籍出版社2001年版，第298页。
③ 参见《邶风·谷风》郑笺，《毛诗注疏》卷三。
④ 《春秋左传正义》卷十七，杜注。《十三经注疏》（下），中华书局1980年影印本，第1834页。

此一情形，杜预在注中有明确揭示："妇人怨丈夫不一其行，喻鲁事晋犹女之事夫，不敢过差；而晋有阔极之心，反二三其德。"① 由此可见，早在春秋时代，人们对弃妇诗已有了一种新的理解，而支撑这种理解的核心要素，乃是男女与君臣、弃妇与"弃臣"间的异体同构关系。

既然如上所述，春秋时代的解诗者已然发现夫妇与君臣间的异体同构，并在政治场合予以灵活的运用，那么，与其同时或时代稍前的《柏舟》作者同样意识到此一关系，并形成某种创作自觉，便有了逻辑依据。退一步讲，即使《柏舟》作者并无以夫妇喻君臣的创作自觉，也不妨碍其所陈述的事件在客观上包含相应的义项，不妨碍同时或稍后的读者对其诗义作多元的理解。② 倘若我们暂时抛开《柏舟》作者之性别、身份认定，而将之视为一篇遭群小谗毁、排挤，身处逆境却坚守志节者的心灵告白，那么，从诗歌之语词和内容两方面看，已自具有如前所述夫妻之道与君臣之道相关合、相沟通的多元意蕴。诚如明人徐光启所谓："嗟夫！家之有弃妇，国之有逐臣，事异而情同者也。读《柏舟》之诗，盖有余悲焉。夫臣有忠而见黜，妇有贞而见弃，切悼沉忧，古今一体。"③

由于弃妇与逐臣"事异而情同"，其相关诗作已得到早期接受者的定向解读和灵活运用，甚至有可能在此之前已内化为《柏舟》作者的创作意识，所以到了几百年后，屈原以其"博闻强志"以及因"接

---

① 《春秋左传正义》卷二十六，《十三经注疏》（下），中华书局 1980 年影印本，第1904 页。
② 如《左传》襄公三十一年载北宫文子与卫侯论威仪谓："卫诗曰：'威仪棣棣，不可选也。'言君臣、上下、父子、兄弟、内外、大小，皆有威仪也。"参见《春秋左传正义》卷四十，《十三经注疏》（下），中华书局 1980 年影印本，第 2016 页，已将诗义与君臣上下挂起钩来。
③ 《诗经六帖》，《〈诗经〉百家别解考（国风上）》，山西古籍出版社 2001 年版，第301 页。

遇宾客，应对诸侯"而对此前外交场合赋诗言志情形的了解，[1] 自觉地沿袭此一传统，借助比兴、象征手法，在《离骚》中明确构建起以男女喻君臣的整体框架，赋予作品以更为丰富、多元的意义内涵，便具有了历史和现实层面的双重支撑。

《离骚》与早期弃逐诗的关联和承接，通过上文所述已可概见。约略来说，围绕"信而见疑，忠而被谤"这一核心环节，在表现逐臣之被逐原因、被逐过程、怨慕心态、悲情抒发以及讽时刺谗、坚守志节、比兴手法诸方面，《离骚》既与先行作品存在不同程度的关合，又有着四个方面新的开拓和提升：一是将巨大的个体悲怨与深沉的政治忧患相结合，予以反复的、多角度的陈述和抒发，由此形成其深广浩大的情感波澜；二是将对党人、昏君的讽刺与对自我志节的持守、理想的追求相结合，使诗情始终处于一种激烈奋进的状态之中，由此形成其强烈的批判精神和坚定的执著意识；三是将死亡作为自己的终极思考，以冷静而决然的态度直面个体毁灭，由此表现出超越凡俗的哲学深度；四是以传统的比兴手法为基础，营构起庞大的象喻系统，形成贯穿《离骚》的两条重要线索：一条为显在的男女离合，一条为隐含的君臣际遇；前者的身份多为虚拟之弃妇，后者的身份则为真实之逐臣。这是一种虚实结合、性别变换、整体布局、强化关联的更具创造性的抒情范式，这种范式与作者深沉广博的思想情感相结合，"气往轹古，辞来切今，惊采绝艳，难与并能"，[2] 由此为弃逐文学开拓出了一个崭新的表现天地。

第三节　《离骚》的象喻范式与文化内蕴

《离骚》的象喻大致表现在四个层面：一是香草之喻，二是美

---

[1]　《史记》卷八十四《屈原列传》，中华书局1982年第2版，第2481页。
[2]　刘勰《辨骚》，范文澜《文心雕龙注》，人民文学出版社1978年版，第47页。

人之喻，三是男女君臣之喻，四是求女之喻。这四个层面虽各有侧重，内涵不同，但又转相生发，互为依托，形成一种层进层深的网状关联。具体来说，香草之喻瞩目外在物象，重在借物比德；美人之喻由物而人，变身异性，借助对美的张扬和护持，高自位置，为美而被弃、弃而复求预制反跌；男女君臣之喻将家与国、伦理与政治打并一处，重在人物关系相似性的提取和比照，借助虚与实、喻体与本体的对接，极大地拓展弃逐事件的意义范围和艺术空间；求女之喻以寻找媒介为中心，既是直接求臣，又是间接求君，借助被弃者的追求过程，展示出对理想君臣关系的渴望。在这四个层面中，美人之喻与男女君臣之喻是最为核心的两个要项，前者为全诗提供了独特的女性叙述视角，并使香草之喻、求女之喻获得了性别层面的有力支撑；后者则将国之君臣与家之夫妇间的相似性关联予以定格，由此映射出以阴阳为内核的中国文化的深层意蕴。《离骚》中的这样一种象喻方式，已非《诗经》中简单的、局部的比兴手法所能涵盖，它以远为丰富、宏大的整体性思考和关联开辟新境，独树一帜。借用西方人的概念，似可将之视为一种范式，[①] 简言之，即弃逐文学的象喻范式。

一、缘于性别变换的香草之恋和美人情结

孤立地看，香草之喻只是传统比兴手法、特别是儒家"以象比德"方法的延续。在《离骚》中，诸如江离、辟芷、木兰、秋菊、芰荷、芙蓉、薜荔、菌桂等名花香草，都是诗人最爱之物，或插或戴，或植或育，或食或饮，与之朝夕为伴，由此象喻其品性之高洁；而椒、椵及"变而不芳"的兰芷、"化而为茅"的荃蕙，则隐

---

① 所谓范式（paradigm），原是美国当代科学哲学家库恩（Tomas Kuhn）1962 年在所著《科学革命的结构》中创立的一个核心范畴，指某一科学共同体成员所信守的一整套规定、原则。后经转化，一般指代某种理论或创作的规范、法式。参见王兆鹏《唐宋词史论》第三章《范式论》（人民文学出版社 2000 年版，第 134 页）。本文所用范式，更侧重于由某种创作方法而形成的经典法则或规范。

指党人、群小和变易志节的朝臣。这样一种"善鸟香草，以配忠贞；恶禽臭物，以比谗佞"的特点，王逸在评说《离骚》时曾予以明确揭示，并在注"纫秋兰以为佩"句时指出："兰，香草也，秋而芳。佩，饰也，所以象德。故行清洁者佩芳，德仁明者佩玉，能解结者佩觿，能决疑者佩玦，故孔子无所不佩也。"① 由屈原之佩兰，联及孔子的"无所不佩"，揭示出"比德"方法的文化渊源及其在诗中的细微表现。然而，屈原之所以借"香草"比德，而不是像孔子那样借"水""玉"等物象模拟君子德行，又实在是因了他在《离骚》中已变身为异性之"美人"，其爱好之物自然随之发生若干改变，其香草之喻已融入了明显的性别因素。

"美人"在《离骚》中仅一见——"惟草木之零落兮，恐美人之迟暮。"这里的"美人"，究竟是代指君王，还是屈原自指，曾引起众多治骚者的争议。王逸认为美人谓怀王："人君服饰美好，故言美人也。"② 朱熹亦谓："美人，谓美好之妇人，盖托词而寄意于君也。"③ 但联系诗篇的上下语境看，这种解释又不无偏颇。因为在《离骚》提及"美人"的这段话中，前言"汩余若将不及兮，恐年岁之不吾与"，后言"乘骐骥以驰骋兮，来吾道夫先路"，其主语均是第一人称的"余"、"吾"，所述者亦为"余"、"吾"需趁年华盛时进德修业之事，而与君王无涉。倘将"美人"指君王，诗意便扞格难通了。实际上，直到下一段"昔三后之纯粹兮"之后，诗义才逐渐由历史上的贤君过渡到了现实中的君王——"荃不察余之中情兮，反信谗而齌怒。……指九天以为正兮，夫唯灵修之故也。"作者用以指称君王之词，或曰"荃"，或曰"灵修"，而"灵修"盖为

---

① 洪兴祖《楚辞补注》，中华书局1983年版，第5页。
② 《楚辞补注》，中华书局1983年版，第6页。
③ 朱熹《楚辞集注》，上海古籍出版社1979年版，第4页。

"妇悦夫之名",① 与"美人"判然有别。既然如此，则将"美人"视为作者自指，于义为胜；此一"美人"之性别，也并非一些论者曲为之解的男性，而是一位用以象喻臣子身份的女性。②

由"美人"拓展一步，从《离骚》前半段的描写看，诗人身份已然变成一位面目姣好的美女——"众女嫉余之蛾眉兮，谣诼谓余以善淫。"既是"蛾眉"，又被"众女"所妒，则非女子而何？若是一位帅男，则"众女"喜好之尚恐不及，何以会"嫉"其姣好之"蛾眉"？事实上，因作者已变身为美女，故其外在形貌遂发生变化，其爱好之物也与香花芳草有了直接关联。由此反观《离骚》篇首一段话，便会获得新的理解："纷吾既有此内美兮，又重之以修能。扈江离与辟芷兮，纫秋兰以为佩。汩余若将不及兮，恐年岁之不吾与。朝搴阰之木兰兮，夕揽洲之宿莽。日月忽其不淹兮，春与秋其代序。惟草木之零落兮，恐美人之迟暮。"这里先说"内美"，继说外美，由此构成"美人"内外兼修的立体形貌。所谓"内美"，既指其生辰之吉和取名之佳，也指其"修能"即才学和能力；而其外美，除姣好的容颜外，主要表现在其对各种名花香草的亲近和喜爱：朝搴木兰，夕揽宿莽，并将江离、辟芷、秋兰等插戴满身，完全是一位融入自然、远离世俗的美女的装扮，由此凸显其脱俗、高雅而又自爱、自怜的心性气质。大概正是这样一种心性气质，导致这位"美人"对自己的年华和美貌特别看重，以致在短短一段话中，一再申说"恐年岁之不吾与""春与秋其代序"，并在看到草木

---

① 朱熹《楚辞辩证》，《楚辞集注》，上海古籍出版社1979年版，第176页。
② 一些论者曾拈举"美人"在《诗经》中或指男性的例证，谓《离骚》中的"美人"亦当指男性，这是不对的。因为其一，这种说法忽视了《离骚》与《诗经》不同文本的语境差异；其二，忽视了"美人"在上古文献中主要指女性而非男性的用例。游国恩《楚辞女性中心说》认为："屈原对于楚王，既以弃妇自比，所以他在《楚辞》里所表现的，无往而非女子的口吻。"（《楚辞论文集》，古典文学出版社1957年版，第192页。）这一观点若仅就《离骚》而言，应该是正确的，但因其所指范围扩展到了整个《楚辞》，故又不无偏颇处。

零落时，产生一种浓郁的自伤"迟暮"之感。

此外，这种内外兼修的美女之美，通过诗中反复出现的"美"字也可得到印证。在《离骚》中，"美"字共出现 12 次，除两次指宓妃、一次指美政以及前述明确自指的"内美""美人"外，其余均或直接或间接地指向诗人自身——"世溷浊而不分兮，好蔽美而嫉妒"，"世溷浊而嫉贤兮，好蔽美而称恶"，"两美其必合兮，孰信修而慕之"，"勉远逝而无狐疑兮，孰求美而释女"，"览察草木其犹未得兮，岂珵美之能当"，"委厥美以从俗兮，苟得列乎众芳"，"惟兹佩之可贵兮，委厥美而历兹"。这里反复展现的，是"美"与世俗之丑恶的比照，是诗人对自我品质的张扬和固守。因了这种内外兼修、远超常伦之"美"，诗人获得了君王"初既与余成言"的待遇，同时也受到来自世俗"众女"的嫉妒和谗毁。大概正是有鉴于此，后世不少治骚者一反王逸、朱熹的说法，将"美人"视为诗人自指。如黄文焕《楚辞听直》曰："美人，原自谓也。草木零落，惧众芳之未得采也。岁月日以去，则迟暮日以来，在天者不能留，在我者无可避，真堪长叹也。"李陈玉《楚辞笺注》曰："美人旧以况君，味下'灵修'乃妇悦其夫之称；复有'众女嫉予蛾眉，谣诼谓予善淫'之语，则美人当日自况明矣。"今人游国恩之《离骚纂义》更明确断言："美人之喻，当是屈子自指无疑也。"①

倘若可以确定"美人"为诗人自指，那么便可发现，这位"美人"乃是《离骚》中的核心形象，在"她"身上，寄寓着诗人爱美求美的多元旨趣：其一，执着的美女情结与香草之恋。在诗人看来，内外兼修的女性美乃是世间最为高雅清洁之美，惟有自然界的名贵花草才能与之相配，才能表现其冰清玉洁之品格；也只有真正

---

① 以上引文均见游国恩等《离骚纂义》，中华书局 1980 年版，第 43—45 页。

的美女，才会如此执着地佩兰戴芷，与之为伴。由此形成美女与香草之间定向而稳固的关联。其二，对美女之美的全面展示与护持。在《离骚》中，"美人"之词虽仅一见，但字里行间充溢的，却无不是美女的特点和气息。诗歌前半反复出现的对名花香草的酷爱，固然是采用"比德"手法以物喻人；诗歌后半一再申言的"唯昭质其犹未亏""余独好修以为常"，以及当众芳芜秽、兰芷变易之际，诗人仍骄傲地宣称："惟兹佩之可贵兮，委厥美而历兹。芳菲菲而难亏兮，芬至今犹未沫。"其中表现的，仍然是对美女之美的自珍和固守。其三，将美女与弃妇交融一体，深化人物美而被弃、弃不失美的品性，在象喻层面揭示出逐臣"信而见疑，忠而被谤"的悲剧命运及其在逆境中"虽九死其犹未悔"的坚刚意志。《离骚》中的抒情主体既是一位美女，又是一位弃妇；既是一位弃妇，更是一位逐臣。美女与弃妇是文学想象的产物，是借以象喻的喻体，逐臣则是现实中遭遇放流的作者，是被象喻的本体；美女因其"美"而遭到"众女"的嫉妒和"谣诼"，最终被已与之"成言"的夫君中道抛弃；弃妇虽自伤沦落，却不改美女之初衷，仍然佩花结草，好修为常。这种情形，与屈原的被逐经历和逐后心态丝丝相扣，如出一辙。由此虚实结合、性别变换，既导致香草与美人间的紧密关联，又构成从美女到弃妇的合理过渡，从弃妇到逐臣的逻辑转换，而在艺术表现上，则形成物象世界与观念世界的深层对接，以及外在弃妇与内在逐臣间的象喻主轴。

二、男女君臣之喻的文化因子及其后先传承

在现实中，诗人屈原本为须眉男子，本为不得于君之逐臣，何以会一再以美女或弃妇自喻？原因可能很多，但其中最重要者恐在于男女与君臣、弃妇与逐臣间存在着一种高度的同质对应，而在中国文化的内里，恰恰蕴含着对此种对应的强有力的支撑因子。

从中国文化的基本形态看，"一阴一阳之谓道"，[①] 阴阳两极是决定万事万物发生发展的核心要素，并分别与自然、人生、家庭、政治等领域的重要现象相对应。具体而言，阳与阴在自然层面表现为天地、日月；在性别层面表现为男女、雄雌；在伦理层面表现为父子、夫妇，在政治层面表现为君臣、上下。《易·系辞下》引孔子之语曰："乾坤其易之门邪？乾，阳物也；坤，阴物也。阴阳合德，而刚柔有体，以体天地之撰，以通神明之德。"《易·序卦》对此有进一步阐发："有天地，然后有万物；有万物，然后有男女；有男女，然后有夫妇；有夫妇，然后有父子；有父子，然后有君臣；有君臣，然后有上下；有上下，然后礼义有所错。"[②] 这里展示的，是一套完整的宇宙、人伦、政治秩序的发生论，其中无论男女、夫妇、父子、君臣，其构成模式均为一阳一阴。阴是柔弱的、处于服从地位的一方；阳是刚强的、处于统治地位的一方。正因为如此，所以依据阴、阳性质的不同，在伦理、宗亲、政治层面，妇、子、臣同属一个系列，夫、父、君同属另一系列，而在每一系列内部，不同人物间便有了一种内在的质性趋同。也就是说，夫、父、君和妇、子、臣虽身份各异，但在其所组成的夫妇、父子、君臣这三对关系中，却存在着一种极其相似的结构形态，即强势与弱势间的不均衡性及同一系列之不同角色的互通互换性。一定情况下，妇的身份可以置换为臣、子，夫的身份也可以略同于君、父；在妇与臣、子，夫与君、父这些不同身份者之间，实际存在着一种深刻的异体同构现象。

由于夫妇与君臣、妇道与臣道间是一种异体同构的关系，所以

[①]　《易·系辞上》，《周易正义》卷七，《十三经注疏》（上），中华书局 1980 年影印本，第78页。

[②]　《周易正义》卷八、卷九，《十三经注疏》（上），中华书局 1980 年影印本，第89、96页。

借男女以喻君臣，借弃妇以喻弃臣，自春秋时代始，便为不少说诗者或政治家所关注或采用。如《邶风·谷风》首章"采葑采菲，无以下体"二句，本是诗中弃妇向其夫说的话，其意盖谓：葑、菲"皆上下可食，然而其根有美时有恶时，采之者不可以根恶时并弃其叶，喻夫妇以礼义合颜色相亲，亦不可以颜色衰弃其相与之礼"。① 然而，晋国大臣臼季却将这两句描写夫妇关系的话拿来，以喻晋文公与罪臣之子郤缺间的君臣关系，认为君主对臣下不应"以其恶而弃其善"，而当"取其善节"。② 从而使得夫妇与君臣、弃妇与罪臣间建立了某种定向关联。又如《卫风·氓》之弃妇指斥那位见异思迁的薄情丈夫说："女也不爽，士贰其行。士也罔极，二三其德。"但鲁国大夫季文子却引而申之，将鲁国及四方诸侯比拟为诗中的弃妇，而以情不专一的"氓"比附身为霸主却"信不可知，义无所立"的晋国。如此一来，便使一首普通的弃妇诗与国家政治相关合，而弃妇与氓的夫妇关系，也随之转化为弱小之鲁与强大之晋间的类君臣关系。对此一情形，杜预在《左传》注中有明确揭示："妇人怨丈夫不一其行，喻鲁事晋犹女之事夫，不敢过差；而晋有罔极之心，反二三其德。"③ 由此可见，早在春秋时代，人们对弃妇诗已有了一种新的理解，而支撑这种理解的核心要素，便是男女与君臣、弃妇与"弃臣"间的异体同构。

与此相关，《诗经》中一些诗篇因本事未明，含义多端，更在隐显明暗之间提供了诸多男女君臣相互涵纳的文化信息。如那首被人视为"此诗之义为《离骚》滥觞"的《邶风·柏舟》篇，④ 因表

---

① 《毛诗正义》卷二，《十三经注疏》（上），中华书局1980年版，第303页。
② 《春秋左传正义》卷十七，杜注。《十三经注疏》（下），中华书局1980年影印本，第1834页。
③ 《春秋左传正义》卷二十六，《十三经注疏》（下），中华书局1980年影印本，第1904页。
④ 顾镇《虞东学诗》卷二，文渊阁《四库全书》本。

现了作者"忧心悄悄，愠于群小"的"靓闵"、"受侮"遭遇，自汉至宋，即先后被解读为"仁人不遇"，① 或"妇人不得于其夫"，② 其作者的身份也就分别成了不得于君的孤臣或不得于夫的弃妇。至于有人认为"盖此诗语意似妇言，亦犹后世忠臣端士不得于君，而为《去妇叹》《出妇词》《妾薄命》耳"。③ 则进一步将其当成男子而作闺音的典型来看待了。其所以会出现这种情况，关键在于这首"实则其间是非得失未易决"的诗中，④ 隐然存在着与夫妇、君臣相关合的多元义项。⑤ 换言之，它既有可能出自妇人之手，写其为夫所弃的遭遇；也可能属于孤臣之作，述其见嫉于群小的境况；还有可能是作者本即具有明确的象喻意图，借弃妇事以隐曲地表现孤臣情怀。表面看来，这种多向度阐释使理解的准确度降低了，但从深层看，诗的意义空间却得到了扩大和提升，其既可通于夫妇，又可通于君臣的意义指向，已借助于文化学和接受学的不断积淀而渐趋稳固。

既然如上所述，在中国文化中存在着男女君臣间的紧密对应，并在文学创作或传授过程中形成了一种认知和诠释传统，那么，屈原在承接前人的基础上，以其对中国文化的深入体悟和更为切身的一己遭遇，将男女君臣之喻予以新的整合和变化，并借助篇幅远为阔大、特色更为鲜明的骚体逐臣诗，把它发挥到一个空前完满的境地，便是不难理解的事了。细读《离骚》文本，屈原对传统的承接和发展主要表现在以下两个方面。

首先，屈原以"美人"自喻，以"众女"喻众臣，是从传统的

---

① 《毛诗正义》卷二，《十三经注疏》（上），中华书局 1980 年影印本，第 296 页。
② 朱熹《诗集传》卷二，上海古籍出版社 1980 年新 1 版，第 15 页。
③ 郑晓《古言类编》卷上，《〈诗经〉百家别解考（国风上）》，山西古籍出版社 2001 年版，第 297 页。
④ 陈子展《诗经直解》卷三，复旦大学出版社 1983 年版，第 79 页。
⑤ 参见尚永亮《〈诗经〉弃妇诗分类考述》，《学术论坛》2012 年第 9 期。

阴阳观念出发，对男女君臣间对应关系的一个艺术转换和落实。王逸在将"众女"释为"众臣"之后指出："女，阴也，无专擅之义，犹君动而臣随也，故以喻臣。"① 这就是说，诗人之所以将众臣比作"众女"，根本原因即在于其属性为"阴"，在于臣与女二者均"无专擅之义"，而需听命于属性为"阳"的君主或夫婿。倘若此一解说可以成立，那么就可看到，屈原同样以女性特别是女性中的"美人"自喻，便不仅是以女喻臣手法的自然延续，而且是通过象喻手法对自我品质和地位的提升，是为他遭众女所妒、被弃被逐之悲剧命运进行铺垫，预做张本。在《史记》中，司马迁不止一次地提到同一话语："女无美恶，入宫见妒；士无贤不肖，入朝见嫉。"② 将"女"与"士"、"入宫"与"入朝"并列作比，深刻地道出了二者内在的相似性，而"见妒"、"见嫉"更是准确地揭示了"好女之色，恶者之孽也；公正之士，众人之痤也"的规律。③ 从现实政治看，屈原既为"楚之同姓"，又"为楚怀王左徒，博闻强志，明于治乱，娴于辞令。入则与王图议国事，以出号令；出则接遇宾客，应对诸侯"，以至"王甚任之"。当此之际，不能不引起与之同列的上官大夫之流"争宠而心害其能"，④ 并想方设法以谗毁之。从《离骚》文本看，"美人"内美外美集于一身，高洁不群，得到"灵修"与之"成言"的待遇，因而也不能不引起"众女"嫉其"蛾眉"，并纷纷"谣诼"谓其"善淫"。这里，现实与艺术间的对应关系是明显的，它不仅存在于屈原与"美人"、楚王与"灵修"、党人群小与"众女"之间，而且表现在臣与女或被"王甚任之"或与灵修"成言"的知遇经历上，表现在二者或忠而被谤或美而见弃的悲剧

---

① 《楚辞补注》，中华书局1983年版，第14页。
② 见《史记》卷八三《鲁仲连邹阳列传》、卷一〇五《扁鹊仓公列传》。
③ 《荀子·君道》，王先谦《荀子集解》卷八，《诸子集成》本，上海书店1986年版，第158页。
④ 《史记》卷八四《屈原列传》，中华书局1982年第2版，第2481页。

命运上，表现在逐臣与弃妇对自我命运均"无专擅之义"、难得自主的弱势身份上。由于身处弱势，又不肯对强势的一方屈意迎合，不肯与同列之"众女"混同合流，随俗雅化，自然招致其嫉妒谗毁，进而招致偏听偏信之强势一方的弃逐。在"众女嫉余之蛾眉"二句下，王逸注谓："言众女嫉妒蛾眉美好之人，潜而毁之，谓之美而淫，不可信也。犹众臣嫉妒忠正，言己淫邪不可任也。"① 据此而言，屈原关注和表现的重心，已不只是"众女"与群小、"美人"与贤臣间的简单对应，而是美而被妒与忠而被谤这种悲剧命运之深层关合。作为这种关合的基础，则无疑缘于前述阴阳、男女、君臣观念所内含的尊卑意识，缘于这种意识在现实中的反映及其导致的必然结果。

　　其次，屈原身为逐臣，对自己类同弃妇的身份和命运有着远超他人的体验，对男女、夫妇与君臣间的相似性关联有着更为深入的认知，从而进一步强化了《离骚》中男女君臣之喻手法的自觉使用。如前所述，在以阴阳为内核的中国文化序列中，夫妇、父子、君臣三对关系虽异体同构，可以互通互换，但细加辨析，又有明显区别。具体来说，父子间存在的是一种血缘关系，这种关系是前定的，不是人为力量所可轻易改变的，即使子被父弃，父子间的血缘亲情仍在，弃子回归的希望仍在；而夫妇、君臣关系则是后定的，是可以更改，其间因缺乏血缘纽带的连接，故被弃后夫对妇、君对臣往往恩断义绝。进一步看，子的属性和地位是可以变化的，亦即由阴而阳，由弱而强，由最初的子成长为后期的夫、父甚至君；而妇、臣的属性和地位是固定的，不可更改的，二者始终处于弱势一方，即使夫、君亡故，妇、臣也难以改变其依附的身份和属阴的性质。就此而言，夫妇与君臣、弃妇与逐臣间便具有了更多的相似

---

① 《楚辞补注》，中华书局1983年版，第15页。

性，其异体同构的特征也更为突出。《易·坤卦·文言》释"坤"曰："地道也，妻道也，臣道也。"① 即是将妻道与臣道相提并论，而统归之于"坤"。孔颖达《正义》申言："欲明坤道处卑，待唱乃和。故历言此三事，皆卑应于尊，下顺于上也。"② 王夫之《诗广传》更进一解："臣之于君委身焉，妇之于夫委身焉，一委而勿容自已，荣辱自彼而生死与俱。"③ 细审这里对妇与臣"应于尊"、"委身"特点的一再强调，说明二者间的关联及其要因已被古人清晰认知。而这样一种认知，在身遭弃逐如同弃妇的屈原这里则得到了文学创作层面的落实。因为只有认识到这一点，我们对诗人在《离骚》中径直以夫妇关系象喻君臣关系，将君王对其信任喻为夫妇好合之初的"成言"，将君臣间的聚合离弃喻为"曰黄昏以为期兮，羌中道而改路"，才可以获得更深入的理解。朱熹注"黄昏"二句谓："黄昏者，古人亲迎之期，仪礼所谓'初昏'也。……中道而改路，则女将行而见弃，正君臣之契已合而复离之比也。"④ 这一解说，准确地揭示了诗人以夫妇喻君臣的创作意图，并从文化学层面印证了夫妇与君臣间的异体同构。如果说，论者所谓"家之有弃妇，国之有逐臣，事异而情同"云云，⑤ 还只是一种理论上的界说，那么，屈原在《离骚》中反映的男女与君臣、弃妇与逐臣间的关联，便通过象喻手法予以了创作层面清晰而圆满的展现。换言之，自《离骚》始，"家之弃妇"与"国之逐臣"间的结合由隐微转向

① 《周易正义》卷一，《十三经注疏》（上），中华书局 1980 年影印本，第 19 页。
② 《周易正义》卷一，《十三经注疏》（上），中华书局 1980 年版，第 19 页。
③ 王夫之《诗广传》卷一，中华书局 1964 年版，第 15—16 页。
④ 朱熹《楚辞集注》，上海古籍出版社 1979 年版，第 6 页。按：洪兴祖《楚辞补注》以王逸未注此二句而疑其为"后人所增"；朱熹辨曰："洪说虽有据，然安知非王逸以前此已脱两句邪？"按：朱说有理，且此句之下紧承以"初既与余成言兮，后悔遁而有他"，与其意思相同，说明此数句原本当即为一整体。
⑤ 徐光启《诗经六帖》，《〈诗经〉百家别解考（国风上）》，山西古籍出版社 2001 年版，第 301 页。

了明朗，由浮泛转向了真切，由局部转向了整体，由随意转向了自
觉，从而具有了典型的范式意义。

三、"求女"内蕴及其象喻特点

贯穿《离骚》后半部的"求女"情节，既是男女君臣之喻的一
个自然延续，也是中国文化中阴阳观念的一种逻辑展现，由此构成
这首骚体逐臣诗象喻系统的另一个关键。

关于"求女"之内容，前人论述甚夥，有谓求贤君者，有谓求
贤臣者，有谓为楚王求贤妃以取代郑袖者。① 这些看法中，求贤妃
说与《史记》等文献所载楚怀王受宠妃郑袖蛊惑而疏远、放逐屈原
事颇有关合，也可以使"求女"内容从现实政治层面获得较为合理
的解释，但由于缺乏《离骚》文本之内证，故一般不为论者所取。
至于求贤君说，自朱熹等人力倡此说以来多为论者所接受，但其存
在的问题也最突出：其一，从现实层面看，楚国的君王早已确定，
不是由人臣可以随意"求"得的。作为逐臣的屈原，只能求遇合于
君，而不可能别求新君。在《离骚》的"求女"环节中，诗人辗转
于天上人间到处求女，所求之女的身份各不相同，倘若皆视之为
君，则君之数目何其多也！从《离骚》描写看，紧接求女之后，灵
氛曾劝诫诗人："思九州之博大兮，岂唯是其有女"，"何所独无芳
草兮，尔何怀乎故宇？"据此而言，诗人此前的全部注意力仍放在
楚国。既然寻求的范围是在楚国，而楚国只有一君，则诗人四方
"求女"，无论是指说求新君还是求遇合于君，其于理、于义均相悖
逆。其二，从文化层面看，在前述之阴阳统系中，女、妇与臣、子
同列，都属"阴"之部类，而男、夫与君、父同列，同属"阳"之
部类。在《离骚》前半，屈原不断以"美人"、美女、弃妇自喻，
以"妇悦夫之名"的"灵修"称君，并以男女、夫妇关系象喻君臣

---

① 这些说法，详参游国恩《离骚纂义》"哀高丘之无女"句下相关引文和按语。中华书
局 1980 年版，第 289—295 页。

关系，说明他对臣、女、妇与君、男、夫这种文化统系有着清晰的体认；既然如此，何以到了后半，会自乱统系，反以"女"指君呢？退一步讲，假设他有意自乱统系，改由女喻君，那么身为臣子的自己必然也要由前半的女性变身为男性，才能与男女相悦之实相符；可是，通读《离骚》，其中并无抒情主人公变身为男性的描写，[①] 直到最后，诗人仍然宣称兹佩可贵，芳菲难亏，其服饰、喜好与早期呈现的女性特点一无变异。既然如此，那么，诗人便只能是以女性的身份来"求女"了，而这种以女求女，所求之女又喻指君的情况，无论在文化层面、逻辑层面还是象喻层面，都是凿枘难合的。

由此二点，我们可以确定地说，《离骚》后半"求女"的内容，绝非指求贤君，而是指求贤臣。这类贤臣，在阴阳统系中与诗人相同，都属"阴"的部类；在政治层面则与诗人志同道合，由其媒介可以达到遇合于君的目的。王逸注"哀高丘之无女"句曰："女，以喻臣"，"无女，喻无与己同心也"；注"相下女之可诒"句曰："言己既修行仁义，冀得同志，愿及年德盛时，颜貌未老，视天下贤人，将持玉帛而聘遗之，与俱事君也。"其意大体是准确的。如此看来，"求女"的直接目标是臣，而其间接目标是君；或者说，求臣是其第一阶段的目的，求君则是其第二阶段之目的亦即终极目的。此一情形及其因果关系，若结合屈原的现实遭遇和《离骚》中的描述，会看得更为清晰：在现实政治中，屈原经历了一个从"王甚任之"到"王怒而疏"并"放流"之的过程，史学家认为其原因

---

① 有学者认为：屈原的形貌在《离骚》前半段结尾处突然发生了由女转男的变化，其证据是诗中有"高余冠之岌岌兮，长余佩之陆离"二语。（参见潘啸龙《论〈离骚〉的"男女君臣之喻"》，《诗骚与汉魏文学研究》，安徽人民出版社 2008 年版，第 89页）这恐怕是误解了诗意。因为"冠"、"佩"在古代并非男子的专利，而《离骚》后半一再申述的"惟兹佩之可贵兮，委厥美而历兹。芳菲菲而难亏兮，芬至今犹未沫"，亦证明诗人以女性自喻是贯穿全篇的。

主要在于"谗人间之"和君之信谗"不悟";在《离骚》文本中,诗人总结自己由早期与灵修"成言"到后来"离别"造成的弃妇命运,关键亦在于"众女"之"谣诼"和"荃不察余之中情兮,反信谗而齌怒"。据此而言,现实政治与文学描述,史学家的认知和诗人的反省,是完全一致的,亦即"谗"与"信谗"是导致臣与妇被逐被弃的要因。既然如此,那么,逐臣要重新获得君主的信任,首先要做的事情便是打通中间环节,寻找真正了解自己并可以向君主关说的贤臣,以揭露群小,杜绝谗言,使君主明了真相以解惑开悟。与之同理,文学文本中的弃妇要想令舍弃自己的夫君回心转意,重归旧好,也必须先去寻找有异于"众女"且可与己互通情款、又能向灵修传媒导言之贤"女",才能达成目的。倘若不这样做,而欲越过中间环节以求知遇,则谗人阻隔,天听难达,君门九重,暗蔽如故,其结果如何便不言自明了。

当然,在《离骚》的后半段,诗人并非没有直接求君之举。从女嬃"申申其詈予"以后,诗人便"济沅湘以南征兮,就重华而陈辞",希望到古之圣君虞舜那里讨得一个公正的说法。随着"跪敷衽以陈辞兮,耿吾既得此中正",诗人更坚定了自己的信念,遂上游天庭,令"帝阍"为之开关,却受到守门人"倚阊阖而望予"的冷遇。这里的"帝""阊阖",王逸释为"天帝""天门",固然无误,但从象喻层面讲,又何尝没有隐指楚王和楚宫的用意?① 洪兴祖认为:"屈原亦以阊阖喻君门也。"② 夏大霖指出:"言君眷无常,朝端杂乱,君门关隔,党人间阻也。"王夫之更明谓:"帝阍,喻君门。"③ 便都从与现实相关的角度指出了其象喻特点。倘若此一解说

---

① 闻一多《离骚解诂》谓诗人前往天庭并非为求见天帝,而为求取"玉女",可备一说。然因缺乏文本内证,本文不取。
② 洪兴祖《楚辞补注》,中华书局1983年版,第30页。
③ 夏大霖《屈骚心印》,王夫之《楚辞通释》,均见《离骚纂义》,中华书局1980年版,第282、281页。

可取，那么就会发现，诗人在此是借帝阍拒入表明其求君无果的，他虽有见君陈述委曲的强烈愿望，却连宫门都未进入，因而从根本上断绝了面君的可能。既然君不可见，不得已转觅可作中介之贤臣，迂回以求知遇，便成了诗人惟一可以采用的方法。于是他朝济白水，阆风继马，于"哀高丘之无女"后，开始了在人世间"求女"的途程。然而，其结果是求宓妃而遇其"无礼"，求有娀之佚女遇鸩鸟作祟，求有虞之二姚又理弱媒拙，当此之际，诗人只得无奈而悲凉地感叹："闺中既以邃远兮，哲王又不寤。"其先言"闺中邃远"，已见"女"之难觅；继言"哲王不寤"，更明指"君"之难合。其间一女一男，一臣一君，既是象喻，又是实指，将弃妇与逐臣两条线索缩合为一，而其借求女以喻求贤臣，借求贤臣以达到遇合于君而终不能遇合的境况，已是非常清晰了。

需要指出的是，诗人在直接求女和间接求君的过程中，都借助了"媒""理"这样的中介。所不同处在于，求女所用"媒""理"是明确说出的，是借助"鸩""鸠"等鸟类来象喻的；而求君所用"媒""理"则是隐而未彰的，是欲通过所求之"女"来表征和实现的。游国恩《离骚纂义》一再强调诗人所求之"女"即为通君侧之人，并在"哀高丘之无女"句下联系上下文指出："盖前节（自上征至嫉妒）既以见帝不遂者喻君之不可再得，而又推言君之所以不己知者，由于世之溷浊，好蔽美而嫉妒之故。此节（自朝济白水至蔽美称恶）复设言求女，以隐喻求通君侧之人也。"[1] 这里的"通君侧"者，即是"媒""理"，即是中介，其身份、地位较之"求女"所用鸩、鸠等"媒""理"又有提升，而其内含的意蕴也更为丰富。换言之，诗人在此既是以"女"喻贤臣，又是以"女"喻指可通君侧之"媒""理"，从而使得此"女"一身而二任，构成《离骚》男

---

[1] 《离骚纂义》，中华书局 1980 年版，第 294 页。

女君臣之象喻范式别一角度的补充和展示。

　　综上所言，《离骚》以逐臣的身世遭际和自我求索为中心，既"依《诗》取兴，引类譬喻"，与早期比兴传统远相承接，又借楚语、楚声、楚地、楚物之展示，构成别具特色的楚文学面目；既以香草美人作比，借特定物象喻意，通过比兴、联想、暗示，婉曲地表达主体情感，又将这些个别的、分散的比兴联缀起来，从一个更宏阔的角度予以整合，使之形成一条借男女喻君臣、借弃妇喻逐臣，借"求女"以喻求贤臣或通君侧者的主线，从而以象征的方式展示物象世界与观念世界的契合，表达逐臣的独特感受。这是一种创作方法，也是一种思维方式，其要义在于选择某些特定物象、形象和核心语汇，在整体思考中强化关联，并通过对这些物象、形象和语汇的反复使用，极度凸显其功用和地位，形成表征主体情意的特殊符号或固定载体。而在其内里，则潜隐着中国文化阴阳、男女、夫妇、君臣相对应、相关合的核心因子，潜隐着诗人因自身经历而形成的对逐臣、弃妇间异体同构的深刻体认。司马迁在《屈原列传》中评说屈原："其称文小而其指极大，举类迩而见义远。"[1] 说的便是《离骚》所具有的象喻特点。王逸《楚辞章句序》论及屈赋对后世的影响说："名儒博达之士著造词赋，莫不拟则其仪表，祖式其规范。"[2] 刘勰《文心雕龙·辨骚》在指出后代文人"才高者菀其鸿裁，中巧者猎其艳辞，吟讽者衔其山川，童蒙者拾其香草"之后，更高度赞扬《离骚》为"金相玉式，艳溢锱毫"。[3] 这里所谓"仪表""规范""金相玉式"，指的大抵便是屈赋的创作法则和范式。可以认为，《离骚》所展示的这种象喻特点及由此构成的创作

---

① 《史记》卷八十四《屈原列传》，中华书局 1982 年第 2 版，第 2481 页。
② 《楚辞补注》，中华书局 1983 年版，第 49 页。
③ 刘勰《辨骚》，范文澜《文心雕龙注》，人民文学出版社 1978 年版，第 48 页。

范式一经出现，便与其深厚广博的思想内容相结合，具有了极大的吸附力和典范性，不仅对后世产生了深远的昭示作用，而且也在承接前人的基础上，将弃逐文学及其艺术表现提升到了一个空前的高度。

第五章
楚汉弃逐文学之特点与主题嬗变

第一节 《哀郢》创作与屈原放逐考论

《哀郢》在屈原作品中占有重要地位。这不仅因为它诗情哀婉沉痛，富于艺术感染力，而且还在于它是屈原作品中最完整地提到时间、地点、事件的一篇，极具史料价值。为了从弃逐文化的角度深入考察屈原生命沉沦的过程，深化对其作品的理解，本节拟以《哀郢》为中心，就其创作时间、创作原因以及与此相关的屈原放逐年代等问题略抒己见。

一、《哀郢》创作之缘起

《哀郢》作于何时？缘何事而发？对这个问题，从汉朝王逸《楚辞章句》问世，至今众说纷纭，莫衷一是。总括各家观点，可以得出下面三点主要说法。

其一，认为《哀郢》作于楚顷襄王元年（前298）。最早提出此说的是清人戴震。他在《屈原赋注·音义》中说："屈原东迁，疑即当顷襄元年。秦发兵出武关攻楚，大败楚军，取析十五城而去。

时怀王辱于秦，兵败地丧，民散相失，故有'皇天不纯命'之语。"①

其二，认为《哀郢》是顷襄王二十一年（前278）白起破郢、东迁陈城时所作。首倡此说的是明人汪瑗。汪氏《楚辞集解》认为："此郢乃指江陵之郢，顷襄王时事也。……顷襄王之二十一年，（秦）又攻楚而拔之，遂取郢，更东至竟陵，以为南郡，烧墓夷陵。襄王兵散败走，遂不复战，东北退保于陈城。而江陵之郢不复为楚所有矣。秦又赦楚罪人而迁之东方，屈原亦在罪人赦迁之中。悲故都之云亡，伤主上之败辱，而感己去终古之所居，遭谗妒之永废，此《哀郢》之所由作也。"② 清人王夫之赞成此说，其《楚辞通释》进一步指出："《哀郢》，哀故都之弃捐，宗社之丘墟，人民之离散，顷襄之不能效死以拒秦，而亡可待也。原之被谗，盖以不欲迁都而见憎益甚，然且不自哀，而为楚之社稷人民哀。怨诽而不伤，忠臣之极致也。曰'东迁'，曰'楫齐扬'，曰'下浮'，曰'来东'，曰'江介'，曰'陵阳'，曰'夏为丘'，曰'两东门可芜'，曰'九年不复'，其非迁原于沅溆，而为楚之迁陈也明甚。"③ 但他又认为《哀郢》之创作时间当在九年之后，亦即顷襄王三十年（前269）左右。

其三，认为《哀郢》是楚怀王二十九年（前300）庄蹻暴郢后所作。今人谭介甫《屈赋新编》认为：在怀王二十八、九年时，由于楚国君主昏庸，群小当权，政治日败，民不聊生，庄蹻遂带领人民在郢都发生暴动，怀王不得不于二十九年离郢外迁，屈原有感于此而作《哀郢》。④

---

① 《戴震全集》第二册，清华大学出版社1999年版，第1078页。
② 汪瑗《楚辞集解》，北京古籍出版社1994年版，第172页。
③ 王夫之《楚辞通释》，中华书局1959年版，第77页。
④ 谭介甫《屈赋新编》，中华书局1978年版，第377页。

以上三种说法的是非正误，只有依据《哀郢》文本和相关史料，才能分辨。下面，我们试稍作探讨和辨析。

先看戴震的说法。视《哀郢》为楚顷襄王元年所作，而所据仅为秦发兵出武关攻楚，取析十五城而去，似与《哀郢》内容及当时形势多有不合。《哀郢》发端即云：

> 皇天之不纯命兮，何百姓之震愆；民离散而相失兮，方仲春而东迁。去故乡而就远兮，遵江夏以流亡。

这里，诗人描绘了一幅令人怵目惊心的败家亡国的画面。他激愤地责詈上天，问他为什么让老百姓遭受摧残。曰"仲春东迁"，曰"去故乡"，曰"流亡"，分明是郢都已经陷落，不然，屈原怎能说出这等话来？

那么，事实是否如此呢？根据历史材料，我们没有理由认为顷襄元年时郢都会遭沦陷，以至出现"民离散而相失兮，方仲春而东迁"这样的局面。《楚世家》载：顷襄王元年，"楚立王以应秦，秦昭王怒，发兵出武关攻楚，大败楚军，取析十五城而去"。[①] 在当时，顷襄初立，政局不稳，加上秦军的进攻，形势的确很严重。但是，纵使秦军夺取了析十五城，以楚国疆土之辽阔，郢都附近尚有鄢、邓、宛、叶、上庸、汉北、巫、黔中等多处屏障可守；盛产黄金，财力雄厚，亦有抵御强秦之资，不至于弃郢而别迁。此外，考《史记》之《楚世家》《屈原列传》《六国年表》《秦本纪》以及与之有关的《战国策》等，皆未有顷襄元年楚都陷落而别迁的痕迹。

联系到当时七国间的政治、军事状况，可使这一问题更加清楚。顷襄王元年，齐、韩、魏联军攻秦至函谷关，曾给秦造成很大

---

① 《史记》卷四十《楚世家》，中华书局1982年第2版，第1729页。

的威胁。

《魏世家》载："（哀王）二十一年，与齐、韩共败秦军函谷。"①

《韩世家》载："（襄王）十四年，与齐、魏王共击秦，至函谷而军焉。"②

《战国策》所载更为详细："三国攻秦，入函谷。秦王谓楼缓曰：'三国之兵深矣，寡人欲割河东而讲。'……中期推琴对曰：'……今秦之强，不能过智伯；韩、魏虽弱，尚贤在晋阳之下也。此乃其用肘足时也，愿大王勿易也。'"③

从这些记载可见，当时山东诸国在政治、军事方面取得了一定程度的联合，给秦国以不断打击。一方面，它给楚国造成了有利的抗秦形势，不至于陷入孤军作战的不利局面，另一方面，牵制了秦国的兵力，使之有后顾之忧。从上引秦王与中期的话中，也可以看出韩、魏二国是有一定力量的，更何况有山东大国齐参与其中，适足以威胁秦国，致使秦王想割地求和。因此，在顷襄元年秦军攻楚时，秦军不得不前瞻后顾，仅夺取了析十五城就撤退了。在这种情况下，郢都未遭敌侵是显而易见的，怎么会有大量的民众流亡呢？如果说这是析十五城流亡的民众，则其到了郢都也应停止了，为何又仓仓皇皇地"出国门"而"东迁"呢？《哀郢》篇还有这样的话："曾不知夏之为丘兮，孰两东门之可芜。"这里，诗人怀着悲痛的心情，实在地点出了当时郢都遭到了一次大的战祸，已经破败不堪。而这样的景象，在顷襄王元年是决不会出现的。所以，《哀郢》非此时所作，当无疑问。

再看谭介甫的"庄蹻暴郢"说。关于此一问题，首先要辨明的

① 《史记》卷四十四《魏世家》，中华书局1982年第2版，第1852页。
② 《史记》卷四十五《魏世家》，中华书局1982年第2版，第1876页。
③ 范祥雍《战国策笺证》，上海古籍出版社2006年版，第379—383页。

是，庄蹻是不是一个农民起义的领袖？暴郢究竟发生在什么时间？
规模有多大？这些问题不澄清，就难以得出正确的结论。

　　查阅史料，庄蹻事首见于《荀子·议兵》篇："楚人鲛革犀兕
以为甲，鞈如金石，宛钜铁釶。惨如蜂虿，轻利僄遬，卒如飘风。
然而兵殆于垂沙，唐蔑死，庄蹻起，楚分而为三四。"① 这里提出了
"庄蹻起，楚分而为三四"的说法，其中虽未交待庄蹻的身份，但
是他能和楚国大将唐蔑（《史记》作"唐昧"）相提并论，当不会
是平民身份。值得注意的是，在这上面还有一段话提到了庄蹻，而
且是和田单、卫鞅、乐毅同时出现的。临武君问"王者之兵"，先
论齐之技击、魏之武卒、秦之锐士的强弱，接着就谈到"招近募
远，隆势诈，尚功利"是"盗兵"，而以"齐之田单，楚之庄蹻，
秦之卫鞅，燕之缪虮（按：当即乐毅）"等"世俗所谓善用兵者"
为例，认为他们都属于"盗兵"一类。② 联系上下文来看，庄蹻这
个善用兵者，只能是指楚国的将军，因为作者不大可能把一个农民
起义领袖夹在战国诸将领中一起评论。又，《史记·礼书》之《正
义》曰："楚昭王徙都鄀，庄蹻王滇，楚襄王徙都陈，楚考烈王徙
都寿春，咸被秦逼，乃四分也。然昭王虽在庄蹻之前，故荀卿兼言
之也。"③ 可见，张守节将庄蹻之王滇与楚之昭、襄、考烈诸王之徙
都相提并论，则其对所谓农民起义领袖之说也是不相信的。

　　《吕氏春秋·介立》篇和《韩非子·喻老》篇的记载也可参阅。
《介立》篇曰："郑人之下辕也，庄蹻之暴郢也，秦人之围长平也，
韩、荆、赵此三国者之将帅贵人皆多骄矣，其士族众庶皆多壮矣，
因相暴以相杀。"高诱注："蹻在成王时。"④ 这里的"成"当为

① 王先谦《荀子集解》，《诸子集成》本，上海书店 1986 年版，第 187 页。同样的记
　　述，还见于《商君书·弱民》篇及《史记·礼书》。
② 王先谦《荀子集解》，第 182—183 页。
③ 《史记》卷二十三，中华书局 1982 年第 2 版，第 1165 页。
④ 陈奇猷《吕氏春秋校释》，学林出版社 1984 年版，第 628 页。

"威"之误，因为高诱注《淮南子·主术训》即从《史记》谓"为盗"之庄蹻在威王世；而《汉书·古今人表》下有严蹻（即庄蹻），其时亦与楚威王相接。① 与此不同，韩非《喻老》篇将庄蹻事系于楚庄王时，谓："楚庄王欲伐越，杜子谏曰：'……王之兵自败于秦晋，丧地数百里，此兵之弱也。庄蹻为盗于境内，而吏不能禁，此政之乱也。'"② 这里也有文字的讹误。因为楚庄王生活于春秋时代，其时楚国国力非常强盛，曾一度问周鼎之轻重，不可能有"丧地数百里"事件的发生，故"庄"亦当为"威"之误。

改正了以上错误的是司马迁。在《史记·西南夷列传》中，司马迁是这样记述的："始楚威王时，使将军庄蹻将兵循江上，略巴、（蜀）黔中以西。庄蹻者，故楚庄王苗裔也。蹻至滇池，（地）方三百里，旁平地，肥饶数千里，以兵威定属楚。欲归报，会秦击夺楚巴、黔中郡，道塞不通。因还，以其众王滇，变服，从其俗，以长之。"③ 在这里，司马迁详述了庄蹻王滇事，并指出：庄蹻是楚庄王的苗裔，是一个领兵的将领。据此而言，庄蹻暴郢就决不像谭氏所说是什么"农奴暴动"。由于庄蹻是楚庄王的苗裔，又是和田单、卫鞅、乐毅齐名的将领，因此，所谓暴郢，大概只能是楚威王时庄蹻领导军队发生的一次兵变。兵变后不久，迫于形势，便沿江而上，至巴蜑入黔中以西到达滇池，"以其众王滇"了。正如《括地志》中所说："战国楚威王时，庄蹻王滇，则为滇国之地。"④

当然，也有一些史家在涉及庄蹻其人时，引《华阳国志》谓"楚顷襄王时，遣庄蹻伐夜郎"。⑤ 另有一些论者如宋王应麟《困学纪闻》卷十二谓有两位庄蹻，其身份及生活时代有异。但这些说法

---

① 《汉书》卷二十《古今人表》，中华书局 1962 年版，第 944 页。
② 陈奇猷《韩非子集释》，上海人民出版社 1974 年新 1 版，第 414 页。
③ 《史记》卷一百一十六《西南夷列传》，中华书局 1982 年第 2 版，第 2993 页。
④ 《史记》卷二十五《礼书》，正义引《括地志》，中华书局 1982 年第 2 版，第 1165 页。
⑤ 《汉书》卷二十八上《地理志上》师古注引，中华书局 1962 年版，第 1602 页。

因时代较晚，未足取信，同时，也都难以证成前引谭氏关于庄蹻为农民起义领袖的说法。至于谭氏所说"庄蹻暴郢在怀王二十八年末和二十九年初之间"，并迫使怀王离郢外迁，[①] 则均乏文献依据，不足取信。

既然《哀郢》不是在顷襄元年作，也不是庄蹻暴郢所作，那么，究竟作于何时？答案是明显的。所谓"哀"郢，就是对郢都破亡的哀叹，整个诗篇自始至终都是紧扣这一主题的。在诗中，屈原对多灾多难的广大人民的深刻同情，对自己祖国的深切眷恋，对昏庸君主及群小的愤怒指斥，是交织在一起的，其中包含着诗人难以言喻的巨大悲痛。试想：郢都，是楚国多年以来的国都，地势险要，商业发达，资财集中。正如苏秦对楚威王所说的那样："西有黔中、巫郡，东有夏州、海阳，南有洞庭、苍梧，北有汾泾之塞郇阳。"[②] 借之可以北征中原，西拒强秦。自楚文王熊赀在此建都以后，各代君主都积极经营，向西、向南开发了千百里的疆土，并为北并中原创造了条件。但曾几何时，秦兵东进，摧枯拉朽，城市变成了丘墟，州土变成了战场，郢都陷落，君臣仓皇东迁。在这国破家亡的时候，我们的诗人却拖着衰老的身体，处于流放途中，无所可适，有志难骋，他不能不为自己国都的陷落敌手而悲痛欲绝，大声疾呼"皇天之不纯命兮"，以发泄其满腔义愤；长叹"冀一返之何时"，表达对故都的一往深情。基于这些原因，可以认为：汪瑗和王夫之关于《哀郢》之作与顷襄王二十一年白起破郢、楚都迁陈事相关的看法，可谓一语破的，点中了问题的关键。

二、《哀郢》创作之时间

汪瑗、王夫之虽然指出《哀郢》为迁陈所作，但二人的观点尤其是在《哀郢》创作时间的确定上还颇有分歧，论述也有欠深入，

---

① 谭介甫《屈赋新编》，中华书局1978年版，第377页。
② 范祥雍《战国策笺证》，上海古籍出版社2006年版，第787页。

致使不少问题还不能讲得很通。比如：郢都陷落时屈原身在何处？《哀郢》是郢破当年所作，还是九年之后所作？怎样理解"九年不复"一语？屈原在郢都破亡后的行程如何？目的地是哪里？这一系列问题，如果解决不好，仍然有碍于对文意的理解和对屈原的认识。

这里选两种较具代表性的说法进行讨论。首先是游国恩认为屈原于郢破前九年已被逐到陵阳，其作此篇时，只是在陵阳听到了白起入郢的消息，故有"不知夏之为丘，孰两东门之可芜"之言。[①]事实是否如此呢？我们从诗篇中找答案。

《哀郢》开头几句话描绘了一幅悲惨、凄凉的画面，呈现出一片荒乱景象。在描写民众流亡之后，诗人紧接着说道：

> 出国门而轸怀兮，甲之鼂吾以行。

这便点出了诗人自己的启程时间。下面继续说道：

> 发郢都而去闾兮，怊荒忽其焉极？楫齐扬以容与兮，哀见君而不再得。

从以上这些话可以看到几个要点：一是故都已陷；二是众民流亡；三是诗人本人于甲日之晨离郢，杂于流民之中；四是顷襄朝廷也处于动荡之中，或已迁陈，而诗人却在流亡途中，这就意味着与君主的永久别离。据此而言，在这一事件中，屈原绝不是局外人，即绝不是仅仅听到了郢陷的消息，遥有所感而发的。若按游氏之说，屈原九年前就被放逐到陵阳，而陵阳距郢都千六百里，在通讯设备很

---

① 《论屈原之放死及楚辞地理》，《楚辞论文集》，古典文学出版社 1957 年新 1 版，第117—121 页。

不发达的当时，能听到这一消息当在相当一段时间之后。以耳闻之事，且时日又远，而写下如此悲愤、哀痛的诗篇，并对当时的情景作出极真实的描绘，是不大可能的。退一步说，即使有这种可能，又何以证明屈原放逐陵阳的可靠性呢？以史书无载之事，证成尚属两可之说的"陵阳"之地，并进而断定屈原在陵阳作了《哀郢》，实属下策（详见本节第五点分析）。总之，只要我们细嚼文义，就会得出这样的结论：在郢陷流亡这一事件中，屈原是一个实实在在的参与者，而绝非一个耳闻者和旁观者。

其次是蒋天枢《楚辞新注·导论》祖述王夫之观点，认为《哀郢》是郢都破败九年以后屈原追忆前事所作。①

此说也难令人同意。我们知道，文艺是现实生活的反映。《乐记·乐本》云："凡音之起，由人心生也；人心之动，物使之然也……其本在人心之感于物也。"② 这里所说虽然旨在对乐的本质进行定义性说明，但也反映了一个重要问题，即任何文艺作品及音乐形式，皆由人心感发而生，而人心之所以感发，乃是由于客观环境和事物的变化使然。在社会生活发生巨大变化、对人有极强烈刺激的情况下，必然会导致作者"情动于中，而形于言。言之不足，故嗟叹之；嗟叹之不足，故永歌之"。③ 所谓"嘉会寄诗以亲，离群托诗以怨。至于楚臣去境，汉妾辞官……凡斯种种，感荡心灵，非陈诗何以展其义？非长歌何以骋其情？"④ 说的也是这种情况。细读《哀郢》全诗，盖以对郢都频频眷顾、留恋不舍为线索，叙述诗人"去故乡而就远"，"遵江夏以流亡"的情思，自"出国门而轸怀"写起，顿觉荒忽无极，前途茫然；回首眺望，不尽叹息泪下。及至

---

① 蒋天枢《〈楚辞新注〉导论》，《中华文史论丛》1962 年第一辑。
② 《礼记正义》卷三十七，上海古籍出版社 1990 年版，第 660—661 页。
③ 《毛诗序》，《毛诗正义》，《十三经注疏》，中华书局 1980 年影印本。
④ 钟嵘《诗品序》，陈延杰《诗品注》，人民文学出版社 1958 年版，第 4—5 页。

"顾龙门而不见"，婵媛伤怀，郁结难消，心情更加沉重。离郢都愈远而哀思愈深，甚至舍舟上岸，"登大坟以远望"。所有这些表现都是"哀故都之日远"的心情使然。"羌灵魂之欲归兮，何须臾而忘返？"展示的更是心心念念不忘故国的炽热情怀。我们不能想象，这样巨大的社会变化，诗人能放置九年后才形诸诗篇！换言之，在国破家亡、人民惨遭兵燹被迫流亡的惨景面前，诗人感到无比悲哀愤怒，直欲倒提江水灭此奇耻大辱，故在感情最盛时援笔赋成《哀郢》一章，安有事隔九年再来追忆前事哀悼故都之理？何况郢陷时屈原当已步入老境，时不我待，"岁忽忽其若颓兮，时亦冉冉其将至"，有感于此天崩地坼之事而不发，他还要等什么？九年之后究竟有何触发，使他感到要哀悼郢都？另外，自郢陷之后，史书上对楚国的记载已少，屈原之行踪靡闻，蒋先生却把屈原全部作品的创作时间皆放在史家所不载、考者所不知的郢破九年之后，似乎是不大合适的。

总之，无论从《哀郢》的内容还是从其中记载的行程来看，都得不出游、蒋二先生那样的结论。我们只能认为：《哀郢》篇必定作于郢破的当年。

三、从《抽思》看《哀郢》

为了更好地理解《哀郢》的思想内容及其所反映的事件，有必要对屈原的其他篇章予以分析。《抽思》是《哀郢》的姊妹篇，和《哀郢》有着密切的联系。根据两篇的关系及《抽思》的内容，我们认为：屈原第二次放逐的地点是汉北。他在汉北待了九年时间。《抽思》篇是他从汉北返往郢都途中所作（关于放逐时间，参看本节第四小节）。

《抽思》篇的"倡"词说道："有鸟自南兮，来集汉北。好姱佳丽兮，牉独处此异域。"这"鸟"是屈原自喻，鸟自南而北，明确交待了作者这次的流放地点和"异域"之环境（详后文）；在"乱"

辞中，屈原接着说道：

> 长濑湍流，溯江潭兮，狂顾南行，聊以娱心兮。……超回志度，行隐进兮，低佪夷犹，宿北姑兮。……道思作颂，聊以自救兮。

曰"狂顾南行"，曰"行隐进"，曰"道思作颂"，清晰地交待了诗人南归的行程。那么，在长期的放逐以后，诗人为什么要急于归郢呢？原因大致有三：

第一，在被放逐的这些年内，他"心郁郁之忧思兮，独永叹乎增伤，思蹇产之不释兮，曼遭夜之方长"。由于远离郢都，处境艰难，个人的不幸遭遇，改革楚国政治的愿望，都激起了他思归的情怀。

第二，秦昭王二十七年（顷襄王十九年），秦攻楚，楚败，"割上庸、汉北地予秦"。[1] 可见，在顷襄王十九年以后，汉北地已不复属楚，屈原以流亡之身，处此异国治下的"异域"，艰苦之事备尝，抑郁之情日浓，他痛感国事日败，故遂有南行之志。他恨不得"摇起而横奔"，脱离这个险恶的处境。

第三，也是最重要的一点，是因为在他不愿被秦统治、志将南行的时候，突然听到了郢都危急的消息。《秦本纪》载："（昭襄王）二十七年（按：即顷襄王十九年）使司马错发陇西，因蜀攻楚黔中，拔之。二十八年，大良造白起攻楚，取鄢、邓。"[2] 据此可知，在顷襄王二十年时，由于秦国凌厉的攻势，楚国相继丢失上庸、汉北，亡黔中、鄢、邓。此时，郢都屏障已经尽失，亡在旦夕。屈原听到这些消息，心中之焦急、悲愤不难想见。他回顾一幕幕往事：

---

① 《史记》卷四十《楚世家》，中华书局 1982 年第 2 版，第 1735 页。
② 《史记》卷五《秦本纪》，中华书局 1982 年第 2 版，第 213 页。

"昔君与我成言兮，曰黄昏以为期。羌中道而回畔兮，反既有此他志。"这里讲的是当初怀王与自己约言改革楚国政治，但终于疏远了自己。他进一步说道："历兹情以陈辞兮，荪详聋而不闻。固切人之不媚兮，众果以我为患。"这几句是说：到了顷襄王时代，自己又向君王陈辞诉说，但荪（指顷襄王）却装聋而不闻。立身正直的人本来就不会谗媚人主，所以，那班小人更把我当作心中之患。下面，诗人把话题一转道："初我所陈之耿著兮，岂至今其庸亡？"意思是说：以前我对你说的话是多么中肯明白呵，（你如果听从了我的话）哪能到今天这步田地呢？哪能面临亡国丧位的灾变呢？（按："亡"亦可作"忘"解，但此处以指败亡为宜）面对严峻的现实，屈原坐卧不安。他"望孟夏之短夜兮，何晦明之若岁？惟郢路之辽远兮，魂一夕而九逝。曾不知路之曲直兮，南指月与列星。愿径逝而未得兮，魂识路之营营"。细详诗意，此时的诗人急切地盼望回到郢都，简直连一刻也待不下去了。因此，他"道思作颂"，踏上了归郢的路途。

另外，从篇名《抽思》来看，也有助于认识这一问题。所谓"抽"，即抽绎；"思"是忧思。"抽思"，就是把内心深处纷乱繁杂的愁绪抽绎出来。在"少歌"中，屈原说道："与美人之抽思兮，并日夜而无正。"（按："正"应作"止"。）可见，屈原内心的烦闷忧思，是与处于风雨飘摇中的楚国以及君王的现实处境相关的。尽管以后事实证明，君王当时的心情根本不像屈原想的那样，但屈原以国事为重，"狂顾南行"，准备为君王出谋划策，以尽为国为民之责的忠贞心情却是真实的。

与屈原的耿耿忠诚、忧国忧民不同，顷襄王淫逸侈靡，只顾一己之享乐。据《战国策》载："庄辛谓楚襄王曰：'君王左州侯，右夏侯，辇从鄢陵君与寿陵君，专淫逸侈靡，不顾国政，郢都必危矣。'襄王曰：'先生老悖乎？将以为楚国袄祥乎？'庄辛曰：'臣诚见其必然者也，非敢以为楚国袄祥。君主卒幸四子者不衰，楚国必亡矣。'"① 尽管不能确定此条记载发生的时间，但它却使我们看到了顷襄王一意信用小人，终至昏庸误国的样态。大概在庄辛说"郢都必危"的话不久，"白起率数万之师以与楚战，一战举鄢郢以烧夷陵，再战南并蜀汉"。② 由此看来，屈原的郢都之行必定是徒劳无益的了。他约于顷襄王二十年"秋风动容"之季从汉北出发，向郢都行进，最后恐怕连顷襄王的面都没见着，便仍以逐臣的身份，在顷襄王二十一年（前 278）二月甲日之晨，随着惊恐慌乱的逃难人群，一起离开了郢都，向东漂流而去。《哀郢》中有这样几句话表现他斯时斯际的心境：

> 忽若去不信兮，至今九年而不复。惨郁郁而不通兮，蹇侘傺而含戚。

这里的关键在于对"至今九年而不复"一语的理解。有人会问，既然如前所云，屈原已于去年底从汉北回到的郢都，怎么还说"九年不复"呢？我们认为，这里所说"不复"，主要就未回到朝廷、未复原自己在朝职位而言。由于屈原此次是私自潜还郢都的，他的身份还是逐臣，他还不能堂堂正正地回到朝廷为君主出谋画策，在将政治生命摆在第一位的屈原看来，这才是真正的"不复"。否则，单以是否回到郢都来界定"不复"，就很难解释《哀郢》篇中既从郢都出发，又说至今"不复"这一矛盾了。换言之，《哀郢》既然为作者离开郢都时所作，诗中又说"不复"，则此"不复"便只能指未获得君主认可、未能参与朝政之政治上的"不复"。

郢都既已破败，在政治上又不被接纳，长期处于流放境地的屈

---

① 范祥雍《战国策笺证》，上海古籍出版社 2006 年版，第 870—871 页。
② 《史记》卷七十九《范雎蔡泽列传》，中华书局 1982 年第 2 版，第 2422—2423 页。

原只能随着命运之舟，又一次流落到去国离家的流放途中。而从
《抽思》到《哀郢》，则把这一连串事件紧紧联系起来，把一幅逼真
的屈原后半期活动的场景展现在我们面前。可以说：《抽思》是
《哀郢》的序幕，它提供了《哀郢》中事件发展的线索；《哀郢》是
《抽思》的延续，它从侧面反证了《抽思》中屈原返郢的原因。二
者互相结合，很好地解决了一些长久未得解决的疑难问题。

四、屈原放流的年代和地点

以上我们谈了一些看法，但只是一个方面，还有很多问题不能
贯通，况且古今楚辞研究者对此问题多不这样认为。主流的说法
是：《抽思》作于汉北，而屈原的汉北之放乃在楚怀王时代，[①] 且历
时很短就被召回。到了顷襄王时，屈原的流放地点在江南，不曾有
汉北之放。[②] 由于这些说法的长期存在，人们似已形成一固定观念。
为了厘清这一问题，我们有必要就屈原一生被逐的年代、次数及地
点等作进一步讨论。

细考相关史料、屈原作品及楚国政治，可以认为：屈原一生有
两次放逐，但都在顷襄王时代。在记载屈原事迹最早、最完整的
《史记·屈原列传》中，是这样写的：

> 上官大夫与之同列，争宠而心害其能。怀王使屈原造为宪
> 令，屈原属草稿未定，上官大夫见而欲夺之，屈原不与，因谗
> 之曰："王使屈平为令，众莫不知。每一令出，平伐其功。曰
> 以为非我莫能为也。"王怒而疏屈平。

① 如马茂元谓："本篇作于怀王的后期。"（《楚辞选》，人民文学出版社1958年版，第
139页）金开诚谓："本篇是屈原在楚怀王中期或后期初次脱离楚国的政治中心郢
都，迁在汉北时所作。"（《楚辞选注》，北京出版社1980年版，第93页）
② 郭沫若认为屈原的放逐应在襄王六年以后，因而得出"《橘颂》以外的八篇和《离
骚》《天问》都是襄王六七年以后的屈原的晚期作品"（《沫若文集》卷十二《屈原研
究》）的结论。在《屈原赋今译》中，他仍坚持这一观点，但未展开论述，也无
材料支持，故说服力不强。

这是首次提到屈原被疏的文字，但此"疏"只是疏远之意，不是放逐（此时约为怀王十六年，即前 313 年）。稍后，

> 屈平既疏，不复在位，使于齐。

虽因疏远而不在位，但仍可出使齐国（其时约为怀王十七年，即前 312 年），说明其时亦无放逐事。再后，到了怀王三十年（前 299），

> 时秦昭王与楚婚，欲与怀王会。怀王欲行，屈平曰："秦，虎狼之国，不可信，不如无行。"①

这是楚怀王在位的最后一年，屈原尚且有劝谏的机会，说明他被疏后仍在朝，肯定没有被放逐。那么，为什么一些楚辞研究者却认为屈原在怀王时代有放逐一事呢？原因大致有三。

一是刘向在《新序·节士》篇中有一段话，其中说："屈原有博通之知，清洁之行，怀王用之。秦欲吞灭诸侯，并兼天下，屈原为楚东使于齐，以结强党。秦国患之，使张仪之楚，货楚贵臣上官大夫靳尚之属，上及令尹子兰、司马子椒，内赂夫人郑袖，共谮屈原，屈原遂放于外。"② 刘向既然认为怀王十六年张仪来楚后，屈原便被放逐，那么，他的根据是什么呢？从其行文次序及内容来看，本自《史记·屈原列传》无疑。但《屈原列传》只提及"是时屈平既疏，不复在位，使于齐"之事，并无片言只句说到"放"，因而可以认为：刘向对司马迁的表述未仔细分析，又凭想当然办事，便误"疏"为"放"，把有可能在这时放逐说成了实有之事。后来的一些研究者便以此为据，而忽视了作为原始材料的司马迁的说法。

---

① 《史记》卷八十四《屈原列传》，中华书局 1982 年第 2 版，第 2481—2484 页。
② 《新序·节士》，石光瑛《新序校释》，中华书局 2001 年版，第 937—940 页。

虽然也有人把放逐时间的前后略略改动了一下，但还是认为屈原在怀王时代必应有一次放逐。

坚持这一说法的另一根据是《卜居》篇。《卜居》云："屈原既放，三年，不得复见。"《卜居》是否屈原所作，还很难确定；但不管谁作，都可以认为它是接近屈原时代的作品，史料价值极大。它讲的三年之放，是可信的。但这三年之放究竟在何时，根据什么可以确定它一定在怀王时代呢？主此说者很难作出圆满的回答。

第三条根据便是由秦楚关系的发展情况来确定屈原的放逐时间。这固然是应注意的一个问题，但不是绝对的。一般来说，秦楚关系的和好，就有可能导致抗秦派代表人物屈原的被放逐；但可能与事实之间还是有一定距离的，要证其为事实，还需要联系屈原的作品和有关资料，否则，是不足以服人的。

如上所述，既然没有切实的根据来证明屈原在怀王时代被放逐，那么，屈原的被放逐就有较大的可能发生在顷襄王时代。《屈原列传》载：

> 楚人既咎子兰以劝怀王入秦而不返也。屈平既嫉之，虽放流，眷顾楚国，系心怀王，不忘欲反，冀幸君之一悟，俗之一改也。其存君兴国，而欲反复之，一篇之中，三致志焉。……令尹子兰闻之，大怒，卒使上官大夫短屈原于顷襄，顷襄怒而迁之。[1]

在这段话中，首次提出了"放流"一事，其后又说到"迁之"。那么，这"放流"与"迁之"是不是一回事？如果不是一回事，应怎样解释？

----

[1] 《史记》卷八十四《屈原列传》，中华书局1982年第2版，第2484—2485页。

　　细按原文，这是分指两个不同时间的放逐事件，不可一概而论。首先，看"放流"。我们知道，在怀王入秦前，《屈原列传》明载屈原有谏行一事，说明他当时尚在朝中，未被放流。他的放流，当在谏行之后。那么，屈原的谏行之举会不会导致他的放流呢？按理而论，仅仅是几句劝谏的话语，而这话又出于为怀王安全考虑，因而是不大会导致放逐的；况且《楚世家》载昭睢是年亦有谏语，①可知这次谏行的是屈、昭二人，史册均未载有放流事。由此可以推断，屈原的放流应发生在怀王入秦以后。从《屈原列传》的叙述看，在怀王入秦之后，楚人已开始责备子兰劝怀王入秦了的时候，才出现"放流"一语，并且后面紧跟"眷顾楚国，系心怀王"等语。由此可知，屈原这次的"放流"当在怀王入秦、顷襄继位后无疑。班固在《离骚赞序》中说："怀王终不觉悟，信反间之说，西朝于秦。秦人拘之，客死不还。至于襄王，复用谗言，逐屈原在野。"②王逸的《离骚经序》也说："是时秦昭王使张仪谲诈怀王，令绝齐交；又使诱楚请与俱会武关，遂胁与俱归，拘留不遣，卒客死于秦。其子襄王复用谗言，迁屈原于江南。"③在这里，班、王均认为屈原是到了襄王时代，才发生了被逐、被迁之事，这一认识，与司马迁的说法是吻合的。

　　那么，是什么原因导致屈原被逐被迁呢？

　　根据当时形势分析，可以清楚地认识这一问题。《楚世家》载："（怀王）二十八年，秦乃与齐、韩、魏共攻楚，杀楚将唐昧，取我重丘而去。二十九年，秦复攻楚，大破楚。楚军死者二万，杀我将军景缺。三十年，秦复伐我，取八城。""（顷襄元年）秦发兵攻楚，

①　《史记》卷四十《楚世家》，中华书局1982年第2版，第1728页。
②　洪兴祖《楚辞补注》，中华书局1983年版，第51页。
③　洪兴祖《楚辞补注》，中华书局1983年版，第2页。

大败楚军，斩首五万，取析十五城而去。"① 在短短几年中，楚国遭
到了一连串的打击，加上顷襄新继位，缺少经验，又有群小当道，
国内混乱，政治腐败。在这种情况下，屈原深感自己的"美政"理
想将成泡影，国家败亡不日即至，遂以"固切人之不媚"的态度，
向顷襄直进谏言。可是，顷襄向来爱受恭维，喜听奉承之语，对屈
原这种逆耳的忠言是断断不会接受的。加上屈原是怀王时代已被疏
远却又"系心怀王"的旧臣，根本不合自己胃口。一朝天子一朝
臣，为了排除异己，顷襄王一怒之下便将屈原逐出朝去，其可能性
是非常之大的。

倘若此点可以得到确认，那么就可接着讨论屈原此次放逐地点
及时间长短这一问题了。

王逸认为屈原此次放逐地点是在江南。屈原的一些作品，如著
名的《离骚》、优美的《九歌》等当于此时作定，而这些作品中所
涉及的地域，也都是江南一带。《渔父》篇云："屈原游于江潭，行
吟泽畔，颜色憔悴，形容枯槁。"大概正是这时的情况。

屈原这次的放流，历时三年左右。《卜居》篇首次提出了三年
之说。到了汉代，东方朔在其《七谏》中也说："隐三年而无决兮，
岁忽忽其若颓。""念三年之积思兮，愿一见而陈辞。"可见，他也
认为屈原有三年之放。如果从当时的政治形势看，在顷襄王继位后
的相当一段时间内，秦楚关系一直处于紧张状态。到了顷襄王三
年，怀王客死于秦，秦人归其丧，遂激起楚国人民的强烈义愤。
《楚世家》云："楚人皆怜之，如悲亲戚。诸侯由是不直秦。秦楚
绝。"② 从此一记载，可以想象当时那种民怨鼎沸、群情激昂的情
景。迫于民众的压力和面临的难堪处境，顷襄王不得不于是年和秦

---

① 《史记》卷四十《楚世家》，中华书局 1982 年第 2 版，第 1727—1729 页。
② 《史记》卷四十《楚世家》，中华书局 1982 年第 2 版，第 1729 页。

绝交，同时，也极有可能在此前后收回放逐屈原的成命，把他召了回来（但不可能很快恢复他的官职）。由于这些原因，将《卜居》篇说的"三年之放"置于此时是比较合理的。

这是屈原的第一次放逐。那么，第二次放逐又在什么时间呢？下面，回顾前面提到的"放流"与"迁之"的问题，重点谈"迁之"。我们还是从《屈原列传》这段文字下手吧。在这段记载中，有几个值得注意的问题。

第一，"屈平既嫉之"，这个"之"，到底指什么？细详文意，它一方面与下文"眷顾楚国，系心怀王"相关合，固可指代秦国无理扣留怀王这一事件；但另一方面，又紧承上句"楚人既咎子兰以劝怀王入秦"，似更应指代劝怀王入秦的子兰。前面说"咎"，有责备、归咎之意；后面用"嫉"，则有嫉恨、痛恨之意，相比之下，更突出了屈原对子兰远过一般楚人的愤怒之情。

第二，既然这个"之"字有了着落，则这段记载最后一句中"令尹子兰闻之"的"之"就好解释了。由于屈原在第一次放逐期间，写下了很多诗篇，特别是《离骚》，其中一些句子，直刺昏君与群小。如："余既滋兰之九畹兮，又树蕙之百亩……虽萎绝其亦何伤兮，哀众芳之芜秽。""兰芷变而不芳兮，荃蕙化而为茅。""椒专佞以慢慆兮，樧又欲充夫佩帏，既干进而务入兮，又何芳之能祗？固时俗之流从兮，又孰能无变化？览椒兰其若兹兮，又况揭车与江离？"在这些话里，茅、揭车、江离代指群小，而椒、兰分明是隐指司马子椒与令尹子兰，并对之进行了辛辣的讽刺与鞭挞。这些大概正是《屈原列传》所指的"其存君兴国，而欲反复之，一篇之中，三致志焉"的那篇。[1] 子兰闻之的"之"，理应代此。倘若这一推论不误，那么，子兰看到了这样的诗篇，其恼怒程度可想而

---

[1] 《史记》卷八十四《屈原列传》，中华书局1982年第2版，第2482页。

知，他"卒使上官大夫短屈原于顷襄"，也就事出有因了。用司马
迁在《太史公自序》中的话来说，便是"怀王客死，兰咎屈原"。①
不过，子兰之"咎屈原"有两点需要注意，一是他借刀杀人，令上
官大夫"短屈原"；二是在"短屈原"前用了一个"卒"字，它表
示了时间概念的延长，是"终于"、"最后"的意思，并非"闻之"
后短时间内的事情。因此，司马迁在"屈平既嫉之"和"令尹子兰
闻之"两句中间加入了大量的议论文字，显然是把它们有意隔开，
作为两件不同时间的事处理了。至于一些学者如顾炎武、梁玉绳、
凌稚隆等人硬说此段有错简，要颠倒这一段文字的顺序，② 显然不
妥当。要知道，司马迁是十分仰慕屈原的，他为屈原立传，也花
费了一定的心思。通观《史记》全书，《屈原列传》无论是在人
物评价上，还是在文字、结构上，都可以算作首屈一指的精要作
品。说它因资料缺乏而出现一些叙述上的缺漏，那是可能的；如
果指责其文字和结构上有这样那样的问题，或不好直说它有问
题，而以"错简"代之，都是没有真正领会司马迁用意而遽下结
论的一种做法。

　　由于子兰卒使上官大夫短屈原于顷襄，因此，顷襄王便"怒而
迁之"了。这里的"迁之"，当为屈原的第二次被放。那么，第二
次放逐是在什么时间呢？

　　前引汪瑗《楚辞集释》在正确指出《哀郢》创作的缘起后，又
在解释篇中"忽若去不信"一句时推断屈原的放逐年代云：

　　　　"忽若去"，犹言忽若遗也。"不信"，不信任也。"不复"，
　　不召还也。按秦拔郢在顷襄王二十一年，今日"九年不复"，

① 《史记》卷一百三十《太史公自序》，中华书局1982年第2版，第3309页。
② 参见梁玉绳《史记志疑》，中华书局1981年版，第2485页。

则见废当在襄王十三年矣。但无所考其因何事而废耳。[①]

且不说其词语解释的准确与否，仅就这段推论之整体而言，当是合乎情理的。因为据"至今九年而不复"一语上推九年，正为顷襄十三年。汪氏感到不好解决的是"无所考其因何事而废耳"，亦即屈原何以会在顷襄十三年时被放逐。对此，我们可稍作分析。

前面说过，屈原之是否被放流与楚秦间关系之变化有一定关联。屈原第一次被放三年以后，秦楚关系逐渐有所好转。到了顷襄七年，楚迎妇于秦，自顷襄继位以来秦楚关系的紧张状态才得以松弛，两国之间有了进一步的来往。那么，作为抗秦派代表人物的屈原会不会因此被放呢？回答应是否定的。因为：一、屈原被召回的时间不是很长，可能还没有复职，没有进谏的机会，也就是说不大具备阻止秦楚关系和好的可能。二、即使有这种可能，屈原大概也不会像往常那样犯颜直谏，而只能采取一种较为巧妙、婉转的方式，而这样的方式一般是不会招致放逐的横祸的。为什么要采取这种方式呢？因为秦楚复平乃是在秦伐韩斩首二十四万，并以得胜之兵临已弱之楚的情况下实现的。屈原尽管恶秦之极，也不会不顾客观条件，贸然提出以必不胜之兵迎击具必胜之势的强秦的主张的。由此可知，是年屈原虽有被放之可能，但决不会形成事实。

到了顷襄王十三年时，屈原便有了重新被放的可能性与现实性。因为根据当时形势来看，秦楚关系有了进一步发展，并将于明年好会于宛，结和亲。屈原此时的地位怎样呢？史无记载。但是，自第一次放逐到现在，十年时间已经过去。以屈子不甘寂寞的性格和超人的才干，经过不断努力，在这段时间内重获职位，并参与国

---

① 汪瑗《楚辞集释》，北京古籍出版社1994年版，第178页。

家的一些政治活动是很有可能的。这样，在顷襄王十三年秦楚关系进一步发展时，为了国家的长远利益，提醒襄王汲取历史的教训，屈原是会挺身而出，犯颜直谏的。但他所谏诤的对象顷襄王较之乃父怀王还要昏聩、怯懦，他将杀父之事都可等闲视之，就更不把廉耻放在心上了。他既没有与秦对抗的勇气，又贪图安逸，想在秦国的庇护下坐稳儿皇帝。设想一下：如果当他正积极推行其美满计划，准备明年与秦好会的时候，突然遭到屈原的激烈反对，则其反应之激烈可想而知。若是再算上子兰以前使上官大夫进的谗言，新恼旧怒加在一起，则顷襄此时放流屈原之可能性最大。将此可能性与《哀郢》所谓"至今九年而不复"之已然性合在一起来考虑，则屈原之第二次被放逐定当发生于此年。

根据前文关于《抽思》一篇的分析，可知屈原这次放逐的地点是汉北。他在汉北一待就是九年。而在第七个年头的时候，屈原便置身于暴秦的统治之下了。故《抽思》篇出现了"好娇丽兮，牉独处此异域"的诗句。这里的"异域"，固然可以解作"背离乡党，居他邑也"，[①] 然而，联系到前面谈到的秦此时已攻占汉北之地的事实，则此"异域"便具有了别样的意味，其中带有国土沦失后寄人篱下的难言之痛和无限的感伤。故下文有"既茕独而不群兮，又无良媒在其侧"的语句。他在"乱"辞中的那些话，更反映了想摆脱秦国的控制是多么的困难。他不仅要隐蔽前进，而且要迂回绕路，躲避敌人的耳目。但是，屈原对故都"魂一夕而九逝"的急切思念使他克服了重重困难，终于在郢都未失陷之前，踏进了国都的大门。

五、"陵阳"说和屈原的归宿

经过百般曲折，屈原回到了郢都，但他回去之后能有什么作为

---

① 王逸《九章章句第四》，洪兴祖《楚辞补注》，中华书局 1983 年版，第 139 页。

呢？郢都破亡在即，任何人都回天乏力，何况早已是人微言轻、身
在流放中的逐臣！也许是在郢都被秦兵攻占前，也许是在郢都甫被
攻占之际，诗人怀着惊惶复悲愤的心情，与众流民一起离开郢都，
踏上了新的流亡路程。他过夏首，临洞庭，至夏浦。这时，新的问
题又摆在了面前："当陵阳之焉至兮，渺南渡之焉如？"

　　这里出现的"陵阳"一语，究竟应作何解释？清人蒋骥在他的
《楚辞余论》中将陵阳作为确定的地名来处理。他说："《哀郢》，从
郢至陵阳也。旧解于陵阳未有确疏，因不知《哀郢》之所至。今
案：陵阳县两汉属丹阳郡。《志》云：今陵阳故城在池州府青阳县南
六十里，其地南据庐江，北据大江，且在郢之直东，窃意原迁于江
南，应在于此。"① 自此说倡后，后人多赞成之。游国恩并阐发其
论，说屈原在陵阳一待就是九年。

　　我认为，这种解释是不正确的。考之《哀郢》诗意、屈原的流
亡行程和有关史料，就可以较清楚地了解此一问题。先看屈原对此
篇所提地名是怎样处理的：

　　　　去故乡而就远兮，遵江夏以流亡。
　　　　过夏首而西浮兮，顾龙门而不见。
　　　　上洞庭而下江。
　　　　背夏浦而西思兮，哀故都之日远。
　　　　哀洲土之平乐兮，悲江介之遗风。

在这些句子中，凡地名都是上下对举的。动词、名词也都两两相
对，比较工稳。如果说"陵阳"是地名，按理下句亦应有地名与之
相对，但下句的"南渡"却是一个偏正词组。可见，屈原并没有把

---

① 蒋骥《山带阁注楚辞》，上海古籍出版社 984 年新 1 版，第 220 页。

"陵阳"作地名处理的意思。

其次，"当陵阳之焉至兮"和"渺南渡之焉如"二句，在形式上偶对工稳，应属同类句型。上面是"当陵阳"，下面是"渺南渡"；上面是"焉至"，下面是"焉如"。很明显，"陵阳"和"南渡"在用法和用意上是大致相同的，因此，我们没理由将"陵阳"作地名看。

再次，《哀郢》中还有"凌阳侯之泛滥兮，忽翱翔之焉薄"的话。把"陵阳"与"凌阳侯"对比一下，就可以看出其共同之处了。在这里，"陵"与"凌"相通，都是动词，当乘驾讲。（扬雄《反离骚》："陵阳侯之素波兮，岂吾累之独见许。"应邵注曰："阳侯，古之诸侯也，有罪自投江，其神为大波。陵，乘也。"）[①]"阳"似为"阳侯"的省略，都是代指水波之神陵阳国侯的。其所以要省略，乃是因为该篇所用大都为三三句式（若将中间所加助词"而""之""以"等另列，则成为三二句式），亦即每句三字一顿。如果不予省略，就会变成"当陵阳侯之焉至兮"，比下句"渺南渡之焉如"的第一个三字句多出一字。为了配合诗句定式，就必须省掉一个"侯"字。这种省略在当时一般是不易引起人们误解的，岂料千年之后，竟引起一场轩然大波。据笔者理解，这两句似应解作：当乘驾着这滚滚波涛时该向哪里去呢？眼望水波浩淼，一片汪洋，向南又走到哪里呢？这两句话，正点出了屈原当时精神恍惚，无所着落的心情。

最后，根据屈原卒前的作品分析，可以断定，《哀郢》作完后不久，大约又经历了三个月时间，屈原便投江自尽了。在这种情况下，他是无暇跑到远在一千六百里外的陵阳去转一圈的。认为屈原有陵阳之行的人们，恐怕很难解释屈原到陵阳去的目的，也难以找

———————
① 《汉书》卷八十七上《扬雄传上》，中华书局1962年版，第3519页。

出屈原又是如何从陵阳返回南下汨罗的任何旁证。查相关文献，陵阳县是到了汉代才设置的。《汉书·地理志上》载："丹扬郡，……县十七：……陵阳……"①《中国地名大辞典》云："陵阳县，汉置。晋避杜皇后讳，更名广阳。故治在今安徽石棣县东北。今县界有陵阳镇，西北距青阳县六十里，即故陵阳县也。"②据此可知，以汉置行政区划证明先秦时屈原行迹，起码是不够严谨的。退一步讲，即使在先秦时期已有陵阳之名，也不能证明屈原此行的终点与陵阳有关。因为一个简单的事实是：陵阳地处山区，离长江约百里之遥，其境不通舟船，与《哀郢》所谓"当陵阳之焉至兮，渺南渡之焉如"句意龃龉不合。所以，通过以上诸点分析，我们还是不把陵阳作地名处理为好。

《哀郢》叙述屈原此行东面的最后一个地点是夏浦（即今湖北汉口）、鄂渚。③鄂渚，或谓今湖北鄂州，或谓今武昌西，④或谓武汉地区江中之洲名一带。⑤这是长江的大转弯处，东望是一泻千里的大江，西南是烟雾茫茫的洞庭，他一时竟不知到哪里去好了。他的行踪，在《哀郢》中有这样的叙述："将运舟而下浮兮，上洞庭而下江。"意为当此之际，可以顺江东下，也可以溯江西上而达洞庭。从被认为是《哀郢》续篇的《涉江》中可以看到："哀南夷之莫吾知兮，且余将济乎江湘。"其中透露的信息是：他最后的决断是"济乎江湘"，亦即前往汇入洞庭湖而与长江相连的湘水。大概正是这样一个决断，才有了下文"乘鄂渚而反顾"的话，也就是说，他走的是由夏浦、鄂渚掉头而西南行的路线。之后，"年既老"的诗人溯沅水，经枉渚，宿辰阳，至溆浦，怀着"余将董道而不豫

---

① 《汉书》卷二十八《地理志上》，中华书局 1962 年版，第 1592 页。
② 《中国地名大辞典》，商务印书馆 1933 年第 2 版，第 867 页。
③ 《涉江》有"乘鄂渚而反顾"语，此将其与《哀郢》所涉东行地名合并论之。
④ 见马茂元《楚辞选》，人民文学出版社 1958 年版，第 128 页。
⑤ 见金开诚《楚辞选注》，北京出版社 1980 年版，第 111 页。

兮，固将重昏而终身"的意念，在溆浦一带的山林中作了短暂的停留。但是，这一地区的形势却是异常紧张的。早在两年以前，秦人为了形成对郢都的包围，就派司马错攻占了巫郡、江南一带。① 眼下，他们又虎视眈眈，随时准备攻占沅湘流域。在这种情况下，屈原不仅为自己的遭遇深感怨愤，而且更为整个楚国的前途忧虑万分，他在这里实在待不下去了，万般无奈地慨叹："阴阳易位，时不当兮；怀信侘傺，忽乎吾将行兮。"

那么，他要到哪儿去呢？《怀沙》一篇有清楚展示。"怀沙"者，怀念长沙也。长沙曾是楚东南之都会，当年楚先祖熊绎始封于此，是时此地尚在楚国掌握之中。处于穷途潦倒、内外交困境地的屈原，自然有怀于先祖之故地。"鸟飞返故乡兮，狐死必首丘。"他怀着这样的意念，再一次涉足沅水，向长沙方向前进。《怀沙》篇说："浩浩沅湘，分流汩兮；修路幽蔽，道远忽兮。"当为斯时情景的真实描写；而一开头所说"滔滔孟夏兮，草木莽莽，伤怀永哀兮，汩徂南土"几句，又明白地告诉我们：屈原"汩徂南土"的时间，正是离开溆浦以后的孟夏四月。

《史记·白起列传》载："其明年，攻楚拔郢。烧夷陵，遂东至竟陵。"②

《韩非子·初见秦》篇载："秦与荆人战，大破荆，袭郢，取洞庭、五湖、江南，荆王君臣亡走。"③

这就是说，白起破郢后，又马上攻占了竟陵，接着又占领了洞庭五湖江南一带地区。据此推测，屈原当是在重兵胁迫下南行的。在这种情况下，他所考虑的，就不能不是生命的最后归宿这一问

---

① 《史记·秦本纪》：昭襄王"三十年，蜀守若伐巫郡及江南，为黔中郡"。《六国年表》顷襄王二十二年条："秦拔我巫、黔中。"中华书局 1982 年版，第 183、742 页。
② 《史记》卷七十三《白起列传》，中华书局 1982 年第 2 版，第 2331 页。
③ 陈奇猷《韩非子集释》，上海人民出版社 1974 年新 1 版，第 2 页。

题了。

夏日的江南，烟雨弥漫，咆哮的汨罗江水汹涌奔腾。楚倾襄王二十一年（前278）五月五日，我们的流亡诗人，满腹悲痛，行吟在江岸之上。"知死不可让，愿勿爱兮，明告君子，吾将以为类兮!"这是他留给世人的最后呼喊，也是他虽九死而不悔的誓言。他再一次回首郢都，告别了至死不肯离开的故国，纵身跃入滚滚的汨罗江中。

以上，我们对屈原的诗篇及屈原后半生的活动作了一个较系统的分析。从《抽思》《哀郢》《涉江》的前后相续，从屈原在襄王时代两度被放逐的时间、地点以及当时的时代背景来看，似可作出如下结论:《哀郢》篇是就公元前278年白起破郢、顷襄迁陈这一事件而作，它的创作时间是在当年的仲春二月。屈原自上年（顷襄王二十年）秋季离开汉北，当年二月（顷襄王二十一年）离开郢都后，历经夏浦、鄂渚、辰阳、溆浦等地，并于是年五月五日向长沙进发途中投江自尽。

第二节　回归：流亡者的心理情结与逻辑展演
——以屈原骚体弃逐诗为中心

在中国弃逐文学史上，屈原作为遭政治强力打击而被弃逐、并创作出大量骚体作品的早期诗人，有两点最值得关注:

其一，他在弃逐意义上第一次明确使用"流亡"一词，如《离骚》:"宁溘死以流亡兮，余不忍为此态也。"《哀郢》:"去故乡而就远兮，遵江夏以流亡。"《惜往日》:"宁溘死而流亡兮，恐祸殃之有再。"《悲回风》:"宁逝死而流亡兮，不忍为此之常态。"这里的"流亡"，与我们常用的"弃逐"有所不同，后者在展示受动者被弃逐的同时，还强调施动者所外加的"弃""逐"等外部因素，而前者则将重心全部移往受动者一方，它强调的是受动者在被弃逐过程中远离故土、流落漂亡的生命形态。固然，流亡一词的发明权并不在屈原这里，早在《诗·大雅》之《召旻》篇中，就有过"瘨我饥馑，民卒流亡"的话，[①]《左传》中也引逸《诗》谓"用乱之故，民卒流亡"。[②] 不过，将这些用法与屈原笔下的"流亡"稍加比较即可发现，其一重在民众，一重在自我；一指因战乱、灾祸而流徙逃亡，一指因遭放逐而漂流在外，亡无定所，二者的差异是明显的。因此之故，我们可以说，屈原是中国历史上第一位自称"流亡"的政治流亡者，他的诗篇，大都可以视之为流亡者的吟唱。

其二，在屈原作品中，始终跃动、回响着一个主旋律，即回归。我们曾一再指出，弃逐与回归是一对永恒的矛盾，大凡被弃逐者，几乎没有不心心念念希望回归的。弃子逐臣之所以如此强烈地要求回归，既是对无罪遭逐之不公待遇的不满，也是对专制强力的逻辑反弹，同时还包含着诸如雪冤复仇、实现理想等复杂因素，而从根本上说，则是源于人的一种最基本的需求，即归属的需求。人类的本性是趋利避害，要求生活的基本保障。人之所以需要归属，除了逃避孤独，更重要的还在于寻求安全，这是人类自我保护的本能。而一位流亡者的漂泊生涯和遭遇的陌生环境，是不能给人提供这种安全保障的。因而，他们理所当然地会产生摆脱困境、走出泥潭、消除危机、回归故土的渴望。西方人本主义心理学家马斯洛在概括人的需求层次时，将归属感和安全感视作其中两个基本的要项，这一概括对流亡者的心理来说，尤为切合。[③]

依据以上两点，从新的角度考察屈原作品，可以认为：流亡是

---

① 朱熹《诗集传》卷十八，上海古籍出版社 1980 年新 1 版，第 221 页。
② 《春秋左传集解》，上海人民出版社 1977 年版，第 1546 页。
③ 关于此一主题及其在后世贬谪文学中的表现，参见尚永亮《弃逐与回归——上古弃逐文学与文化导论》，《学术研究》2014 年第 4 期；尚永亮、程建虎《唐代逐臣别诗中的回归情结、艺术表现及成因探析》，《文学评论丛刊》第 9 卷第 1 期。

回归的触发因子，而回归乃是流亡的必然归趋，是流亡的命运促成并凝聚了流亡者持续要求回归的心理情结，而对回归的强烈渴望，导致屈原的流亡作品获得了空前的情感力度，并因其篇幅之长大和描写之详尽，展示出较之此前同类作品更为鲜明的四大特点，即故乡回归、政治回归、自我回归和终极回归。下面，试对这几大特点稍作梳理，以获致对屈原回归情结之逻辑展演的深一层理解。

一、鸟、狐之喻：回归故乡的永恒渴望

对流亡者而言，流亡是强权政治将个体从原有群体强行剥离、驱逐的一种状态，它不仅使流亡者同时面对空间和时间的双重逼迫，而且使之在陌生环境和漂流生涯中经受无法言说的精神孤独，当此之际，回归故乡自然成为其永恒的渴望。所谓"涉世险艰，故愿还故乡。故乡者，本性同原之善也。经疢疾忧患危惧而后知悔，古人无不从此过而能成德者也"，[①]指的便是这种情况。

"本性同原之善"，无疑是故乡最深刻的内涵。这里没有勾心斗角，没有权欲之争，这里有的，除了纯朴的风光、恬静的环境，更多一种来自父老乡邻的亲情，一种充满安全感的真淳和良善。对于身经生命沉沦、在流亡生涯中饱尝孤独的诗人而言，故乡宛如茫茫大海中的一座灯塔，时时焕发出诱人的光芒，成为他们逃离孤独的惟一归趋。他们一方面因远离故乡无法归去而无比痛苦，另一方面也因有故乡这一温馨的所在而获得暂时的慰藉。所以，在屈原的流亡吟唱中，大都涉及回归主题，而表现最突出的，则是《九章》的《哀郢》一篇：

去故乡而就远兮，遵江夏以流亡。

发郢都而去闾兮，怊荒忽其焉极。……望长楸而太息兮，

----

① 　方东树《昭昧詹言》卷二，人民文学出版社1961年版，第62页。

涕淫淫其若霰。过夏首而西浮兮，顾龙门而不见。

去终古之所居兮，今逍遥而来东。

羌灵魂之欲归兮，何须臾而忘反。背夏浦而西思兮，哀故都之日远。……

忽若不信兮，至今九年而不复。惨郁郁而不通兮，蹇侘傺而含慼。

这里描述的，是屈原在流亡途中的所见所感，而其中心则是远离故乡的哀怨和希冀归返的情怀。"去故乡而日远""发郢都而去间""去终古之所居""哀故都之日远"，这些含义大致相同的话，在不长的篇幅中反复出现，正展示出诗人对故乡那缕浓得化解不开的情愫。换言之，他此时因离乡日久而又踏上新的流亡途程已意乱神迷，在他脑海中一再闪回的，都是关于"故乡""故都""终古之所居"的念想，九年未复，惨郁不通，灵魂欲归，须臾不忘，通过这一连串的表述，思乡的主题已被渲染到无以复加的程度。于是，在作为全篇总结的"乱曰"中，屈原说出了如下几句更具概括力的话语：

曼余目以流观兮，冀一反之何时。鸟飞反故乡兮，狐死必首丘。信非吾罪而弃逐兮，何日夜而忘之。

从内容看，这段话仍是此前思乡意念的重复，但因使用了"鸟飞反故乡兮，狐死必首丘"两个象喻性语句，便以其生动形象的总括，一下将全诗的伤悲气氛推至顶点。这是一种比较，借助比较而形成大的落差——无知的鸟、狐尚且有返乡、首丘之举，有情之人却远离故土，一返无缘，这该是何等的不堪！这也是一种强化——借助鸟、狐对故乡、故土的怀思，以强化诗人"冀一返之何时"

"何日夜而忘之"的一缕至情。同时，这更是一种含义之象——通过以"反故乡""首丘"为基本内涵的鸟、狐之象的营造，为弃逐文学、思乡文学提供了一个稳定的意象范本。

屈原之所以选择鸟、狐为表达思乡情思的意象，原因主要有二，其一，这是对此前传统说法的一种承接。查考早期文献，《文子·上德》即有"飞鸟反乡，兔走归窟，狐死首丘，寒螀得木，各依其所生也"的记载，[①]《礼记·檀弓上》也有对古人"狐死正丘首"之言的引用。[②] 其二，在表达思乡情怀方面，鸟、狐最具代表性。鸟为飞禽，狐为走兽，举此二者，即将天空、地面所有生物囊括其中。具体来说，狐为最有灵性的走兽之一，据说死前要将头部朝向自己洞穴所在的丘陵方向，以示对故土的怀恋。郑玄注《礼记·檀弓上》"狐死正丘首，仁也"句谓："正丘首，正首丘也。"孔颖达疏曰："所以正首而向丘者，丘是狐窟穴根本之处，虽狼狈而死，意犹向此丘，是有仁恩之心也。"[③] 便对此一古老传说予以较权威的界定。至于鸟，乃是所有飞禽的总称，其最大特点是早出晚归；即使秋冬季节远徙的候鸟，到了春季，也都纷纷北返生息之处。《荀子·礼论》将这些鸟兽统归为"有血气之属"，认为："凡生乎天地之间者，有血气之属必有知，有知之属莫不爱其类。今夫大鸟兽则失亡其群匹，越月踰时，则必反铅；过故乡，则必徘徊焉，鸣号焉，踯躅焉，踟蹰焉，然后能去之也。"在荀子看来，连这些失群或亡其同伴的鸟兽，也"莫不爱其类"，在途经故乡时长久地徘徊、鸣号，那么"有血气之属莫知于人，故人之于其亲也，

---

①　王利器《文子疏义》卷六，中华书局 2000 年版，第 263 页。类似说法，亦见于《淮南子·说林训》："鸟飞反乡，兔走归窟，狐死首丘，寒将翔水，各哀其所生。"《诸子集成》(7)，上海书店 1986 年版，第 289 页。
②　《礼记正义》卷七，《十三经注疏》(上)，中华书局 1980 年影印本，第 1281 页。
③　《礼记正义》卷七，《十三经注疏》(上)，中华书局 1980 年影印本，第 1281 页。

至死无穷"。① 大概正是出于此种理解，以鸟、狐之返乡、首丘为喻，以表现人的仁爱之心、不忘本之意，便成为当时人们较为一致的看法，也自然成为屈原表达思乡情怀的最佳选择。

需要指出的是，较之当时一般人的思乡情怀，身为楚人的屈原还有着更为独特的地域文化背景，而他长期流亡的现实遭际，也给传统的鸟、狐之喻添加了新的意义元素。

楚国地处南方，宗亲意识浓郁，巫鬼之风盛行，对人之归属特别看重。这只要看看《楚辞》中的《大招》《招魂》诸篇，即可明其概况。《大招》云："魂魄归徕，无远遥只。魂乎归徕，无东无西，无南无北只。""魂乎归徕，尚贤士只。""魂乎归徕，尚三王只。"《招魂》云："彷徉无所倚，广大无所极些。归来兮，恐自遗贼些。""魂兮归来，反故居些。""湛湛江水兮上有枫，目极千里兮伤春心。魂兮归来，哀江南。"关于这两篇作品的作者和题旨，古今争议颇多，或谓屈原为楚王招魂，或谓屈原自招己魂，或谓宋玉为屈原招魂，或谓招亡魂，或谓招生魂，但无论哪种情况，相似的"魂乎归徕""反故居"等词语充塞篇中，一再出现，都毫无疑义地反映了楚人根深柢固的归属意识。在他们看来，外界幽谷深锁，狼嗥虎啸，粉红骇绿，怪诞百出，是危险的，是动荡不宁的，只有故土、故居才能给人安全感，才能使人获得身心和灵魂的安宁和皈依，因而，对其魂魄必须反复招之。与此相类，在楚国浓郁的宗亲意识影响下，楚人还具有远较中原地区强烈的乡国观念，这种观念，即使在囚犯和亡人身上也屡屡得到展示。《春秋左氏传·成公九年》载：

> 晋侯观于军府，见钟仪。问之曰："南冠而絷者，谁也？"

---

① 《荀子集解》卷十三，《诸子集成》(2)，上海书店 1986 年版，第 247 页。

有司对曰："郑人所献楚囚也。"使税之，召而吊之。再拜稽
首。问其族，对曰："泠人也。"公曰："能乐乎？"对曰："先
人之职官也，敢有二事。"使与之琴，操南音。……公语范文
子，文子曰："楚囚，君子也。言称先职，不背本也；乐操土
风，不忘旧也；称大子，抑无私也；名其二卿，尊君也。不背
本，仁也；不忘旧，信也。"①

又，《国语》卷十七《楚语上》载：

椒举娶于申公子牟，子牟有罪而亡，康王以为椒举遣之，
椒举奔郑，将遂奔晋。蔡声子将如晋，遇之于郑，飨之以璧
侑，曰："子尚良食，二先子其皆相子，尚能事晋君以为诸侯
主。"辞曰："非所愿也。若得归骨于楚，死且不朽。"②

这两则记载中，钟仪虽为囚犯，仍戴南冠，操南音，称先职，
守楚俗，以致被范文子誉为"不背本""不忘旧"的仁、信之士。
椒举身为出奔之臣，仍坚拒高官厚禄之利诱，惟愿"归骨于楚"，
反映了心念故国的拳拳之心。如此看来，无论在精神层面，还是在
现实层面，楚国独特的文化风俗对楚人的归属意识、乡土观念都发
挥了不容忽视的影响。尽管春秋以后，随着社会政治的巨大变革和
氏姓宗族关系的废弛，各国间人才频繁流动，甚至出现了"虽楚有
材，晋实用之"的现象，③ 但在楚国的一些贵族卿士那里，传统的
根脉仍然顽强的维系着。而屈原，就是乡土观念特别突出的一位代
表。这主要表现在两个方面：一方面，屈原出身高贵，血统纯正，

---

① 《春秋左传集解》，上海人民出版社1977年版，第702页。
② 徐元诰《国语集解》，中华书局2002年版，第488—489页。
③ 《春秋左传集解》，上海人民出版社1977年版，第1062页。

《离骚》开篇所谓"帝高阳之苗裔兮，朕皇考曰伯庸"数句，即透露出他对自己悠久显赫家世的骄傲自得之情；《橘颂》篇首所谓"后皇嘉树，橘徕服兮。受命不迁，生南国兮。深固难徙，更壹志兮"，更借颂扬橘之品性，展示了他对生于斯长于斯之故国怀抱一份"受命不迁""深固难徙"的生死之恋。另一方面，屈原无罪遭弃、九年不复的流亡经历，无疑越发加剧了他的思乡之情和不能返乡之痛。在《流亡的反思》中，萨义德指出："流亡总是不可思议地令人不得不想到它，但经历起来又是十分可怕的。它是强加于个人与故乡以及自我与其真正的家园之间无法愈合的伤口：它那极大的哀伤永远也无法克服。"① 而在屈原的作品中，这样一种"无法愈合的伤口"和"极大的哀伤"，几乎时时处处裸露着，加剧着，啮噬着他的心灵，也因此，他的归属需求较之一般的楚人更要强烈得多；而对他笔下出现的"鸟飞反故乡兮，狐死必首丘"这一看似简单的语句，也就不宜等闲视之了。

细细想来，鸟、狐意象虽非屈原首创，但却是他第一次将之使用到流亡者的抒情作品中，并以其简洁的语言，深刻的思理，所处位置的重要而画龙点睛，成为屈原思恋故土的代名词，成为后世频繁效法的典范。仅以《楚辞》中的使用情况看，即出现了若干相类的诗句："因归鸟而致辞兮，羌宿高而难当"（《思美人》）、"众鸟皆有所登栖兮，凤独遑遑而无所集"、"鸟兽犹知怀德兮，何云贤士之不处"（《九辩》）、"闵空宇之孤子兮，哀枯杨之冤雏"（《九叹》）、"鸟兽兮惊骇，相从兮宿栖。鸳鸯兮啴啴，狐狸兮徵徵。"（《九思》）其中或托归鸟致辞，或借孤凤自比，或对空野无归之孤鸟冤雏深致悲悯，或由鸟之和鸣、狐之相随反衬己之孤单无依。似

---

① Edward Said, *Reflections on Exile and Other Essays*, Cambridge：Harvard University press，2002，p. 173. 转引自郝岚《流亡者的流亡之思：再读萨义德》，《东方丛刊》2006 年第 2 期。

乎可以说，这些描写都与"鸟飞反故乡兮，狐死必首丘"语义有连带关系，并反过来强化了此一语义的内在张力。而且与传统用法相比，屈原赋予此一意象的，除了固有的"依其所生""不忘其本"之意外，还多了一种因不能归返故土而日积月累的沉痛和执着，一种因罚非其罪而滋生的屈辱和悲凉。用他紧接在鸟、狐句后的话说，就是"信非吾罪而弃逐兮，何日夜而忘之！"这样一种情感，西汉东方朔为"追悯屈原"所作《七谏》中的一段话仿佛得之："悲不反余之所居兮，恨离予之故乡。鸟兽惊而失群兮，犹高飞而哀鸣。狐死必首丘兮，夫人孰能不反其真情？"王逸注"犹高飞"句谓："言鸟兽失其群偶，尚哀鸣相求，以刺同位之人，曾无相念之意也。"注"狐死"句谓："真情，本心也。言狐狸之死犹向丘穴，人年老将死，谁有不思故乡乎？言己尤甚也。"① 这段解说，大抵揭示了其意义指向，也有助于我们对屈原回归情结的深层理解。

二、追忆与"求女"：政治回归的曲折表达

屈原笔下的鸟、狐意象固然凸显了回归主旨，深刻地表达了流亡者的思乡情怀，但细读屈原作品即可清楚，这远非其回归情结的全部，甚至不是其主要内涵。屈原毕竟是一个政治流亡者，他原本有着高远的政治理想，因遭受党人群小的谗害而被弃逐，因而，他的回归，除了一般意义上的故乡之外，还有着更为本质意义上的对重新参与政治的渴望。对他而言，回归故都，回归朝廷，才是他在流亡途中始终致力的方向。这种回归要求，用《抽思》篇的话说，便是"惟郢路之辽远兮，魂一夕而九逝"。用司马迁在《屈原列传》中的话说，便是"虽放流，眷顾楚国，系心怀王，不忘欲反，冀幸君之一悟，俗之一改也。其存君兴国而欲反覆之，一篇之中三致志焉"。②

————————

① 洪兴祖《楚辞补注》，中华书局 1983 年版，第 248—249 页。
② 《史记》卷八十四，中华书局 1982 年第 2 版，第 2485 页。

　　"存君兴国""不忘欲反"，乃是屈原"一篇之中三致志"的主要动因。围绕这一动因，我们注意到，在《离骚》《九章》等重要作品中，对往事的追忆成为其最多采用的手法，而这些追忆，毫无例外地与其在朝的政治事件相关。其中或回顾当年的参政经历——"惜往日之曾信兮，受命诏以昭诗。奉先功以照下兮，明法度之嫌疑"（《惜往日》），或陈述自己与君主关系之变化——"昔君与我诚言兮，曰黄昏以为期。羌中道而回畔兮，反既有此他志"（《抽思》），或揭露党人群小之可恶——"众皆竞进以贪婪兮，凭不猒乎求索。羌内恕己以量人兮，各兴心而嫉妒"（《离骚》），或诉说自己无罪被逐的冤屈——"君含怒而待臣兮，不清澈其然否。……何贞臣之无罪兮，被离谤而见尤"（《惜往日》）。作为记忆的片段，诸如此类的陈说连续不断地出现，反映出屈原在流亡途中关注目标之所在，反映出政治给他所留印记之深刻。倘若不是系心政治，倘若没有重返政坛的打算，他何以如此不惮烦琐地缕述过往，并一再申言："老冉冉其将至兮，恐修名之不立。""亦余心之所善兮，虽九死其犹未悔。"（《离骚》）？

　　心理学家指出："各种记忆中最富有启发性的，是他开始述说其故事的方式，他能够记起的最早事件。第一件记忆能表现出个人的基本人生观，他的态度的雏形。它给我们一个机会，让我们一见之下便能看出：他是以什么东西作为其发展的起始点。我在探讨人格时，是绝不会不问其最初记忆的。"① 最初记忆也就是最深刻的记忆，记忆之所以深刻，是因为事件的影响太大，留下的心印太深，以致使人自觉不自觉地、习惯性地沉湎于对它的追想之中。换言之，严酷的政治打击给屈原造成了极度的伤害，使其陷入被抛弃的无限孤独，过去的一切是那么熟悉，又是如此遥远，是那么痛入骨

————————
① ［美］A·阿德勒《自卑与超越》，作家出版社1987年版，第67页。

髓，又是如此不可忘却。作为具有社会属性的昔日政治家，他急切地要求在社会中有所归属，但最终却无所归属，当此之际，他只好通过"自救"，将自己引入文学的追忆之中，使追忆成为他的生活方式和精神寄托；同时，通过别一途径的追求，来弥补自己在现实中的失落，寄寓自己无日或忘的回归情怀。所以，与这种追忆相伴而生的，便是"路曼曼其修远兮，吾将上下而求索"的激切表述。表面看来，这种求索在用力方向上是外向的、发散的，似与回归的内向要求背道而驰，但实际上，因追求的最终指向与朝政相关，与重返政坛相关，故其总的目标仍是内向的、聚敛的，具有舍政治莫属的惟一性，并由此构成其回归意识的重要内涵。

　　对屈原而言，追忆往事是其政治"求索"的基础，而政治"求索"的具体落实，便是贯穿《离骚》下半部的"求女"举动。关于"求女"之内容，我们在《离骚的象喻范式与文化内蕴》一文中曾予以分析，认为在求贤君、求贤臣、求贤妃诸说中，惟有求贤臣一说最为贴合作品以弃妇喻逐臣之实际，也最为符合屈原作为政治流亡者希求回归的心路历程。一方面，在中国传统文化之阴阳统系中，这类贤臣与以弃妇自喻的诗人相同，都属"阴"的部类；另一方面，在现实政治层面，这类贤臣与诗人志同道合，由其媒介可以达到遇合于君的目的。王逸注"哀高丘之无女"句曰："女，以喻臣"，"无女，喻无与己同心也"；注"相下女之可诒"句曰："言己既修行仁义，冀得同志，愿及年德盛时，颜貌未老，视天下贤人，将持玉帛而聘遗之，与俱事君也。"[1] 其意大体是准确的。如此看来，"求女"的直接目标是臣，而其间接目标是君；或者说，求臣是其第一阶段的目的，求君则是其第二阶段之目的亦即终极目的。[2]实际上，无论是求臣，还是求君，其意图都只有一个，那就是回归

---

[1]　洪兴祖《楚辞补注》，中华书局 1983 年版，第 30—31 页。
[2]　尚永亮《离骚的象喻范式与文化内蕴》，《文学评论》2014 年第 2 期。

朝廷，重新参与政治。

具体而言，屈原是"信而见疑，忠而被谤"的，那些摇唇鼓舌、肆意进谗的党人群小便是横亘在他与君主之间的第三者。他清楚地知道：自己之所以被弃逐，原因既在于"众女嫉余之蛾眉兮，谣诼谓余以善淫"，亦在于"荃不察余之中情兮，反信谗而齌怒"（《离骚》）。既然如此，那么，他欲回归朝廷，首要的任务便是寻找与己同道之贤臣，亦即与"众女"不同之贤"女"，借助她们向君主关说，为自己伸张正义，以明"谗"者之非，以解"信谗"者之惑。古人云："女当须媒，士必待介也。"① 已说明媒介之重要性，而屈原的特殊贡献，则在于将二者绾合一体，以"女之须媒"象喻"士之待介"，借助"求女"这一典型情节，生动曲折地展示了自己急欲回归朝廷的心理需求。

> 朝吾将济于白水兮，登阆风而绁马。忽反顾以流涕兮，哀高丘之无女。
>
> ……
>
> 及荣华之未落兮，相下女之可诒。吾令丰隆乘云兮，求宓妃之所在。
>
> ……
>
> 览相观于四极兮，周流乎天余乃下。望瑶台之偃蹇兮，见有娀之佚女。
>
> ……
>
> 欲远集而无所止兮，聊浮游以逍遥。及少康之未家兮，留有虞之二姚。

---

① 洪兴祖《楚辞补注》，中华书局 1983 年版，第 34 页。

这里描述的，是屈原的几次求女过程。他先是登上昆仑山上的阆风，回望故都，痛感"高丘之无女"；而后令丰隆乘云，寻求神女宓妃，因其"信美而无礼"，遂"违弃而改求"；接着，他转而求取有娀之佚女简狄、有虞氏的两位姚姓美女，结果都因为"理弱而媒拙"，导致"求女"的失败。表面来看，这里描写的是诗人在幻想中的求索过程，迷离惝恍，夸耀其辞；而在现实层面，表现的却是诗人欲求同道而不能得的精神苦闷，是他不愿远离故国而必欲归去的强烈意愿。在《离骚章句》中，王逸围绕屈原之"求女"过程敏锐指出："屈原设至远方之外，博求众贤，索宓妃则不肯见，求简狄又后高辛，幸若少康留止有虞，而得二妃，以成显功，是不欲远去之意也。"[①] 不欲远去，说明他对故国难以割舍，虽然难以割舍，却又媒介难觅，见君无由，当此之际，他不能不一再发出深长的叹喟："闺中既以邃远兮，哲王又不寤。怀朕情而不发兮，余焉能忍与此终古？"（《离骚》）"愁叹苦神，灵遥思兮。路远处幽，又无行媒兮。道思作颂，聊以自救兮。忧心不遂，斯言谁告兮。"（《抽思》）很明显，流亡中的屈原，经历了一个从追忆到求索再到失败的过程，这是希望与失望的交替，也是其"聊以自救"却因"行媒"断绝、不知"斯言谁告"而生发出的新的苦闷。正是这种失望和苦闷，导致流亡者对自我及其归宿产生了某种程度的怀疑和焦虑，并由此形成一种哲学意义上的认同危机。

三、问卜与对话：从认同危机到自我回归

我是谁？我从哪里来，到哪里去？这类哲人惯常思考的问题在屈原这里同样存在，而且因其流亡者的身份，更突出地表现在他对自己所秉持的与世俗迥然有异的价值观的拷问，表现在他对去留楚国之选择态度上的迷茫。这种拷问和迷茫，是长期流亡经

---

① 洪兴祖《楚辞补注》，中华书局1983年版，第34页。

历导致的必然结果，是孤独个体在失去社会政治依托后最常发生的认同危机。能否克服这种危机，是屈原能否实现自我回归的关键。

屈原的认同危机直接缘于困境中的反思，缘于被原有群体抛弃后自我认知的困惑。一方面，流亡在给个体带来巨大痛苦的同时，也带来与无穷孤独相伴的反思空间，使其得以对过往的事件进行反复的、深入的思考，另一方面，流亡者有着异于非流亡者的对身份的敏感与体认，他需要在认同建构中，去挖掘历史，反思过往，重写自我。明乎此，我们就不难理解，屈原何以有"问天"之举，并在《天问》中围绕天文、地理、历史、哲学等，一口气提出一百七十多个问题；何以在《离骚》开篇即追述远祖，自道生辰和美名，展示自己的来路正大、吉祥、美好；何以在此后的追述中，既以"美人"自喻，申言"纷吾既有此内美兮，又重之以修能。扈江离与辟芷兮，纫秋兰以为佩"，又将上古明君贤臣悉数收拢笔下，"望三五以为像兮，指彭咸以为仪"（《抽思》），为自己树立效法的典范。这样一种大胆的怀疑、正面的申述和历史的发掘，某种意义上乃是"众女""谣诼"、"荃""信谗而齌怒"反逼的结果，是流亡途中因认同危机而不断对历史、自我予以新的体认和定位的结果；它回答的，除了历史的是非真伪，还有"我从哪里来"、"我是谁"的问题。

然而，面对严重的理解缺失，面对无所归属的现实困境，屈原更多思考的，是自己长期秉持的价值观是否出了偏差？在"求女"无果的情况下，自己将何去何从？这样两个关乎其安身立命之本的问题，在《离骚》《惜诵》《卜居》《渔父》等作品中不断出现，并以问卜、对话的方式，借助"他者"与"自我"的交通互动而集中展示出来。

《卜居》一上来就描述了屈原的内心困惑和求卜之事："屈原既

放，三年不得复见。竭知尽忠而蔽障于谗。心烦虑乱，不知所从。乃往见太卜郑詹尹曰：'余有所疑，愿因先生决之。'"与之相类，《渔父》在交待了"屈原既放，游于江潭，行吟泽畔，颜色憔悴，形容枯槁"的背景之后，单刀直入地引入屈原与渔父间关于处世态度的对话。试看以下两段描写：

> 詹尹乃端策拂龟，曰："君将何以教之?"屈原曰："吾宁悃悃款款朴以忠乎，将送往劳来斯无穷乎? 宁诛锄草茅以力耕乎，将游大人以成名乎? 宁正言不讳以危身乎，将从俗富贵以偷生乎? 宁超然高举以保真乎，将哫訾栗斯，喔咿儒儿以事妇人乎? 宁廉洁正直以自清乎，将突梯滑稽，如脂如韦，以洁楹乎? 宁昂昂若千里之驹乎，将泛泛若水中之凫，与波上下，偷以全吾躯乎? 宁与骐骥亢轭乎，将随驽马之迹乎? 宁与黄鹄比翼乎，将与鸡鹜争食乎? 此孰吉孰凶? 何去何从?"(《卜居》)
>
> 屈原曰："举世皆浊我独清，众人皆醉我独醒，是以见放。"渔父曰："圣人不凝滞于物，而能与世推移。世人皆浊，何不淈其泥而扬其波? 众人皆醉，何不哺其糟而歠其醨? 何故深思高举，自令放为?"(《渔父》)

这两场对话均围绕屈原与众不同的行为方式和价值观展开，将世俗众人与诗人自我作为对立的两方，以"宁……将"的句式连提八个疑问，并通过"皆浊"与"独清"、"皆醉"与"独醒"的比照，鲜明地展示了屈原在流亡途中面临的选择上的矛盾：究竟是混同自我于世俗，放弃原则，明哲保身? 还是从世俗中超拔自我，坚持真理，独清独醒? 从屈原的发问语气及后面的回答来看，他对其间的是非曲直当是有着明确认知的，他的困惑在于，明明自己没有错，却惨遭放逐，其原因究竟何在? 世间公理何在? 然而，对屈原的困惑，渔父在劝其"与世推移"后便"鼓枻而去"，"不复与言"；太卜则答以"用君之心，行君之意。龟策诚不能知此事"。这就是说，无论渔父还是太卜，均难以给出一个两全其美的解决方案，前者主张屈原放弃自我，混世和俗；后者虽有限度地认同屈原对自我的坚持，却难以救助屈原于困境。当此之际，屈原要么改弦易辙，向世俗投降，要么甘心承受流亡赐予其身心的双重痛苦，继续保持与众不同的心性志节。究竟"孰吉孰凶，何去何从"，屈原真是进退维谷了。

这样一种两难的选择情境，在《离骚》所描写的屈原与女媭那段对话中也有着深刻的表现。女媭，历代注家多谓为屈原之姊，因是亲属关系，故其劝说屈原的语气便严厉了许多，也较局外人更多了一份深深的关切。在列举了鲧因婞直亡身及现实中"赍菉盈室"的混浊状况后，女媭责备屈原道："世并举而好朋兮，夫何茕独而不予听？"对女媭的劝说，屈原的反应是："依前圣以节中兮，喟凭心而历兹。"并表示要南济沅湘，向重华陈词。清人朱冀释此二句曰："大夫此时，守初服而不变，则恐伤贤姊之心；闻懿训而改图，又重违宗臣之谊。进退维谷，千难万难，而国无其人，莫可控诉，故不得已而折中于前圣。此真无可奈何之至情，亦极奇极幻之妙文也。凭，依也，托也。历兹者，谓历此进退两难之境也。"① 这段话设身处地，将屈原"进退维谷，千难万难"之困窘情境揭示出来，可谓入木三分，真切如见。

如果将思维触角稍作延伸，我们发现，屈原的"心烦虑乱，不知所从"还与其流亡的时间节点不无关联。从《卜居》开篇的交待看，屈原问卜时已"三年不得复见"。对流亡者而言，"三年"是一个特定的时间概念，春秋时代的出奔者或流亡者多有"三年而复"

---

① 游国恩《离骚纂义》，中华书局1980年版，第205页。

的情况。如庄公十六年，"郑伯治与于雍纠之乱者……公父定叔出奔卫。三年而复之"。襄公三十年，郑人逐丰卷，丰卷奔晋。子产请其田里，"三年而复之，反其田、里及其入焉"。文公八年，宋司城荡意诸出奔鲁，三年后，鲁襄仲聘于宋，"言司城荡意诸而复之"。① 这里的公父定叔、丰卷、荡意诸都是以三年为期而被召回国的。另据《公羊传·宣公元年》载："晋放其大夫胥甲父于卫……古者大夫已去，三年待放。"② 在《孟子·离娄下》中，也记载了齐宣王与孟子间的一段对话："王曰：'礼为旧君有服，何如斯可为服矣？'曰：'谏行言听，膏泽下于民；有故而去，则使人导之出疆，又先于其所往；去三年不反，然后收其田里。此之谓三有礼焉，如此则为之服矣。'"③ 据此可知，无论出奔者还是流亡者，到了三年之期即应召其返国，这是符合礼的规定的。相比之下，屈原此时已被放三年，而其所犯"罪过"远较那些出奔、流亡他国者为轻，他只是楚国境内的流亡者，理应届三年之期被召返朝，却仍"游于江潭，行吟泽畔"，则其内心的焦虑和困惑便可想而知了。他的问卜，他与渔父、女嬃的对话，他的"进退维谷，千难万难"，似均应从此一角度加以理解。

当然，从认同危机到自我回归是一个充满起伏的发展过程，其间既有徘徊、犹豫，也有反复、变化；而且旧的认同危机解决了，新的危机又会出现，这就导致了对话和提问在屈原作品中的多次出现。一般来说，"坚定崇信的人是不发问的，无条件地接受给定的东西的人也是不提问的，提问只发生在心思有所困惑的时候，发生在存在的困境之中，发生在情智感到自己被抽空了的境地……饱经

---

① 以上引文，分别见《春秋左传集解》，上海人民出版社 1977 年版，第 166、1148、476 页。
② 《春秋公羊传注疏》卷十五，《十三经注疏》（下），中华书局 1980 年影印本，第 2277 页。
③ 《孟子注疏》卷八上，《十三经注疏》（下），中华书局 1980 年影印本，第 2726 页。

沧桑的人提问，往往是由于过去的信念被摧毁了，自我意识同样陷入了困境，提问就是超越自身的困境的精神意向活动"。① 对屈原而言，真正困扰他的，还不是前述价值观和处世态度的取舍，而是在四方"求女"失败、历经一连串心理煎熬之后，要"到哪里去"的问题。这个问题不解决，他的心灵便始终处于动荡漂泊状态，他的精神便无所归属，无法安顿。"欲僤佪以干傺兮，恐重患而离尤。欲高飞而远集兮，君罔谓汝何之。欲横奔而失路兮，坚志而不忍。背膺牉以交痛兮，心郁结而纡轸。"（《惜诵》）类似这样一种道路选择上的徘徊、犹豫、矛盾、苦闷，在屈原众多作品中都有表现，而在其代表作《离骚》中，展示得更是淋漓尽致。

《离骚》后半部在写了屈原与女嬃的对话后，接着又写了屈原问卜于灵氛、巫咸的两次行动，而这两次占卜的核心，便是询问何去何从的问题：

> 索藑茅以筵篿兮，命灵氛为余占之。曰："两美其必合兮，孰信修而慕之？思九州之博大兮，岂惟是其有女？"曰："勉远逝而无狐疑兮，孰求美而释女！何所独无芳草兮，尔何怀乎故宇！"

> 欲从灵氛之吉占兮，心犹豫而狐疑。巫咸将夕降兮，怀椒糈而要之。……皇剡剡其扬灵兮，告余以吉故。曰："勉升降以上下兮，求矩矱之所同。汤、禹俨而求合兮，挚、咎繇而能调。苟中情其好修兮，又何必用夫行媒？"

这是两种内容近似的回答。面对屈原走与留的困惑，灵氛劝他远逝他国，不必眷恋故都；而巫咸则列举历史上君臣遇合之事，劝

---

① 刘小枫《拯救与逍遥》，上海人民出版社 1988 年版，第 146 页。

他在普天之下寻找贤君，而且认为只要自己品质高洁，甚至连"行媒"都不需要。这就从根本上否定了屈原的"求女"之举。我们知道，卜筮是中国最古老的一种决疑方式，所谓"卜以决疑，不疑何卜"，[①] 说的就是这个道理。从灵氛、巫咸一方看，与其说主张屈原"远逝"或"求合"是卜筮的结果，不如说是面对去留这一两难之境而做出的理性分析；从屈原一方看，他虽然还"心犹豫而狐疑"，但一句"思九州之博大兮，岂惟是其有女"，即说明他对在楚国"求女"已失去了信心，他心理的天平已逐渐向灵氛指出的"远逝"倾斜。换言之，他的问卜，他的决疑，不过是用以支持其已倾斜心理的外部条件，他此前浓郁的回归意识已开始动摇，他对个人理想在楚国实现的惟一性已发生怀疑。作为一种主体性的反思，自我认同在这里表现为建立新的自我的努力。大概正是这样一种心理的变化，使得屈原明确申言："灵氛既告余以吉占兮，历吉日乎吾将行。……何离心之可同兮，吾将远逝以自疏。""远逝"，表明将离开楚国；"自疏"，即坚持自我信念而与现实保持疏离。用徐焕龙《屈辞洗髓》的话说，就是"君臣上下并皆与我离心，何可与之同居一国，故将远逝以避其祸，不待彼之疏我，我自疏之。"[②] 在经历过一系列犹豫、彷徨、焦虑、苦闷之后，屈原终于要摆脱纠葛，到"博大"的"九州"、有"芳草"的所在去寻求新的发展了。

常识告诉我们，人的紧张、痛苦主要集中在所谓"孰吉孰凶，何去何从"的选择之际，一旦选择结束，其情绪自然会得到放松，并随之趋于愉悦。看看《离骚》后幅的相关描写吧！诗人扬云霓，鸣玉鸾，道昆仑，涉流沙，"神高驰之邈邈"，"聊假日以偷乐"，展现出一副与前截然不同的兴奋神态。同时，他还为自己设计了明确

---

① 《春秋左传集解》，上海人民出版社 1977 年版，第 106 页。
② 游国恩主编《离骚纂义》，中华书局 1980 年版，第 456 页。

的出行目标："路不周以左转兮，指西海以为期。"这是另一个自我，一个摆脱了认同危机而被赋予新的人生意义的自我。其所以如此，关键在于解决了"到哪里去"的问题。然而，从屈原的思想整体着眼，这种"解决"又只能是暂时的，是精神层面的，它具有极大的虚幻性，因为它缺乏建构新的自我的必要机制和现实基础，它也摆脱不了极为深厚的回归情结的牵绊。只要一回到现实社会，它便很难获得理智的和情感的双重支撑。"陟升皇之赫戏兮，忽临睨夫旧乡。仆夫悲余马怀兮，蜷局顾而不行。"《离骚》结束处这几句人们耳熟能详的话，便再生动不过地诠释了这一道理。其中展示的，既是"旧乡"那无比强大的牵拽力和吸引力，也是与"旧乡"紧相关联的"旧我"的超级稳定性和无法取代性。王逸注谓："屈原设去世离俗，周天币地，意不忘旧乡。忽望见楚国，仆御悲感，我马思归，蜷局诘屈而不肯行，此终志不去，以词自见，以义自明也"。① 钱锺书在此基础上更进一解："盖屈子心中，'故都'之外，虽有世界，非其世界，背国不如舍生。眷恋宗邦，生死以之，与为逋客，宁作累臣。"② 如此看来，屈原在历经多重的认同危机之后，最后还是回归了原有的自我，他的性格决定了他将终生与楚国相伴，并在流亡中品味孤独。

四、"不去""死直"与彭咸：多重意义的终极回归

"终长夜之漫漫兮，掩此哀而不去。"（《悲回风》）"伏清白以死直兮，固前圣之所厚。"（《离骚》）一个"不去"，一个"死直"，是我们把握屈原终极回归的两个关键词。

"不去"，即不离开楚国；"死直"，即为忠直而死。前者与灵氛劝其远逝的观点相对应，是对"到哪里去"的回答，后者与渔父、女媭等人劝其和光同尘的观点相对应，是对个体心性志节和最后归

① 洪兴祖《楚辞补注》，中华书局 1983 年版，第 47 页。
② 钱锺书《管锥编》第二册，中华书局 1979 年版，第 597 页。

宿的回答，而在总体上，二者均体现了诗人对自我的高度认同，体现了一种自我情操的坚定持守和义无反顾的道德情怀。在屈原的多数作品中，尽管有过前述认同危机，但其结穴所在，都毫无例外地指向了"不去"与"死直"；而且在表现上，也多采用危机与认同相互交叉、轮替的方式进行，危机之后是认同，认同之后又承以危机，由此循环往复，层深层进，刚肠绕指，哀感顽艳。

屈原之所以不肯离开楚国，并最终以死殉志，原因应有多种，但较重要者似有两点，一是其根深柢固的宗亲意识和恋阙情怀，一是其体解不变、宁折不弯的廉、洁心性。

从前者看，屈原以楚之同姓的身份和"博闻强志"的才干，曾任左徒要职，深受楚怀王信任，"入则与王图议国事，以出号令；出则接遇宾客，应对诸侯"。[1] 似乎可以说，这样一种出身及其不无荣耀的经历，已深深植根于屈原的血脉之中，成为他的一种心理记忆和精神支撑，虽然其后因群小进谗，受到怀王猜忌而遭流放，发愤抒情，哀怨无端，但其内心深处，始终对宗室、故国、君主、朝廷怀有一份割舍不断的忠诚和恋慕。在《楚辞补注》中，洪兴祖这样分析道："屈原，楚同姓也。为人臣者，三谏不从则去之。同姓无可去之义，有死而已。《离骚》曰：'阽余身而危死兮，览余初其犹未悔。'则原之自处审矣。"[2] 在《楚辞疏》中，吴世尚注《离骚》首节叙述出身一段文字曰："首原远祖，以见宗臣无可去之义；次本天亲，以见忠孝乃一致之理；次叙所生之月日，以见己之所得于天者隆；次及所锡之名字，以见亲之所期于己者厚。盖通篇大意，皆隐居于此矣。"在结尾一段注文中又说："一篇《离骚》止有三个字，前文'不去'二字也，乱词一个'死'字也。……屈原之忠，

<hr>

[1]　《史记》卷八十四《屈原贾生列传》，中华书局1982年第2版，第2481页。
[2]　洪兴祖《楚辞补注》，中华书局1983年版，第50页。

忠而过者也；屈原之过，过于忠者也。"① 这些解说，从宗亲、忠君角度阐释屈原"不去""死直"的原因，虽尚欠全面，却不无说服力。

从后者看，屈原心性有两大特点，一是廉，一是洁。廉，谓其品行刚直、方正，表现为特立独行，犯颜谏君，对党人群小不假辞色；洁，谓其心地纯洁、高尚，鄙弃世俗，洁身自好，甘与名花香草为伴，保持着纯然的本质。由于刚直，故既易犯上，亦不见容于朋党之辈；由于好洁，故常孤芳自赏，而不屑与群小为伍。这样两个特点，一方面直接导致了他被弃被逐的命运，另一方面则导致他在被辱之后不知避难、易于剑走偏锋，动辄以死自期。在提及晋太子申生被谗受辱后不愿出逃而以死明志之事时，我们曾借优施之言指出其性格既谨小慎微、封闭内向，又追求完美、轻易不会改变志向、受不得污辱的特点。② 由于受不得污辱，所以易于被辱；由于谨慎内向，所以受辱后多默默承受，"愚不知避难"。③ 与那些"不知辱"、"虽辱之而不动"的顽钝小人相比，申生这类"知辱"者最为"惜名顾行，惟恐点污"，故屡屡败于旁行邪出、无所不用其极的小人，且"一辱以弑君之名，则必以死自明而后已"。④ 屈原不是申生，但其出身、性格、遭际、结局却与申生有着高度的相似性，他们都以完美的道德高标自我期许，"于必要时，宁可牺牲其身体的存在，而不肯使其行为有在道德方面底不完全"。⑤ 换言之，他是为了坚守一份赤子之心和诗人的真诚，是为了肯定一种迥超流俗的

---

① 吴世尚《楚辞疏》卷一，黄灵庚主编《楚辞文献丛刊》，国家图书馆出版社 2014 年版，第 25、115 页。
② 尚永亮《弃逐视野下的骊姬之乱及其文化意义——以申生之死、重耳出亡为中心》，《江汉论坛》2013 年第 7 期。
③ 《国语集解》卷七《晋语一》，中华书局 2002 年版，第 261 页。
④ 真德秀《论申生》，唐顺之《荆川稗编》卷九十一，文渊阁《四库全书》本，第 955 册，第 83 页下。
⑤ 冯友兰《三松堂全集》第四卷，河南人民出版社 1986 年版，第 691 页。

独立人格和价值信念。司马迁在《屈原列传》中说他"其志洁，故其称物芳；其行廉，故死而不容自疏"，^①着眼点即在于其"志洁"、"行廉"与死亡的因果关系。而且较之申生，屈原更多了些宁为玉碎、不为瓦全的刚锐之气。"虽体解吾犹未变兮，岂余心之可惩"，"亦余心之所善兮，虽九死其犹未悔"。(《离骚》)听听这些自明心志的表白，就不难洞察屈原之心性特点及其必趋死亡一途的深层原因了。

值得注意的是，屈原的"死直"，又有着非常自觉的历史承传和道德意蕴。从屈原思想看，固为杂糅南北方文化而成者，但就历史、道德层面论，则主要接受的是以儒家思想为主的北方文化，是法先王、崇尧舜、效前贤的政治理念。^②屈原曾北使于齐，而齐鲁为儒家文化之发祥地，孔子的"杀身以成仁"(《论语·卫灵公》)、孟子的"舍生而取义"(《孟子·告子》上)之说，必当早有所闻，甚或烂熟于心；而在多见于北方文献的载记中，因忠谏被害或赴死者，亦不乏其人，如比干谏纣王暴行而遭剖心，伍子胥谏令吴王伐越而被沉江，介子推一片忠心却葬身火海，伯夷因耻食周粟而饿死首阳。对这些前贤，屈原在作品中曾屡予提及："行比伯夷，置以为像兮。"(《橘颂》)"比干何逆，而抑沉之？"(《天问》)"忠不必用兮，贤不必以。伍子逢殃兮，比干菹醢。"(《涉江》)"吴信谗而弗味兮，子胥死而后忧。介子忠而立枯兮，文君寤而追求。"(《惜往日》)"求介子之所存兮，见伯夷之放迹。"(《悲回风》)并明确申言："与前世而皆然兮，吾又何怨乎今之人！余将董道而不豫兮，固将重昏而终身！"(《涉江》)这就是说，屈原既从历代忠良之遭

---

① 《史记》卷八十四，中华书局 1982 年第 2 版，第 2482 页。
② 王国维谓屈赋中所称道之圣王、贤人，"皆北方学者之所常称道"，由此"足知屈子固彻头彻尾抱北方之思想，虽欲为南方之学者，而终有所不慊者也"。见氏著《屈子文学之精神》，《王国维文学美学论著集》，北岳文艺出版社 1987 年版，第 32 页。

际意识到了历史的残酷，又对其"危言以存国，杀身以成仁"[1] 的行为深表赞赏，立志效法。由此不难看出，在屈原的"死直"意念中，实际上已留下历代前贤的深深烙印，融入与其清廉纯洁、守死善道一脉相承的道德情怀。

然而，对屈原影响更大的，却是他在《离骚》《抽思》《思美人》《悲回风》等作品中七次提到的"彭咸"：

> 謇吾法夫前修兮，非世俗之所服。虽不周于今之人兮，愿依彭咸之遗则。
>
> 已矣哉，国无人莫我知兮，又何怀乎故都？既莫足与为美政兮，吾将从彭咸之所居。（《离骚》）
>
> 望三五以为像兮，指彭咸以为仪。（《抽思》）
>
> 独茕茕而南行兮，思彭咸之故也。（《思美人》）
>
> 夫何彭咸之造思兮，暨志介而不忘。
>
> 孰能思而不隐兮，照彭咸之所闻。
>
> 凌大波而流风兮，托彭咸之所居。（《悲回风》）

这里，同一人物在不同作品中的反复出现，已自说明其地位之重要，而"依彭咸""从彭咸""指彭咸""思彭咸""照彭咸""托彭咸"等相似语义的一再表述，更说明作者对此一人物的崇仰矢志不移。那么，彭咸是何许人？其"遗则"又是什么？屈原何以一意效法彭咸？王逸《楚辞章句》最早给出了权威解答："彭咸，殷贤大夫，谏其君不听，自投水而死。遗，余也。则，法也。言己所行忠信，虽不合于今之世，愿依古之贤者彭咸余法，以自率厉也。"[2]

---

[1] 王逸《离骚经章句叙》，洪兴祖《楚辞补注》，中华书局 1983 年版，第 48 页。

[2] 洪兴祖《楚辞补注》，中华书局 1983 年版，第 13 页。

据此可知，彭咸是殷朝大臣，忠直耿介，因谏君不听而投水身亡。①
在他身上，体现的是一种耿介的性格、忠信的操守、视死如归的精
神。联系到前引屈原七次提及彭咸所透露的相关信息，一则曰"謇
吾法夫前修兮，非世俗之所服"，二则曰"既莫足与为美政"，三则
曰"暨志介而不忘"，即分别指绝不趋时媚俗的特立独行、追求
"美政"以期"国富强而法立"（《惜往日》）的政治理想、耿介忠
直九死不悔的坚定志节。这是屈原的自述，又何尝不是他所遵循的
彭咸之"遗则"？王逸所谓屈原"愿依古之贤者彭咸余法，以自率
厉也"，所指自当包括这些内涵。就此而言，屈原与彭咸可谓后先
相映，如出一辙，而其相同的行径和遭遇，更强化了二人在心性、
道德层面的联系纽带。因而，屈原将彭咸视作自己终身效法的人格
典范和道德典范，便不难理解了。

　　进一步说，屈原取法于彭咸的，除了人格、道德层面的因素
外，还有其终结生命的方式。彭咸是投水而死的，屈原最后也是投
江自尽的，在这两种完全一样的死法中，是否具有必然性的关联？
在屈原欲以效法的彭咸"遗则"中，是否也包含了此项内容？答案
当是肯定的。在《楚辞补注》中，洪兴祖引颜师古之语阐发道：
"彭咸，殷之介士，不得其志，投江而死。按屈原死于顷襄之世，
当怀王时作《离骚》，已云'愿依彭咸之遗则'。又曰'吾将从彭咸

---

① 关于彭咸的身份及其真实性，自宋代朱熹、明代汪瑗以来，即提出质疑，而到了现
当代，此种质疑加剧。察其质疑焦点有二：一为古无彭咸其人，屈原笔下的彭咸或
与老彭、彭祖、彭铿为同一人，或指老彭和巫咸，或为巫彭和巫咸之合称，或为十
巫之代称；二是彭咸无投水而死之事。细核此诸种观点，均不足取信，近年来已有
学者起而力辩，如潘啸龙《〈离骚〉"彭咸"辨》（见氏著《楚汉文学综论》，黄山书
社 1993 年版）、陈锦剑《屈赋"彭咸"形象考述》（《常州大学学报》2013 年第 6
期）等。综合其说可知：彭咸及其水死之说，并非王逸因屈原之事附会而成，在王
逸之前，刘向、扬雄、东方朔等已提及其人其事，而从《楚辞》之内证看，彭咸也
绝不可与"巫咸"相混；相比之下，王逸之说更切合屈作本旨；在没有获得确凿证
据之前，王逸关于彭咸事迹及其对《离骚》结句的解说，不可轻易推翻。

之所居'。盖其志先定，非一时忿怼而自沉也。"① 这段解释，将
《离骚》之作时定为怀王朝，显然不妥，② 但洪氏认为屈原之死乃
"其志先定"，他以"自沉"的方式走向生命终点，是受到彭咸"遗
则"之启示，是有意效法的一种行为，却是极具慧眼的。这是因
为，屈原自踏上流亡之途，思考便围绕两个中心展开，一是回归，
一是回归不成的最后归宿。随着流亡时间的延长，随着他"自救"
"求女"的相继落空，他对自我最后归宿的思考便日益强化和深化。
早在徘徊江潭与渔父对话时，他便萌生了死志："吾闻之，新沐者
必弹冠，新浴者必振衣。安能以身之察察，受物之汶汶者乎？宁赴
湘流，葬于江鱼之腹中，安能以皓皓之白，而蒙世俗之尘埃乎？"
（《渔父》）在约作于同期的《离骚》中，他也是屡次以死明志，并
发为"伏清白以死直"的激切心声；虽然如此，但还未到必死之
时，故朱熹认为《离骚》《渔父》等"虽有彭咸、江渔、死不可让
之说，然犹未有决然之计也，是以其词虽切而犹未失其常度"；而
到了多数篇章作于其生命后期的《九章》中，因"死期渐迫""命
在晷刻"，③ 故关于死的话题便骤然增多，且语气愈益决绝："知死
不可让，愿勿爱兮。明告君子，吾将以为类兮。"（《怀沙》）"宁溘
死而流亡兮，恐祸殃之有再。不毕辞而赴渊兮，惜壅君之不识。"
（《惜往日》）"宁溘死而流亡兮，不忍为此之常愁。孤子吟而抆泪

---

① 洪兴祖《楚辞补注》，中华书局1983年版，第13页。
② 关于《离骚》的创作年代，历来治骚者颇有争议，或谓作于楚怀王时，或谓作于顷
　襄王时，然核以《离骚》之内证和史书之相关载记，当以作于顷襄王中前期较具可
　信度。游国恩谓"此篇本作于顷襄再放之后，其时屈子窜逐江南水乡泽国之地"
　（《离骚纂义》，中华书局1980年版，第128页）；潘啸龙对此亦有详论，认为《离
　骚》之作，"决不能在子兰尚未当政的屈原早年'初疏'时期"；诗中使用了南楚、
　湘潭一带土语，"正是它作于诗人放逐沅湘之间以后的铁证"；同时，该篇之作也
　"不会在子兰去职失势的顷襄王十年以后"（《关于〈离骚〉的创作年代问题》，《中国
　楚辞学》，学苑出版社2015年版，第3—7页），可参看。
③ 朱熹《楚辞辩证》上，《楚辞集注》，上海古籍出版社1979年版，第197页。

兮，放子出而不还。孰能思而不隐兮，照彭咸之所闻。"（《悲回风》）从这些以"死"为聚焦点而呈层级递进的表述中，我们发现，屈原不仅一直在考虑其最终归宿，而且还选择了"赴湘流""赴渊"的水死途径。他所说的"吾将以为类"，便是与那些以死殉节特别是赴江流殉节之前贤同类；他所说的"伏清白以死直，固前圣之所厚"，前句之"清白"，既指清白之志节，亦可视作清白之水流；后句之"前圣"，既指古之道德君子，亦当指以彭咸为代表的一批水死的先贤；他所说的"从彭咸之所居"，固然可以将"所居"曲折地解作处世之道，但又何尝不可直接释为彭咸所死之处所呢？彭咸死于水，居于水，屈原欲效法其行为，遂拟投江自尽，追随彭咸而去，不正可以称为"从彭咸之所居"？倘若此一理解无大误，那么，我们就不仅可以确认屈原之死是"其志先定"，而且可以将其对死亡方式的选择视作彭咸"遗则"中的一个方面。

对于屈原以水死效法彭咸之事，近人曹耀湘《读骚论世》曾提出异议："屈子之志，在必死可矣，等死耳，何必于水哉？"[①] 这一疑问貌似有理，验之实际却不无偏颇。事实上，水死是上古时代最常见的死亡方式。其时江流湖泽众多，南国尤甚。对于那些欲以死明志者来说，投身江河水泊，当为最简便、最直接的一种结束生命的方法。即以《楚辞》中提到的几位主动赴死者而言，几乎都是葬身江流。《九章》之《悲回风》云："望大河之洲渚兮，悲申徒之抗迹。"庄忌《哀时命》云："务光自投于深渊兮，不获世之尘垢。"刘向《九叹》云："惜师延之浮渚兮，赴汨罗之长流。""驱子侨之奔走兮，申徒狄之赴渊。"王逸《九思》云："进恶兮九旬，复顾兮彭、务。拟斯兮二踪，未知兮所投。"这里提到的，除了水死的彭咸，还有申徒狄、务光、师延等人。申徒狄为殷时人，"遇闇君遭

---

① 游国恩主编《离骚纂义》，中华书局 1980 年版，第 127 页。

世离俗，自拥石赴河"。① 务光憎恶浊世，不愿受汤让天下之污名，"因自投于河"。② 师延为殷之乐师，纣王命作靡靡之乐，"及武王伐纣，师延东走，至于濮水而自投"。③ 如此看来，上述常被人提到的人事一方面展示了古人多水死之事实，另一方面也无疑为屈原提供了一个历史的参照，而尤为重要的，是他最钦慕的彭咸也是如此死法。那么，历经多年流亡，面对进退维谷的两难处境，进不能报国，退不足以全德，又于南行途中听闻郢都陷落的噩耗，在此多种困惑、焦虑、哀伤、悲痛的刺激下，年迈的屈原以彭咸为榜样，纵身跃入汨罗江中，一死以殉志，一死以殉国，一死以保其廉洁和操守，不就很可以理解了吗？刘向在《九叹》中这样说道："九年之中不吾反兮，思彭咸之水游。"王逸注谓："言己放出九年，君不肯反我，中心愁思，欲自沉于水，与彭咸俱游戏也。"④ 这里，无论刘向还是王逸，都将屈原投水之举视为追踪彭咸的一种自觉行为，似乎正印证了前文我们对"从彭咸之所居"的解读。

当然，屈原之心仪彭咸，似还与二人远祖同源有关。清末俞樾《俞楼杂纂·读楚辞》就"屈原何以惓惓于彭咸"之疑问指出："彭咸疑彭祖之后，与屈子同出高阳，故一再言之，亲切而有味也。"⑤ 即强调了二人同一宗祖的亲缘关系。据考，楚族是颛顼、祝融的后裔，彭姓也出自此一血统。《国语·郑语》记周太史史伯之言，即有祝融"其后八姓"之说，韦昭注"八姓"曰："己、董、彭、秃、

---

① 《楚辞补注》卷四，中华书局 1983 年版，第 161 页。《庄子》之《德充符》《外物》载其事。
② 《韩非子·说林上》第二十二，王先慎《韩非子集解》，《诸子集成》（5），上海书店 1986 年版，第 125 页。《庄子》之《德充符》《外物》亦载其事。
③ 《韩非子·十过》第十，王先慎《韩非子集解》，《诸子集成》（5），上海书店 1986 年版，第 43 页。《史记·乐书》《楚辞章句》均载其事。
④ 《楚辞补注》卷十六，中华书局 1983 年版，第 287 页。
⑤ 《离骚纂义》，中华书局 1980 年版，第 126 页。

妘、曹、斟、芈也。"[1] 汉人司马迁《史记·楚世家》、王符《潜夫论·志氏姓》等均延续、补充了此一说法，可见彭姓与楚之芈姓同为祝融后裔，均出自颛顼氏。在《屈骚中的"彭咸之所居"和"彭咸之遗则"》一文中，李炳海教授依据相关史料，详细论述了屈、彭同源的谱系，认为《离骚》以"帝高阳之苗裔"发轫，首先追溯楚族的始祖颛顼，并在作品中反复提到彭咸，则其"绝不仅仅是作为古代贤人出现，其中也包括诗人对血统同源的珍视，是恋祖情结的具体表现"。[2] 倘若此一说法可以确认，那么，屈原在上古众多贤人中惟独要效法"彭咸之遗则"，便又得到了宗亲血统方面的支撑，其中深蕴着楚人深厚的先祖认同意识，而非单一的取法北方文化、步武先贤所能解释。

如此看来，屈原之所以惓惓于彭咸并师其遗法，实在有着包括行事、志节、道德、宗亲乃至死法等在内的多重因素，而从根本上说，则缘于他根深柢固的回归情结。他欲回归故乡，回归政治，但山河辽远，乡关渺茫；谗人阻隔，天听难达；四方求女，迭遭失败；而他欲行远逝，则情难割舍；欲留故国，又流亡无期；他从"有路可走，卒归于无路可走"，[3] 当此之际，他只能在愁肠百转中以其对自我的认同，对先贤的认同，毅然选择了赴死一途。质本洁来还洁去，道是无情却有情，这是一种终极意义上的回归，他以个体生命为代价来维护其所崇奉的至高信念，他以汨罗江边的最后一跃完成了皈依楚国、宗亲、偶像的心结。《礼记·缁衣》有言："生则不可夺志，死则不可夺名。"[4] 其屈原之谓乎？！

五、逻辑层次与关注焦点

作为中国历史上最具代表性的流亡诗人，屈原通过他的诗篇，

① 徐元诰《国语集解》，中华书局 2002 年版，第 466 页。
② 李炳海《屈骚中的"彭咸之所居"和"彭咸之遗则"》，《学术交流》2015 年第 7 期。
③ 刘熙载《艺概》卷一，上海古籍出版社 1978 年版，第 9 页。
④ 《礼记正义》卷五十五，《十三经注疏》(下)，中华书局 1980 年影印本，第 1650 页。

大笔书写了回归的主题。回顾前文涉及的四个层面，可以发现，它们既相互包容、彼此渗透，又相对独立，各具特点，而从逻辑顺序看，则大抵呈由外而内、由显而隐、由一般而特殊的递进形态。其中回归故乡的要求最具普遍性，也属于较为外在和显性的层面；政治回归虽亦属外在的和显性的要求，但较之前者便缩小了范围，提升了层次，它凸显了流亡诗人希冀重新参与朝政、以实现未竟理想的个体愿望；至于自我回归，则已进入内在的隐性层面，它以诗人内心的矛盾冲突为焦点，曲折地展示了从认同危机到回归自我的复杂过程，在屈原的回归情结中占据核心地位；而终极回归最具特殊性，它以诗人对死亡的主动选择，完成了基于"不去"意念的志节持守及其对宗亲、故国的皈依，为回归主题画上了一个精彩绝艳、震撼人心的结束符号。

需要指出的是，诗人在持续要求回归的过程中，除艺术地展示了若干具有标志性的意象、独特用语和表现方式，如鸟、狐意象的选取，追忆方法和求女情节的设置，问卜和对话的安排，对历代先贤特别是彭咸其人的着力标榜，由此凸显其关注重心和主题线索；还通过内心的剧烈争斗，真切地表现了几组相互矛盾、对立的经典范畴，如放与归、怨与慕、自疏与不舍、远逝与不去，由此大大深化了逐臣诗的文化意蕴，并为后人开启了无尽的争议话题。而其中争议最多的，恐怕要数对"远逝"与"不去"的不同理解了。

以王逸、洪兴祖等为代表的一批楚辞注家，围绕屈原的宗亲意识和邦国观念，强烈地表达了"以忠正为高，以伏节为贤""同姓无可去之义，有死而已"的观念；① 与之相较，早在西汉时期，以贾谊、司马迁、扬雄等人为代表的一批诗文赋作者，则注目于个体的生命关怀，程度不同地提出了对屈原"不去"的质疑：

---

① 《楚辞补注》，中华书局 1983 年版，第 48—50 页。

国其莫我知，独堙郁兮其谁语？凤漂漂其高逝兮，夫固自缩而远去。……所贵圣人之神德兮，远浊世而自藏。……瞝九州而相其君兮，何必怀此都也？（贾谊《吊屈原赋》）①

余读《离骚》《天问》《招魂》《哀郢》，悲其志。……及见贾生吊之，又怪屈原以彼其材，游诸侯，何国不容，而自令若是。（司马迁《屈原贾生列传》）②

昔仲尼之去鲁兮，婓婓迟迟而周迈。终回复于旧都兮，何必湘渊与涛濑。溷渔父之餔歠兮，洁沐浴之振衣；弃由聃之所珍兮，蹠彭咸之所遗！（扬雄《反离骚》）③

在这些表述中，有惋惜，有责备，惋惜屈原以如此高才，却不肯离开群小恣肆、君主昏昧的楚国，以至愁苦终身；责备屈原不能审时度势，深隐自藏，高蹈远引，竟要追随彭咸之遗则，投水自尽。表面看来，这些惋惜、责备与王逸、洪兴祖等人的倾心奖誉背道而驰，但实质上，二者的关注焦点却别无二致，那就是屈原究竟该“远逝以自疏”，还是“掩此哀而不去”，是应“淈其泥而扬其波”，还是“伏清白以死直”。这一自屈原与渔父、灵氛等人对话时即已展开的矛盾，仍然在困扰着后世的接受者们，并形成两种价值观的冲突。而从根本上说，这种争论又都是围绕屈原的回归意识展开的。因为要回归，便不能“远逝”，而欲“远逝”，则回归就无从谈起，二者指向的都是要不要回归的问题。

既然回归是屈原和后世接受者共同关注的焦点，而且形成不同价值观的对峙，那么，我们深入一步就会发现，在要不要回归这一矛盾现象的底层，正蕴含着两种力量的反复冲突，即观念与生命、

① 贾谊《吊屈原赋》，费振刚等辑校《全汉赋》，北京大学出版社1993年版，第8页。
② 《史记》卷八十四，中华书局1982年第2版，第2503页。
③ 《汉书》卷八十七上，中华书局1962年版，第3521页。

理性与感性、超我与本我之间的纠葛和争斗。一方面，观念、理性、超我的力量是强大的，它有着长期积淀的传统，它将国家、宗亲、君父置于最高地位，通过政治、道德、宗法等外在规约和血统关联，要求臣子尽忠尽孝，并将这种忠孝观念潜移默化为臣子的内在需求和自觉行动；另一方面，生命、感性、本我原本即具有不受拘束、自由展开的特点，而在个体遭受弃逐之后，更因对政治、人生的反思，唤醒了其久经压抑的自由意念，强化了其突破传统规范的力度。于是，围绕回归和远逝，一场心灵的搏斗便势不可免地发生了。试想一下，在烟雨苍茫的南国大地上，一位孤独的流亡者，饱受信而见疑的不白之冤，经历着长期的身心磨难，问天求卜，无以释疑；叩阍求女，迭遭失败。他悲怨，他愤怒，他呼喊，他幻想，他渴盼冲决这周天匝地的罗网，他希望获取精神的自由和生命的更生，于是，遵循着心灵的指引，自疏、远逝的要求便日甚一日地滋生、发展开来；然而，与这要求相伴而生的，则是"忍而不能舍"的彷徨，是"蜷局顾而不行"的留恋。有时，他已清楚意识到此前的选择未必正确，为"相道之不察"感到后悔，希望于"行迷未远"之时"回朕车以复路"，但他始终难以摆脱观念、理性、超我的强大束缚，最后只能以"夫唯灵修之故"的理由来说服自我，重又回到了出发的原点。在很多情况下，屈原不是不清楚自己应该远逝，他是知道应该远逝却不能远逝；他不是不了解楚国及其政治已经无望，他是明知无望却不忍放弃。于是，感性让位于理性，超我胜过了本我，历史道德的理念取代了生命自由的呼喊。某种意义上，一篇《离骚》，就是这种走与不走、远逝与回归交织而成的悲怆乐曲，是"力和阻力互相斗争所形成的动态结构"，① 而其中占据优势地位的便是深深盘绕于诗人内心的回归情结。

---

① 高尔泰《屈子何由泽畔来？——读〈骚〉随笔》，《文艺研究》1986 年第 1 期。

　　渴盼回归而回归无望，因回归无望而终至"死直"，这就是屈原在流亡中的心路历程。在中国文化中，死亡又常被称作"大归"，① 意指人的最终归宿。屈原之死，不仅结束了生命，也结束了带给他无尽悲哀痛苦的流亡；不仅葬身于楚国之故土，也"依彭咸之遗则"而安顿了漂泊的灵魂，就此而言，无疑应算一种"大归"了。虽然，他直到最后也没有达成回归政治、回归故乡的目的，但他始终遥望的，却是故乡、郢都的方向。"鸟飞返故乡兮，狐死必首丘。"从这一意义上说，屈原的"大归"，展示的似乎正是一种"首丘"之举，而他的回归情结，也在此一举动中得到了最有力的展现。

第三节　从忠奸之争到感怀不遇

——屈原、贾谊的意识倾向及其在弃逐文化史上的典范意义

　　从周、晋之弃子宜臼、申生到楚、汉之逐臣屈原、贾谊，从早期弃逐诗《小弁》、《四月》到骚体逐臣诗《离骚》《服鸟赋》，社会政治已发生了极大的变化，但悲剧主体的遭遇、作品描述的事件、表达的感情却颇有相似之处。中国历史文化具有一种超稳定的内在结构，只要宗法乃至宗法与专制同生共荣的时代在延续，弃子逐臣便会在这种制度的惯性运转过程中制造出来，或者说，专制政体笼

----

① "大归"与死亡同义，指最终归宿，这在古人笔下常常用到。如陆机《吊魏武帝》："夫始终者，万物之大归；生死者，性命之区域。"（《全上古三代秦汉三国六朝文·晋上》卷九十九，中华书局 1958 年版，第 2029 页）骆宾王《伤祝阿王明府并序》："始终者万物之大归，生死者百年之常分。"（《全唐诗》卷七十九，中华书局 1960 年版，第 859 页）当然，古人也以"大归"指妇人被夫家遗弃，永归母家。如《左传·文公十八年》："夫人姜氏归于齐，大归也。"孔颖达于《诗·邶风·燕燕》篇疏曰："言大归者，不反之辞。"（《毛诗正义》卷二，《十三经注疏》上册，中华书局 1980 年版，第 298 页）由此看来，在一去不返这层意义上，弃妇之"大归"与表死亡之"大归"具有内在的相通。

罩下的文人，随时都有可能被突如其来的灾难抛离制度的轨道，成为流落偏远的异己者；而每一位远离制度轨道的异己者面对人生的困境，都会重复一次先行者曾经历过的心理体验，并产生出类似的精神意向。

一、弃逐诗人的执著意识

屈原是中国历史早期最重要的一个弃逐诗人，也是执著意识最突出的代表。据考，屈原一生一次被疏，两次被放。他的被疏约当楚怀王十六年（前313），他的被放，第一次自顷襄王元年（前298）至三年（前296），放逐地点在江南一带；第二次自顷襄王十三年（前286）至二十一年（前278），放逐地点先在汉北，九年之后，亦即顷襄二十一年仲春前，屈原面对郢都陷落的惨景，不得已再次踏上流亡路途，经夏浦、辰阳、溆浦等地，在向长沙进发途中投汨罗江自尽。[①]

在长达十余年的放逐生涯中，屈原的身心受到了严重的摧残，精神上承受着巨大的痛苦，哀怨、忧伤、悲戚、愤懑几乎成了他的终身伴侣，但他却从未屈服过、颓废过，他的生命始终处在反抗、搏斗、奋争的行进过程中。抽绎其诗作内容，这种反抗、搏斗、奋争主要体现在如下几个方面：

执著理想信念，决不改易操守——"阽余身而危死兮，览余初其犹未悔"，"虽体解吾犹未变兮，岂余心之可惩"，"不吾知其亦已兮，苟余情其信芳"，"路曼曼其修远兮，吾将上下而求索！"（《离骚》）

揭露黑暗现实，痛斥党人群小——"众皆竞进以贪婪兮……各兴心而嫉妒"，"世溷浊而不分兮，好蔽美而嫉妒"（《离骚》）；"变白以为黑兮，倒上以为下。凤皇在笯兮，鸡鹜翔舞。同糅玉石兮，

---

① 参见本章第一节《〈哀郢〉创作与屈原放逐考论》。

一概而相量"，"邑犬群吠，吠所怪也。非俊疑杰兮，固庸态也"（《怀沙》）。

固守赤子之心，深深眷恋邦国——"陟升皇之赫戏兮，忽临睨夫旧乡。仆夫悲余马怀兮，蜷局顾而不行"（《离骚》），"羌灵魂之欲归兮，何须臾而忘返？背夏浦而西思兮，哀故都之日远"，"曼余目以流观兮，冀一反之何时？……信非吾罪而弃逐兮，何日夜而忘之！"（《哀郢》）

维护人格尊严，不惜以死抗争——"既莫足与为美政兮，吾将从彭咸之所居！"（《离骚》）"知死不可让，愿勿爱兮；明告君子，吾将以为类兮！"（《怀沙》）

身处逆境，不屈不挠，坚持固有信念，高扬峻直人格，执著追求理想，愤怒揭露、抨击黑暗现实和无耻党人，深深眷恋邦国，终至以死殉志，这就是回荡在屈原作品中的主旋律，这就是屈原的精神。这种精神高度凝聚，化解不开，支撑着屈原与现实忧患作殊死的抗争，从而表现出对人生悲剧最顽强的克服，对自我志节最坚定的持守，由此构成一种深沉博大的执著意识。这种执著意识融贯在屈原的血液中，闪耀在他的性格里，"一篇之中，三致志焉"，[①] 最后凝结为其作品的精魂。

面对沉重的现实忧患，屈原之所以能顽强抗争，表现出坚定的执著意识，无疑与他的政治理想和悲剧性质紧相关联。史载：屈原为楚怀王左徒，"博闻彊志，明于治乱，娴于辞令。入则与王图议国事，以出号令；出则接遇宾客，应对诸侯。王甚任之"。[②] 据屈原在《惜往日》中追述："惜往日之曾信兮，受命诏以昭时。奉先功以照下兮，明法度之嫌疑。国富强而法立兮，属贞臣而日娭。秘密事之载心兮，虽过失犹弗治。"显而易见，屈原最初深得楚王信任，

---

① 《史记》卷八十四《屈原列传》，中华书局1982年第2版，第2485页。
② 《史记》卷八十四《屈原列传》，中华书局1982年第2版，第2481页。

积极参政议致，肩负着治理楚国的重要使命。所谓"明法度之嫌疑"，就是《屈原列传》中说的"怀王使屈原造为宪令"。而其最终目的，乃是为了使"国富强而法立"，由强大的楚国来统一天下。从当时的政治形势看，"横则秦帝，纵则楚王"作为大的发展趋势已为世人公认，因而，屈原依赖君主支持，凭借身为左徒的优越地位及其超人的才干，是完全有条件有可能变法富国并完成统一大业的。正因为如此，所以屈原怀抱一再申明的"美政"理想，勤勉国事，公而忘私，执著追求，精进不已。在他的脑海中，始终浮现着一幅高远的政治宏图，对他来说，社会政治和由此派生的政治理想已成为他生命中不可或缺的组成部分，他的信念，他的追求，他的意志，他的生命，都在这一层面上凝为一体，被赋予了全新的意义。换言之，当一个人跳出了狭隘的小我的牢笼，而将其全副精力贯注于一个更为远大宏阔的目标时，他便具有了一种宗教般的热情和自觉的使命感，便增添了担承整个民族和人类沉重负荷的巨大能量，他的精神、意志也由此获得了提升和强化。屈原的戮力社稷和执著追求，便体现了这一特点。

二、忠奸之争与屈原模式

在中国古代社会，执著追求理想与可能的悲剧性是紧相关联的，而且这种追求愈是强烈，追求者的人品愈是高洁脱俗，便愈是易于被人中伤，导致悲剧的可能性也就愈大。这是一个残酷的历史规律，而此一规律在屈原这里得到了最突出的呈现。

概括言之，屈原在追求理想过程中遇到来自两方面的严重阻碍，一为昏庸君主，一为党人群小。从前者看，楚怀王前期颇思振作，曾为山东六国合纵之纵长；至中期以后，便日渐昏昧，先受欺于张仪，与齐绝交；继发兵贸然攻秦，大败而归；终又与秦联姻、会盟、受伐于齐、韩、魏三国，并再度为秦攻伐，不得已西入秦，客死于斯，为天下笑。顷襄王即位后，愈为颓唐，外无良谋，与秦交合离散，有如儿戏；内信群小，"淫逸侈靡，不顾国政"，故庄辛一针见血地指出："君王卒幸四子者不衰，楚国必亡矣。"① 果然，时间不久，秦即大举攻楚，顷襄王二十一年，"秦将白起遂拔我郢，烧先王墓夷陵。楚襄王兵败，遂不复战，东北保于陈城"。② 至此，楚国风雨飘摇，江河日下，再不复有昔日争霸天下的雄风了。而这一切，不是应主要由昏昧的国君来负责任吗？面对如此君主，屈原高远的政治理想怎能实现？他的执著追求又怎能不半途夭折？从后者看，楚怀、襄两代党人群居，干乱国政，诬陷忠良，为患甚烈。史载：上官大夫与屈原同列，"争宠而心害其能。怀王使屈原造为宪令，屈平属草稿未定，上官大夫见而欲夺之，屈平不与，因谗之曰：'王使屈平为令，众莫不知；每一令出，平伐其功，以为非我莫能为也。'"③ 与此同时，上官大夫之属还广为联络，"上及令尹子兰、司马子椒，内赂夫人郑袖，共谮屈原"。④ 遂使得怀王"内惑于郑袖，外欺于张仪，疏屈平而信上官大夫、令尹子兰"。⑤ 也使得更为昏庸专制的顷襄王紧步乃父之后尘，一再迁怒于屈原，从而导致了屈原接连被流放的政治悲剧。

就实质论，屈原的政治悲剧无疑缘于他刚直不阿之性格、执著追求理想之精神与昏昧专制之君主间的必然矛盾，但在表现形式上，却直接导源于郑袖、子兰、上官大夫等一批党人的挑拨离间、造谣诽谤。也就是说，本是因了以摧残人才为特征的专制制度和作为此一制度之核心、握有生杀予夺之大权的君主，群小党人才有了夤缘附势、打击正人的可能，屈原才会被放逐荒远，可是，由于群

① 《战国策·楚策》，范祥雍《战国策笺证》，上海古籍出版社 2006 年版，第 870—871 页。
② 《史记》卷四十《楚世家》，中华书局 1982 年第 2 版，第 1735 页。
③ 《史记》卷八十四《屈原列传》，中华书局 1982 年第 2 版，第 2481 页。
④ 刘向《新序·节士》，石光瑛《新序校释》，中华书局 2001 年版，第 939—940 页。
⑤ 《史记》卷八十四《屈原列传》，中华书局 1982 年第 2 版，第 2485 页。

小党人作为君主与屈原之间的中介，一跃而成为矛盾在表现形式上的主要方面，遂使得君主专制这一实质上的主要矛盾被遮掩起来，屈原的被疏被放也就自然成了党人群小从中作祟的结果。于是，君主在一定程度上被开脱出来，党人群小遂成为罪魁祸首。对这一戏剧性的变化结局，屈原是深信不疑的，所以他说："惟夫党人之偷乐兮，路幽昧以险隘。……荃不察余之中情兮，反信谗而齌怒。"（《离骚》）不只是屈原，后世人也这样认为："远谪南荒一病身，停舟暂吊汨罗人。都缘靳尚图专国，岂是怀王厌直臣！"① 可以说，君主受蒙蔽，罪过在群小，受蒙蔽的君主是可以宽谅的，而进谗挑拨的群小是不可饶恕的，乃是后世众多文人士大夫的一种共识和屈原遭贬后的主要心态。正是基于此一共识，所以司马迁明确指出："屈平正道直行，竭忠尽智以事其君，谗人间之，可谓穷矣。信而见疑，忠而被谤，能无怨乎？"②

由于屈原的政治悲剧的直接原因是"信而见疑，忠而被谤"，所以他不能不怨，不能不争，不能不一再痛切地高喊："信非吾罪而弃逐兮，何日夜而忘之！"（《哀郢》）由于罪在群小，君主只是受蒙蔽者，所以屈原在投江前始终不曾绝望，他一直"冀幸君之一悟，俗之一改"，③ 回到朝廷，推行自己的美政理想；他的"全副精神，总在忧国忧民上。如所云'恐皇舆之败绩''哀民生之多艰'，其关切之意可见。因被谗疏绌之后，纯是党人用事，以致国事日非，民生日蹙。既哀自己，亦所以忧国忧民也。"④ 在这里，怨愤与忠诚交织，失望与希望杂糅，使得屈原既忧愤不平，块磊难消，对党人群小愤怒抨击，又矢志如一，不变初衷，对理想目标执著以

---

① 李德裕《汨罗》，《全唐诗》卷四百七十五，中华书局 1960 年版，第 5415 页。
② 《史记》卷八十四《屈原列传》，中华书局 1982 年第 2 版，第 2482 页。
③ 《史记》卷八十四《屈原列传》，中华书局 1982 年第 2 版，第 2485 页。
④ 林云铭《楚辞灯》，《四库全书存目丛书》集部第 2 册，齐鲁书社 1997 年版，第 177 页上。

求。然而，也正是在这里，出现了一个深刻的逻辑悖论：屈原要实现政治理想，就必须接近党人群小，并通过他们以获得楚王的支持，若远离并抨击党人群小，自己就不能取信于楚王，政治理想便难以实现。而他的刚直性格又是不允许他接近党人的，对他来说，理想和人格同等重要，如果人格已经失去，那么即使能够实现理想，又有多大价值呢？更何况理想与人格本即在根源处相通，没有人格，何谈理想？于是，屈原便自觉不自觉地走上了一条遍布荆棘的艰险路途，既坚持理想，矢志以求，又维护人格，憎恶群小，他要在坚持自我的前提下追求理想，在追求理想的过程中实现自我；于是，屈原的悲剧便不可避免地发生了，并将长期地持续下去。

对自身悲剧的性质，屈原有着极为清醒的认识，他说："举世皆浊我独清，众人皆醉我独醒，是以见放。"（《渔父》）的确，屈原"一往皆特立独行之意"，① 他处世之认真、思想之脱俗、心性之高迈、意志之刚毅，均远超常伦，戛戛独立；他不仅时时注意向上提升自己的情操，而且更始终保持着一份诗人的真诚。所以司马迁说他"濯淖污泥之中，蝉蜕于浊秽，以浮游尘埃之外，不获世之滋垢，皭然泥而不滓者也"。② 王逸说他"膺忠贞之质，体清洁之性，直若砥矢，言若丹青，进不隐其谋，退不顾其命，此诚绝世之行，俊彦之英也"。③ 然而，也正是这样一种品格，既导致了他在那"黄钟毁弃，瓦釜雷鸣"的社会因孤直而不容于时、被弃于世的悲剧命运，又增加了他在自己生命沉沦过程中百感交集、块磊郁结的程度。他高自期许，不肯随俗雅化，而随俗雅化、专事谗谤之流却平步青云；他忧国忧民，独清独醒，可侈靡贪婪、皆浊皆醉之辈却将他玩弄于股掌之中。他愈是清醒，就愈是想不通；愈是想不通，就

---

① 刘熙载《艺概·赋概》，袁津琥《艺概注稿》，中华书局 2009 年版，第 437 页。
② 《史记》卷八十四《屈原列传》，中华书局 1982 年第 2 版，第 2482 页。
③ 洪兴祖《楚辞补注》，中华书局 1983 年版，第 48 页。

愈是沉痛；而愈是沉痛，也就愈是执著——对理想信念和"信而见疑，忠而被谤"之悲剧命运百思不得其解的执著。如果说"屈子以其独清独醒之意，沉世之内，殷忧君上，愤懑溷浊；六合之大，万类之广，耳目之所览睹，上极苍苍，下极林林，摧心裂肠，无之非是"，[①] 乃是屈原被逐后不肯变志从俗而又难以解脱的一种心理常态，那么，他的赴湘流而自沉之举，无论从那种意义上，都可视作他执著意识最集中、最高度的体现。"宁赴湘流，葬于江鱼之腹中，安能以皓皓之白，而蒙世俗之尘埃乎？"（《渔父》）正是死亡，使屈原对人格、信念、理想、志节的持守得到了最后的落实，使他的顽强抗争得到了最突出的表现，同时，也使他从忧伤、悲愤、痛苦的逆境中得到了最彻底的解脱。

当然，除了主动地选择死亡，屈原还有很多路可走。且不说儒家推举的箪食瓢饮、孔颜乐道和道家宣扬的无己无我、皈依自然，并不失为可行的处世方式，也无论渔父劝屈原所谓"世人皆浊，何不淈其泥而扬其波？众人皆醉，何不餔其糟而歠其醨？"在当时也不乏其人。即以盛行于战国时代几乎无人能免的游士之风来说，倘若涉足其中，亦足以解屈原于困厄，甚或有助于实现他的政治理想。叶适有言："然则'游'于战国者，乃其士之业。游说也、游侠也、游行也，皆以其术游。而椎鲁之人释耒耜，阡陌之人弃质剂，相与并游于世。"[②] 究其原因，盖源于邦无定交、士无定主的社会现实，故无论策士、谋士、辩士、学士"皆主于利言之"，用以"取合时君"，[③]"腾说以取富贵"。[④] 对此，屈原并非完全没有考虑

---

① 明天启六年丙寅蒋之翘评校本《楚辞集注》引黄汝亨语。

② 叶适《战国策题》，诸祖耿《战国策集注汇考》，江苏古籍出版社 1985 年版，第 1810 页。

③ 王觉《题战国策》，《鲍氏战国策》卷十，文渊阁《四库全书》本，第 406 册，第 728 页下。

④ 章学诚《文史通义》内篇《诗教上》，叶瑛《文史通义校注》，中华书局 1994 年版，第 61 页。

过。从《离骚》内容看，灵氛曾劝他"勉远逝而无狐疑"，因为"思九州之博大兮，岂惟是其有女？"而屈原也确曾有过"吾将远逝以自疏""指西海以为期"的打算。在《卜居》中，更记载了屈原如下的话语："吾宁悃悃款款朴以忠乎？将送往劳来斯无穷乎？宁诛锄草茅以力耕乎？将游大人以成名乎？宁正言不讳以危身乎？将从俗富贵以偷生乎？宁超然高举以保真乎？将呢訾栗斯，喔咿儒儿以事妇人乎？……"朱熹注"游大人以成名"句谓："游，遍谒也。大人，犹贵人也。"[①]王逸《楚辞章句》更明确地申说《卜居》之意图云："屈原体忠贞之性，而见嫉妒。念谗佞之臣，承君顺非，而蒙富贵。己执忠直，而身放弃。心迷意惑，不知所为。乃往至太卜之家，稽问神明，决之蓍龟，卜己居世何所宜行，冀闻异策，以定嫌疑。"[②]可见，在痛苦的生命沉沦中，屈原对自己的人生道路和处世方式确曾作过认真的思考和选择。然而，他却始终没有离开楚国，甚至走的想法还在意念中时就被他无情地否定了。

屈原不肯离开楚国，不肯走游士一途，固然有论者所谓的种种原因，如屈原为楚之同姓，他的邦国观念极深，其理想具有只能在楚国实现的排他性，等等；但所有这些原因都不是根本性的，屈原不走的根本原因在于，他作为诗人的真诚没有赋予他逃避的心理机制，他对现实政治过多的感情投入导致他很难抽身退步，他的终极关怀深深扎根于楚国的富强亦即其"美政"理想的实现之中，而他刚直激切疾恶如仇的秉性也使他不肯服输地顽强抗争。所有这些聚集在一起，都说明他虽身处逆境，却不曾绝望。惟其不曾绝望，所以他执著现实，执著理想；而他不曾绝望的一个主要原因，即在于他始终认为楚王是受蒙蔽的，一旦楚王摆脱群小，幡然改悔，则事仍有可为。所以，他始终对君国忠心耿耿，而对党人群小则奋力批

①　朱熹《楚辞集注》卷五，上海古籍出版社 1979 年版，第 114 页。
②　洪兴祖《楚辞补注》，中华书局 1983 年版，第 176 页。

判，大笔书写着忠奸斗争的主题。可是，年复一年，日复一日，楚王非但没能改悔，反而变本加厉，信用群小，一直把楚国搞到兵败地削、都城陷落！至此，屈原才真正绝望了，他怀着无比的痛苦，吟诵着"宁溘死而流亡兮，恐祸殃之有再。不毕辞而赴渊兮，惜壅君之不识"（《惜往日》）的绝命辞，毅然走向最后的归宿。这是执著中的绝望，更是绝望中的执著。正是这种执著，赋予屈原和他的悲剧以弃逐文化的典范意义。

三、贾谊置身逆境的有限超越

屈原之后，身经弃逐而又创作诗文抒发哀怨的第二大贬谪诗人便是贾谊，在贬谪文化史上，贾谊自有他不同于屈原的独特意义。

从悲剧性质看，贾谊与屈原并无大的差别。据《史记·屈原贾生列传》，贾谊"年二十余，最为少。每诏令议下，诸老先生不能言，贾生尽为之对，人人各如其意所欲出。诸生于是乃以为能不及也。孝文帝说之，超迁，一岁中至太中大夫"。[①] 年少才高，升迁极快，对贾谊来说，既是幸事，又是不幸。其幸在于官职超升为他提供了施展才能，在更大范围内参与政治的条件；而不幸则在于年少气锐的心性和勇于议政的激情，使他很难避免屈原那样的"信而见疑，忠而被谤"的悲剧命运。果然，当贾谊进一步施展经纶之才，为汉室昌盛迭进良谋的时候，来自元老权贵的打击便必然性地降临到了他的头上。由于"诸律令所更定，及列侯悉就国，其说皆自贾生发之，于是，天子议以为贾生任公卿之位。绛、灌、东阳侯、冯敬之属尽害之，乃短贾生曰：'洛阳之人，年少初学，专欲擅权，纷乱诸事。'于是天子后亦疏之，不用其议，乃以贾生为长沙王太傅"。[②]

高才博学而遭忌妒，大志未展已被弃逐，不能不使贾谊悲愤郁

---

① 《史记》卷八十四《屈原贾生列传》，中华书局 1982 年第 2 版，第 2492 页。
② 《史记》卷八十四《屈原贾生列传》，中华书局 1982 年第 2 版，第 2494 页。

积，哀怨交攻，也不能不使他将自己的命运与屈原的遭际自觉联系起来，加以深层的认同。史载："贾生既辞往行，闻长沙卑湿，自以寿不得长，又以適（谪）去，意不自得。及渡湘水，为赋以吊屈原。"① 细读《吊屈原赋》即可看出，贾谊之哀吊屈原，主要出于两种感情：一是对屈原之正道直行而被放逐的遭遇深表同情，借以抒发自己的哀怨愤懑；一是对屈原狷介刚直的人格表示敬慕，借以展示自己不肯同流合污的决心。除此之外，赋中对"鸾凤伏窜兮，鸱枭翱翔。阘茸尊显兮，谗谀得志。贤圣逆曳兮，方正倒植"的混浊现象的揭露批判，无疑说明贾谊具有与屈原相同的斗争精神。

如果将考察的范围再扩大一些，看看贾谊在经过三年多的谪居生涯，被文帝重新征用后"数上书陈政事，多所欲匡建"的表现，听听他"窃惟时事，可为痛哭者一，可为流涕者二，可为长太息者六"的痛切陈辞，② 便可清楚感觉到，弃逐虽然给贾谊造成了巨大的人生不幸，却没有使他降志从俗，改变初衷，他仍然坚持自己的政治理想，并以与前相同的激烈心性去参政议政。从这一点来说，贾谊与屈原的执著意识是一脉相承的。所以宋人有言："屈原事楚怀王，不得志则悲吟泽畔，卒从彭咸之居。……贾生谪长沙傅，渡湘水为赋以吊之。所遭之时，虽与原不同，盖亦原之志也。"③

然而，同样不可忽视的是，与屈原九死未悔、体解不变的信念持守和顽强抗争、执著追求的精神相比，贾谊的执著意识明显要弱一些、浅一些，他在执著的同时，意识中已含有浓郁的超越情调。《吊屈原赋》的结尾这样说道：

　　　　凤漂漂其高逝兮，夫固自缩而远去。袭九渊之神龙兮，沕

---

① 《史记》卷八十四《屈原贾生列传》，中华书局1982年第2版，第2492页。
② 《汉书》卷四十八《贾谊传》，中华书局1962年版，第2230页。
③ 葛立方《韵语阳秋》卷七，《历代诗话》（下），中华书局1981年版，第539页。

深潜以自珍。……瞩九州而相其君兮，何必怀此都也？

一方面固然钦慕屈原的人格，但另一方面也深感屈原因过于执著所导致的深重苦难。有鉴于屈原"不如麟凤翔逝之故罹此咎也"的情况，[①] 贾谊希图自缩远去，深潜自珍，并以老庄思想为旨归，齐一物我，忘怀得失，委运从化，超越忧患。在他谪居三年后作的《鵩鸟赋》中，这种意向得到了突出的表露：

> 夫祸之与福兮，何异纠缠！命不可说兮，孰知其极？……天不可预虑兮，道不可预谋；迟速有命兮，焉识其时？……忽然为人兮，何足控抟？化为异物兮，又何足患！小智自私兮，贱彼贵我；达人大观兮，物无不可。……至人遗物兮，独与道俱。释智遗形兮，超然自丧。寥廓忽荒兮，与道翱翔。乘流则逝兮，得坻则止。纵躯委命兮，不私与己。其生兮若浮，其死兮若休。澹乎若深渊之静，泛乎若不系之舟。[②]

这里，人生的成败祸福已变得无足轻重，它们的消长起伏都与命运相关，生死是造化的安排，没有必要去做人为的努力，惟一可行的途径，便是达观超然，纵躯委命，释智遗形，超然自我，"泛乎若不系之舟"。显而易见，这乃是深受老庄思想影响而萌生的一种超越意识，这种意识也无疑是对屈原所代表的执著意识的淡化、消解和改变。

不过，贾谊这种超越意识又是不完全的、有限度的。不完全表现为在他的整个意识中，超越倾向与执著意念同时并存，二者虽有因时间、心态不同而导致的一定变化，却没有轻重悬殊的差异和非

---

① 《史记》卷八十四《索引》引李奇语，中华书局 1982 年第 2 版，第 2496 页。
② 贾谊《鵩鸟赋》，《文选》卷十三，中华书局 1977 年版，第 199—200 页。

此即彼的森然界限，而就超越一点论，他也不及后代诸多心香庄学者来得纯粹，来得彻底。有限度则表现为此种超越意识仅存在于他的意念里，却没有落到他的人生实践中，也就是说，在谪居生涯中，他并没能做到泯灭悲喜、忘怀得失，他心头终日笼罩的仍然是驱不散的愁云惨雾，他似乎只是悲怨极重时将超越学说拿来，聊作宽解而已。所以《史记》本传说他"既以適（谪）居长沙，长沙卑湿，自以为寿不得长，伤悼之，乃为赋以自广"。① 可见，超越意识在贾谊这里很大程度上还只是外在的，或只是危急时的一副临时救济剂。

四、感怀不遇与文人心性

既然贾谊的超越意识是不完全的、有限度的，而比起屈原的执著意识来又毕竟有所不同，那么，他的独特性表现在何处呢？我们认为：贾谊与屈原的显著不同处，就在于他将人生关怀的主要目标由社会政治转向了自我生命，将外向的社会批判转向了内向的悲情聚敛，将忠奸斗争的悲壮主题转向了一己的、文人普遍具有的怀才不遇。从而在弃逐文化史上表现出一种新的价值和意义。

如所熟知，贾谊生活在一个大一统的稳定时代。这个时代，政治相对开明，经济日趋繁荣，一切都呈现出上升的态势，而这与屈原所处的争霸斗力，合纵连横的战国时代以及社会混浊、动荡飘摇的楚国形势确已不可同日而语。就君臣情形论，汉文帝倡导与民休息，减轻赋税，宽免刑狱，励精图治，向被称作明君，已远非昏昧瞀乱的楚怀、顷襄二王所能比；大臣如周勃、灌婴等皆元老重臣，曾为平定诸吕之乱、保持汉家政权出过大力，虽然有居功自傲、排挤新进的一面，但较之昔日楚国的佞臣上官大夫、令尹子兰等，到底还一间有隔。准此，则此一时代便不能与一般所谓的黑暗社会等

---

① 《史记》卷八十四《屈原贾生列传》，中华书局 1982 年第 2 版，第 2496 页。

量齐观，而贾谊初始因才获用、一岁超迁的际遇也才可以得到合理的解释。然而，贾谊毕竟是在这样一个时代无罪被贬逐了！这一惨重事实再次告诉我们：社会政治的相对开明并不能改变专制政治扼杀人才的实质，只要高度集中的君权还存在，勇于参政者的政治悲剧就不可避免。尽管与乱世昏君之时相比，这种悲剧在数量和程度上可能要少一些、轻微一些。如果暂且撇开这一深层原因不论，仅就悲剧的形式原因加以考察，则贾谊的长沙之谪无疑与中国封建社会根深柢固的嫉妒才士的习惯性势力直接相关，而周勃、灌婴等人便是这种势力的突出代表。他们身为元老重臣，建立过盖世功勋，如今眼看年方二十余岁的新进之士贾谊参政议政，出尽风头，其内心便很难不嫉妒；而汉文帝对贾谊的提拔重用，无形中是对他们的冷落忽视，因而其精神上也很难不有失落感；贾谊首倡"列侯悉就国"之议，① 直接触犯了他们的既得利益，其心中更不能不怨恨；失落、嫉妒与怨恨加在一起，遂导致谤言横生。但究其本心，亦不过发泄不满和私愤，而非有意干乱国政。诚如明人张溥所言："汉大臣若绛、灌、东阳数短贾生，亦武夫天性，不便文学，未必谗人罔极，如上官、子兰也。"② 如果这一说法大致不差，那么贾谊的悲剧在表现形式上便只能是旧势力对新势力横加压抑的产物，其矛盾性质是新旧之争，而非忠奸之争。

面对这样的社会和君臣，贾谊的情感应是很复杂的：一方面，他无罪而遭远弃，不能不深感愤懑，故对同样遭遇的屈原产生了强烈的认同感，并大胆批判了"贤圣逆曳兮，方正倒植"的社会现象；但另一方面，他也清楚现实并非一团漆黑，君臣也不是完全的昏庸奸佞，朝政远没有到达屈原所谓的"恐皇舆之败绩"的岌岌可危的地步。也就是说，他还没有也不可能有对专制政治的实质进行

---

① 《史记》卷八十四《屈原贾生列传》，中华书局 1982 年第 2 版，第 2492 页。
② 张溥《汉魏六朝百三家集题辞注·贾长沙集》，人民文学出版社 1960 年版，第 1 页。

深层透视的能力，因而，他的批判，他的抗争，他对社会政治的关注便不能不是有限度的，他的关怀目标也就不能不主要落实到骤遭沉沦的自我生命上。于是，忧伤哀怨成了贾谊的恒定心态和情感，而"自以为寿不得长"，欲以超越忧患、纵躯委命的态度在一定时期内成了他的致思方向。也于是，屈原代表的忠奸斗争的主题在他这里开始下落，取而代之的乃是怀才不遇这一在中国历史上反复鸣奏的苍凉乐章。在《吊屈原赋》中，贾谊始则悲愤高喊："呜呼哀哉，逢时不祥！"终则沉重叹息："已矣！国其莫我知，独堙郁兮其谁语？"这其中呈露的，不正是一颗才而遭弃、无人见知、孤独、寂寞、忧伤的心灵么？

固然，后人认为贾谊并非未遇明主的观点也不无道理，[①] 从贾谊开始时的官职超迁，到其谋议的多被施行来看，他还是有过知遇经历的；但若就其政治悲剧论，则贾谊高才博学却无罪遭贬，又确为不遇；而且这不遇因了始受重用旋被弃逐的落差和比照益发显得沉重。固然，屈原被放逐后的诸多哀怨也含有浓郁的怀才不遇的内容，故后人常将屈、贾合论，认为："屈原为楚怀王左徒，入议国事，出对诸侯，深见信任。贾生年二十余，吴廷尉言于汉文帝，一岁中超迁至大中大夫。此两者始何尝不遇哉？谗积忌行，欲生无所，比古之怀才老死、终身不得见人主者，怨伤更甚。"[②] 但稍加寻绎即可清楚，屈、贾二人的不遇感又自不同：屈虽感不遇，但因其主要关注目标在生灵社稷、社会政治而不在一己之身，故导致其不遇感在相当程度上被遮掩从而降居次要地位；而贾则由于将主要关注目标转移到了自我生命，生命价值的沦丧最为使他痛心疾首，故

---

① 王安石的《贾生》一诗堪为代表。诗云："一时谋议略施行，谁道君王薄贾生？爵位自高言尽废，古来何啻万公卿！"见《临川先生文集》，中华书局1959年版，第356页。

② 张溥《汉魏六朝百三家集题辞注·贾长沙集》，人民文学出版社1960年版，第1页。

其不遇感不能不跃居突出地位。屈、贾二人都是文学家，又都是政治活动家，但相比起来，屈的质地更近政治家，贾的心性更近文人；政治家顽强执著九死不悔，"吾不能变心以从俗兮，固将愁苦而终穷！"（《涉江》）从内到外都充溢着一股义无反顾的坚刚之气；文人则多愁善感，心性脆弱，"所贵圣人之神德兮，远浊世而自藏"（《吊屈原赋》）。在感怀不遇的同时从执著向超越迈进。正是有鉴于此，所以司马迁在《史记·屈贾列传》的赞语中深有感慨地说：

> 余读《离骚》《天问》《招魂》《哀郢》，悲其志。适长沙，观屈原所自沉渊，未尝不垂涕，想见其为人。及见贾谊吊之，又怪屈原以彼其材，游诸侯，何国不容，而自令若是！读《服鸟赋》，同死生，轻去就，又爽然自失矣。[1]

司马迁在此表现的态度是复杂的，既敬慕屈原的人格，又不否定贾谊的思想，所以才会"爽然自失"。如果从实质上追溯，贾谊的人生态度似也同司马迁相类，即对执著和超越表现出一种矛盾：就坚持过的理想、信念而言，他是决不愿背弃的；就自我在现实忧患中所面临的人生抉择而言，他却不愿走屈原的路，而希望遁世自藏，超然解脱。在他身上，这两种态度都是真实的，只是时代尚未给他提供实际超越的条件，而他过于专注自我的心性也不具备真正超越的机制，所以他只能心向往之而实不能至，他的整个精神也只能时时萦绕于"汉廷公卿莫能材贾生而用"这一因怀才不遇导致的自悲、自怨、自怜、自叹之中。[2]

从屈原到贾谊，虽不剧烈但却清晰地显示了弃逐文化在执著与超越间游移演进的轨迹，而屈原和贾谊，则有如弃逐文化史上的两

---

[1] 《史记》卷八十四《屈原贾生列传》，中华书局1982年第2版，第2503页。

[2] 张溥《汉魏六朝百三家集题辞注·贾长沙集》，人民文学出版社1960年版，第1页。

座峰头，既标志着放子逐臣在生命沉沦过程中不尽相同的人生道路的选择，也代表了忠奸斗争和怀才不遇这样两种不无区别的主题及其价值意义。所以，"自汉以来，感其事作为文词者"，无虑万千，而考其身世遭际，"亦何非拓落人耶?"①

当然，由于屈原在本质上更近政治家，他的人格境界更为高远，他顽强执著，以死抗争的精神特为突出，因而以他为代表的模式、风范在历史上的影响要远远大于贾谊；而贾谊本质上更具有文人的特点，他的人格境界和抗争精神皆不及屈原，因而他给后人的影响也就相对小一些。但从另一方面看，屈原的人格境界和执著精神虽然朗洁高远、坚毅顽强，但在实际生活中毕竟难以达到，因而不免与多数文人的现实人生稍有距离，而贾谊尽管自悲自怜，感士不遇，且具有浓郁的超越意向，但与现实人生的关联却更为紧密，更具有救济作用，因而无疑能为众多挣扎在专制政治压抑下和生命沉沦中的文人广泛接受。换一个角度看，究竟是以屈原为楷模，自儆自励，向执著提升，还是引贾谊为知音，感怀身世，从困境走向超越，也成为我们判别后代文人心态、性格和意识倾向的一个标准。

---

① 乔亿《剑谿说诗》卷下，《清诗话续编》，上海古籍出版社 1983 年版，第 1101 页。

第六章
弃逐故事在历史与传说间的文学变奏

第一节　伯奇本事之文献阙失
及其在西汉的衍变

在中国上古史中，孝子被后母谗害，最终为信谗之父所逐的故事屡见不鲜，由此形成一个孝而遭谗见弃、弃而抒怨思归的恒定主题。诸如那位"传说中父系氏族社会后期部落联盟领袖"的虞舜，以及时代稍后的殷高宗之子孝己、周幽王之子宜臼、晋献公之子申生和重耳等，都是因后母进谗或屡受迫害，或惨被弃逐的。然而，与这些在早期文献中都有提及或记载，其事大抵可征可考的弃子相比，尹吉甫之子伯奇受谗被弃的故事更具独特性。一方面，此一故事缺乏早期史料支撑，很难在历史上找到其发生的痕迹，而后期史料在基本情节、人物身份、最终命运等方面又歧义迭出，具有十分明显的传说特点；另一方面，在汉及以后文献中，作为孝子兼弃子的伯奇及其事迹又被作为典故屡予引用，达到了很高的历史化程度，甚至还产生了传为伯奇所作、专咏其事的《履霜操》这一作品。这是一个虚实杂糅、信疑参半的事件，以其为典型个案，在历史与传说之间斟酌辨析，考察其演变的过程和意义，乃是我们希望达成的目的。

一、先秦文献阙失带来的疑惑

从现存多种文献记载看，伯奇之父尹吉甫为周宣王时重臣，因信后妻谗言而逐伯奇，由此在公元前八世纪前后播演了一出亲子冲突、骨肉分离的弃逐悲剧。然而，细检先秦现存文献，关于伯奇这位大孝子的记载却出奇的缺乏，由此不能不令人对其故事的真实性生出不小的疑惑。下面，试从三个角度来谈资料问题。

首先，在先秦经、史、子等类文献中看不到关于伯奇故事的任何记载。特别值得注意的是，在《庄子》《荀子》《吕氏春秋》几部子书中，均有专门涉及古之孝子不得于其亲而被谗被逐的整段话语，但所举例证却均无关于伯奇者。如：

> 外物不可必，故龙逢诛，比干戮，箕子狂，恶来死，桀纣亡。人主莫不欲其臣之忠，而忠未必信，故伍员流于江，苌弘死于蜀，藏其血三年，化而为碧。人亲莫不欲其子之孝，而孝未必爱，故孝己忧而曾参悲。①
>
> 虞舜、孝己孝而亲不爱，比干、子胥忠而君不用，仲尼、颜渊知而穷于世。②
>
> 天非私曾、骞、孝己而外众人也，然而曾、骞、孝己独厚于孝之实，而全于孝之名者，何也？③

---

① 《庄子集解》卷七《外物》，《诸子集成》本，上海书店1986年版，第175—176页。又《吕氏春秋·必己》亦有类似话语。
② 《荀子集解》第十九卷《大略》，《诸子集成》本，第340页。
③ 《荀子集解》第十七卷《性恶》，《诸子集成》本，第295页。

与这里提到的龙逢、比干、箕子、伍员、苌弘、孝己、曾参、闵子骞等古之忠臣孝子相比，伯奇在后世的孝名绝不比他们差，但却不见踪影。再看《战国策》中的相关记载：

> 苏代谓燕昭王曰："今有人于此，孝如曾参、孝己，信如尾生高，廉如鲍焦、史䲡，兼此三行以事王，奚如？"①
>
> 王谓陈轸曰："吾闻子欲去秦而之楚，信乎？"陈轸曰："然。"王曰："仪之言果信也。"曰："非独仪知之也，行道之人皆知之。曰：'孝己爱其亲，天下欲以为子；子胥忠乎其君，天下欲以为臣……'"②

从这里所记苏代、陈轸的话可知，曾参、孝己之孝，是与尾生高之信，鲍焦、史䲡之廉，伍子胥之忠相并列，广为人知的。然而，后世大名鼎鼎的伯奇依然没有出现。

其次，仅有的一则战国晚期资料虽提及伯奇，却因涉嫌伪作而缺乏可信度。细检先秦文献，我们发现，除以上最有可能记述伯奇事却全部阙如的子、史部文献外，在一篇传为楚国辞赋家宋玉所作的《笛赋》中，竟出人意料地提及伯奇之名。这篇赋作的中幅有这样两句话：

> 招伯奇于源阴，追申子于晋域。③

这里将伯奇与因受骊姬之谗而被害的晋献公之子申生相提并论，注重的显然是伯奇孝而被弃之事，并借对二人的招魂、追悼以表现笛

---

① 《战国策新校注》卷二十九《燕一》，巴蜀书社1987年版，第1059页。
② 《战国策新校注》卷三《秦一》，第111页。
③ 《笛赋》，《全上古三代秦汉三国六朝文》(1)，中华书局1958年版，第75页。

声之凄切。按理，这应是伯奇事见载于先秦文献的依据。然而，古来楚辞研究者却多不信此赋出自宋玉手笔，而将之视为后出的伪作。细核论者所举诸多证据，有两条最为关键：

证据之一，《笛赋》有"宋意将送荆卿于易水之上"的话，而荆轲渡易水的时间在公元前 227 年（燕王喜 28 年），以宋玉生平论，当不会见及其事。固然，依据现存史料，很难准确核定宋玉的生年，但宋玉稍晚于屈原，主要在襄王朝活动，其传世作品提及与楚襄王相关的事迹又几乎全是在郢都时事，亦即公元前 278 年郢都陷落襄王迁陈前的活动，却是大体可以确定的。① 既然在迁陈之前，宋玉已多次陪侍楚襄王游于"兰台之宫""云梦之台""云梦之浦""云梦之野"，说明他已颇得襄王看重，其年龄当不会太过年轻。进一步看，在《新序·杂事》中，事楚王而不见察的宋玉被人称为"先生"，② 在《对楚王问》中，楚襄王问宋玉也有"先生其有遗行与"的话。③ 如所熟知，"先生"在先秦时期主要含义有二，一为老师，一为有学问的年长者。据此而言，宋玉当时年龄以三十以上较为合适，因为一个二十出头的年轻后生，恐怕是当不起"先生"这一尊称的。倘若可以确定宋玉在迁陈之前年届三十或以上，则至荆轲刺秦之时他已是八十多岁甚或九十以上的老人。且不说他能否活到这个年龄，即使能够活到，要写出《笛赋》这样才气飞扬的赋作也是难以想象的。大概正是有鉴于此，所以自宋以来，质疑者不绝

---

① 如《风赋》："楚襄王游于兰台之宫，宋玉、景差侍。"《大言赋》："楚襄王与唐勒、景差、宋玉游于阳云之台。"《小言赋》："楚襄王既登阳云之台……贤人有能为《小言赋》者，赐之云梦之田。"《高唐赋》："昔者楚襄王与宋玉游于云梦之台，望高唐之观。"《神女赋》："楚襄王与宋玉游于云梦之浦，使玉赋高唐之事。"《高唐对》："楚襄王与宋玉游于云梦之野，将使宋玉赋高唐之事。"其中所涉"兰台之宫""阳云之台""云梦之台""云梦之浦""云梦之野"等，均为故郢都附近之宫、台名和地名。
② 《新序》卷五《杂事》，《丛书集成初编》，中华书局 1985 年版，第 87 页。
③ 据《新序·杂事》第一载，问宋玉的是楚威王。"威"当属误笔。

如缕。如章樵注《笛赋》谓："楚襄王立三十六年卒，后又二十余年方有荆卿刺秦之事，此赋果玉所作邪？"① 明人胡应麟指出："玉事楚襄王，去始皇年代尚远，而荆轲刺秦在六国垂亡之际，不应玉及见其事。"② 清人严可均于《全上古三代文》所收《笛赋》下亦注谓："此赋用宋意送荆卿事，非宋玉作。"③ 联系前述宋玉生平及相关史实可知，这些质疑不无道理。尽管近今一些学者欲翻旧案，想证明宋玉可以见及荆轲刺秦事，但在所举证据的可信度上却一间有隔，因而难以从根本上改变古代学者的上述看法。

证据之二，马融《长笛赋》有云："融去京师逾年……追慕王子渊、枚乘、刘伯康、傅武仲等箫、琴、笙颂，唯笛独无。故聊复备数，作《长笛赋》。"④ 由这里的"唯笛独无"四字可知，《笛赋》不应出现在马融之前。有学者说：马融这里是"就汉人汉赋而言的，并未追及汉人汉赋以前或以外的作家作品，所以用马融的话来否定宋玉作有《笛赋》，理由还不充分"。⑤ 这种理解恐怕不妥，因为从马融的话中看不出他有排除汉以外作家作品的意图。他在这里之所以提及王褒、枚乘、刘玄、傅毅等人的"箫、琴、笙颂"，是因为这是此前已有的表现乐器的文学作品，他要借这些已有的作品与独无之"笛"作比照。换言之，这些已有的作品均产生于汉代，作者不可能舍之不顾而提及此前并不存在的"先秦的作家作品"；至于笛，连马融之前的汉代作家都未接触过，先秦时代就更不会有了，故作者略去前人，只从当下说起。细详"唯笛独无，故聊复备数，作《长笛赋》"句意，盖谓此前因无人写过笛，故我创作此赋，以在众多描写乐器的赋作中为笛觅得一席之地，聊以充数而

---

① 《古文苑》卷二，《丛书集成初编》，中华书局1985年版，第57页。
② 《诗薮·杂编》卷一《遗逸上·篇章》，上海古籍出版社1979年版，第246页。
③ 《全上古三代秦汉三国六朝文》(1)，中华书局1958年版，第75页。
④ 马融《长笛赋》，《文选》卷一八，中华书局1977年版，第250—251页。
⑤ 刘刚《〈笛赋〉为宋玉所作说》，《沈阳师范学院学报》2002年第1期。

已。这既是自谦的说法，也是首创笛赋的非常郑重的说法。事实上，联系到《长笛赋》后幅所谓"况笛生乎大汉，而学者不识其可以裨助盛美，忽而不赞，悲夫"，"近世双笛从羌起，羌人伐竹未及已"，以及《风俗通义》及后代史书乐志关于笛为"武帝时丘仲之所作"的记载，[①] 可以判定：包括马融在内的众多汉人及后人都认为笛是自汉代才出现的。虽然从今日之出土文物看，先秦时代已经有了笛类乐器，[②] 但此种发现却不能改变因受数量和流传地域等限制，多数汉人并不知先秦有笛这一事实。细细分判，这里实际存在两个方面的问题：一方面，就多数汉人的闻见范围言，既然认为汉以前无笛，则先秦时代自然不会产生所谓的《笛赋》；另一方面，从马融"既博览典雅，精核数术，又性好音，能鼓琴吹笛"的广博才学看，[③] 倘若汉以前真有署名宋玉的《笛赋》，他是不可能不知的；退一步讲，即便马融因闻见未广而偶有遗漏，也很难出现众多汉人都有遗漏的情况。就此而言，说那篇署名宋玉的《笛赋》为马融之后的仿制品，说《笛赋》"招伯奇于源阴"那句话之不足为据，就绝非妄断了。

最后，一些晚出文献虽偶有涉及先秦人提及伯奇的记载，却均无可靠的来源和依据。就笔者目力所及，这类文献主要有如下几条：

《列女传》卷六载虞姬向齐威王辩白己之冤屈时，曾引伯奇、

---

① 《风俗通义》卷六《声音》，上海古籍出版社 1990 年版，第 48 页。此语亦见《隋书》卷一五《音乐下》、《旧唐书》卷二十九《音乐二》。又，《宋书》卷十九《乐志一》谓："笛，案马融《长笛赋》，此器起近世，出于羌中，京房备其五音。又称丘仲工其事，不言仲所造。《风俗通》则曰：'丘仲造笛，武帝时人。'其后更有羌笛尔。三说不同，未详孰实。"（中华书局 1974 年版，第 558 页）

② 当代考古发现已证明早在先秦时期即已有了笛类乐器，据 1979 年第 7 期《文物》所载《湖北随县曾侯乙墓发掘简报》，有"横吹竹笛二件"的记述。但这不能说明当时即已有了"笛"之名，也不能说明笛已得到了广泛使用。从现存文献记载看，认为笛起于汉代或为"武帝时丘仲之所作"，乃汉人的普遍认识。

③ 马融《长笛赋》，《文选》卷十八，中华书局 1977 年版，第 249 页。

申生事为例说：

> 且自古有之，伯奇放野，申生被患。孝顺至明，反以为
> 残。妾既当死，不复重陈，然愿戒大王，群臣为邪，破胡最
> 甚。王不执政，国殆危矣。①

《孔子家语》卷九载曾参在解释终身不娶妻的原因时，也提及伯奇事：

> 高宗以后妻杀孝己，尹吉甫以后妻放伯奇，吾上不及高
> 宗，中不比吉甫，庸知其得免于非乎。②

同样的意思，还出现在《风俗通义·正失》篇中。该篇记彭城相袁
元服不娶继室而引曾参语云：

> 吾不及尹吉甫，子不如伯奇，以吉甫之贤，伯奇之孝，尚
> 有放逐之败，我何人哉？③

以上材料有几个共同点：一是均为汉代或汉以后文献，其中《列女
传》为西汉末年刘向所著，《风俗通义》为东汉末应劭所著，而
《孔子家语》情况较为复杂，一般认为该书为魏王肃之伪作，也有
学者认为该书成于孔安国以及与王肃同时的孔猛等孔氏学者之手，
经历了一个很长的编纂、改动、增补过程；④二是其涉及伯奇语均

---

① 《古列女传》卷六，文渊阁《四库全书》本。
② 《孔子家语》卷九，文渊阁《四库全书》本。
③ 《风俗通义》卷二《正失》，上海古籍出版社 1990 年版，第 24 页。
④ 四库馆臣之《孔子家语》提要谓："反复考证，其出于肃手无疑。特其流传已久，且
　遗文轶事，往往多见于其中。故自唐以来，知其伪而不能废也。"（《四库全书总目》
　卷九十一，中华书局 1965 年版，第 769 页）晚近以来，学界疑古之风盛行，《家语》
　乃王肃伪作的观点几成定论。

为出自第三者之口的间接引证，而非著者依据历史文献对伯奇其人其事的正面记述；三是这些引证的话语因不见于早期文献，故很难判断其为历史实情，还是著者依据后起文献所加。由于存在这几个方面的问题，所以这些文献记载之不足采信是显而易见的。

综上可知，可靠的文献无记载，偶有记载的文献不可靠，这样一种情形，不能不使我们对伯奇其人其事在上古史上的真实度深致疑虑；同时，也导致我们对后起史料的辨析必须采取更为细密审慎的态度。

二、西汉相关载记与诸异说之涌现

进入西汉以后，关于伯奇的相关记载开始出现并日趋增多，由此形成与先秦时期迥然不同的鲜明比照。虽然，在西汉前期陆贾、贾谊、董仲舒等人的著作以及《淮南子》《史记》等大型子、史类著作中，仍未看到伯奇的身影，但在文帝至武帝朝的诗学家笔下，伯奇事已被简略提及。如汉初三家诗惟一流传至今的那本由韩婴编纂的诗学著作《韩诗外传》，即记有如下一段话语：

> 传曰：伯奇孝而弃于亲，隐公慈而杀于弟，叔武贤而杀于兄，比干忠而诛于君。诗曰："予慎无辜。"[1]

这段话将伯奇、隐公、叔武、比干四人作为孝、慈、贤、忠的典型，借其虽有美德却不容于君父弟兄，最后惨遭弃杀的命运，以与《诗·小雅·巧言》所谓"昊天大幠，予慎无辜"的刺谗主旨相印证，重在说明并强调谗言的患害和贤人的无辜。用后人的话说，作者此种做法，属于"引诗以证事，而非引事以明诗"。[2] 而在其所引的诗和事之间，除存在相同的忠而被谤的题旨外，其本事并无必然

---

[1]　《韩诗外传》卷七，中华书局1980年版，第257页。
[2]　王世贞《读〈韩诗外传〉》，《弇州四部稿》卷一百一十二，文渊阁《四库全书》本。

联系。

　　大概比《韩诗外传》稍后，武帝朝至元帝朝相继出现了数则引用伯奇之事的言论。言论之一是汉武帝的异母兄中山靖王刘胜，于建元三年面对"谗言之徒蜂生"的境况，向武帝倾诉：

> 臣虽薄也，得蒙肺附；位虽卑也，得为东藩，属又称兄。今群臣非有葭莩之亲，鸿毛之重，群居党议，朋友相为，使夫宗室摈却，骨肉冰释。斯伯奇所以流离，比干所以横分也。《诗》云："我心忧伤，怒焉如捣；假寐永叹，唯忧用老；心之忧矣，疢如疾首。"臣之谓也。①

言论之二是征和二年戾太子兵败后，壶关三老令狐茂上书武帝，为太子理冤：

> 昔者虞舜，孝之至也，而不中于瞽叟；孝己被谤，伯奇放流，骨肉至亲，父子相疑。何者？积毁之所生也。由是观之，子无不孝，而父有不察。②

言论之三是汉元帝时司隶校尉诸葛丰，因触怒元帝宠臣而遭黜，遂上书直言：

> 臣闻伯奇孝而弃于亲，子胥忠而诛于君，隐公慈而杀于弟，叔武弟而杀于兄。夫以四子之行，屈平之材，然犹不能自显而被刑戮，岂不足以观哉！③

---

① 《汉书》卷五十三《景十三王传》，中华书局 1962 年版，第 2424—2425 页。
② 《汉书》卷六十三《武五子传》，中华书局 1962 年版，第 2744 页。
③ 《汉书》卷七十七《诸葛丰传》，中华书局 1962 年版，第 3250 页。

这三则材料均出自东汉班固所著《汉书》。严格地讲，《汉书》算不得西汉文献，但因其所引材料皆取自西汉，为当时人事之真实记录，故应可作为西汉文献使用。概括这些材料的主要相同点，大致有四，一是借伯奇孝而见弃于亲，说明谗谤害人之程度。二是在引用伯奇事时，或将其与比干并列，或使之与虞舜、孝己为伍，已将之视为曾在历史上发生的真实事件。特别是第三则材料，其所引诸人的排列顺序是伯奇、子胥、隐公、叔武，将之与前列《韩诗外传》相比，除将比干易为子胥外，其他一如前者，由此可以看出其间后先承接的脉络。四是引用其事者或为诸侯王，或为乡绅长老，或为朝中大臣，其申诉对象均为帝王，由此说明伯奇孝而被谤被逐事已广为人知，不至于形成对话双方理解上的分歧，并具有了很强的说服力和打动人主的力量。此外需注意的是，中山靖王刘胜引《小雅·小弁》之句，固然重在借以说明自己的悲苦心境，但在《诗经》阐释史上，却为后人将伯奇事与《小弁》诗相联系开了先河。

上述文献虽已屡次提到伯奇孝而被逐或因谤被逐事，却未透露伯奇身世方面的更多信息。到了汉昭帝朝焦延寿所作《焦氏易林》中，对伯奇姓氏、进谗者身份等相关信息，开始有了简略的交待：

大有：尹氏伯奇，父子生离。无罪被辜，长舌所为。（卷一）
谦：尹氏伯奇，父子相离。无罪被辜，长舌为灾。（卷三）
鼎：谗言乱国，覆是为非。伯奇乖离，恭子忧哀。（卷四）
观：谗言乱国，覆是为非。伯奇留离，恭子忧哀。（卷四）
井：尹氏伯奇，父子分离。无罪被辜，长舌为灾。（卷四）①

---

① 焦延寿《焦氏易林》，文渊阁《四库全书》本。

这是该书在大有、谦、鼎、观、井等不同卦名下五次提及伯奇的文字，由其出现之频繁和内容之相似，不难看出伯奇事已成为作者说卦的有力例证。若合并其中相似条目，则可从中得出此前未见的两项新义：一是伯奇姓尹，一是其被弃缘于长舌之祸。前者虽未明确道出伯奇之父的姓名，但已隐然令人与西周大臣尹吉甫挂起钩来；后者借用《诗·大雅·瞻卬》指斥幽王后妻褒姒时所谓"懿厥哲妇，为枭为鸱。妇有长舌，维厉之阶"的话，巧妙地将伯奇被弃之因归为身为后母的长舌之妇的进谗。至此，伯奇之孝、后母之谗、尹吉甫信谗而逐孝子的故事片断得以呈现，并渐趋清晰。而将这些片断连缀起来，作为一个整体予以讲述的，则要由数十年后的刘向和扬雄来完成了。

刘向（约前77—前6）是西汉后期的大学者，博览杂取，尤精于文献目录之学。在其现存著作中，《列女传》与《说苑》分别提及伯奇其人其事，但所叙故事情节却颇有不同。今本《列女传》除前引虞姬向齐威王申辩己冤时曾有"伯奇放野"一语外，别无涉及伯奇的言论。然而《太平御览》引《列女传》却保留了如下一段记载：

> 尹吉甫子伯奇至孝，事后母。母取蜂去毒，系于衣上，伯奇前，欲去之，母便大呼曰："伯奇牵我。"吉甫见疑，伯奇自死。[1]

这是一段相对完整的故事，与此前文献相比，它不仅明确了伯奇之父为尹吉甫，而且设置了后母取蜂置衣领、骗伯奇掇蜂以诬告的关键情节，使"吉甫见疑"具有相当之合理性。同时，故事的最

---

[1] 《太平御览》卷九百五十《蟲豸部》七，中华书局影印本1960年版，第4220页。

后结局也由伯奇被弃一变而为"自死"。与《列女传》这段佚文被征引的情况相似，伯奇事在今本《说苑》中也已佚失，但却部分保留在几部古代史乘的注中。一是唐初颜师古注《汉书·冯奉世传》"伯奇放流"句引《说苑》云：

> 王国子前母子伯奇，后母子伯封，兄弟相重。后母欲令其子立为太子，乃谮伯奇，而王信之，乃放伯奇也。①

二是唐章怀太子李贤注《后汉书·黄琼传》"伯奇至贤，终于流放"句引《说苑》曰：

> 王国子前母子伯奇，后母子伯封。后母欲其子立为太子，说王曰："伯奇好妾。"王不信，其母曰："令伯奇于后园，妾过其旁，王上台视之，即可知。"王如其言，伯奇入园，后母阴取蜂十数置单衣中，过伯奇边曰："蜂螫我。"伯奇就衣中取蜂杀之。王遥见之，乃逐伯奇也。②

三是唐李善注陆机《君子行》"掇蜂灭天道"句引《说苑》曰：

> 王国君，前母子伯奇，后母子伯封，兄弟相爱。后母欲其子为太子，言王曰："伯奇爱妾。"王上台视之。后母取蜂，除其毒，而置衣领之中，往过伯奇。奇往视，袖中杀蜂。王见，让伯奇。伯奇出，使者就袖中有死蜂。使者白王，王见蜂，追之，已自投河中。③

---

① 《汉书》卷七十九《冯奉世传》，中华书局1962年版，第3308页。
② 《后汉书》卷六十一《黄琼传》，中华书局1965年版，第2039页。
③ 《文选》卷二十八，中华书局1977年版，第394页。

　　总观以上三种引文，首先值得注意的，是伯奇身份的大幅度改变。与此前《焦氏易林》所谓"尹氏伯奇"以及同出刘向之手的《列女传》所谓"尹吉甫子伯奇"的说法截然不同，这三种引文无一例外地将伯奇说成是"王国子"，亦即国王之子；与之相关，围绕伯奇被谗被逐的事件，也就不只是缘于后母进谗所引发的父子间的矛盾，而且是关乎国之嗣君太子之立的利益之争和由此形成的君臣间的矛盾。

　　其次，故事中的人物和情节较前丰富许多，既增添了"前母子伯奇，后母子伯封"两兄弟，以及"后母欲其子为太子"的以自身利益为核心的直接目的，又将掇蜂细节叙述得更为具体翔实，从而使得整个事件曲折变化，颇具小说家的传奇色彩。

　　进一步看，这三种引文虽同出于《说苑》，却又繁简不同。相较之下，师古注引文简洁，只笼统提及后母为立己子而谮伯奇和伯奇被放事，似是对《说苑》故事的缩写；李贤、李善注引文较详，具体涉及后母骗伯奇为己驱蜂、王遥见而责让伯奇等细节，似当更近《说苑》之原貌。至于故事的具体情节，三种引文也不无差异：师古注与李贤注之引文均谓王信谗而放、逐伯奇，而李善注引文则谓王见死蜂而悔悟，欲追还伯奇时，伯奇已自投河中。这一结局，已与前引《列女传》佚文之"伯奇自死"近似，只是对死的方式有了更清晰的交待。

　　出自同一位作者的两部书，甚至同一部《说苑》，在叙述伯奇故事时何以会出现人物身份、故事情节或结局如此之大的差异？仔细想来，除去几位注者所见原著版本或许有所不同外，其最大可能是当时即存在数种关于伯奇的传说，作者在不同时期的著作中只予以简单转录，而未做相应的整合统一；后世征引者则根据不同传说，对相关情节作了自己认可的某些改动。凡此，都说明西汉时期的伯奇故事尚未定型，在一些关键性的问题上，还处于多说并存的状态，由此给后人造成了兼采异说的可乘之机。

支持"投河"说的另一重要人物，是与刘向同时稍后的著名思想家扬雄（前53—18）。据《水经注》《太平御览》诸书征引，扬雄在其所著《琴清英》中记伯奇事谓：

> 尹吉甫子伯奇至孝，后母谮之，自投江中。衣苔带藻，忽梦见水仙赐其美药，思惟养亲，扬声悲歌，船人闻之而学之。吉甫闻船人之声，疑似伯奇，援琴作《子安之操》。[1]

这段话以琴为归结，对伯奇事作了另一番记述：一方面，承接此前伯奇为尹吉甫之子的主流说法，从而与刘向《说苑》所谓伯奇为"王国子"的身份相立异；另一方面，又谓伯奇因"后母之谮"而"自投江中"，从而在人物结局上与《列女传》佚文和李善注《文选》所引《说苑》文挂起钩来。

不过，这段话更值得注意的，是其所描述的伯奇投江之后的所遇所为。一般来说，人投江即死属于常识，然而，伯奇在扬雄笔下不仅未死，而且还穿戴着水中的苔、藻，服食着水仙赐予的美药，唱起了希望养亲的悲歌，以致"船人闻而学之"，跟着伯奇一起唱了起来。这段颇富想象力的文字，无论是扬雄的创造，还是当时的民间传说，虽然增加了伯奇故事的丰富可读性，却与现实生活愈去愈远，而具有了浓郁的仙化倾向。至于文末所说吉甫闻船人之声而"疑似伯奇，援琴作《子安之操》"数语，倒对此后伯奇故事发生了不小的影响。在成书于汉晋之际的《琴操》中，记载了伯奇作《履霜操》之事，将孝子被逐与主悲的琴音进一步关合起来。所不同的是，《琴清英》只写了伯奇扬声悲歌，为之援琴作曲的是其父

---

[1] 《水经注》卷三十三《江水》，文渊阁《四库全书》本；《太平御览》卷五百七十八《乐部》十六，中华书局1960年版，第2608页。

吉甫，而到了《琴操》，作歌者和抚琴者都成了伯奇，其所歌之《操》也由《子安》易名为《履霜》，并且有了具体的内容。

第二节　汉晋新变与文本整合

伯奇故事到了东汉，除延续西汉的基本框架外，随着记载文献和言说者身份的变化，也出现了几种不尽相同的内容和形态。其中较为突出的，是言说者的历史化倾向与视伯奇为《小弁》作者的诗学阐释。

一、伯奇故事在东汉的历史化倾向与诗学阐释

首先值得注意的是，在史学家、思想家笔下，伯奇及其事件的真实性得到了充分肯定，"投河说"亦渐为"放逐说"所取代。东汉初年的班固（32—92）和王充（27—约97）在其著作中即曾多次涉及伯奇之事，其中班固所著《汉书》之《景十三王传》《武五子传》《诸葛丰传》，曾分别借刘胜、令狐茂、诸葛丰等人之口引用伯奇事，前已言及。虽然从时代角度看，这些话语都是西汉人说的，但从文献角度看，却记载于东汉成书的著作中，因而，自可视为伯奇故事在东汉历史文本中的正式确立。当然，这种确立不只是书中人物屡加引用的单方面结果，它还有撰著者班固本人的意见。在《汉书·冯奉世传》的赞语中，班固这样说道：

> 《诗》称"抑抑威仪，惟德之隅"。宜乡侯参鞠躬履方，择地而行，可谓淑人君子，然卒死于非罪，不能自免，哀哉！谗邪交乱，贞良被害，自古而然。故伯奇放流，孟子宫刑，申生雉经，屈原赴湘，《小弁》之诗作，《离骚》之辞兴。[1]

---

[1]　《汉书》卷七十九《冯奉世传》，中华书局1962年版，第3308页。

这是班固有感于冯奉世之子冯参正道直行而被诬陷至死的遭遇，借伯奇、孟子、申生、屈原之事以慨叹之。在这四人中，寺人孟子为《诗·小雅》中《巷伯》篇的作者，申生是晋国的太子，屈原是楚国的贤臣，班固将伯奇与他们并列，在强调"谗邪交乱，贞良被害"的同时，也从史家的角度强化了伯奇孝而被谗、被放流的历史真实性。至于所引《小弁》之诗，也在有意无意间与伯奇事挂起钩来。[①]

与班固相似，王充在其代表作《论衡》中也一再征引伯奇之事，并借助相关辨析丰富了对伯奇事的理解。查《论衡》涉及伯奇事，主要有以下三处：

> 故三监谗圣人，周公奔楚。后母毁孝子，伯奇放流。当时周世孰有不惑乎？（卷一《累害》）

> 今颜渊用目望远，望远目睛不任，宜盲眇，发白齿落，非其致也。发白齿落，用精于学，勤力不休，气力竭尽，故至于死。伯奇放流，首发早白，诗云："惟忧用老。"伯奇用忧，而颜渊用睛，暂望仓卒，安能致此？（卷四《书虚》）

> 邹衍之冤，不过曾子、伯奇。曾子见疑而吟，伯奇被逐而歌。疑、[逐] 与拘同，吟、歌与叹等，曾子、伯奇不能致寒，邹衍何人，独能雨霜？（卷五《感虚》）[②]

细析这三条涉及伯奇的文字，可以得出如下信息：一是伯奇生当"周世"，其遭遇与周公被谗相类，属于"后母毁孝子"后的

---

① 班固征引伯奇、孟子、申生、屈原四例，尚难定《小弁》必系于伯奇名下，但依清人陈寿祺之说："详玩此《赞》文义，《小弁》句承伯奇言，《离骚》句承屈原言。盖举首尾以包中二人也，否则文法偏枯矣。"（《齐诗遗说考》卷二，清刻《左海续集》本）姑可视作对伯奇与《小弁》之关系的间接肯定。

② 王充《论衡》，上海人民出版社 1974 年版，第 7、57、77 页。

"放流""被逐"，而非投河；二是伯奇在流放途中忧虑过度，以至于"首发早白"；三是与曾子见疑而吟一样，伯奇曾"被逐而歌"；四是伯奇的"首发早白"与"被逐而歌"，均间接地与《小弁》中"惟忧用老"的诗句发生联系，从而既与前述刘胜、班固的类似说法相照应，又下启汉末赵岐注《孟子》时将伯奇视为《小弁》作者的观点，一定程度地赋予伯奇以新的使命（下文详论）。

沿着班、王对伯奇事件的历史化处理之路，东汉至三国间文人对伯奇事的引用不绝如缕。从史书所载人物言论看，即有如下一些记载：

> 后令（郅）恽授皇太子《韩诗》，侍讲殿中。及郭皇后废，恽乃言于帝曰：……后既废而太子意不自安，恽乃说太子曰："久处疑位，上违孝道，下近危殆。昔高宗明君，吉甫贤臣，及有纤介，放逐孝子。"①
>
> 七年，（黄琼）疾笃，上疏谏曰："……昔曾子大孝，慈母投杼；伯奇至贤，终于流放。夫谗谀所举，无高而不可升；相抑，无深而不可沦。可不察欤？"②
>
> （孟）达与封书曰："古人有言：'疏不间亲，新不加旧。'此谓上明下直，谗慝不行也。若乃权君谲主，贤父慈亲，犹有忠臣蹈功以罹祸，孝子抱仁以陷难，种、商、白起、孝己、伯奇，皆其类也。"③

上面几段文字分别见载于《后汉书》《三国志》，其中郅恽"授皇太子《韩诗》"，则其学术渊源为西汉之《韩诗》学，应无可疑。

---

① 《后汉书》卷二十九《郅恽传》，中华书局 1965 年版，第 1031—1032 页。
② 《后汉书》卷六十一《黄琼传》，中华书局 1965 年版，第 2037—2038 页。
③ 《三国志》卷四十《蜀书十·刘封传》，中华书局 1982 年第 2 版，第 992 页。

在他对太子说的话中，虽未明提伯奇之名，但将"放逐孝子"与
"高宗"、"吉甫"连在一起，则已明确指向孝己、伯奇，亦即《韩
诗外传》所谓"伯奇孝而弃于亲"者也。至于黄琼疾笃之上书，借
伯奇因谗被放而讽谕；孟达致信于刘封，引伯奇见疑于亲而劝降，
皆征引古典，以喻现事，则其视伯奇为一真实之历史人物，伯奇事
为一确切之历史事件，是显而易见的。

与史学家、思想家对伯奇事的历史化态度相似，在经学家笔
下，伯奇被逐事开始成为《诗经》弃逐诗之注脚，伯奇也被当作了
《小弁》一诗的作者。最早明确提出此一观点的，是东汉后期的赵
岐。在注释《孟子·告子下》中"《小弁》，亲之过大者也。亲之过
大而不怨，是愈疏也"一段话时，赵岐这样说道：

> 《小弁》，《小雅》之篇，伯奇之诗也。……伯奇仁人而父
> 虐之，故作《小弁》之诗。[1]

赵岐的话虽然简单，却包含了内容和作者两个方面，即《小弁》的
作者是伯奇，其所反映的内容也是"仁人而父虐之"之事，从而确
定了伯奇与《小弁》间明确的定向关联。

身为著名学者，又是在注解《孟子》，赵岐的上述言论与此前
对伯奇事的一般性引用颇有不同，它既是一种严肃的事实判断，也
应具有充分的学理依据。那么，赵岐有无这种依据呢？回答是否定
的。因为其一，如前所言，汉以前尚无关于伯奇事的确凿史料，在
最早提及伯奇事的《韩诗外传》中，作者"引诗以证事"之诗也只
是《小雅·巧言》中的句子，而与《小弁》无关。其二，《小弁》
第二章"踧踧周道，鞫为茂草"句当为针对周王朝乱象而发，与伯

---

[1] 《孟子注疏》卷十二上《告子章句下》，《十三经注疏》（下），中华书局1980年版，
第2756页。

奇所处时代及身世遭际均不符。清人姚际恒《诗经通论》即谓"此岂伯奇之言哉!"① 刘始兴《诗益》亦谓："此有伤周室衰乱之意。若寻常放子,其于国家事何有焉?"② 大概主要出于此种疑问,后世众多治《诗》者力主《毛诗序》之说,将《小弁》视为周幽王之子宜臼被弃之作。其三,孟子对《小弁》之解说与伯奇事无必然关联。在前引孟子论《小弁》的一段话中,并无涉及伯奇处,如果说二者有可能发生关联,也只在"亲之过大"而"怨"一点上。那么,伯奇之怨属于"亲之过大"吗?孤立地看,尹吉甫听信后妻谗言而逐伯奇,其"过"已然不小;但若与周幽王听信褒姒谗言而逐太子宜臼,最后导致西周败亡相比,则又属于"过"之小者。既然如此,则《小弁》之作何以不系于宜臼名下,而归于伯奇呢?对此,赵岐未加任何辨析,亦未征引任何史料,即谓伯奇作《小弁》。就此而言,其说显然不足以服人。后人有鉴于此指出:"孟子云:'《小弁》,亲之过大。'据此一语,可断其为幽王大子宜臼之诗。盖大子者,国之根本;国本动摇,则社稷随之而亡。故曰:'亲之过大。'若在寻常放子,则己之被谗见逐,祸止一身,其父之过,与《凯风》七子之母不安其室等耳,何得云'亲之过大'哉?"③ 相比起赵岐的注释,此一解说似更为贴合孟子说《小弁》之文意。④

　　既然从文献资料、《小弁》诗意和《孟子》文意诸方面,都难以证成赵岐的伯奇作《小弁》之说,那么,赵岐何以会将伯奇视作《小弁》的作者呢?细加推详,其原因大致有三:一是前述中山靖王刘胜之诉冤、班固传赞之议论、王充书虚之辨析,均有对《小弁》诗句之引用,在有意无意间使伯奇事与弃逐诗《小弁》发生了

① 姚际恒《诗经通论》卷十,中华书局1958年版,第216页。
② 刘始兴《诗益》卷十七,清乾隆八年尚古斋刻本。
③ 刘始兴《诗益》卷十七,清乾隆八年尚古斋刻本。
④ 参见尚永亮《中国文学史上最早的弃子逐臣之作——〈小弁〉作者及本事平议》,《安徽大学学报》2012年第1期。

间接联系。对这些先行材料，赵岐不可能不注意并受其影响，故在注《孟子》时，取为已用，并大胆地将《小弁》作者与伯奇直接关联起来。二是西汉三家诗可能已出现将《小弁》与伯奇事挂钩的某些解说。后人在追溯源流时，或谓刘胜、赵岐之说源自西汉初年的《鲁诗》说，[①] 或谓班固《冯奉世传赞》的说法是用齐诗，并得出齐、鲁、韩"三家同"的观点。[②] 于是，从西汉三家诗到赵岐，便形成一脉相承的关系。三是以伯奇为作者，主要是为了彰显"孝"的伦理。"孝"是儒家伦理的核心观念，也是汉代经学家大力维护宣扬的观念。汉人主张以孝治国，"求忠臣必于孝子之门"，[③] 遂使得忠孝伦理大大强化。然而，与传说中的伯奇相比，历史上的宜臼于孝行明显有亏，当其外祖申侯联合缯侯、犬戎攻宗周、杀幽王后，被立为平王的宜臼不仅没去讨伐这些弑父的仇人，反而在申遭郑侵伐之际，派兵戍之。这种做法，在正统儒家看来显然算不上孝子，甚者至谓宜臼"知有母而不知有父，知其立己为有德，而不知其弑父为可怨。……其忘亲逆理，而得罪于天已甚矣"。[④] 大概有鉴于此，《毛序》虽谓《小弁》所写为宜臼之事，却将作者定为太子之傅；与其相似，赵岐注《孟子》舍宜臼而取伯奇，似也存在这方面的顾虑。用清人焦循的话说就是："赵氏特引此句（按，即《小弁》"何辜于天"句），以明《小弁》之怨，同于舜之号泣，而特不以为宜臼之诗，而言'伯奇仁人，而父虐之'，盖以宜臼非仁人，不得比于舜之怨，故取他说也。"[⑤] 倘若焦循的说法可以成立，便可看到，宜臼的品德是毛、赵二氏确定《小弁》作者所面临的共同问题，其差异处仅在于赵氏取伯奇，毛氏取太子之傅而已。

---

① 王先谦《诗三家义集疏》卷十七，中华书局1987年版，第698页。
② 陈寿祺《齐诗遗说考》卷二，清刻左海续集本。
③ 《后汉书》卷五十六《韦彪传》，中华书局1965年版，第918页。
④ 朱熹《诗集传》卷四，上海古籍出版社1980年新1版，第44页。
⑤ 焦循《孟子正义》卷二十四，清刻皇清经解本。

综上所述，赵岐之说虽不足采信，却自有其得以形成的内部和外部的多重原因。而在伯奇故事的发展史上，《小弁》作者说因与《诗经》相关，而为后世众多治《诗》者反复提及，一再争论，伯奇其人的真实性、影响力也随之得到了进一步的确认和扩大。

二、汉晋间伯奇故事的嬗变与定型

与前述史学家、经学家的言论及伯奇故事日趋历史化的倾向相比，从东汉到西晋的三百年间，也还存在若干值得关注的现象。其中最为重要的，是文学家、杂记家对伯奇事的引用、渲染、创造、整合，在他们笔下，伯奇故事一方面延续着其仁而被诬、孝而见弃的悲剧性主干，另一方面，故事在情节、人物、结局等方面也发生着持续不断的变化，终至形成署名伯奇的《履霜操》这一琴曲作品及相关叙述。

文学、杂记作品中的伯奇主要是作为被诬的逐子形象出现的，作者提及此一形象，或借以渲染悲情，或重在阐明事理。如马融（79—166）《长笛赋》的一段描写：

> 若绹瑟促柱，号钟高调。于是放臣逐子，弃妻离友，彭胥伯奇，哀姜孝己，攒乎下风，收精注耳，雷叹颓息，掐膺擗摽，泣血泫流，交横而下，通旦忘寐，不能自御。[1]

这里，作者借激切悲凉之笛声，以描摹"彭、胥、伯奇，哀姜、孝己"等放臣逐子、弃妻离友倾听时全神贯注、血泪交流之状，意在通过文学夸张渲染气氛，至于伯奇的历史真实性，则并非作者的关注重点。

与此近似，前引《孔子家语》《风俗通义》载曾参解释终身不

---

[1] 马融《长笛赋》，《文选》卷十八，中华书局1977年版，第250—251页。

娶妻之原因时，或谓："高宗以后妻杀孝己，尹吉甫以后妻放伯奇，吾上不及高宗，中不比吉甫，庸知其得免于非乎？"或谓："吾不及尹吉甫，子不如伯奇，以吉甫之贤，伯奇之孝，尚有放逐之败，我何人哉？"其言说方式虽略有不同，但都是借曾子对伯奇事之引用，以强调后妻进谗之可怕，由此导致父子关系之崩坏的。从文献角度看，这两段话既不见于先秦典籍，亦未见西汉人提及，因而极有可能出自后人或即杂记作者的臆造，故不值得信从；但从故事流传的角度看，后人或杂记作者借助曾子之口引述伯奇事，却增强了故事的真实性和典型性，也一定程度地丰富了故事的传播环节。

在此期文学家笔下，曹植（192—232）的《令禽恶鸟论》是涉及伯奇事最为荒诞却也最为奇异的一篇作品。该文开篇即谓：

> 国人有以伯劳生献者，王召见之。侍臣曰："世人同恶伯劳之鸣，敢问何谓也？"王曰："昔尹吉甫用后妻之说杀孝子伯奇，吉甫后悟，追伤伯奇，出游于田。见鸟鸣于桑，其声嗷然，吉甫动心曰：'伯奇乎？'鸟乃抚翼，其音尤切。吉甫乃顾曰：'伯劳乎？是吾子，栖吾舆；非吾子，飞勿居。'鸟寻声而栖于盖。吉甫遂射杀后妻以谢之。故俗恶伯劳之鸣，言所鸣之家必有尸也。此好事者附名为之说，而今普传恶之，斯实否也。"①

这里，作者围绕国人进贡伯劳鸟一事，借国王之口引出伯劳鸟与伯奇事之关联，提供了如下新的信息：其一，伯奇受谗后不是被放，而是被杀。其二，伯奇死后即化身为伯劳鸟，并以悲切的鸣叫和对其父的依恋，显示出神异的色彩和感人的力量。其三，吉甫以"射杀后妻"的方式为伯奇平反复仇，使奖善惩恶成为故事的结局和旨

---

① 欧阳询《艺文类聚》卷二十四《人部八》，文渊阁《四库全书》本。又，《太平御览》卷九百二十三《羽族部十》所载曹文题名《贪恶鸟论》，文字亦颇有不同。

趣。仔细分析这几点信息，不难看出其最大的特点便是具有浓郁的民间传说色彩，诸如伯奇化身伯劳鸟的灵异、伯奇与伯劳因同一"伯"字而引发的关联、吉甫为子复仇的故事结局，都是民间传说惯常的表达方式，亦即文中所谓"此好事者附名为之说"也。同时，这里也不乏作者再创作的因子，如伯奇被杀后，尹吉甫由"悟"、"追伤"到"动心"所展示的心理活动，便主要缘于一种文学的想象和推理。这样看来，民间传说与作者的再创作，是《令禽恶鸟论》中伯奇故事形成的基础，而其中的传说部分，尤其展示了伯奇故事在东汉民间的潜流暗转，在某种意义上，其主要情节甚至可以与扬雄《琴清英》中伯奇"自投江中"却得以不死、因"扬声悲歌"而感动吉甫的说法挂起钩来，是在其基础上进行的改造和延展。

以曹植的《令禽恶鸟论》为节点向上回溯，还可发现，两汉以来伯奇故事的发展流变一直摇摆于传说与历史之间。一方面是文学家的创作和民间的传说，一方面是史学家、经学家的载记和议论；一方面是从伯奇孝而被逐之故事主干所繁衍出的多种异说、传闻和臆想，另一方面是围绕伯奇及其事件所展开的持续的历史化、真实化的努力。这种情形，构成汉魏数百年间伯奇故事流传的基本状态，也为后人对此一故事的综合整理做了必要的准备。

真正综合两汉以来各种说法，既使伯奇成为孝子之典型，又使其被逐故事更趋完满定型的，是传为汉晋间成书的《琴操》。这是一部记载早期琴曲作品及相关本事的专书，其中最为后人称道的，是记述、宣扬先秦人物事迹、德行而皆名为"操"的十二篇作品，而《履霜操》即与伯奇事紧密相关。在叙述《履霜操》之缘起时，该书有一段关于伯奇被逐前后的文字，值得特别关注：

> 《履霜操》者，尹吉甫之子伯奇所作也。吉甫，周上卿也，
> 有子伯奇。伯奇母死，吉甫更娶后妻，生子曰伯封。乃谮伯奇

于吉甫曰："伯奇见妾有美色，然有欲心。"吉甫曰："伯奇为人慈仁，岂有此也。"妻曰："试置妾空房中，君登楼而察之。"后妻知伯奇仁孝，乃取毒蜂缀衣领。伯奇前持之。于是吉甫大怒，放伯奇于野。伯奇编水荷而衣之，采榉花而食之，清朝履霜，自伤无罪见逐，乃援琴而鼓之曰："履朝霜兮采晨寒，考不明其心兮听谗言，孤恩别离兮摧肺肝。何辜皇天兮遭斯愆，痛殁不同兮恩有偏，谁说顾兮知我冤。"宣王出游，吉甫从之。伯奇乃作歌，以言感之于宣王。宣王闻之曰："此孝子之辞也。"吉甫乃求伯奇于野而感悟，遂射杀后妻。①

这是西汉以来关于伯奇事最周详的一段记载，也是在对此前各种异说取舍整理后形成的最权威版本。概括而言，大致存在如下几个要点：

第一，在人物身份上，舍弃了刘向《说苑》所谓伯奇为"王国子"的说法，确立了伯奇为周宣王大臣尹吉甫之子。

第二，在人物关系上，既沿袭了传统的后母进谗说，又吸纳了《说苑》"后母子伯封"的记载，确定了伯奇异母弟伯封的存在。

第三，在故事情节上，一方面袭用了《说苑》后母置毒蜂、诱伯奇往视等细节，以强化"吉甫大怒，放伯奇于野"的合理性，另一方面，摒弃了扬雄《琴清英》"自投江中"和曹植《令禽恶鸟论》"杀孝子伯奇"的说法，②而将《琴清英》的"衣苔带藻"、"扬声悲

---

① 此段文字引自清孙星衍校《琴操》卷上，清嘉庆《平津馆丛书》本。考《世说新语·言语》注、《文选》之《长笛赋》注、《太平御览》卷十四、卷五百一十一、《乐府诗集》卷五十七等所引《琴操》，文字详略均有不同，孙氏据此数种文献校订，大体得其所长。又，逯钦立《先秦汉魏晋南北朝诗·汉诗》卷十一之《琴曲歌辞》亦据此本，惟个别文字有异。
② 《文选》六臣注、《乐府诗集》卷五十七引《琴操》有"投河而死"的说法，与《世说新语》注、《文选》李善注、《太平御览》卷十四、卷五百一十一等所引《琴操》结局不同。

歌"改易为"编水荷而衣之，采樗花而食之，清朝履霜"，"援琴"而歌《履霜操》，由此突出强调了弃子与被弃作品的有机关合。

第四，在故事结局上，不仅添加了周宣王这一人物，作为伯奇冤屈的洗刷者和拯救者，而且直接以《令禽恶鸟论》所述吉甫"感悟"、"射杀后妻"的民间传说终篇，使得此一悲剧事件获得了大团圆式的喜剧性收尾。

从上述人物身份、关系和故事情节、结局诸方面的变化看，既有对原有伯奇故事的吸纳整合，又不乏新的构思和创造，由此形成这一弃逐故事完整的结构形态。具体来说，故事中尹吉甫、后妻、伯奇、周宣王四个人物分别代表施动者、进谗者、受动者、救助者四种身份，也代表大小不同、方向各异的四种力量。作为受动者，伯奇仁孝而不见容于生父后母，被逐荒远，作歌诉冤，最终感动宣王及其父吉甫，获得救助和回归，展示了一个被弃逐者的全部经历，因而，在整个故事中最值得重视。作为施动者，尹吉甫听信后妻谗言而逐孝子，无疑是悲剧的直接制造者，但由于故事中设置了后妻缀毒蜂于衣领的骗局，遂使得吉甫信谗具有了若干合理性；至于最后由于宣王开导，吉甫幡然悔悟，召回伯奇并射杀后妻，更使他前期所犯错误获得一定程度的弥补，其形象也开始由反面向正面转换。作为进谗者，后妻是典型的反面形象，也是导致弃逐事件发生的最积极因素。她之所以厌恶并谗害伯奇，既缘于后母对前妻之子血缘性的疏远，更缘于她不想让亲生之子伯封在家族的利益受到他人威胁，故必欲除之而后快。她的最后被射杀，体现了正义的最后胜利，也对谗佞小人寓有深刻的警示意义。作为救助者，周宣王虽仅在结尾匆匆现身，但却对伯奇之获救乃至后妻被射杀都发挥了不可忽视的作用。某种意义上，他就是正义的化身。以上四种身份、四种力量，互相制约，互有渗透，构成整个事件"谗毁—弃逐—救助—回归"的动态流程。与此同时，因吉甫的"改邪归正"

和周宣王救助弃子所展现的王者力量，也使此一故事减弱了对专制政治的讽刺力度，而一定程度地蒙上了颂圣感恩的温情面纱。

与以往的伯奇传说不同，《琴操》故事值得关注的另一要点在于，伯奇在被当作《履霜操》作者而具备了诗人身份的同时，还借助《履霜操》之内容展示，深化了其身为弃子的悲怨情思。全诗从孝子被逐后履霜犯寒的艰辛生活写起，追述其父听信谗言、导致孤恩别离的情形，最后仰天而呼："何辜皇天兮遭斯愆，痛殁不同兮恩有偏，谁说顾兮知我冤。"既怨责皇天之不公，又明言父母之恩偏，更痛陈自己之冤屈，虽仅寥寥数语，却真切鲜活，悲感无限，令人读来，为之动容。这样一首反映弃子怨思的楚辞体作品，一经出现，便具有了取代赵岐所谓"伯奇仁人而父虐之，故作《小弁》之诗"一说的逻辑优势，使得伯奇"清朝履霜"和援琴而歌《履霜》相互印证，形成中国文化史、文学史上的经典形象。大概从这个时候开始，伯奇故事得以最终完型，《履霜操》也成为描写弃子遭遇和抒悲泻怨的代表性作品，并被唐宋元明清的文人们反复摹仿，在文学史上产生了深远影响。

这里需要稍加讨论的，是《琴操》的创作时代和作者问题。关于《琴操》的作者，大致有桓谭（前23—50）、蔡邕（133—192）、孔衍（258—320）三说。其中桓谭说之不足信似已成为共识，[①] 兹不赘论。惟需辨析的，是蔡邕、孔衍二人与《琴操》的关系。

[①] 桓谭说之不足信主要有三：一、《后汉书·桓谭传》谓桓谭所著《新论》二十九篇，有"《琴道》一篇未成，肃宗使班固续成之。"（中华书局1965年版，第961页）由此可知，桓谭所著仅为一篇未完成的《琴道》，而非《琴操》。二、桓谭撰《琴操》之著录仅见于两唐书之《经籍志》《艺文志》，却不见于三百年前之《隋书·经籍志》。而两唐书将《琴操》系于桓谭名下，不排除混淆《琴操》与《琴道》二书甚或笔误的可能。三、世传《琴操》与桓谭《琴道》内容不合。阮元《四库未收书目提要》曾核对二书内容谓："今《文选》注引《琴道》甚多，俱与此不合，则非谭书可知。"马瑞辰《平津馆丛书〈琴操〉校本序》亦谓："桓谭《新论》有《琴道》篇，不闻有《琴操》，《琴操》言伏羲始作琴，与《琴道》言神农始作琴不合，则《琴操》决非桓谭所作。"

从文献记载看，孔衍与《琴操》间的关系最为清晰。《隋书·经籍志》明谓："《琴操》三卷，晋广陵相孔衍撰。"① 这是关于《琴操》撰人最早的文献记载。自此以后，《旧唐书·经籍志》《新唐书·艺文志》《宋史·艺文志》以及《崇文总目》《中兴书目》诸书均有类似著录，从而将孔衍与《琴操》紧密关合在了一起。一般来说，先出文献具有普遍认可的权威性，倘若没有新出资料对上述记载尤其是《隋志》证伪，那么，就很难否定孔衍与《琴操》的关系。不过，事情也不是绝对的，仅有这些记载而无过硬的内证，尤其是对蔡邕著《琴操》说的有力反证，似亦不足以确认孔衍一定就是《琴操》的作者。从保存孔衍行迹最多的《晋书·孔衍传》看，其中既未写其精通琴乐，亦无与《琴操》相关的记载，较为接近的线索是："衍经学深博，又练识旧典"，"虽不以文才著称，而博览过于贺循，凡所撰述，百余万言"。② 据此而言，少文才而多博览的孔衍倒更像是《琴操》的整理者而非原创者。

与孔衍相比，蔡邕精通乐理，尤精琴乐。据《后汉书》本传载：蔡邕早年曾于客所弹琴音中辨其心迹，为人叹服；后"吴人有烧桐以爨者，邕闻火烈之声，知其良木，因请而裁为琴，果有美音，而其尾犹焦，故时人名曰'焦尾琴'焉"。③ 此外，他还撰有《叙乐》一书，表现出杰出的音乐才能和理论修养。因而，就《琴操》作者言，蔡邕似乎是更为合适的人选。虽然从现存史料看，蔡邕与《琴操》的关系不及前述孔衍来得密切，亦即很少见之于史书著录，但在《文选》李善注中，已出现对《琴操》的多次征引，其

① 《隋书》卷三十二《经籍一》，中华书局1973年版，第926页。按：此条下还著录"琴操钞二卷""琴操钞一卷"，然未著撰人，当为同书异本也。
② 《晋书》卷九十一《孔衍传》，中华书局1974年版，第2359页。
③ 《后汉书》卷六十下《蔡邕传》，中华书局1965年版，第2004页。

中既有未著撰人者，亦有明言"蔡邕《琴操》"者，[①] 这说明至少在初唐以前，已有署名蔡邕的《琴操》传世。而从所引内容看："今《文选·长笛赋》李善注引《琴操》曰：'伏羲作琴，以修身理性，反天真也。'又《演连珠》《归田赋》注引蔡邕《琴操》曰：'伏羲氏作琴，弦有五者，象五行也。'俱与此同。"[②] 至于《北堂书钞》引蔡邕《琴赋》内容，亦"俱与《琴操》合，则《琴操》为中郎所撰，信有征矣"。[③] 大概正是由于世传《琴操》与《文选》注引《琴操》以及蔡邕作品多所吻合，故蔡邕作《琴操》的说法在后世广为流行，经清人整理的几种主要《琴操》传本之撰人亦皆题名蔡邕，就中尤以孙星衍辑校之《平津馆丛书》本影响最大。今人逯钦立编纂《先秦汉魏晋南北朝诗》，亦将《琴操》置于蔡邕名下，益发强化了蔡邕对该作品的著作权。

然而，承认蔡邕对《琴操》的著作权，并不是说此一作品在后世的流传中一无改易，也不是排除孔衍在对《琴操》改易中所起的重要作用。在对《琴操》作品考察之后，逯钦立认为："今本《琴操》间有后人所增。如《思归引》一歌，西晋初尚未流传，故石崇序此曲有弦无歌。今此歌辞明为后人所作。《隋志》云：'《琴操》三卷，晋广陵相孔衍撰。'据此，旧本《琴操》累经增添可知也。"[④] 在《平津馆丛书〈琴操〉校本序》中，马瑞辰认为：《隋书·经籍志》等书虽皆以《琴操》"属之孔衍，而传注所引及今《读书斋丛书》所传本皆属蔡邕，惟《初学记》引《箜篌引》为孔衍《琴操》，

① 李善注《文选》卷十五张衡《归田赋》、卷二十一卢谌《览古》诗、卷五十五陆机《演连珠》等均引"蔡邕《琴操》"。
② 阮元《四库未收书目提要》卷一《经部·乐类》，商务印书馆1955年版，第12页。
③ 马瑞辰《平津馆丛书〈琴操〉校本序》，《琴操》（两种），《中国古代音乐文献丛刊》，人民音乐出版社1990年版，第58页。
④ 《先秦汉魏晋南北朝诗·汉诗》卷十一《琴曲歌辞·琴操》，中华书局1983年版，第299页。

其文與蔡邕《琴操》不殊，是知《隋志》言孔衍撰者，谓撰述蔡邕
之书，非谓孔衍自著也"。① 细详这两种说法，虽角度不同，侧重各
异，但在肯定《琴操》流传中"累经增添"，被人"撰述"，而其中
最重要的增添、撰述者即是孔衍这一点上，却是一致的。这就是
说，蔡邕是《琴操》的初创者，百余年后，孔衍又对其重予整理编
述，从而将自己的名字与之连在了一起。由于孔衍的整理本在后，
较蔡本完整，故在后世更为流行，以致《隋书》及此后诸史作者所
见者即为署名孔衍之《琴操》；至于李善注《文选》所引《琴操》
有署名和未署名之两种，则其未署名者当即时下流行广为人知的孔
本，其署名"蔡邕"者自然就是与孔本有别且少为人知的蔡本。仔
细想来，这种揣测是合乎情理的，也能够解释围绕《琴操》一书所
形成的若干看似矛盾的现象。

　　倘若《琴操》一书为蔡著孔编的说法可以大体认定，那么，围
绕伯奇故事的嬗变和定型，还可以有一些新的发现。如前所言，在
曹植《令禽恶鸟论》中，首次出现了伯奇死后化身为伯劳，向其父
吉甫悲鸣，"吉甫遂射杀后妻以谢之"的情节。而在《琴操》之
《履霜操》的叙述中，"吉甫乃求伯奇于野而感悟，遂射杀后妻"这
一类似情节不仅再次出现，而且作了两方面的改动，一是袪除其人
化为鸟的荒诞不经之处，使故事更具真实性，二是增加了对吉甫
"感悟"极具作用的周宣王这一人物，使故事更趋圆满。这里展示
的是一种由简到繁、由怪异到平实、由传说到历史的逻辑顺序，其
中受影响的，一般来说只能是后者而非前者，亦即《履霜操》之叙
述受《令禽恶鸟论》影响而作出了若干添加改动。而从曹植和蔡
邕、孔衍两位与《琴操》有关人物的生活年代看，能够接受曹植
（192—232）影响的，只能是晚于他数十年的孔衍（258—320），而

---

① 　马瑞辰《平津馆丛书〈琴操〉校本序》，《琴操》（两种），《中国古代音乐文献丛刊》，
　　人民音乐出版社 1990 年版，第 58 页。

非早于他数十年的蔡邕（133—192）。换言之，孔衍之于《琴操》，不只是对蔡邕原创的简单承接和文字整理，针对某些具体故事和情节，他还吸取了曹植等人的相关记载，进行过程度不同的增删和改易。其中伯奇故事由吉甫射杀后妻到宣王闻歌而感等情节的依次出现，便大致展示出蔡邕之后从曹植到孔衍的变化轨迹。

三、"观念历史"与文学变奏

犹如一条蜿蜒曲折、波浪起伏、出没于堤防内外而终入干道的河流，伯奇故事在其流传过程中，经历了多次增删变化，时而简约，时而繁复；时而真切如见，时而扑朔迷离，最后去其繁芜夸诞，增其合理平实，流入平缓规则的河道。这是一个渊源久远的故事，其移动、嬗变发生在历史和传说之间，至于其归宿，则是传说让位于历史，文学变奏出经典。

回顾前述伯奇故事的最早缘起，很难说它是一个真实的历史事件。在整个先秦史的文献中，竟然找不到关于伯奇事的任何一条记录，诸如《庄子》《荀子》《战国策》等屡次涉及孝子不得于其亲的重要典籍，也见不到伯奇的踪影。当此之际，如何能够确定在西周王朝的历史上，曾有过一个名叫伯奇的人，真的被他的父亲逐出家门？

然而，仅依现存史料，又很难否定伯奇事件的历史真实性。汉人都在引用伯奇故事，从西汉前期的《韩诗外传》《焦氏易林》乃至刘胜、令狐茂等人开始，凡涉及伯奇孝而被逐事均言之凿凿，何以见得他们便别无来源？秦火之后，典籍亡佚散乱，不少前朝史事经故老口耳相传得以存留，何以见得伯奇事因无早期史料佐证就一定是向壁虚构？

可以是历史，也可以是传说；既有历史的踪影，又是传说的产物；也许是借传说存留的依稀古史，也许是古史漫漶后形成的变形传说。仔细想来，这似乎便是伯奇事件的缘起和真相。世代荒远，古史茫昧，千载之下的我们已很难准确厘定其历史与传说的边界，但有一点却可以确定，那就是伯奇事是在汉代开始传流开来，并完成其基本结构形态的；也是经汉人大张旗鼓的引用和宣扬，而逐渐被历史化、典型化的。换言之，多数言及伯奇的汉人都相信历史上确有其人其事，而且面对后母进谗、孝子被逐这类在历史和现实中屡见不鲜的事件，他们设身处地，以今例古，"怅望千秋一洒泪"，时常会产生某种深深的感动。

虽然已经历史化了，但其缘起毕竟主要得自传说，不具备历史固有的严格边界，也缺乏史料给定的事实制约，因而，同一弃逐故事既存在多种版本，也给后人留下了继续添加扩展的广阔空间。诸如伯奇究竟是尹吉甫之子，还是"王国子"亦即国君之子？其被弃后是流落荒野，还是愤而投河？① 是服药成仙，还是化身为鸟？其抒发哀怨的形式是扬声悲歌，还是伯劳悲鸣？是作《小弁》还是吟《履霜》？表面看来，这些淆乱确实减弱了伯奇故事的真实性、可信性，它呈现的是一种游离于历史之外的无序状态；但从深层次看，这类淆乱也正展示了传说在脱离历史制约后被激发出的能量，它通过大胆的想象和创造，在无形中丰富着伯奇故事的传奇色彩和文化内涵。

如果就伯奇故事的整体走向看，历史的牵拽和控制又始终在隐显明暗的交叉中发挥作用，从而不时将无序的、趋于虚幻怪诞的故事枝节删汰掉，将之导向合乎情理的"观念历史"的有序状态。② 拿趋于定型的《琴操·履霜操》所述伯奇故事来说，就舍弃了《说

---

① 关于伯奇之死，还有"自缢"一说。如《山堂肆考》卷九十二《系蜂》谓："周尹伯奇事后母至孝，母不仁，常欲害奇，乃取蜂去其毒，系于衣上，故令伯奇见之。奇恐蜂伤其母，以手取之，母便大呼曰：'伯奇牵我！'吉甫大怒，令伯奇死。伯奇遂自缢。父命人出其尸，手中犹有死蜂。父大伤痛，恨其妻。时人闻之皆为恸哭。"因其来源不可考，故暂置勿论。

② 这里所谓"观念历史"，与实在历史相对，系指存在于人们观念中的应然的历史状态。

苑》中的"王国子"说，吸取了其"后母子伯封"说以及后母置毒蜂、诱伯奇往视等细节；舍弃了《琴清英》《令禽恶鸟论》中"自投江中""杀孝子伯奇"说，吸取了其"扬声悲歌"和吉甫"感悟""射杀后妻"等情节；舍弃了《孟子章句》的伯奇作《小弁》说，而将其改易为援琴而歌《履霜》，并增添了被伯奇歌声打动的周宣王这一人物，由此使得整个故事在向"观念历史"的靠拢中不断丰富与合理。

针对中国上古历史与传说长期混淆的情况，顾颉刚先生曾提出"层累地造成的中国古史"观，其要点除"时代愈后，传说的古史期愈长""时代愈后，传说中的中心人物愈放愈大"之外，还强调在勘探古史时，即使"不能知道某一件事的真确的状况，但可以知道某一件事在传说中的最早的状况"，由此认为："我们要辨明古史，看史迹的整理还轻，而看传说的经历却重。"① 这一说法，无疑适用于伯奇故事，并对我们重新认识此一故事的"传说经历"提供有益的启示。需要说明的是，汉代以来围绕伯奇故事所出现的种种记载、议论和创作，与其说其目的在于慎终追远，还原历史，不如说是徘徊在历史与传说之间，遵循其有序与无序的发展规则，进行着一种文学的变奏。换言之，伯奇故事在汉晋历史上的每一次大的变动，既受制于历史与传说间的张力，不至于过度远离历史或"观念历史"，也追求着精神的自由和心灵的秩序，使其在不断的情节完善中一步步逼近文学的真实。而作为集中展示伯奇事迹和情感的《履霜操》，便是这种文学真实的阶段性代表。

《履霜操》及相关叙述之后，伯奇故事即基本定型，后人凡提及其事者，大都依据此一文本，或咏叹伯奇孝而见弃之遭遇，或化

---

① 《古史辨》第一册，上海古籍出版社 1982 年版，第 59—60 页。

用掇蜂被谗之典故，或辨析尹氏家乡之所在，或致疑伯奇最终之结局，[①] 而其中最为突出的，则表现为对《履霜操》长期而极具热情的群体性仿作，由此不仅强化了对伯奇其人其事的历史认同，而且使此一古琴曲的文化内涵得以多层面的深化和拓展。

[①]　如清人张澍《尹吉甫子伯奇考》即依汉及后世文献辨析尹氏家乡之在地（《养素堂文集》卷十一，清道光刻本）；近人余嘉锡亦据相关文献力辩伯奇系被逐而非投河死（《世说新语笺疏》上卷上《言语》，中华书局 1983 年版，第 62 页）。虽然类似辨析过于简略，且因依据后出文献而难产生有说服力的结论，但其相信史上确有伯奇其人其事，并希图恢复历史"真实"的意愿和努力却是可以感知的。

参考文献

《周易正义》，〔唐〕孔颖达等正义，《十三经注疏》，中华书局1980年影印本。

《焦氏易林》，〔汉〕焦延寿撰，文渊阁《四库全书》本。

《尚书正义》，〔唐〕孔颖达等正义，《十三经注疏》，中华书局1980年影印本。

《韩诗外传》，〔汉〕韩婴撰，中华书局1980年版。

《毛诗正义》，〔唐〕孔颖达等正义，《十三经注疏》，中华书局1980年影印本。

《诗本义》，〔宋〕欧阳修撰，文渊阁《四库全书》本。

《诗集传》，〔宋〕苏辙撰，文渊阁《四库全书》本。

《诗补传》，〔宋〕范处义撰，文渊阁《四库全书》本。

《毛诗李黄集解》，　〔宋〕李樗、黄櫄撰，文渊阁《四库全书》本。

《诗总闻》，〔宋〕王质撰，文渊阁《四库全书》本。

《诗集传》，〔宋〕朱熹撰，上海古籍出版社1980年新1版。

《诗序辨说》，〔宋〕朱熹撰，文渊阁《四库全书》本。

《慈湖诗传》，［宋］杨简撰，文渊阁《四库全书》本。

《诗缉》，［宋］严粲撰，文渊阁《四库全书》本。

《诗缵绪》，［元］刘玉汝撰，文渊阁《四库全书》本。

《诗解颐》，［明］朱善撰，文渊阁《四库全书》本。

《诗说解颐》，［明］季本撰，文渊阁《四库全书》本。

《诗经世本古义》，［明］何楷撰，文渊阁《四库全书》本。

《待轩诗记》，［明］张次仲撰，文渊阁《四库全书》本。

《诗经通义》，［清］朱鹤龄撰，文渊阁《四库全书》本。

《诗经稗疏》，〔清〕王夫之撰，《船山全书》，岳麓书社 1992 年版。

《诗广传》，［清］王夫之撰，中华书局 1964 年版。

《诗触》，［清］贺贻孙撰，清咸丰敕书楼刻本。

《诗经通论》，［清］姚际恒撰，中华书局 1958 年版。

《读诗质疑》，［清］严虞惇撰，文渊阁《四库全书》本。

《诗识名解》，［清］姚炳撰，文渊阁《四库全书》本。

《诗说》，［清］惠周惕撰，《丛书集成初编》，中华书局 1985 年新 1 版。

《钦定诗经传说汇纂》，［清］王鸿绪等汇纂，文渊阁《四库全书》本。

《御纂诗义折中》，［清］傅恒、孙嘉淦等编纂，文渊阁《四库全书》本。

《诗益》，［清］刘始兴撰，清乾隆八年尚古斋刻本。

《虞东学诗》，［清］顾镇撰，文渊阁《四库全书》本。

《诗经原始》，［清］方玉润撰，中华书局 1986 年版。

《齐诗遗说考》，［清］陈寿祺撰，清刻《左海续集》本。

《毛诗后笺》，［清］胡承珙撰，清道光刻本。

《毛诗传笺通释》，［清］马瑞辰撰，中华书局 1989 年版。

《诗毛氏传疏》，[清] 陈奂撰，中国书店 1984 年影印本。

《诗古微》，[清] 魏源撰，《魏源全集》，岳麓书社 1989 年版。

《诗三家义集疏》，[清] 王先谦撰，中华书局 1987 年版。

《诗经通义》，闻一多撰，《闻一多全集》，湖北人民出版社 1993 年版。

《诗经直解》，陈子展撰，复旦大学出版社 1985 年版。

《毛诗郑笺平议》，黄焯撰，上海古籍出版社 1985 年版。

《诗经注析》，程俊英、蒋见元撰，中华书局 1991 年版。

《诗经新注全译》，唐莫尧撰，巴蜀书社 1998 年版。

《〈诗经〉百家别解考（国风上）》，刘毓庆主编，山西古籍出版社 2001 年版。

《〈诗经〉疑难词语辨析》，杨合鸣撰，崇文书局 2002 年版。

《诗经校注》，陈戌国撰，岳麓书社 2004 年版。

《诗经通释》，刘精盛撰，湖南大学出版社 2007 年版。

《诗经今注》，高亨撰，上海古籍出版社 2009 年版。

《诗经新注》，聂石樵主编，齐鲁书社 2009 年版。

《礼记正义》，[唐] 孔颖达等，《十三经注疏》，中华书局 1980 年影印本。

《礼记集说》，[宋] 卫湜撰，文渊阁《四库全书》本。

《春秋左传正义》，[晋] 杜预注，[唐] 孔颖达等疏，《十三经注疏》，中华书局 1980 年影印本。

《春秋左传集解》，上海人民出版社 1977 年版。

《春秋公羊传注疏》，[汉] 何休注，[唐] 徐彦疏，《十三经注疏》，中华书局 1980 年影印本。

《春秋繁露义证》，[汉] 董仲舒撰，苏舆义证，中华书局 1992 年版。

《御定孝经衍义》，[清] 叶方蔼、张英等编，文渊阁《四库全书》本。

《尔雅注疏》，〔晋〕郭璞注，〔宋〕邢昺疏，文渊阁《四库全书》本。

《孟子注疏》，〔汉〕赵岐注，〔宋〕孙奭疏，《十三经注疏》，中华书局 1980 年影印本。

《孟子集注》，〔宋〕朱熹集注，文渊阁《四库全书》本。

《孟子正义》，〔清〕焦循正义，清刻《皇清经解》本。

《孟子译注》，杨伯峻译注，中华书局 1960 年版。

《驳四书改错》，〔清〕戴大昌撰，清道光二年刻本。

《国语集解》，徐元诰集解，中华书局 2002 年版。

《鲍氏战国策》，〔宋〕鲍彪撰，文渊阁《四库全书》本。

《战国策集注汇考》，诸祖耿汇考，江苏古籍出版社 1985 年版。

《战国策新校注》，缪文远校注，巴蜀书社 1987 年版。

《战国策笺证》，范祥雍笺证，上海古籍出版社 2006 年版。

《史记》，〔汉〕司马迁撰，中华书局 1959 年版。

《汉书》，〔汉〕班固撰，中华书局 1962 年版。

《后汉书》，〔南朝·宋〕范晔撰，中华书局 1965 年版。

《三国志》，〔晋〕陈寿撰，中华书局 1982 年版。

《晋书》，〔唐〕房玄龄等撰，中华书局 1974 年版。

《隋书》，〔唐〕魏徵等撰，中华书局 1973 年版。

《宋书》，〔南朝·梁〕沈约撰，中华书局 1974 年版。

《列女传》，〔汉〕刘向撰，《四部丛刊》本。

《古列女传》，〔汉〕刘向撰，《丛书集成初编》，中华书局 1985 年版。

《古本竹书纪年辑证》，方诗铭、王修龄撰，上海古籍出版社 1981 年版。

《史通通释》，〔唐〕刘知幾撰，〔清〕浦起龙释，上海古籍出版社1978年版。

《历代名贤确论》，〔宋〕苏辙撰，文渊阁《四库全书》本。

《路史》，〔宋〕罗泌撰，文渊阁《四库全书》本。

《文史通义校注》，〔清〕章学诚撰，叶瑛校注，中华书局1994年版。

《四库全书总目》，〔清〕永瑢等撰，中华书局1965年版。

《古史辨》，顾颉刚编，上海古籍出版社1982年版。

《庄子集解》，〔清〕王先谦集解，《诸子集成》本，上海书店1986年版。

《荀子集解》，〔清〕王先谦集解，中华书局1988年版。

《韩非子集释》，陈奇猷集释，上海人民出版社，1974年版。

《韩非子校注》，周勋初校注，凤凰出版社2009年版。

《吕氏春秋校释》，陈奇猷校释，学林出版社，1984年版。

《慎子》，〔战国〕慎到撰，《四部丛刊》本，上海商务印书馆1922年版。

《文子疏义》，王利器疏义，中华书局2000年版。

《山海经校注》，袁珂校注，上海古籍出版社1980年版。

《说苑校证》，〔汉〕刘向撰，向宗鲁校证，中华书局1987年版。

《新序》，〔汉〕刘向撰，《四部丛刊》景明翻宋本。

《论衡》，〔汉〕王充撰，《诸子集成》（7），上海书店1986年版。

《白虎通义》，〔汉〕班固撰，文渊阁《四库全书》本。

《风俗通义》，〔汉〕应劭撰，上海古籍出版社1990年版。

《潜夫论》，〔汉〕王符撰，《四部丛刊》景述古堂景宋钞本。

《中论》，〔汉〕徐幹撰，文渊阁《四库全书》本。

《孔丛子》，旧题孔鲋撰，文渊阁《四库全书》本。

《孔子家语》，〔魏〕王肃注，文渊阁《四库全书》本。

《博物志校证》，〔晋〕张华撰，范宁校证，中华书局 1980 年版。

《搜神记》，〔晋〕干宝撰，中华书局 1979 年版。

《世说新语笺疏》，〔南朝·宋〕刘义庆撰，余嘉锡笺疏，中华书局 1983 年版。

《艺文类聚》，〔唐〕欧阳询等编，文渊阁《四库全书》本。

《太平御览》，〔宋〕李昉等编，文渊阁《四库全书》本。

《荆川稗编》，〔明〕唐顺之编，文渊阁《四库全书》本。

《日知录集释》，〔清〕顾炎武撰，黄汝成集释，上海古籍出版社 1985 年版。

《楚辞补注》，〔宋〕洪兴祖补注，中华书局 1983 年版。

《楚辞集注》，〔宋〕朱熹注，上海古籍出版社 1979 年版。

《楚辞集解》，〔明〕汪瑗集解，北京古籍出版社 1994 年版。

《楚辞集注》，〔明〕蒋之翘集注，天启六年丙寅憺李忠雅堂蒋之翘评校本。

《楚辞通释》，〔清〕王夫之释，中华书局 1959 年版。

《山带阁注楚辞》，〔清〕蒋骥注，上海古籍出版社 1984 年新 1 版。

《楚辞灯》，〔清〕林云铭撰，《四库全书存目丛书》，齐鲁书社 1997 年版。

《楚辞疏》〔清〕吴世尚撰，《楚辞文献丛刊》，国家图书馆出版社 2014 年版。

《天问疏证》，闻一多撰，《闻一多全集》（5），湖北人民出版社

1993 年版。

《楚辞选》，马茂元选注，人民文学出版社 1958 年版。

《屈赋新编》，谭介甫撰，中华书局 1978 年版。

《离骚纂义》，游国恩主编，中华书局 1980 年版。

《楚辞选注》，金开诚选注，北京出版社 1980 年版。

《离骚笺疏》，詹安泰笺疏，湖北人民出版社 1981 年版。

《屈原论稿》，聂石樵撰，人民文学出版社 1982 年版。

《诗骚与汉魏文学研究》，潘啸龙撰，安徽人民出版社 2008 年版。

《蔡中郎集》，〔汉〕蔡邕撰，文渊阁《四库全书》本。

《琴操》，传为蔡邕撰，〔清〕孙星衍校，清嘉庆《平津馆丛书》本。

《琴操》（两种），《中国古代音乐文献丛刊》，吉联抗辑，人民音乐出版社 1990 年版。

《曹子建集》，〔三国·魏〕曹植撰，《四部丛刊》景明活字本。

《李文公集》，〔唐〕李翱撰，文渊阁《四库全书》本。

《甫里集》，〔唐〕陆龟蒙撰，文渊阁《四库全书》本。

《经进东坡文集事略》，〔宋〕苏轼撰，文学古籍刊行社，1957 年版。

《跨鳌集》，〔宋〕李新撰，文渊阁《四库全书》本。

《省斋集》，〔宋〕廖行之撰，文渊阁《四库全书》本。

《木钟集》，〔宋〕陈埴撰，文渊阁《四库全书》本。

《弇州四部稿》，〔明〕王世贞撰，文渊阁《四库全书》本。

《养素堂文集》，〔清〕张澍撰，清道光刻本。

《文选》，〔南朝·梁〕萧统编，中华书局 1977 年版。

《乐府诗集》，〔宋〕郭茂倩编，中华书局 1979 年版。

《古文苑》，〔宋〕章樵注，《丛书集成初编》，商务印书馆民国二十六年初版。

《汉魏六朝百三家集题辞注》，〔明〕张溥撰，殷孟伦注，人民文学出版社 1960 年版。

《全上古三代秦汉三国六朝文》，〔清〕严可均编，中华书局 1958 年版。

《先秦汉魏晋南北朝诗》，逯钦立编，中华书局 1983 年版。

《全汉赋》，费振刚等辑校，北京大学出版社 1993 年版。

《诗薮》，〔明〕胡应麟撰，上海古籍出版社 1979 年版。

《昭昧詹言》，〔清〕方东树撰，人民文学出版社 1961 年版。

《艺概》，〔清〕刘熙载撰，上海古籍出版社 1978 年版。

《历代诗话》，〔清〕何文焕辑，中华书局 1981 年版。

《历代诗话续编》，丁福保辑，中华书局 1983 年版。

《清诗话》，〔清〕王夫之等撰，中华书局 1978 年版。

《清诗话续编》，郭绍虞编选，上海古籍出版社 1983 年版。

《马恩选集》，〔德〕马克思、恩格斯撰，人民出版社 1972 年版。

《管锥编》，钱锺书撰，中华书局 1979 年版。

《中国文学》，杨公骥撰，吉林人民出版社 1980 年版。

《原始思维》，〔法〕列维—布留尔撰，丁由译，商务印书馆 1981 年版。

《三松堂全集》，冯友兰撰，河南人民出版社 1986 年版。

《自卑与超越》，〔美〕A·阿德勒撰，作家出版社 1987 年版。

《人的潜能和价值》，林方主编，华夏出版社 1987 年版。

《神话—原型批评》，叶舒宪编选，陕西师范大学出版社 1987 年版。

《结构主义神话学》，叶舒宪编选，陕西师范大学出版社 1988

年版。

《拯救与逍遥》，刘小枫撰，上海人民出版社 1988 年版。

《中国文化的精英——太阳英雄神话比较研究》，萧兵撰，上海文艺出版社 1989 年版。

《元和五大诗人与贬谪文学考论》，尚永亮撰，台北文津出版社 1993 年版。

《中国古代神秘数字》，叶舒宪、田大宪撰，社会科学文献出版社 1996 年版。

《神话解读》，陈建宪撰，湖北教育出版社 1997 年版。

《庄骚传播接受史综论》，尚永亮撰，文化艺术出版社 2000 年版。

《贬谪文化与贬谪文学》，尚永亮撰，兰州大学出版社 2004 年版。

《原始文化》，[英] 爱德华·泰勒撰，连树声译，广西师范大学出版社 2005 年版。

《唐五代逐臣与贬谪文学研究》，尚永亮主撰，武汉大学出版社 2007 年版。

《〈旧约〉中的民俗》，[英] 詹姆斯·G·弗雷泽撰，童炜钢译，复旦大学出版社 2010 年版。

后　记

　　以"弃逐与回归"为中心，对上古弃子、弃妇、逐臣与弃逐文学进行文化学层面的考察，是我多年来的一个心愿。

　　早在上世纪七十年代后期读本科时，我就迷恋上了先秦文学，尤其对《庄子》《楚辞》发生了浓厚兴趣，写出了若干习作，其中《论〈哀郢〉的创作和屈原的放逐年代》一文刊载于《陕西师大学报》1980年第4期，并获得1981年陕西省第一届社科论文优秀奖，这对当时还是学生的我无疑是一个鼓励。原想此后的研究即应循此方向进行下去，不料毕业留校之后，教研室安排我上的课程却是宋元明清文学；随着读硕读博，研究方向又先后调整为明清文学和唐宋文学；而这些年指导研究生，则更以汉唐文学为主攻领域，如此一来，便与先秦文学渐行渐远了。其间虽出版过一部《庄骚传播接受史综论》，但关注点重在《庄子》《楚辞》在汉以后的传播接受史，算不得真正的先秦文学研究。所以，这次花数年时间重理先秦典籍，与阔别多年的"老相识"再度晤谈，对我来说，可谓一件幸事。

　　重返先秦，还有一个重要原因，就是希望由唐代向前溯源，从主题学角度清理出一条前后关联的"弃逐—贬谪"文学的发展脉络，借以补足研究中的短板。近三十年来，我的大部分精力花在了唐代文学特别是唐五代贬谪文学的研究上，先后出版了《元和五大诗人与贬谪文学考论》《贬谪文化与贬谪文学》《唐五代逐臣与贬谪文学考论》等几部著作，也发表了几十篇相关论文。但随着研究的深入，我越来越感到就唐论唐，似乎缺少了点什么，一些关键的、更深厚的历史文化内涵还没有把握住，尤其是如西方学者所说"原型""集体无意识"之类在隐显明暗交叉中影响后人心理、创作的东西，亦付之阙如。这样研究下去，虽然也能有所收获，但难以扩展视野，向纵深掘进；而要解决这些问题，则须将研究领域由唐前移，对上古时代的弃子、弃妇、逐臣现象作一系统考察，从发生学角度，探究此一现象的起因、发展和流变，以为唐宋贬谪文学研究提供若干更具深度的镜鉴。

大概正是出于此一目的，2008 年，我申报了国家社科基金项目"上古弃子逐臣与弃逐文学的文化学考察"，并获得立项。在申报书的"课题论证"之后，我附加了如下一个简要纲目：

> 导论部分：这是全文总纲，重点阐释弃逐的概念、性质、渊源、成因、类型、文化形态、文学特点等，并提出基本思路：弃逐文化的开端可以追溯到原始氏族部落时期，而以商周两朝孝而见弃的弃逐类型最为常见，影响也最为深远。在历代弃子中，孝己、宜臼、伯奇、申生等堪为突出代表。楚汉之际，弃子现象逐渐减少，但它却以屈原"忠而被谤"之遭遇及其骚体逐臣诗为代表样态，影响历代社会、后世文坛。一方面，由弃子到逐臣，由家族到朝廷，发生了外延性的对象置换；另一方面，广义的弃逐现象频繁出现于各类文学作品中，作为承载着特定文化信息的原型衍变，染浓了中国文学的悲剧

氛围，凸显了"弃逐—回归"的文化母题。

第一部分：上古弃子故事及其类型。先秦弃子大致可分两类：一类为甫一出生即遭弃者，如后稷、徐偃王等；一类是因家国内部矛盾而遭弃者，主要以宜臼、伯奇等先秦弃子为代表。前者更具神话学、民俗学层面的意义，后者则除此之外，亦具社会学、政治学层面之意义。更重要的是，它与后期逐臣紧相关合，是由家到国、由父子到君臣的不可或缺的一环。故以实证方法考订弃子本事、归纳弃子类型、辨析文学渊源、梳理发展脉络，乃为本课题之重心所在。

第二部分：弃子现象的文化阐释。古代社会，弃子现象比较普遍，虽然不同时期、不同民族之间的弃逐现象各具特色，其生成背景、发生原因、具体案例等也不无差异，但从其内部结构看，却大致趋同，亦即都展现出"弃逐—救助—回归"的发展线索和基本模式。故在纵向联系、横向比较的基础上，思索归纳中国古代社会弃逐文化之特点，予以文化学层面的阐释，便成为此项研究的题中应有之义。

第三部分：弃逐文化的美学特征。弃逐文化在后世流播过程中，既一定程度地保留着创始时期的面貌，又经后人加工改造，注入了新的文化因子。概括而言，大致具有以下一些美学特征：原始发生的神异性、故事流传的通俗性、叙事模式的虚实性、内在结构的趋同性。通过对弃逐文化美学特征的阐释、总结，可以从新的角度深化对中国上古文化和文学的认知。

第四部分：弃逐文化的内蕴与弃逐文学的特质。前者凝定为孝而见弃、忠而被放的发生模式，后者构成怨愤与忠诚、弃逐与回归的永恒矛盾；前者在原型意义上形成文化母题，后者在艺术层面积淀为悲剧精神。围绕此二点进行文化学（包括伦理、社会、政治、心理、美学等）方面的考察，揭示深隐于各种表象背后的本质和规律，也是本课题主要任务之一。

第五部分：弃逐文学的时段表现、地域特征及其与后世贬谪文学的关联。总体来看，上古商周两朝为弃子范型的确立期和弃逐文学的萌生期，其滋生地域主要在北方，质朴、厚重为其特色；楚人屈原及其辞赋兴起的战国为弃逐文学的强化期，汉魏六朝自贾谊、蔡邕、虞翻至谢灵运、江淹、孙万寿等为弃逐文学的流变期，唐宋两朝则为弃逐文学的鼎盛期，其生成地域已逐渐由北而南，重视心灵展露和艺术多样性表现为其特色。随着历史演进，早期的弃逐文学自然过渡为后期的贬谪文学，国之君臣取代了家之父子，阴阳的区分置换为"三纲"的确立，贬臣的心路历程由怨慕、执著渐趋超越，由此形成"弃逐—贬谪"文学发展流变的基本脉络。

这里之所以将当初的提纲不惮烦琐地罗列出来，主要是想提供一个比照，以见出课题完成前后的异同。现在看来，当初的设想忽略了对弃逐现象的跨文化考察，忽略了对《诗经》相关文本的重点考释，也忽略了弃妇这一重要文化现象及其与弃子、逐臣间的关合转换，在整体上显得空泛；也有若干有价值的想法，在后来的具体操作中打了不小的折扣，未能如期实现。不过，有一点倒是大体落实了，那就是一切考察都从实际出发，从占有材料和文本解析入手，借助诗史互证等相关方法，尽量还原历史实态，并提升到理论层面予以概括，从中发现规律性的东西。因为在我看来，深入的个案解剖，有时远胜过体系周全却浮光掠影的宏观概述，以问题意识为导向的探询，似乎更能接近事物的本质，并得出有启示意义的结论。

这项课题历时近 6 年，其间几经周折，甘苦自知，终于 2013 年结项。从全国社科规划办反馈的几位不知名专家的评审意见看，既给予了较高的肯定，也提出了若干问题：

评审意见一：

　　研究视角的独特，研究方法的规范和贴切，相关历史文献的丰富和可靠，使此课题提交的最终成果，具有很强的创新性。一、对英雄型弃子和忠孝型弃子两类母题的归纳，建构了分析中国文学的一个全新理论框架。二、对上古弃逐文学代表作《诗经》《楚辞》中名篇所作的文化学解释新意迭出，并善于从个案分析中提升出对中国同类文学具有普适性的结论……用经典解释验证了自己锻造的理论和分析工具。三、成果建立在扎实的学术功底和理论思维能力之上。……更为突出的是，作者对相关研究成果非常熟悉，对本课题所涉及的古今研究成果，或作引用性借鉴，或作辨析性考述，不少新颖的结论都是在与同行的广泛深入的学术对话中形成的。该成果对厘清中国文学史上弃逐文学的源起发展及其文化内涵，对于深化文学史的研究，对于中国本土文学理论批评的建设，都具有很高的理论价值和应用价值。

评审意见二：

　　这是一项创新程度较高的成果。先秦神话、散文、诗歌、辞赋中普遍存在弃子逐臣及弃妇主题……从整体上对这一重要的文学主题进行系统的理论概括，并对其演进轨迹、承继延续与变化规律进行深入研究的论著还没有。……这一理论概括也极富内在逻辑性。成果从文化的视角出发，对秦汉文学中的弃子逐臣主题加以宏观，打破了以往先秦两汉文学见木不见林的研究格局，在研究范式上也具有创新性。总之，成果对先秦两汉文学研究具有深化和丰富化之功。

不足之处：第一，对以往关于弃逐主题的研究现状缺乏必要的综述。第二，一些具体问题，如屈原被疏放的时间、地点、次数，《遵大路》等诗是否为夫弃妇之作等，其结论还容或可商。

评审意见三：

本课题将上古弃子逐臣与弃逐文学结合起来，对此展开文化学的分析，厘清其发展演进，揭示其对后世贬谪文学的影响，这样的选题是很有意义的。……课题成果具有紧密的逻辑关联，翔实的文本依据和相当的理论深度。其一是对文本的细读。作者十分注重诗史互证，这一来十分切合选题需要，二来使论证更为翔实。……作者并没有刻意于史的考证，而是从文化学和政治学的角度，考察了上古弃子逐臣出现的历史原因，探讨其中的基本规律，进而分析弃逐文学的演进趋势和风格特征。其二是有着很强的理论思辨。……这样具有理论深度的分析，在每一章中，我们都可以看到。课题研究者视野开阔，虽然注重文本的细读，注重传统研究方法的运用，但作者对新方法的使用不但不排斥，反而乐于接受和实践。研究者从神话学的角度，探讨东西方弃子故事的共通内容与深层意蕴；从伦理学角度，对宣臼、申后之弃废及《诗经》相关作品进行文化阐释；从社会计量学的角度，搜集大量资料，借助史料和相关数据，对弃逐文学文本做量化分析；从文化学的角度，分析《离骚》与早期弃逐诗的关联承接和演进规律。

还有进一步深化的必要：比如，对弃子类型的考察还可以更细致一些，仅用"英雄型"和"忠孝型"似乎难以全面概括，虽然研究者分别用神话学和伦理学的不同视角来显现出两者的区别，但两者还是很容易交叉。特别是弃子类型与先秦两汉弃逐诗的走向之间的关联，也还可以做进一步的探索。

　　这些评价，坚定了我的信心，也使我意识到所存在的缺憾。依据其中一些有针对性的意见，我对原稿一一做了订正，并增补了第五章第二节之"回归：流亡者的心理情结与逻辑展演"、第六章之"弃逐故事在历史与传说间的文学变奏"等，共5万余字，以求体系上的大体完整。现在回过头来，重新审视这一前后相加历时8年的研究过程，不禁又有了一些新的感触。感触之一，是真正体验到了研究上古历史和文学的难度。古史茫昧，时空遥隔，断片式的文献资料，自汉至今两千多年众多的研究成果和歧义纷出的观点，都无形中为新的拓展设置了重重障碍。感触之二，是通过时空的挪移和视角的改变，在上古时段仍然具有局部或更大范围出新的可能。倘若不是在唐代有过一定的学术积累，倘若没有选取"贬谪—弃逐"这一观察视角，似乎很难盘活上古的相关史料，从中发现新的问题，并使之成为一个具有相对独立性的学术领域。感触之三，是在整个研究中，深感自己知识面的狭窄和理论素养的欠缺。有时为了一个问题，只好临时抱佛脚，去阅读大量相关书籍，常有读了多本书还找不到一二有价值材料的情况；有时文章写到关键处，却依然流于平面化和一般化，不得不为如何深入以提升其学理层级而苦思冥想。好在随着此一研究过程的进展，我也从中获得了不少收益和长进，对若干习焉未察却事关重大的历史事件和文学案例，有了新的理解和认知；对弃子、弃妇、逐臣之内在关联以及由子而臣、由父而君、由家而国、由弃逐而贬谪之历史演进，也有了较前更切实的观照和把握。就此而言，倒是差可引以自慰的。

　　"文章千古事，得失寸心知。"这本费时费力的书稿即将出版，其中还存在不少瑕疵和未能完全解决的问题，非常希望专家和读者赐示高见，以补未逮。此外，围绕该课题草就的一些文字，曾先后得到《华中师大学报》、《陕西师大学报》、《安徽大学学报》、《学术研究》、《学术论坛》、日本《创大中国论集》、《社会科学辑刊》、《北京大学学报》、《江汉论坛》、《社会科学》、《文学评论》、韩国《儒教文化研究》、《文学遗产》、《文史哲》等刊物责编的支持，得以公开发表；书稿整合后，又得到上海古籍出版社刘赛博士不少好的建议和辛勤加工，使之有了进一步完善。在此，谨向他们致以真诚的感谢。

尚永亮

丙申仲春草于珞珈山麓